ध्यान-सूत्र

ओशो द्वारा महाबलेश्वर में दिये गये
नौ अमृत प्रवचनों एवं ध्यान निर्देशों का
अप्रतिम संकलन।

डायमंड बुक्स

OSHO

ध्यान है तो सब है, ध्यान नहीं तो कुछ भी नहीं

ध्यान-सूत्र

ओशो

Dhyan Sutra
Editing: Anand Satyarthi

Published by
Diamond Pocket Books Pvt. Ltd.
X-30, Okhla Industrial Area, Phase-II, New Delhi-20
Tel : 011-40712100, 41611861 Fax : 011-41611866
E-mail : sales@dpb.in
website : www.diamondbook.in

The material in this book is a transcript of a series of original OSHO Talks *'Dhyan Sutra'* given to a live audience. All of Osho's talks have been published in full as books, and are also available as original audio recordings. Audio recordings and the complete text archive can be found via the online OSHO Library at www.osho.com/library

ISBN 978-81-288-3475-2

आमंत्रण

सबसे पहले तो आपका स्वागत करूं—इसलिए कि परमात्मा में आपकी उत्सुकता है—इसलिए कि सामान्य जीवन के ऊपर एक साधक के जीवन में प्रवेश करने की आकांक्षा है—इसलिए कि संसार के अतिरिक्त सत्य को पाने की प्यास है।

सौभाग्य है उन लोगों का, जो सत्य के लिए प्यासे हो सकें। बहुत लोग पैदा होते हैं, बहुत कम लोग सत्य के लिए प्यासे हो पाते हैं। सत्य का मिलना तो बहुत बड़ा सौभाग्य है। सत्य की प्यास होना भी उतना ही बड़ा सौभाग्य है। सत्य न भी मिले, तो कोई हर्ज नहीं; लेकिन सत्य की प्यास ही पैदा न हो, तो बहुत बड़ा हर्ज है।

सत्य यदि न मिले, तो मैंने कहा, कोई हर्ज नहीं है। हमने चाहा था और हमने प्रयास किया था, हम श्रम किए थे और हमने आकांक्षा की थी, हमने संकल्प बांधा था और हमने जो हमसे बन सकता था, वह किया था। और यदि सत्य न मिले, तो कोई हर्ज नहीं; लेकिन सत्य की प्यास ही हममें पैदा न हो, तो जीवन बहुत दुर्भाग्य से भर जाता है।

और मैं आपको यह भी कहूं कि सत्य को पा लेना उतना महत्वपूर्ण नहीं है, जितना सत्य के लिए ठीक अर्थों में प्यासे हो जाना है। वह भी एक आनंद है। जो क्षुद्र के लिए प्यासा होता है, वह क्षुद्र को पाकर भी आनंद उपलब्ध नहीं करता। और जो विराट के लिए प्यासा होता है, वह उसे न भी पा सके, तो भी आनंद से भर जाता है।

इसे पुनः दोहराऊं—जो क्षुद्र के लिए आकांक्षा करे, वह अगर क्षुद्र को पा भी ले, तो भी उसे कोई शांति और आनंद उपलब्ध नहीं होता है। और जो विराट की अभीप्सा से भर जाए, वह अगर विराट को उपलब्ध न भी हो सके, तो भी उसका जीवन आनंद से भर जाता है। जिन अर्थों में हम श्रेष्ठ की कामना करने लगते हैं, उन्हीं अर्थों में हमारे भीतर कोई श्रेष्ठ पैदा होने लगता है।

कोई परमात्मा या कोई सत्य हमारे बाहर हमें उपलब्ध नहीं होगा, उसके बीज हमारे भीतर हैं और वे विकसित होंगे। लेकिन वे तभी विकसित होंगे जब प्यास की आग और प्यास की तपिश और प्यास की गर्मी हम पैदा कर सकें। मैं जितनी श्रेष्ठ की आकांक्षा करता हूं, उतना ही मेरे मन के भीतर छिपे हुए वे बीज, जो विराट और श्रेष्ठ बन सकते हैं, वे कंपित होने लगते हैं और उनमें अंकुर आने की संभावना पैदा हो जाती है।

जब आपके भीतर कभी यह खयाल भी पैदा हो कि परमात्मा को पाना है, जब कभी यह खयाल भी पैदा हो कि शांति को और सत्य को उपलब्ध करना है, तो इस बात को स्मरण रखना कि आपके भीतर कोई बीज अंकुर होने को उत्सुक हो गया है। इस बात को स्मरण रखना कि आपके भीतर कोई दबी हुई आकांक्षा जाग रही है। इस बात को स्मरण रखना कि कुछ महत्वपूर्ण आंदोलन आपके भीतर हो रहा है।

उस आंदोलन को हमें सम्हालना होगा। उस आंदोलन को सहारा देना होगा। क्योंकि बीज अकेला अंकुर बन जाए, इतना ही काफी नहीं है। और भी बहुत-सी सुरक्षाएं जरूरी हैं। और बीज अंकुर बन जाए, इसके लिए बीज की क्षमता काफी नहीं है, और बहुत-सी सुविधाएं भी जरूरी हैं।

जमीन पर बहुत बीज पैदा होते हैं, लेकिन बहुत कम बीज वृक्ष बन पाते हैं। उनमें क्षमता थी, वे विकसित हो सकते थे। और एक-एक बीज में फिर करोड़ों-करोड़ों बीज लग सकते थे। एक छोटे-से बीज में इतनी शक्ति है कि एक पूरा जंगल उससे पैदा हो जाए। एक छोटे-से बीज में इतनी शक्ति है कि सारी जमीन पर पौधे उससे पैदा हो जाएं। लेकिन यह भी हो सकता है कि इतनी विराट क्षमता, इतनी विराट शक्ति का वह बीज नष्ट हो जाए और उसमें कुछ भी पैदा न हो।

एक बीज की यह क्षमता है, एक मनुष्य की तो क्षमता और भी बहुत ज्यादा है। एक बीज से इतना बड़ा, विराट विकास हो सकता है, एक पत्थर के छोटे-से टुकड़े से अगर अणु को विस्फोट कर लिया जाए, तो महान ऊर्जा का जन्म होता है, बहुत शक्ति का जन्म होता है। मनुष्य की आत्मा और मनुष्य की चेतना का जो अणु है, अगर वह विकसित हो सके, अगर उसका विस्फोट हो सके, अगर उसका विकास हो सके, तो जिस शक्ति और ऊर्जा का जन्म होता है, उसी का नाम परमात्मा है। परमात्मा को हम कहीं पाते नहीं हैं, बल्कि अपने ही विस्फोट से, अपने ही विकास से जिस ऊर्जा को हम जन्म देते हैं, जिस शक्ति को, उस शक्ति का अनुभव परमात्मा है। उसकी प्यास आपमें है, इसलिए मैं स्वागत करता हूं।

ओशो

अनुक्रम

प्यास और संकल्प

पहला प्रवचन

मेरे प्रिय आत्मन्, सबसे पहले तो आपका स्वागत करूं—इसलिए कि परमात्मा में आपकी उत्सुकता है—इसलिए कि सामान्य जीवन के ऊपर एक साधक के जीवन में प्रवेश करने की आकांक्षा है—इसलिए कि संसार के अतिरिक्त सत्य को पाने की प्यास है।

सौभाग्य है उन लोगों का, जो सत्य के लिए प्यासे हो सकें। बहुत लोग पैदा होते हैं, बहुत कम लोग सत्य के लिए प्यासे हो पाते हैं। सत्य का मिलना तो बहुत बड़ा सौभाग्य है। सत्य की प्यास होना भी उतना ही बड़ा सौभाग्य है। सत्य न भी मिले, तो कोई हर्ज नहीं; लेकिन सत्य की प्यास ही पैदा न हो, तो बहुत बड़ा हर्ज है।

सत्य यदि न मिले, तो मैंने कहा, कोई हर्ज नहीं है। हमने चाहा था और हमने प्रयास किया था, हम श्रम किए थे और हमने आकांक्षा की थी, हमने संकल्प बांधा था और हमने जो हमसे बन सकता था, वह किया था। और यदि सत्य न मिले, तो कोई हर्ज नहीं; लेकिन सत्य की प्यास ही हममें पैदा न हो, तो जीवन बहुत दुर्भाग्य से भर जाता है।

और मैं आपको यह भी कहूं कि सत्य को पा लेना उतना महत्वपूर्ण नहीं है, जितना सत्य के लिए ठीक अर्थों में प्यासे हो जाना है। वह भी एक आनंद है। जो क्षुद्र के लिए प्यासा होता है, वह क्षुद्र को पाकर भी आनंद उपलब्ध नहीं करता। और जो विराट के लिए प्यासा होता है, वह उसे न भी पा सके, तो भी आनंद से भर जाता है।

इसे पुनः दोहराऊं—जो क्षुद्र के लिए आकांक्षा करे, वह अगर क्षुद्र को पा भी ले, तो भी उसे कोई शांति और आनंद उपलब्ध नहीं होता है। और जो विराट की अभीप्सा से भर जाए, वह अगर विराट को उपलब्ध न भी हो सके, तो भी उसका जीवन आनंद से भर जाता है। जिन अर्थों में हम श्रेष्ठ की कामना करने लगते हैं, उन्हीं अर्थों में हमारे भीतर कोई श्रेष्ठ पैदा होने लगता है।

कोई परमात्मा या कोई सत्य हमारे बाहर हमें उपलब्ध नहीं होगा, उसके बीज हमारे भीतर हैं और वे विकसित होंगे। लेकिन वे तभी विकसित होंगे जब प्यास की आग और प्यास की तपिश और प्यास की गर्मी हम पैदा कर सकें। मैं जितनी श्रेष्ठ की आकांक्षा करता हूं, उतना ही मेरे मन के भीतर छिपे हुए वे बीज, जो विराट और श्रेष्ठ बन सकते हैं, वे कंपित होने लगते हैं और उनमें अंकुर आने की संभावना पैदा हो जाती है।

जब आपके भीतर कभी यह खयाल भी पैदा हो कि परमात्मा को पाना है, जब कभी यह खयाल भी पैदा हो कि शांति को और सत्य को उपलब्ध करना है, तो इस बात को स्मरण रखना कि आपके भीतर कोई बीज अंकुर होने को उत्सुक हो गया है। इस बात को स्मरण रखना कि

आपके भीतर कोई दबी हुई आकांक्षा जाग रही है। इस बात को स्मरण रखना कि कुछ महत्वपूर्ण आंदोलन आपके भीतर हो रहा है।

उस आंदोलन को हमें सम्हालना होगा। उस आंदोलन को सहारा देना होगा। क्योंकि बीज अकेला अंकुर बन जाए, इतना ही काफी नहीं है। और भी बहुत-सी सुरक्षाएं जरूरी हैं। और बीज अंकुर बन जाए, इसके लिए बीज की क्षमता काफी नहीं है, और बहुत-सी सुविधाएं भी जरूरी हैं।

जमीन पर बहुत बीज पैदा होते हैं, लेकिन बहुत कम बीज वृक्ष बन पाते हैं। उनमें क्षमता थी, वे विकसित हो सकते थे। और एक-एक बीज में फिर करोड़ों-करोड़ों बीज लग सकते थे। एक छोटे-से बीज में इतनी शक्ति है कि एक पूरा जंगल उससे पैदा हो जाए। एक छोटे-से बीज में इतनी शक्ति है कि सारी जमीन पर पौधे उससे पैदा हो जाएं। लेकिन यह भी हो सकता है कि इतनी विराट क्षमता, इतनी विराट शक्ति का वह बीज नष्ट हो जाए और उसमें कुछ भी पैदा न हो।

एक बीज की यह क्षमता है, एक मनुष्य की तो क्षमता और भी बहुत ज्यादा है। एक बीज से इतना बड़ा, विराट विकास हो सकता है, एक पत्थर के छोटे-से टुकड़े से अगर अणु को विस्फोट कर लिया जाए, तो महान ऊर्जा का जन्म होता है, बहुत शक्ति का जन्म होता है। मनुष्य की आत्मा और मनुष्य की चेतना का जो अणु है, अगर वह विकसित हो सके, अगर उसका विस्फोट हो सके, अगर उसका विकास हो सके, तो जिस शक्ति और ऊर्जा का जन्म होता है, उसी का नाम परमात्मा है। परमात्मा को हम कहीं पाते नहीं हैं, बल्कि अपने ही विस्फोट से, अपने ही विकास से जिस ऊर्जा को हम जन्म देते हैं, जिस शक्ति को, उस शक्ति का अनुभव परमात्मा है। उसकी प्यास आपमें है, इसलिए मैं स्वागत करता हूं।

लेकिन इससे कोई यह न समझे कि आप यहां इकट्ठे हो गए हैं, तो जरूरी हो कि आप प्यासे ही हों। आप यहां इकट्ठे हो सकते हैं मात्र एक दर्शक की भांति भी। आप यहां इकट्ठे हो सकते हैं एक मात्र सामान्य जिज्ञासा की भांति भी। आप यहां इकट्ठे हो सकते हैं एक कुतूहल के कारण भी। लेकिन कुतूहल से कोई द्वार नहीं खुलते हैं। और जो ऐसे ही दर्शक की भांति खड़ा हो, उसे कोई रहस्य उपलब्ध नहीं होते हैं। इस जगत में जो भी पाया जाता है, उसके लिए बहुत कुछ चुकाना पड़ता है। इस जगत में जो भी पाया जाता है, उसके लिए बहुत कुछ चुकाना पड़ता है। कुतूहल कुछ भी नहीं चुकाता। इसलिए कुतूहल कुछ भी नहीं पा सकता है। कुतूहल से कोई साधना में प्रवेश नहीं करता। अकेली जिज्ञासा नहीं, मुमुक्षा! एक गहरी प्यास!

कल संध्या मैं किसी से कह रहा था कि अगर एक मरुस्थल में आप हों और पानी आपको न मिले, और प्यास बढ़ती चली जाए, और वह घड़ी आ जाए कि आप अब मरने को हैं और अगर पानी नहीं मिलेगा, तो आप जी नहीं सकेंगे। अगर कोई उस वक्त आपको कहे कि हम यह पानी देते हैं, लेकिन पानी देकर हम जान ले लेंगे आपकी, यानि जान के मूल्य पर हम पानी देते हैं, आप उसको भी लेने को राजी हो जाएंगे। क्योंकि मरना तो है; प्यासे मरने की बजाय, तृप्त होकर मर जाना बेहतर है।

उतनी जिज्ञासा, उतनी आकांक्षा, जब आपके भीतर पैदा होती है, तो उस जिज्ञासा और आकांक्षा के दबाव में आपके भीतर का बीज टूटता है और उसमें से अंकुर निकलता है। बीज ऐसे ही नहीं टूट जाते हैं, उनको दबाव चाहिए। उनको बहुत दबाव चाहिए, बहुत उत्ताप चाहिए, तब

उनकी सख्त खोल टूटती है और उसके भीतर से कोमल पौधे का जन्म होता है। हम सबके भीतर भी बहुत सख्त खोल है। और जो भी उस खोल के बाहर आना चाहते हैं, अकेले कुतूहल से नहीं आ सकेंगे। इसलिए स्मरण रखें, जो मात्र कुतूहल से इकट्ठे हुए हैं, वे मात्र कुतूहल को लेकर वापस लौट जाएंगे। उनके लिए कुछ भी नहीं हो सकेगा। जो दर्शक की भांति इकट्ठे हुए हैं, वे दर्शक की भांति ही वापस लौट जाएंगे, उनके लिए कुछ भी नहीं हो सकेगा।

इसलिए प्रत्येक अपने भीतर पहले तो यह खयाल कर ले, उसमें प्यास है? प्रत्येक अपने भीतर यह विचार कर ले, वह प्यासा है? इसे बहुत स्पष्ट रूप से अनुभव कर ले, वह सच में परमात्मा में उत्सुक है? उसकी कोई उत्सुकता है सत्य को, शांति को, आनंद को उपलब्ध करने के लिए?

अगर नहीं है, तो वह समझे कि वह जो भी करेगा, उस करने में कोई प्राण नहीं हो सकते; वह निष्प्राण होगा। और तब फिर उस निष्प्राण चेष्टा का अगर कोई फल न हो, तो साधना जिम्मेवार नहीं होगी, आप स्वयं जिम्मेवार होंगे।

इसलिए पहली बात अपने भीतर अपनी प्यास को खोजना और उसे स्पष्ट कर लेना है। आप सच में कुछ पाना चाहते हैं? अगर पाना चाहते हैं, तो पाने का रास्ता है।

एक बार ऐसा हुआ, गौतम बुद्ध एक गांव में ठहरे थे। एक व्यक्ति ने उनको आकर कहा कि 'आप रोज कहते हैं कि हर एक व्यक्ति मोक्ष पा सकता है। लेकिन हर एक व्यक्ति मोक्ष पा क्यों नहीं लेता है?' बुद्ध ने कहा, 'मेरे मित्र, एक काम करो। संध्या को गांव में जाना और सारे लोगों से पूछकर आना, वे क्या पाना चाहते हैं। एक फेहरिस्त बनाओ। हर एक का नाम लिखो और उसके सामने लिख लाना, उनकी आकांक्षा क्या है।'

वह आदमी गांव में गया। उसने जाकर पूछा। उसने एक-एक आदमी को पूछा। थोड़े-से लोग थे उस गांव में, उन सबने उत्तर दिए। वह सांझ को वापस लौटा। उसने बुद्ध को आकर वह फेहरिस्त दी। बुद्ध ने कहा, 'इसमें कितने लोग मोक्ष के आकांक्षी हैं?' वह बहुत हैरान हुआ। उसमें एक भी आदमी ने अपनी आकांक्षा में मोक्ष नहीं लिखाया था। बुद्ध ने कहा, 'हर एक आदमी पा सकता है, यह मैं कहता हूं। लेकिन हर एक आदमी पाना चाहता है, यह मैं नहीं कहता।'

हर एक आदमी पा सकता है, यह बहुत अलग बात है। और हर एक आदमी पाना चाहता है, यह बहुत अलग बात है। अगर आप पाना चाहते हैं, तो यह आश्वासन मानें। अगर आप सच में पाना चाहते हैं, तो इस जमीन पर कोई ताकत आपको रोकने में समर्थ नहीं है। और अगर आप नहीं पाना चाहते, तो इस जमीन पर कोई ताकत आपको देने में भी समर्थ नहीं है।

तो सबसे पहली बात, सबसे पहला सूत्र, जो स्मरण रखना है, वह यह कि आपके भीतर एक वास्तविक प्यास है? अगर है, तो आश्वासन मानें कि रास्ता मिल जाएगा। और अगर नहीं है, तो कोई रास्ता नहीं है। आपकी प्यास आपके लिए रास्ता बनेगी।

दूसरी बात, जो मैं प्रारंभिक रूप से यहां कहना चाहूं, वह यह है कि बहुत बार हम प्यासे भी होते हैं किन्हीं बातों के लिए, लेकिन हम आशा से भरे हुए नहीं होते हैं। हम प्यासे होते हैं, लेकिन आशा नहीं होती। हम प्यासे होते हैं, लेकिन निराश होते हैं। और जिसका पहला कदम निराशा में उठेगा, उसका अंतिम कदम निराशा में समाप्त होगा। इसे भी स्मरण रखें, जिसका पहला कदम

निराशा में उठेगा, उसका अंतिम कदम भी निराशा में समाप्त होगा। अंतिम कदम अगर सफलता और सार्थकता में जाना है, तो पहला कदम बहुत आशा में उठना चाहिए।

तो इन तीन दिनों के लिए आपसे कहूंगा—यूं तो पूरे जीवन के लिए कहूंगा—एक बहुत आशा से भरा हुआ दृष्टिकोण। क्या आपको पता है, बहुत कुछ इस पर निर्भर करता है आपके चित्त का कि क्या आप आशा से भरकर किसी काम को कर रहे हैं या निराशा से? अगर आप पहले से निराश हैं, तो आप अपने ही हाथ से उस डगाल को काट रहे हैं, जिस पर आप बैठे हुए हैं।

तो मैं आपको यह कहूं, साधना के संबंध में बहुत आशा से भरा हुआ होना बड़ा महत्वपूर्ण है। आशा से भरे हुए होने का मतलब यह है कि अगर इस जमीन पर किसी भी मनुष्य ने सत्य को कभी पाया है, अगर इस जमीन पर मनुष्य के इतिहास में कभी भी कोई मनुष्य आनंद को और चरम शांति को उपलब्ध हुआ है, तो कोई भी कारण नहीं है कि मैं उपलब्ध क्यों नहीं हो सकूंगा।

उन लाखों लोगों की तरफ मत देखें, जिनका जीवन अंधकार से भरा हुआ है और जिन्हें कोई आशा और कोई किरण और कोई प्रकाश दिखाई नहीं पड़ता। उन थोड़े-से लोगों को इतिहास में देखें, जिन्हें सत्य उपलब्ध हुआ है। उन बीजों को मत देखें, जो वृक्ष नहीं बन पाए और सड़ गए और नष्ट हो गए। उन थोड़े-से बीजों को देखें, जिन्होंने विकास को उपलब्ध किया और जो परमात्मा तक पहुंचे। और स्मरण रखें कि उन बीजों को जो संभव हो सका, वह प्रत्येक बीज को संभव है। एक मनुष्य को जो संभव हुआ है, वह प्रत्येक दूसरे मनुष्य को संभव है।

मैं आपको यह कहना चाहता हूं कि बीज रूप से आपकी शक्ति उतनी ही है जितनी बुद्ध की, महावीर की, कृष्ण की या क्राइस्ट की है। परमात्मा के जगत में इस अर्थों में कोई अन्याय नहीं है कि वहां कम और ज्यादा संभावनाएं दी गई हों। संभावनाएं सबकी बराबर हैं, लेकिन वास्तविकताएं सबकी बराबर नहीं हैं। क्योंकि हममें से बहुत लोग अपनी संभावनाओं को वास्तविकता में परिणत करने का प्रयास ही कभी नहीं करते।

तो एक आधारभूत खयाल, आशा से भरा हुआ होना है। यह विश्वास रखें कि अगर कभी भी किसी को शांति उपलब्ध हुई है, आनंद उपलब्ध हुआ है, तो मुझे भी उपलब्ध हो सकेगा। अपना अपमान न करें निराश होकर। निराशा स्वयं का सबसे बड़ा अपमान है। उसका अर्थ है कि मैं इस योग्य नहीं हूं कि मैं भी पा सकूंगा। मैं आपको कहूं, इस योग्य आप हैं, निश्चित पा सकेंगे।

देखें! निराशा में भी जीवनभर चलकर देखा है। आशा में इन तीन दिन चलकर देखें। इतनी आशा से भरकर चलें कि होगी घटना, जरूर घटना घटेगी। क्यूं! यह हो सकता है आप आशा से भरे हों, लेकिन बाहर की दुनिया में हो सकता है कोई काम आप आशा से भरे हों, तो भी न कर पाएं। लेकिन भीतर की दुनिया में आशा बहुत बड़ा रास्ता है। जब आप आशा से भरते हैं, तो आपका कण-कण आशा से भर जाता है, आपका रोआं-रोआं आशा से भर जाता है, आपकी श्वास-श्वास आशा से भर जाती है। आपके विचारों पर आशा का प्रकाश भर जाता है और आपके प्राण के स्पंदन में, आपके हृदय की धड़कन में आशा व्याप्त हो जाती है।

आपका पूरा व्यक्तित्व जब आशा से भर जाता है, तो भूमिका बनती है कि आप कुछ कर सकेंगे। और निराशा का भी व्यक्तित्व होता है—कण-कण रो रहा है, उदास है, थका है, डूबा हुआ है, कोई प्राण नहीं हैं। सब—जैसे कि आदमी जिंदा नाममात्र को हो और मरा हुआ है। ऐसा

आदमी किसी प्रयास पर निकलेगा, किसी अभियान पर, तो क्या पा सकेगा? और आत्मिक जीवन का अभियान सबसे बड़ा अभियान है। इससे बड़ी कोई चोटी नहीं है, जिसको कोई मनुष्य कभी चढ़ा हो। इससे बड़ी कोई गहराई नहीं है समुद्रों की, जिसमें मनुष्य ने कभी डुबकी लगाई हो। स्वयं की गहराई सबसे बड़ी गहराई है और स्वयं की ऊंचाई सबसे बड़ी ऊंचाई है।

इस अभियान पर जो निकला हो, उसे बड़ी आशाओं से भरा हुआ होना चाहिए।

तो मैं आपको कहूंगा, तीन दिन आशा की एक भाव-स्थिति को कायम रखें। आज रात ही जब सोएं, तो बहुत आशा से भरे हुए सोएं। और यह विश्वास लेकर सोएं कि कल सुबह जब आप उठेंगे, तो कुछ होगा, कुछ हो सकेगा, कुछ किया जा सकेगा।

दूसरी बात मैंने कही, आशा का एक दृष्टिकोण। आशा के इस दृष्टिकोण के साथ ही यह भी आपको स्मरण दिला दूं, इन पीछे कुछ वर्षों के अनुभव से इस नतीजे पर पहुंचा हूं कि हमारी निराशा इतनी गहरी है कि जब हमें कुछ मिलना भी शुरू होता है, तो निराशा के कारण दिखाई नहीं पड़ता।

अभी मेरे पास एक व्यक्ति आते थे। वे अपनी पत्नी को मेरे पास लाए। उन्होंने पहले दिन, जब वे आए थे, तो मुझे कहा कि मेरी पत्नी को नींद नहीं आती। बिलकुल नींद नहीं आती बिना दवा के। और दवा से भी तीन-चार घंटे से ज्यादा नींद नहीं आती। और मेरी पत्नी भयभीत है। अनजाने भय उसे परेशान किए रहते हैं। घर के बाहर निकलती है, तो डरती है। घर के भीतर होती हैं, तो डरती है कि मकान न गिर जाए। अगर पास में कोई न हो, तो घबड़ाती है कि अकेले में कहीं मृत्यु न हो जाए, इसलिए पास में कोई होना ही चाहिए। रात को सब दवाइयां अपने पास में रखकर सोती है कि बीच रात में कोई खतरा न हो जाए। उन्होंने मुझे अपनी पत्नी की यह भय की और निराशा की हालत बतायी।

मैंने उनको कहा कि ध्यान का यह छोटा-सा प्रयोग शुरू करिए, लाभ होगा। उन्होंने प्रयोग शुरू किया। सात दिन बाद वे मुझे मिले। मैंने उनसे पूछा, 'क्या हुआ? कैसा है?' वे बोले, 'अभी कुछ खास नहीं हुआ। बस नींद भर आने लगी है।' उन्होंने मुझसे कहा, 'अभी कुछ खास नहीं हुआ, बस नींद भर आने लगी है।'

सात दिन बाद वे मुझे फिर मिले, मैंने उनसे पूछा, 'क्या हुआ?' बोले, 'अभी कुछ खास नहीं हुआ, थोड़ा-सा भय दूर हो गया है।' वे सात दिन बाद मुझे फिर मिले। मैंने उनसे पूछा, 'कुछ हुआ?' वे बोले, 'अभी कुछ विशेष तो नहीं हुआ, यही है कि थोड़ी नींद आ जाती है, भय कम हो गया है, दवाइयां-ववाइयां अपने पास नहीं रखती। और कुछ खास नहीं हुआ।'

इसको मैं निराशा की दृष्टि कहता हूं। और ऐसे आदमी को कुछ हो भी जाए, तो उसे पता नहीं चलेगा। यह दृष्टि तो बुनियाद से गलत है। इसका तो मतलब है, इस आदमी को कुछ हो नहीं सकता, अगर हो भी जाए, तो भी—तो भी उसे कभी पता नहीं चलेगा कि कुछ हुआ। और बहुत कुछ हो सकता था, जो कि रुक जाएगा।

तो आशा के इस दृष्टिकोण के साथ-साथ प्रसंगवशात मैं आपसे यह कहूं, इन तीन दिनों में जो घटित हो, उसको स्मरण रखें; और जो घटित न हो, उसको बिलकुल स्मरण न रखें।

इन तीन दिनों में जो घटित हो, उसको स्मरण रखें। और जो घटित न हो, जो न हो पाए, उसे

बिलकुल स्मरण न रखें। स्मरणीय वह है जो घटित हुआ हो। थोड़ा-सा कण भी अगर लगे शांति का, उसको पकड़ें। वह आपको आशा देगा और गतिमान करेगा। और अगर आप उसको पकड़ते हैं जो नहीं हुआ, तो आपकी गति अवरुद्ध हो जाएगी और जो हुआ है, वह भी मिट जाएगा।

तो इन तीन दिनों में यह भी स्मरण रखें कि इन ध्यान के प्रयोगों में जो थोड़ा-सा आपको अनुभव हो, उसको स्मरण रखें, उसको आधार बनाएं आगे के लिए। जो न हो, उसको आधार न बनाएं। मनुष्य जीवनभर इसी दुख में रहता है। जो उसे मिलता है, उसे भूल जाता है। और जो उसे नहीं मिलता, उसका स्मरण रखता है। ऐसा आदमी गलत आधार पर खड़ा है। वैसा आदमी बनें, जिसे जो मिला है, उसे स्मरण रखे और उस आधार पर खड़ा हो।

अभी मैं पढ़ता था, एक व्यक्ति ने किसी को कहा कि 'मेरे पास कुछ भी नहीं है। मैं बहुत दरिद्र हूं।' उस दूसरे व्यक्ति ने कहा कि 'अगर तुम दरिद्र हो, तो एक काम करो। मैं तुम्हारी बायीं आंख चाहता हूं। इसके मैं पांच हजार रुपए देता हूं। तुम पांच हजार रुपए ले लो और बायीं आंख दे दो।' उस आदमी ने कहा, 'यह मुश्किल है, मैं बायीं आंख नहीं दे सकता।' उसने कहा, 'मैं दस हजार रुपए देता हूं, दोनों आंखें दे दो।' उसने कहा, 'दस हजार! फिर भी मैं नहीं दे सकता।' उसने कहा, 'मैं तुम्हें पचास हजार रुपए देता हूं, तुम अपनी जान मुझे दे दो।' उसने कहा, 'यह असंभव है। मैं नहीं दे सकता।' तो उस आदमी ने कहा, 'तब तो तुम्हारे पास बहुत कुछ है, जिसका बहुत दाम है। तुम्हारे पास दो आंखें हैं, जिनको तुम दस हजार में देने को राजी नहीं हो। लेकिन तुम कह रहे थे, मेरे पास कुछ भी नहीं है।'

मैं उस आदमी और उस विचार की बात आपसे कह रहा हूं। जो आपके पास है, उसको स्मरण रखें। और जो साधना में मिले थोड़ा-सा, रत्तीभर भी मिले, उसे स्मरण रखें। उसका विचार करें, उसकी चर्चा करें। उसके आधार से और मिलने का रास्ता बनेगा, क्योंकि आशा बढ़ेगी। और जो नहीं मिला...।

एक महिला मेरे पास आती थीं। पढ़ी-लिखी हैं, एक कालेज में प्रोफेसर हैं, संस्कृत की विद्वान हैं। वे मेरे पास आती थीं। एक सात दिन का प्रयोग चलता था ध्यान का, उसमें आती थीं। पहले दिन वे प्रयोग करने के बाद उठीं और बाहर जाकर मुझसे कहीं, 'क्षमा करें, अभी मुझे आज कोई ईश्वर के दर्शन नहीं हुए!' पहले दिन वे प्रयोग की और बाहर जाकर मुझसे कहीं, 'क्षमा करें, अभी मुझे कोई ईश्वर के दर्शन नहीं हुए।'

मैंने कहा, 'अगर ईश्वर के दर्शन हो जाते, तो ही खतरे की बात होती। क्योंकि इतना सस्ता जो ईश्वर मिल जाए, उसे फिर शायद आप किसी मतलब का भी न समझतीं।' और मैंने उनसे कहा कि 'जो यह आकांक्षा करे कि वह दस मिनट आंख बंद करके बैठ गया है, इसलिए ईश्वर को पाने का हकदार हो गया है, उससे ज्यादा मूढ़तापूर्ण और कोई वृत्ति और विचार नहीं हो सकता।'

तो मैं आपसे यह कहता हूं कि जो थोड़ी-सी भी शांति की किरण आपको मिले, उसे आप सूरज समझें। इसलिए सूरज समझें कि उसी किरण का सहारा पकड़कर आप सूरज तक पहुंच जाएंगे। इस अंधकार से भरे कमरे में अगर मैं बैठा हूं और एक मुझे थोड़ी-सी किरण दिखाई पड़ती हो, तो मेरे पास दो रास्ते हैं। एक तो मैं यह कहूं कि यह किरण क्या है, अंधकार इतना घना है। इस किरण से क्या होगा! अंधकार इतना ज्यादा है। एक रास्ता यह भी है कि मैं यह कहूं कि

अंधकार कितना ही हो, लेकिन एक किरण मुझे उपलब्ध है। और अगर मैं इसकी दिशा में इसका अनुगमन करूं, तो मैं वहां तक पहुंच जाऊंगा, जहां से किरण पैदा हुई और जहां सूरज होगा।

तो मैं आपको अंधकार ज्यादा हो, तो भी उसे विचार करने को नहीं कहता। किरण छोटी हो, तो भी उस पर ही विचार को खड़ा करने को कहता हूं। इससे आशा की दृष्टि खड़ी होगी।

अन्यथा हमारे जीवन बड़े उलटे हैं। अगर मैं आपको एक गुलाब के फूल के पौधे के पास ले जाऊं और आपको पौधा दिखाऊं, तो शायद आप मुझसे कहें कि 'इसमें क्या है! भगवान कैसा अन्यायी है! दो-चार तो फूल हैं, हजारों कांटे हैं।' एक दृष्टि यह भी है कि गुलाब के पास जाकर हम यह कहें कि 'भगवान कैसा अन्यायी है! हजारों कांटे हैं, कहीं एकाध फूल है।'

इसको कहने का एक ढंग और भी हो सकता है, एक दृष्टि और भी हो सकती है, एक और एप्रोच हो सकती है कि कोई आदमी उसी पौधे के पास जाकर यह कहे कि 'भगवान कैसा अदभुत है कि जहां लाखों कांटे हैं, उनमें भी एक फूल खिल जाता है!' कोई इसे यूं भी देख सकता है कि कहे कि 'जहां लाखों कांटे हैं, उनमें भी एक फूल खिल जाता है। दुनिया अदभुत है! कांटों के बीच भी फूल के खिलने की संभावना कितनी आश्चर्यजनक है!'

तो मैं आपको दूसरी दृष्टि रखने को कहूंगा इन तीन दिनों में। छोटी-सी भी आशा की जो भी झलक आपको मिले साधना में, उसको आधार बनाएं, उसको संबल बनाएं।

तीसरी बात, साधना के इन तीन दिनों में आपको ठीक वैसे ही नहीं जीना है, जैसे आप आज सांझ तक जीते रहे हैं। मनुष्य बहुत कुछ आदतों का यंत्र है। और अगर मनुष्य अपनी पुरानी आदतों के घेरे में ही चले, तो साधना की नई दृष्टि खोलने में उसे बड़ी कठिनाई हो जाती है। तो थोड़े-से परिवर्तन करने को मैं आपसे कहूंगा।

एक परिवर्तन तो मैं आपसे यह कहूंगा कि इन तीन दिनों में आप ज्यादा बातचीत न करें। बातचीत इस सदी की सबसे बड़ी बीमारी है। और आपको पता नहीं कि आप कितनी बातें कर रहे हैं। सुबह से सांझ तक, जब तक आप जाग रहे हैं, बातें कर रहे हैं। या तो किसी से कर रहे हैं, अगर फिर कोई मौजूद नहीं है, तो अपने भीतर खुद से ही कर रहे हैं।

इन तीन दिनों में, इसका बहुत सजग प्रयास करें कि आपकी बातचीत की जो बहुत यांत्रिक आदत है, वह न चले। आदत है हमारी। यह साधक के जीवन में बहुत संघातक है।

इन तीन दिनों में मैं चाहूंगा, आप कम से कम बात करें। और जो बात भी करें, वह बात भी अच्छा हो कि आपकी वही सामान्य न हो, जो आप रोज करते हैं। आप क्या रोज बातें कर रहे हैं, उसका कोई बहुत मूल्य है? आप उसे नहीं करेंगे, तो कोई नुकसान है? जिसको आप कर रहे हैं, उसका, अगर नहीं उसे बताएंगे, कोई अहित है?

इन तीन दिनों में स्मरण रखें कि हमें किसी से कोई विशेष बात नहीं करनी है। बहुत अदभुत लाभ होगा। अगर कोई थोड़ी-बहुत बात आप करें भी, अच्छा हो कि वह साधना से ही संबंधित हो, और कुछ न हो। अच्छा तो यह है कि न ही करें। ज्यादा से ज्यादा समय मौन को रखें। वह भी जबरदस्ती मौन रखने को नहीं कहता हूं कि आप बिलकुल बोलें ही न, या लिखकर बोलें। आप बोलने के लिए मुक्त हैं, बातचीत करने को मुक्त नहीं हैं। और स्मरणपूर्वक, जितना सार्थक हो उतना बोलें, बाकी चुप रहें।

दो लाभ होंगे। एक तो बड़ा लाभ होगा कि व्यर्थ जो शक्ति व्यय होती है बोलने में, वह संचित होगी। और उस शक्ति का हम उपयोग साधना में कर सकेंगे। दूसरा लाभ यह होगा कि आप दूसरे लोगों से टूट जाएंगे और आप थोड़े एकांत में हो जाएंगे। हम यहां पहाड़ पर आए हैं। पहाड़ पर आने का कोई प्रयोजन पूरा न होगा, अगर यहां हम दो सौ लोग इकट्ठे हुए हैं और आपस में बातचीत करते रहे और बैठकर गपशप करते रहे। तो हम भीड़ के भीड़ में रहे, हम एकांत में नहीं आ पाए।

एकांत में आने के लिए पहाड़ पर जाना ही जरूरी नहीं है, यह भी जरूरी है कि आप दूसरे लोगों से अपना संबंध थोड़ा शिथिल कर लें और अकेले हो जाएं। बहुत नाममात्र को संबंध रखें। समझें कि आप अकेले हैं इस पहाड़ पर और दूसरा कोई नहीं है। और आपको इस तरह जीना है, जैसे आप अकेले आए होते—अकेले रहते, अकेले घूमने जाते, अकेले किसी दरख्त के नीचे बैठते—वैसे ही। झुंड में आप न जाएं। चार-छः मित्र बनकर न जाएं। अलग-अलग, एक-एक, इन तीन दिनों में हम इस तरह जीएं।

यह मैं आपको कहूं कि भीड़ में जीवन का कोई श्रेष्ठ सत्य न कभी पैदा होता है और न कभी अनुभव होता है। भीड़ में कोई महत्वपूर्ण बात कभी नहीं हुई है। जो भी सत्य के अनुभव हुए हैं, वे अत्यंत एकांत में और अकेलेपन में हुए हैं।

जब हम किसी मनुष्य से नहीं बोलते और जब हम सारी बातचीत बाहर और भीतर बंद कर देते हैं, तो प्रकृति किसी बहुत रहस्यमय ढंग से हमसे बोलना शुरू कर देती है। वह शायद हमसे निरंतर बोल रही है। लेकिन हम अपनी बातचीत में इतने व्यस्त हैं कि वह धीमी-सी आवाज हमें सुनाई नहीं पड़ती। हमें अपनी सारी आवाज बंद कर देनी होगी, ताकि हम उस अंतस-चेतन की आवाज को सुन सकें, जो प्रत्येक के भीतर चल रही है।

तो इन तीन दिनों में बिलकुल बातचीत को क्षीण कर दें स्मरणपूर्वक। अगर आदतवश बातचीत शुरू हो जाए और खयाल आ जाए, तो बीच में वहीं तोड़ दें और क्षमा मांग लें कि भूल हो गई। अकेले में जाएं। यहां जो हम प्रयोग करेंगे, वे तो करेंगे ही, लेकिन आप अकेले में प्रयोग करें। कहीं भी चले जाएं। किसी दरख्त के नीचे बैठें।

हम यह भी भूल गए हैं कि हमारा प्रकृति से कोई संबंध है और कोई नाता है। और हमको यह भी पता नहीं है कि प्रकृति के सान्निध्य में व्यक्ति जितनी शीघ्रता से परमात्मा की निकटता में पहुंचता है, उतना और कहीं नहीं पहुंचता।

तो इस अदभुत तीन दिन के मौके का, अवसर का, लाभ उठाएं। अकेले में चले जाएं और व्यर्थ की बातचीत न करें। वह तीन दिन के बाद फिर करने को आपको काफी समय रहेगा; उसे बाद में कर ले सकते हैं।

इस तीसरी बात को स्मरण रखें कि अधिकतर तीन दिन मौन में, एकांत में और अकेले में बिताने हैं। सब साथ हों, तो भी अकेले में ही हम बिता रहे हैं। साधना का जीवन अकेले का जीवन है। हम यहां इतने लोग हैं, हम ध्यान करने बैठेंगे, तो लगेगा कि समूह में ध्यान कर रहे हैं। लेकिन सब ध्यान वैयक्तिक हैं। समूह का कोई ध्यान नहीं होता। बैठे जरूर हम यहां इतने लोग हैं। लेकिन हर एक भीतर जब अपने जाएगा, तो अकेला रह जाएगा। जब वह आंख बंद

करेगा, अकेला हो जाएगा। और जब शांति में प्रवेश करेगा, उसके साथ कोई भी नहीं होगा। हम यहां दो सौ लोग होंगे, लेकिन हर एक आदमी केवल अपने साथ होगा। बाकी एक सौ निन्यानबे के साथ नहीं होगा।

सामूहिक कोई ध्यान नहीं होता, न कोई प्रार्थना होती है। सब ध्यान, सब प्रार्थनाएं वैयक्तिक होती हैं, अकेले होती हैं। यहां भी हम अकेले रहेंगे, बाहर भी हम अकेले रहेंगे। और अधिकतर मौन में समय को व्यतीत करेंगे। नहीं बोलेंगे। इतना ही काफी नहीं है कि नहीं बोलेंगे। अंतस में भी स्मरण रखेंगे कि व्यर्थ की जो निरंतर बकवास चल रही है भीतर आपके—आप खुद ही बोल रहे हैं, खुद ही उत्तर दे रहे हैं—उसे भी शिथिल रखेंगे, उसे भी छोड़ेंगे। अगर भीतर वह शिथिल न होती हो, तो बहुत स्पष्ट भीतर आदेश दें कि बकवास बंद कर दो। बकवास मुझे पसंद नहीं है। अपने भीतर स्वयं से कहें।

यह भी मैं आपको कहूं कि साधना के जीवन में अपने से कुछ आदेश देना बहुत महत्वपूर्ण है। कभी आदेश देकर देखें। अकेले में बैठ जाएं और अपने मन को कह दें कि 'बकवास बंद। मुझे यह पसंद नहीं है।' और आप हैरान होंगे कि एक झटके से बातचीत भीतर टूटेगी।

तीन दिन स्मरणपूर्वक भीतर आदेश दे दें कि बातचीत मुझे नहीं करनी है। आप तीन दिन में पाएंगे कि अंतर पड़ा है और क्रमशः भीतर की बातचीत बंद हुई है।

पांचवीं बात, कुछ शिकायतें हो सकती हैं, कोई तकलीफ हो सकती है। तीन दिन उसका कोई खयाल नहीं करेगा। कोई छोटी-मोटी तकलीफ हो, अड़चन हो, उसका कोई खयाल नहीं करेगा। हम किन्हीं सुविधाओं के लिए यहां इकट्ठे नहीं हुए हैं।

अभी-अभी मैं एक चीनी साध्वी का जीवन पढ़ता था। वह एक गांव में गई थी। उस गांव में थोड़े-से मकान थे। उसने उन मकानों के सामने जाकर—सांझ हो रही थी, रात पड़ने को थी, वह अकेली साध्वी थी—उसने लोगों से कहा कि 'मुझे घर में ठहर जाने दें।' अपरिचित स्त्री। फिर उस गांव में जो लोग रहते थे, वह उनके धर्म के मानने वाली नहीं थी। लोगों ने अपने दरवाजे बंद कर लिए। दूसरा गांव बहुत दूर था। और रात, और अकेली। उसे उस रात एक खेत में जाकर सोना पड़ा। वह एक चेरी के दरख्त के नीचे जाकर चुपचाप सो गई।

रात दो बजे उसकी नींद खुली। सर्दी थी, और सर्दी की वजह से उसकी नींद खुल गई। उसने देखा, फूल सब खिल गए हैं और दरख्त पूरा फूलों से लदा है और चांद ऊपर आ गया है। और बहुत अदभुत चांदनी है। और उसने उस आनंद के क्षण को अनुभव किया।

सुबह वह उस गांव में गई और उन-उन को धन्यवाद दिया, जिन्होंने रात्रि द्वार बंद कर लिए थे। और उन्होंने पूछा, 'काहे का धन्यवाद!' उसने कहा, 'तुमने अपने प्रेमवश, तुमने मुझ पर करुणा और दया करके रात अपने द्वार बंद कर लिए, उसका धन्यवाद। मैं एक बहुत अदभुत क्षण को उपलब्ध कर सकी। मैंने चेरी के फूल खिले देखे और मैंने पूरा चांद देखा। और मैंने कुछ ऐसा देखा जो मैंने जीवन में नहीं देखा था। और अगर आपने मुझे जगह दे दी होती, तो मैं वंचित रह जाती। तब मैं समझी कि उनकी करुणा कि उन्होंने क्यों मेरे लिए द्वार बंद कर रखे हैं।'

यह एक दृष्टि है, एक कोण है। आप भी हो सकता था उस रात द्वार से लौटा दिए गए होते। तो शायद आप इतने गुस्से में होते रातभर और उन लोगों के प्रति इतनी आपके मन में घृणा और

इतना क्रोध होता कि शायद आपको जब चेरी में फूल खिलते, तो दिखाई नहीं पड़ते। और जब चांद ऊपर आता, तो आपको पता नहीं चलता। धन्यवाद तो बहुत दूर था, आप यह सब अनुभव भी नहीं कर पाते।

जीवन में एक और स्थिति भी है, जब हम प्रत्येक चीज के प्रति धन्यवाद से भर जाते हैं। साधक स्मरण रखें कि उन्हें इन तीन दिनों में प्रत्येक चीज के प्रति धन्यवाद से भर जाना है। जो मिलता है, उसके लिए धन्यवाद। जो नहीं मिलता, उससे कोई प्रयोजन नहीं है। उस भूमिका में अर्थ पैदा होता है। उस भूमिका में भीतर एक निश्चिंतता पैदा होती है और एक सरलता पैदा होती है।

और अंतिम रूप से एक बात और। इन तीन दिनों में हम निरंतर प्रयास करेंगे अंतस प्रवेश का, ध्यान का, समाधि का। उस प्रवेश के लिए एक बहुत प्रगाढ़ संकल्प की जरूरत है। प्रगाढ़ संकल्प का यह अर्थ है, हमारा जो मन है, उसका एक बहुत छोटा-सा हिस्सा, जिसको हम चेतन मन कहते हैं, उसी में सब विचार चलते रहते हैं। उससे बहुत ज्यादा गहराइयों में हमारा नौ हिस्सा मन और है। अगर हम मन के दस खंड करें, तो एक खंड हमारा कांशस है, चेतन है। नौ खंड हमारे अचेतन और अनकांशस हैं। इस एक खंड में ही हम सब सोचते-विचारते हैं। नौ खंडों में उसकी कोई खबर नहीं होती, नौ खंडों में उसकी कोई सूचना नहीं पहुंचती।

हम यहां सोच लेते हैं कि ध्यान करना है, समाधि में उतरना है, लेकिन हमारे मन का बहुत-सा हिस्सा अपरिचित रह जाता है। वह अपरिचित हिस्सा हमारा साथ नहीं देगा। और अगर उसका साथ हमें नहीं मिला, तो सफलता बहुत मुश्किल है। उसका साथ मिल सके, इसके लिए संकल्प करने की जरूरत है। और संकल्प मैं आपको समझा दूं, कैसा हम करेंगे। अभी यहां संकल्प करके उठेंगे। और फिर जब रात्रि में आप अपने बिस्तरों पर जाएं, तो पांच मिनट के लिए उस संकल्प को पुनः दोहराएं और उस संकल्प को दोहराते-दोहराते ही नींद में सो जाएं।

संकल्प को पैदा करने का जो प्रयोग है, वह मैं आपको समझा दूं, उसे हम यहां भी करेंगे और रोज नियमित करेंगे। संकल्प से मैंने आपको समझाया कि आपका पूरा मन चेतन और अचेतन, इकट्ठे रूप से यह भाव कर ले कि मुझे शांत होना है, मुझे ध्यान को उपलब्ध होना है।

जिस रात्रि गौतम बुद्ध को समाधि उपलब्ध हुई, उस रात वे अपने बोधिवृक्ष के नीचे बैठे और उन्होंने कहा, 'अब जब तक मैं परम सत्य को उपलब्ध न हो जाऊं, तब तक यहां से उठूंगा नहीं।' हमें लगेगा, इससे क्या मतलब है? आपके नहीं उठने से परम सत्य कैसे उपलब्ध हो जाएगा? लेकिन यह खयाल कि जब तक मुझे परम सत्य उपलब्ध न हो जाए, मैं यहां से उठूंगा नहीं, यह सारे प्राण में गूंज गया। वे नहीं उठे, जब तक परम सत्य उपलब्ध नहीं हुआ। और आश्चर्य है कि परम सत्य उसी रात्रि उन्हें उपलब्ध हुआ। वे छः वर्ष से चेष्टा कर रहे थे, लेकिन इतना प्रगाढ़ संकल्प किसी दिन नहीं हुआ था।

संकल्प की प्रगाढ़ता कैसे पैदा हो, वह मैं छोटा-सा प्रयोग आपको कहता हूं। वह हम अभी यहां करेंगे और फिर उसे हम रात्रि में नियमित करके सोएंगे।

अगर आप अपनी सारी श्वास को बाहर फेंक दें और फिर श्वास को अंदर ले जाने से रुक जाएं, क्या होगा? अगर मैं अपनी सारी श्वास बाहर फेंक दूं और फिर नाक को बंद कर लूं और श्वास को भीतर न जाने दूं, तो क्या होगा? क्या थोड़ी देर में मेरे सारे प्राण उस श्वास को लेने को

तड़फने नहीं लगेंगे? क्या मेरा रोआं-रोआं और मेरे शरीर के जो लाखों कोष्ठ हैं, वे मांग नहीं करने लगेंगे कि हवा चाहिए, हवा चाहिए! जितनी देर मैं रोकूंगा, उतना ही मेरे गहरे अचेतन का हिस्सा पुकारने लगेगा, हवा चाहिए! जितनी देर मैं रोके रहूंगा, उतने ही मेरे प्राण के नीचे के हिस्से भी चिल्लाने लगेंगे, हवा चाहिए! अगर मैं आखिरी क्षण तक रोके रहूं, तो मेरा पूरा प्राण मांग करने लगेगा, हवा चाहिए! यह सवाल आसान नहीं है कि ऊपर का हिस्सा ही कहे। अब यह जीवन और मृत्यु का सवाल है, तो नीचे के हिस्से भी पुकारेंगे कि हवा चाहिए!

इस क्षण की स्थिति में, जब कि पूरे प्राण हवा को मांगते हों, तब आप अपने मन में यह संकल्प सतत दोहराएं कि मैं ध्यान में प्रवेश करके रहूंगा। उन क्षणों में; जब आपके पूरे प्राण श्वास मांगते हों, तब आप अपने मन में यह भाव दोहराते रहें कि मैं ध्यान में प्रवेश करके रहूंगा। यह मेरा संकल्प है कि मैं ध्यान में प्रवेश करके रहूंगा। उस वक्त आपका मन यह दोहराता रहे। उस वक्त आपके प्राण श्वास मांग रहे होंगे और आपका मन यह दोहराएगा। जितनी गहराई तक प्राण कंपित होंगे, उतनी गहराई तक आपका यह संकल्प प्रविष्ट हो जाएगा। और अगर आपने पूरे प्राण-कंपित हालत में इस वाक्य को दोहराया, तो यह संकल्प प्रगाढ़ हो जाएगा। प्रगाढ़ का मतलब यह है कि वह आपके अचेतन, अनकांशस माइंड तक प्रविष्ट हो जाएगा।

इसे हम रोज ध्यान के पहले भी करेंगे। रात्रि में सोते समय भी आप इसे करके सोएंगे। इसे करेंगे, फिर सो जाएंगे। जब आप सोने लगेंगे, तब भी आपके मन में यह सतत ध्वनि बनी रहे कि मैं ध्यान में प्रविष्ट होकर रहूंगा। यह मेरा संकल्प है कि मुझे ध्यान में प्रवेश करना है। यह वचन आपके मन में गूंजता रहे और गूंजता रहे, और आप कब सो जाएं, आपको पता न पड़े।

सोते समय चेतन मन तो बेहोश हो जाता है और अचेतन मन के द्वार खुलते हैं। अगर उस वक्त आपके मन में यह बात गूंजती रही, गूंजती रही, तो यह अचेतन पर्तों में प्रविष्ट हो जाएगी। और आप इसका परिणाम देखेंगे। इन तीन दिनों में ही परिणाम देखेंगे।

संकल्प को प्रगाढ़ करने का उपाय आप समझें। उपाय है, सबसे पहले धीमे-धीमे पूरी श्वास भर लेना, पूरे प्राणों में, पूरे फेफड़ों में श्वास भर जाए, जितनी भर सकें। जब श्वास पूरी भर जाए, तब भी मन में यह भाव गूंजता रहे कि मैं संकल्प करता हूं कि ध्यान में प्रविष्ट होकर रहूंगा। यह वाक्य गूंजता ही रहे।

फिर श्वास बाहर फेंकी जाए, तब भी यह वाक्य गूंजता रहे कि मैं संकल्प करता हूं कि मैं ध्यान में प्रवेश करके रहूंगा। यह वाक्य दोहरता रहे। फिर श्वास फेंकते जाएं बाहर। एक घड़ी आएगी, आपको लगेगा, अब श्वास भीतर बिलकुल नहीं है, तब भी थोड़ी है, उसे भी फेंकें और वाक्य को दोहराते रहें। आपको लगेगा, अब बिलकुल नहीं है, तब भी है, आप उसे भी फेंकें।

आप घबराएं न। आप पूरी श्वास कभी नहीं फेंक सकते हैं। यानि इसमें घबराने का कोई कारण नहीं है। आप पूरी श्वास कभी फेंक ही नहीं सकते हैं। इसलिए जितना आपको लगे कि अब बिलकुल नहीं है, उस वक्त भी थोड़ी है, उसको भी फेंकें। जब तक आपसे बने, उसे फेंकते जाएं और मन में यह गूंजता रहे कि मैं संकल्प करता हूं कि मैं ध्यान में प्रवेश करके रहूंगा।

यह अदभुत प्रक्रिया है। इसके माध्यम से आपके अचेतन पर्तों में विचार प्रविष्ट होगा, संकल्प प्रविष्ट होगा और उसके परिणाम आप कल सुबह से ही देखेंगे।

तो एक तो संकल्प को प्रगाढ़ करना है। उसको अभी हम जब अलग होंगे यहां से, तो उस प्रयोग को करेंगे। उसको पांच बार करना है। यानि पांच बार श्वास को फेंकना और रोकना है, और पांच बार निरंतर उस भाव को अपने भीतर दोहराना है। जिनको कोई हृदय की बीमारी हो या कोई तकलीफ हो, वे उसे बहुत ज्यादा तेजी से नहीं करेंगे, उसे बहुत आहिस्ता करेंगे; जितना उनको सरल मालूम पड़े और तकलीफ न मालूम पड़े।

यह जो संकल्प की बात है, इसको मैंने कहा कि रोज रात्रि को इन तीन दिनों में सोते समय करके सोना है। सोते वक्त जब बिस्तर पर आप लेट जाएं, इसी भाव को करते-करते क्रमशः नींद में विलीन हो जाना है।

यह संकल्प की स्थिति अगर हमने ठीक से पकड़ी और अपने प्राणों में उस आवाज को पहुंचाया, तो परिणाम होना बहुत सरल है और बहुत-बहुत आसान है।

ये थोड़ी-सी बातें आपको आज कहनी थीं। इनमें जो प्रासंगिक जरूरतें हैं, वह मैं समझता हूं, आप समझ गए होंगे। जैसा मैंने कहा कि बातचीत नहीं करनी है। स्वाभाविक है कि आपको अखबार, रेडियो, इनका उपयोग नहीं करना है। क्योंकि वह भी बातचीत है। मैंने आपसे कहा, मौन में और एकांत में होना है। इसका स्वाभाविक मतलब हुआ कि जहां तक बने साथियों से दूर रहना है। जितनी देर हम यहां मिलेंगे, वह अलग। भोजन के लिए जाएंगे, वह अलग। वहां भी आप बड़े मौन से और बड़ी शांति से भोजन करें। वहां भी सन्नाटा हो, जैसे पता न चले कि आप वहां हैं। यहां भी आएं, तो सन्नाटे में और शांति में आएं।

देखें, तीन दिन शांत रहने का प्रयोग क्या परिणाम लाता है! रास्ते पर चलें, तो बिलकुल शांत। उठें-बैठें, तो बिलकुल शांत। और अधिकतर एकांत में चले जाएं। सुंदर कोई जगह चुनें, वहां चुपचाप बैठ जाएं। अगर कोई साथ है, तो वह भी चुपचाप बैठे, बातचीत न करे। अन्यथा पहाड़ियां व्यर्थ हो जाती हैं। सौंदर्य व्यर्थ हो जाता है। जो सामने है, वह दिखाई नहीं पड़ता। आप बातचीत में सब समाप्त कर देते हैं। अकेले में जाएं।

और इसी भांति ये थोड़ी-सी बातें मैंने कहीं आपके लिए जो-जो जरूरी है और हर एक के लिए। अगर आपके भीतर प्यास नहीं मालूम होती बिलकुल, तो उस प्यास को कैसे पैदा किया जाए, उसके संबंध में कल मुझसे प्रश्न पूछ लें। अगर आपको ऐसा नहीं लगता है, कि मुझे कोई आशा नहीं मालूम होती है; तो आशा कैसे पैदा हो, उसके संबंध में कल सुबह मुझसे प्रश्न पूछ लें। अगर आपको लगता है कि मुझे कोई संकल्प करने में कठिनाई है, या नहीं बन पाता, या नहीं होता, तो सारी कठिनाइयां मुझसे सुबह पूछ लें।

कल सुबह ही तीन दिन के लिए जो भी कठिनाइयां आ सकती हैं, वह आप मुझसे पूछ लें, ताकि तीन दिन में कोई भी समय व्यय न हो। अगर प्रत्येक व्यक्ति की कोई अपनी वैयक्तिक तकलीफ और दुख और पीड़ा है, जिससे वह मुक्त होना चाहता है, या जिसकी वजह से वह ध्यान में नहीं जा सकता, या जिसकी वजह से उसे ध्यान में प्रवेश करना मुश्किल होता है, समझ लें। अगर आपको कोई एक विशेष चिंता है, जो आपको प्रविष्ट नहीं होने देती शांति में, तो आप उसके लिए अलग से पूछ लें। अगर आपको कोई ऐसी पीड़ा है, जो आपको नहीं प्रविष्ट होने देती, उसको आप अलग से पूछ लें। वह सबके लिए नहीं होगी सामूहिक। वह आपकी वैयक्तिक

होगी, उसके लिए आप अलग प्रयोग करेंगे। और जो भी तकलीफ हो, वह स्पष्ट सुबह रख दे ताकि हम तीन दिन के लिए व्यवस्थित हो जाएं।

ये थोड़ी-सी बातें मुझे आपसे कहनी थीं। आपकी एक भाव-दृष्टि बने। और फिर जो हमें करना है, वह हम कल से शुरू करेंगे और कल से समझेंगे।

अभी हम सब थोड़े-थोड़े फासले पर बैठ जाएंगे। हॉल तो बड़ा है, सब फासले पर बैठ जाएंगे, ताकि हम संकल्प का प्रयोग करें और फिर हम यहां से विदा हों।

...ऐसे झटके से नहीं, बहुत आहिस्ता-आहिस्ता, पूरा फेफड़ा भर लेना है। जब आप फेफड़े को भरेंगे, तब आप स्वयं अपने मन में दोहराते रहेंगे कि मैं संकल्प करता हूं कि मैं ध्यान में प्रवेश करके रहूंगा। इस वाक्य को आप दोहराते रहेंगे। फिर जब श्वास पूरी भर जाए आखिरी सीमा तक, तब उसे थोड़ी देर रोकें और अपने मन में यह दोहराते रहें। घबड़ाहट बढ़ेगी। मन होगा, बाहर फेंक दें। तब भी थोड़ी देर रोकें। और इस वाक्य को दोहराते रहें। फिर श्वास को धीरे-धीरे बाहर निकालें। तब भी वाक्य दोहरता रहे। फिर सारी श्वास बाहर निकालते जाएं, आखिरी सीमा तक लगे, तब भी निकाल दें, तब भी वाक्य दोहरता रहे। फिर अंदर जब खाली हो जाए, उस खालीपन को रोकें। श्वास को अंदर न लें। फिर दोहरता रहे वाक्य, अंतिम समय तक। फिर धीरे-धीरे श्वास को अंदर लें। ऐसा पांच बार। यानि एक बार का मतलब हुआ, एक दफा अंदर लेना और बाहर छोड़ना। एक बार। इस तरह पांच बार। क्रमशः धीरे-धीरे सब करें।

जब पांच बार कर चुकें, तब बहुत आहिस्ता से रीढ़ को सीधा रखकर ही फिर धीमे-धीमे श्वास लेते रहें और पांच मिनट विश्राम से बैठे रहें। ऐसा कोई दस मिनट हम यहां प्रयोग करें। फिर चुपचाप सारे लोग चले जाएंगे। बातचीत न करने का स्मरण रखेंगे। अभी से उसको शुरू कर देना है। शिविर शुरू हो गया है इस अर्थों में। सोते समय फिर इस प्रयोग को पांच-सात दफा करें, जितनी देर आपको अच्छा लगे। फिर सो जाएं। सोते समय सोचते हुए सोएं उसी भाव को कि मैं शांत होकर रहूंगा, यह मेरा संकल्प है। और नींद आपको पकड़ ले और आप उसको सोचते रहें।

तो लाइट बुझा दें। जब आपका पांच बार हो जाए, तो आप चुपचाप अपना-अपना बैठकर थोड़ी धीमी श्वास लेते हुए बैठे रहेंगे। रीढ़ सीधी कर लें। सारे शरीर को आराम से छोड़ दें। रीढ़ सीधी हो और शरीर आराम से छोड़ दें। आंख बंद कर लें। बहुत शांति से श्वास को अंदर लें। और जैसा मैंने कहा, वैसा प्रयोग पांच बार करें।

मैं ध्यान में प्रवेश करके रहूंगा। मैं ध्यान में प्रवेश करके रहूंगा। मेरा संकल्प है कि ध्यान में प्रवेश होगा। मेरा संकल्प है कि ध्यान में प्रवेश होगा। पूरे प्राणों को संकल्प करने दें कि ध्यान में प्रवेश होगा। पूरे प्राण में यह बात गूंज जाए। यह अंतस-चेतन तक उतर जाए।

पांच बार आपका हो जाए, तो फिर बहुत आहिस्ता से बैठकर शांति से रीढ़ को सीधा रखे हुए ही धीमे-धीमे श्वास को लें, धीमे छोड़ें और श्वास को ही देखते रहें। पांच मिनट विश्राम करें। उस विश्राम के समय में, जो संकल्प हमने किया है, वह और गहरे अपने आप डूब जाएगा। पांच बार संकल्प कर लें, फिर चुपचाप बैठकर श्वास को देखते रहें पांच मिनट तक। और बहुत धीमी श्वास लें फिर।

शरीर-शुद्धि के अंतरंग सूत्र

दूसरा प्रवचन

मेरे प्रिय आत्मन्, रात्रि को साधना की प्रारंभिक भूमिका कैसे बने, उस संबंध में थोड़ी-सी बातें आपसे कही हैं। साधना की जो दृष्टि मेरे मन में है, वह किन्हीं शास्त्रों पर, किन्हीं ग्रंथों पर, किसी विशेष संप्रदाय पर आधारित नहीं है। जैसा मैंने अपने भीतर चलकर जाना है, उन रास्तों की बात भर आपसे कर रहा हूं। इसलिए मेरी बात कोई सैद्धांतिक बात नहीं है। उस पर जब मैं आपसे कह रहा हूं कि आप चलें और देखें, तो मुझे रत्तीभर भी ऐसा खयाल नहीं है कि आप चलेंगे, तो जो पाने की आपकी कल्पना है, उसे आप नहीं पा सकेंगे। इसलिए यह आश्वासन और विश्वास है कि जिन रास्तों पर मैंने प्रवेश करके देखा है, केवल उनकी ही आपसे बात कर रहा हूं।

एक बहुत पीड़ा और संताप के समय को मैंने गुजारा। बहुत चेष्टा के, बहुत प्रयत्न के समय को गुजारा। उस समय बहुत कोशिश, बहुत प्रयत्न करता था अंतस प्रवेश के। बहुत रास्तों से, बहुत पद्धतियों से उस तरफ जाने की बड़ी संलग्न चेष्टा की। बहुत पीड़ा के दिन थे और बहुत दुख और परेशानी के दिन थे। लेकिन सतत प्रयास से, और जैसे पर्वत से कोई झरना गिरता हो और गिरता ही चला जाए, तो नीचे की चट्टानें भी टूट जाती हैं, वैसे ही सतत प्रयास से किसी क्षण में कोई प्रवेश हुआ। उस प्रवेश को जिस रास्ते से मैंने संभव पाया, सिर्फ उसी रास्ते की आपसे बात कर रहा हूं। और इसलिए बहुत आश्वासन और बहुत विश्वास से आपको कह सकता हूं कि यदि प्रयोग किया, तो परिणाम सुनिश्चित है। तब एक दुख था, तब एक पीड़ा थी, अब वैसा कोई दुख और वैसी कोई पीड़ा मेरे भीतर नहीं है।

कल मुझे कोई पूछता था कि इतनी समस्याएं लोग आपके सामने रखते हैं, तो आप परेशान नहीं होते?

मैंने उन्हें कहा, समस्या अपनी न हो, तो परेशानी का कोई कारण नहीं होता। समस्या दूसरे की हो, तो कोई परेशानी नहीं होती हैं। समस्या अपनी हो, तो परेशानी शुरू हो जाती है। मेरी कोई समस्या इस अर्थों में नहीं है। लेकिन एक नए तरह का दुख अब जीवन में प्रविष्ट हो गया। और वह दुख यह है कि मैं अपने चारों तरफ जिन लोगों को भी देखता हूं, उन्हें इतनी परेशानी में और इतनी पीड़ा में अनुभव करता हूं, जब कि मुझे लगता है, उनके हल इतने आसान हैं! जब कि मुझे लगता है कि वे द्वार खटखटाएंगे और द्वार खुल जाएगा; और वे द्वार पर खड़े ही रो रहे हैं! तो एक बहुत नए किस्म के दुख और पीड़ा का अनुभव होता है।

एक छोटी-सी पारसी कहानी मैं पढ़ता था। एक अंधा आदमी और उसका एक मित्र एक रेगिस्तान को पार करते थे। वे दोनों अलग-अलग यात्रा पर निकले थे, रास्ते में मिलना हो गया

और वह आंख वाला आदमी उस अंधे आदमी को अपने साथ ले लिया। वे कुछ दिन साथ-साथ चले, उनमें मैत्री घनी हो गयी।

एक दिन सुबह अंधा आदमी पहले उठ गया, सुबह उसकी नींद पहले खुल गयी। उसने टटोलकर अपनी लकड़ी ढूंढी। मरुस्थल की रात थी और ठंड के दिन थे। लकड़ी तो उसे नहीं मिली, एक सांप पड़ा हुआ था, जो ठंड के मारे एकदम सिकुड़कर कड़ा हो गया था। उसने उसे उठा लिया। उसने भगवान को धन्यवाद दिया कि मेरी लकड़ी तो खो गयी, लेकिन उससे बहुत ज्यादा बेहतर, बहुत चिकनी और बहुत सुंदर लकड़ी मुझे तुमने दे दी। उसने भगवान को धन्यवाद दिया कि तुम बड़े कृपालु हो। उसने उसी लकड़ी से अपने आंख वाले मित्र को धक्का दिया और उठाने की कोशिश की कि उठो, सुबह हो गयी है।

वह आंख वाला मित्र उठा। देखकर घबड़ा गया और उसने कहा कि 'तुम यह क्या हाथ में पकड़े हुए हो? इसे एकदम छोड़ दो। यह सांप है और जीवन के लिए खतरनाक हो जाएगा।' वह अंधा आदमी बोला, 'मित्र, ईर्ष्या के वश तुम मेरी इस सुंदर लकड़ी को सांप बता रहे हो! चाहते हो कि मैं इसे छोड़ दूं, तो तुम इसे उठा लो। अंधा जरूर हूं, लेकिन इतना नासमझ नहीं हूं।'

उस आंख वाले आदमी ने कहा, 'पागल हो गए हो? उसे एकदम छोड़ दो। वह सांप है और जीवन का खतरा है।' अंधा आदमी हंसा और बोला, 'तुम इतने दिन मेरे साथ रहे, लेकिन यह न समझ पाए कि मैं भी समझदार हूं। मेरी लकड़ी खो गयी है और परमात्मा ने एक बहुत सुंदर लकड़ी मुझे दे दी है, तो तुम उसे सांप बता रहे हो।'

वह अंधा आदमी गुस्से में, मित्र की इस ईर्ष्या और जलन को देखकर, अपने रास्ते पर चल पड़ा। थोड़ी देर में सूरज निकला और उस सांप की सिकुड़न समाप्त हो गयी, उसकी सर्दी मिट गयी। उसमें फिर प्राण का संचार हुआ और उसने उस अंधे आदमी को काट लिया।

मैं जिस दुख की आपको बात कह रहा हूं, वह वही दुख है, जो उस सुबह उस आंख वाले आदमी को उस अंधे मित्र के प्रति हुआ होगा। वैसे ही एक दुख, हमें चारों तरफ जो लोग दिखायी पड़ते हैं, उनके प्रति मुझे अनुभव होता है। वे हाथ में जो लिए हैं, वह लकड़ी नहीं है। वे हाथ में जो लिए हैं, वह सांप है। लेकिन अगर मैं उनको कहूं कि यह सांप है, तो शायद उनके मन में हो, न मालूम किस ईर्ष्या के वश, न मालूम किस कारण हमारी लकड़ियों को सांप बताया जा रहा है।

यह मैं किसी और के लिए नहीं कह रहा हूं, यह मैं आपके लिए कह रहा हूं। ऐसा मत सोचना कि आपके पड़ोस में जो बैठे हैं, उनके लिए कह रहा हूं। बिलकुल आपके लिए कह रहा हूं। और आपके सबके हाथों में मुझे सांप दिखायी पड़ते हैं। और आप जिनको भी सहारे समझे हुए हैं और लकड़ियां समझे हुए हैं, वे कोई सहारे नहीं हैं और कोई लकड़ियां नहीं हैं।

लेकिन इसके पहले कि आप रास्ता छोड़कर चले जाएं और समझें कि मैंने ईर्ष्यावश आपकी लकड़ी छीनने के लिए कोई बात कही है, इसलिए एकदम उसे सांप नहीं कहता हूं। आहिस्ता-आहिस्ता आपको समझाने की कोशिश करता हूं कि जो आप पकड़े हुए हैं, वह गलत है। बल्कि यह भी नहीं कहता हूं कि जो पकड़े हुए हैं, गलत है। यही कहता हूं कि कुछ और भी श्रेष्ठ है, जो पकड़ा जा सकता है। किसी और विराट आनंद को पकड़ा जा सकता है। जीवन में किन्हीं और बड़े सत्यों को पकड़ा जा सकता है। जो आप पकड़े हैं, वह आपको डुबाने का कारण हो जाएगा।

जीवनभर हम जो करते हैं, वही हमें डुबा देता है, सारे जीवन को नष्ट कर देता है। और जब जीवन नष्ट हो जाता है, समाप्त हो जाता है, तब हमें जो पीड़ा और परेशानी पकड़ती है मृत्यु के क्षण में, अंतिम दिनों में जो मनुष्य को कष्ट पकड़ लेता है, जो संताप पकड़ लेता है, वह यही होता है कि एक बहुत अदभुत जीवन को मैंने व्यर्थ खो दिया।

तो आज की सुबह मैं सबसे पहले तो यह बात कहूं कि जिस प्यास के लिए मैंने रात को आपको कहा था, वह तभी पैदा होगी आपमें, जब आपको यह दिखाई पड़े और यह अनुभव हो कि जिस जीवन को आप जी रहे हैं, वह एकदम गलत है। उस प्यास का जन्म तभी होगा, जब आप समझें कि आप जिस जीवन को जी रहे हैं, वह गलत है और सार्थक नहीं है।

और क्या यह बहुत कठिन बात है समझ लेना? क्या आप सोचते हैं, जो आप इकट्ठा कर रहे हैं, वह सच में संपत्ति है? क्या आप सोचते हैं कि जो आप इकट्ठा कर रहे हैं, उससे आपको जीवन उपलब्ध होगा? क्या आप सोचते हैं कि जो श्रम आप कर रहे हैं, जिन दिशाओं में, उन दिशाओं में आप रेत पर और पानी पर महल खड़े कर रहे हैं या कि किसी चट्टान पर नींव रख रहे हैं? इसे थोड़ा विचारना, इस पर थोड़ा मनन करना जरूरी है।

जो लोग भी थोड़ा-सा चिंतन और मनन करेंगे जीवन के संबंध में, उनकी प्यास जगनी शुरू हो जाएगी। सत्य की प्यास चिंतन और मनन से पैदा होती है। हममें से बहुत कम लोग जीवन के संबंध में सोचते हैं—बहुत कम लोग। अधिक लोग इस तरह जीते हैं, जैसे कोई लकड़ी के टुकड़े को नदी में बहा दे और वह बहा चला जाए। और लहरें उसे जहां ले जाएं, वहां चला जाए। किनारों पर ले जाएं, तो किनारों पर चला जाए; और मझधार में ले आएं, तो मझधार में आ जाए, जिसका अपना कोई जीवन नहीं होता। एक लकड़ी के टुकड़े की तरह हममें से अधिक लोग जीते हैं। समय और परिस्थितियां जहां ले जाती हैं, हम चले जाते हैं।

जीवन पर मनन और चिंतन इस बात की सूचना बनेगा कि क्या आपको एक लकड़ी के टुकड़े की तरह होना है, जो नदी में बहे? क्या आपको एक सूखे हुए पत्ते की तरह होना है, जिसे हवाएं जहां ले जाएं, वहां चला जाए? या आपको एक व्यक्ति बनना है, एक इंडिविजुअल, एक व्यक्ति और एक सचेतन व्यक्ति, जिसकी अपनी जीवन की दिशा है, जिसने तय किया कि कहां जाना और कहां पहुंचना; और जिसने तय किया कि क्या बनना और क्या होना। जिसने अपने जीवन को अपने हाथ में लिया है और उसके निर्माण को अपने हाथ में लिया है।

मनुष्य की सबसे बड़ी कृति स्वयं मनुष्य है। और मनुष्य का सबसे बड़ा सृजन स्वयं का निर्माण है। और आप कुछ भी बनाएं, वह बनाना किसी काम का नहीं है। वह सब पानी पर खींची गयी लकीरों की तरह एक दिन मिट जाएगा। जो आप अपने भीतर निर्मित करेंगे और अपने को बनाएंगे, तो आप एक चट्टान पर, एक लोहे की चट्टान पर कुछ लिख रहे हैं, जिसके कि फिर निशान कभी मिटते नहीं हैं; जो कि अमिट रूप से आपके साथ होगा।

तो अपने जीवन के बाबत यह विचार करें, आप एक लकड़ी के टुकड़े तो नहीं हैं, जो नदी में बह रहा है? आप दरख्त से पतझड़ में गिर गए एक पत्ते तो नहीं हैं, जो हवाओं में उड़ रहा है? और आप विचार करेंगे, तो आपको दिखायी पड़ेगा, आप एक लकड़ी के टुकड़े हैं; और आपको दिखायी पड़ेगा, पतझड़ में गिर गए एक पत्ते हैं, जिसे हवाएं कहीं भी उड़ा रही हैं। अभी सड़कें उन

पत्तों से भरी हुई हैं। और वे पत्ते, जहां भी हवाएं आती हैं, वहीं सरक जाते हैं। आपने जिंदगी में सचेतन विकास किया है, या केवल हवा के धक्कों पर उड़ते रहे हैं? और अगर हवा के धक्कों पर उड़ते रहे हैं, तो क्या कहीं पहुंच सकेंगे? क्या कोई कभी इस तरह पहुंचा है?

जीवन में एक सचेतन लक्ष्य न हो, तो कोई कहीं पहुंचता नहीं। सचेतन लक्ष्य की प्यास इस बात से पैदा होगी कि आप चिंतन करें और मनन करें और विचार करें।

बुद्ध के बाबत आपने सुना होगा। उन्हें जिस बात से विराग हुआ, जिस बात से वे विराग के जीवन में प्रविष्ट हुए, जिस बात से उन्हें सत्य की आकांक्षा पैदा हुई, वह कहानी बड़ी प्रचलित है, बड़ी अर्थपूर्ण है। उनके मां-बाप ने, बचपन में ही उनको कहा गया कि यह व्यक्ति या तो बहुत बड़ा सम्राट होगा, चक्रवर्ती होगा या बहुत बड़ा संन्यासी होगा। उनके पिता ने सारी व्यवस्था की उनकी सुख-सुविधा की कि उन्हें कोई दुख दिखायी भी न पड़े, जिससे कि संन्यास पैदा हो। उनके पिता ने उनके लिए मकान बनवाए, उस समय की सारी कला और कौशल सहित। उन्होंने सारी व्यवस्था की बगीचों की। हर मौसम के लिए अलग भवन बनाया और आज्ञा दी परिचारकों को कि एक कुम्हलाया हुआ फूल भी गौतम को दिखायी न पड़े, सिद्धार्थ को दिखायी न पड़े। उसे यह खयाल न आ जाए कहीं कि फूल मुर्झा जाता है, कहीं मैं तो न मुर्झा जाऊंगा?

तो रात उनके बगीचे से सारे कुम्हलाए फूल और पत्ते अलग कर दिए जाते थे। जो दरख्त थोड़े भी कमजोर हो जाते, वे उखाड़कर अलग कर दिए जाते थे। उनके आस-पास युवक और युवतियां इकट्ठी थीं, कोई वृद्ध नहीं प्रवेश पाता था; कहीं सिद्धार्थ को यह विचार न उठ आए कि लोग बूढ़े हो जाते हैं, कहीं मैं तो बूढ़ा न हो जाऊंगा? जब तक वे युवा हुए, उन्हें पता नहीं था कि मृत्यु भी होती है। उन तक कोई खबर मृत्यु की नहीं पहुंचायी जाती थी। उनके गांव में लोग मरते भी हैं, इससे उन्हें बिलकुल अपरिचित रखा गया; कहीं उन्हें यह चिंतन पैदा न हो जाए कि लोग मरते हैं, तो मैं भी तो नहीं मर जाऊंगा?

मैं चिंतन का मतलब समझा रहा हूं। चिंतन का मतलब यह है कि चारों तरफ जो घटित हो रहा है, उस पर विचार करिए। मृत्यु घटित हो रही है, तो सोचिए कि मैं तो नहीं मर जाऊंगा? बुढ़ापा घटित हो रहा है, तो सोचिए कि मैं तो बूढ़ा नहीं हो जाऊंगा?

चिंतन न पैदा हो जाए बुद्ध में, इसलिए उनके पिता ने सारा उपाय किया। और मैं चाहता हूं कि आप सारा उपाय करें कि चिंतन पैदा हो जाए। उन्होंने उपाय किया कि चिंतन पैदा न हो जाए, लेकिन चिंतन पैदा हुआ।

एक दिन बुद्ध गांव से निकले और राह पर उन्होंने देखा, एक बूढ़ा आदमी चला आता है। उन्होंने अपने सारथी को पूछा, 'इस आदमी को क्या हो गया है? ऐसा आदमी भी होता है?' सारथी ने कहा, 'झूठ मैं कैसे बोलूं? हर आदमी अंत में ऐसा ही हो जाता है।' बुद्ध ने तत्क्षण पूछा, 'मैं भी?' उस सारथी ने कहा, 'भगवन, झूठ मैं कैसे कहूं? कोई भी अपवाद नहीं है।' बुद्ध ने कहा, 'वापस लौट चलो। मैं बूढ़ा हो गया।' बुद्ध ने कहा, 'वापस लौट चलो, मैं बूढ़ा हो गया। अगर कल हो ही जाना है, तो बात समाप्त हो गयी।'

इसको मैं चिंतन कहता हूं।

लेकिन सारथी ने कहा, 'हम एक युवक महोत्सव में जा रहे हैं। सारे गांव के लोग प्रतीक्षा

करेंगे, इसलिए चलें।' बुद्ध ने कहा, 'अब चलने में कोई रस न रहा। युवक महोत्सव व्यर्थ है, क्योंकि बुढ़ापा आता है।' लेकिन वे गए। और आगे बढ़े और उन्होंने देखा, एक अर्थी लिए जाते हैं लोग, कोई मर गया है। बुद्ध ने पूछा, 'यह क्या हुआ? ये लोग क्या करते हैं? ये कंधों पर किस चीज को लिए हैं?' सारथी ने कहा, 'कैसे कहूं! आज्ञा नहीं। लेकिन असत्य न बोल सकूंगा। यह आदमी मर गया। एक आदमी मर गया है, उसे लोग लिए जाते हैं।' बुद्ध ने पूछा, 'मरना क्या है?' और उन्हें पहली दफा पता चला, एक दिन जीवन की सरिता सूख जाती है और आदमी मर जाता है। बुद्ध ने कहा, 'अब बिलकुल वापस लौट चलो। मैं मर गया। यह आदमी नहीं मरा, मैं मर गया।'

इसको मैं चिंतन कहता हूं। वह आदमी चिंतन और मनन में समर्थ हुआ है, जिसने दूसरे पर जो घटा है, उससे समझा और जाना है कि वह उस पर भी घटित होगा। वे लोग अंधे हैं, जो चारों तरफ जो घटित हो रहा है, उसे नहीं देख रहे हैं। और इस अर्थ में हम सब अंधे हैं। और इसलिए मैंने वह कहानी कही, अंधे आदमी की, जो सांप को हाथ में लिए चलता है।

इसलिए आपके लिए पहली जो बहुत महत्वपूर्ण बात है, वह यह कि आंख खोलकर चारों तरफ देखिए, क्या घटित हो रहा है! और उस घटित होने से चिंतन पैदा होगा, मनन पैदा होगा। और वह मनन प्यास देगा और किसी विराट सत्य को जानने की।

यह, इस पीड़ा को बहुत मैंने अनुभव किया। वह पीड़ा गयी; और उसके जाने में जिन सीढ़ियों को मुझे दिखायी पड़ना शुरू हुआ, उन सीढ़ियों में पहली सीढ़ी की आज मैं चर्चा करूंगा।

ऐसा मुझे दिखायी पड़ता है कि परम जीवन या परमात्मा या आत्मा या सत्य को पाने के लिए दो बातें जरूरी हैं। एक बात तो जरूरी है, जो परिधि की जरूरत है। समझें, साधना की परिधि। और एक बात जरूरी है, जिसको हम कहेंगे साधना का केंद्र। साधना की परिधि और साधना का केंद्र। या साधना का शरीर और साधना की आत्मा। साधना की परिधि पर आज मैं चर्चा करूंगा; और कल साधना की आत्मा पर या साधना के केंद्र पर; और परसों साधना के परिणाम पर। ये तीन ही बातें हैं—साधना की परिधि, साधना का केंद्र और साधना का परिणाम। या यूं कह सकते हैं कि साधना की भूमिका, साधना और साधना की सिद्धि।

साधना की भूमिका या साधना की परिधि में आपकी जो परिधि है, वही संबंधित होती है। आपके व्यक्तित्व की परिधि आपका शरीर है। साधना की परिधि भी आपका शरीर है। साधना का बिलकुल प्रारंभिक चरण आपके शरीर पर रखना होता है।

इसलिए एक बात स्मरण रखें कि शरीर के संबंध में अगर सुनी-सुनायी कोई बुरी भावना मन में हो, उसे फेंक दें। शरीर मात्र साधन है, संसार का भी और सत्य का भी। शरीर न शत्रु है, न मित्र है; शरीर मात्र साधन है। आप चाहें तो उससे पाप करें और चाहें तो पुण्य करें। चाहें तो संसार में प्रविष्ट हो जाएं और चाहें तो परमात्मा में प्रवेश पा लें। शरीर मात्र साधन है। उसके संबंध में कोई दुर्भाव मन में न रखें। ऐसी बहुत-सी बातें प्रचलित हो गयी हैं कि शरीर दुश्मन है, और शरीर पाप है, और शरीर बुरा है, और शत्रु है, और इसका दमन करना है। वे मैं आपको कहूं, गलत हैं। न शरीर शत्रु है, न शरीर मित्र है। आप उसका जैसा उपयोग करते हैं, वही वह साबित हो जाता है। और इसलिए शरीर बड़ा अदभुत है! शरीर बड़ा अदभुत है। दुनिया में जो भी

बुरा हुआ है, वह भी शरीर से हुआ है; और जो भी शुभ हुआ है, वह भी शरीर से हुआ है। शरीर केवल एक उपकरण है, एक यंत्र है।

साधना भी जरूरी है कि शरीर से शुरू हो, क्योंकि बिना इस यंत्र को व्यवस्थित किए आगे कोई भी नहीं बढ़ सकता। शरीर को बिना व्यवस्थित किए कोई आगे नहीं बढ़ सकता। तो पहला चरण है, शरीर-शुद्धि। शरीर जितना शुद्ध होगा, उतना अंतस में प्रवेश में सहयोगी हो जाएगा।

शरीर-शुद्धि के क्या अर्थ हैं? शरीर-शुद्धि का पहला तो अर्थ है, शरीर के भीतर, शरीर के संस्थान में, शरीर के यंत्र में कोई भी रुकावट, कोई भी ग्रंथि, कोई भी कांप्लेक्स न हो, तब शरीर शुद्ध होता है।

समझें, शरीर में कैसे कांप्लेक्स और ग्रंथियां पैदा होती हैं। अगर शरीर बिलकुल निर्ग्रंथ हो, उसमें कोई ग्रंथि न हो, उसमें कोई उलझन न हो, शरीर में कहीं कोई अटकाव न हो, तो शरीर शुद्ध स्थिति में होता है और अंतस प्रवेश में सहयोगी हो जाता है। अगर आप बहुत क्रुद्ध होंगे, क्रोध करेंगे और क्रोध को प्रकट न कर पाएंगे, तो उस क्रोध की जो ऊष्मा और गर्मी पैदा होगी, वह शरीर के किसी अंग में ग्रंथि पैदा कर देगी।

आपने देखा होगा, क्रोध में हिस्टीरिया आ सकता है, क्रोध में कोई बीमारी आ सकती है। भय में कोई बीमारी आ सकती है। अभी जो सारे प्रयोग चलते हैं स्वास्थ्य के ऊपर, उनसे ज्ञात होता है कि सौ बीमारियों में कोई पचास बीमारियां शरीर में नहीं होतीं, मन में होती हैं। लेकिन मन की बीमारियां शरीर में ग्रंथि पैदा कर देती हैं। और शरीर में अगर ग्रंथियां पैदा हो जाएं, शरीर में अगर गांठें पैदा हो जाएं, तो शरीर का संस्थान जकड़ जाता है और अशुद्ध हो जाता है।

तो शरीर-शुद्धि के लिए सारे योग ने, सारे धर्मों ने बड़े अदभुत और क्रांतिकारी प्रयोग किए हैं। और उन प्रयोगों को थोड़ा समझना जरूरी है। और अगर अपने शरीर पर आप करते हैं, तो आप थोड़े ही दिनों में हैरान हो जाएंगे, यह शरीर तो बड़ी अदभुत जगह है, बड़ी अदभुत बात है। और तब यह आपको शत्रु न मालूम होगा, बल्कि मंदिर मालूम होगा, जिसके भीतर परमात्मा विराजमान है। तब यह दुश्मन नहीं मालूम होगा, यह बड़ा साथी मालूम होगा और आप इसके प्रति अनुगृहीत होंगे। क्योंकि शरीर आपका नहीं है, पदार्थ से बना है। आप भिन्न हैं और शरीर भिन्न है। फिर भी आप इसका अदभुत उपयोग कर सकते हैं। और तब आप शरीर के प्रति बड़ा ग्रेटिटयूड, बड़ी कृतज्ञता अनुभव करेंगे कि शरीर इतना साथ दे रहा है!

तो शरीर में ग्रंथियां पैदा न हों, यह शरीर-शुद्धि के लिए पहला चरण है। पर शरीर में हमारे बहुत ग्रंथियां हैं। अब जैसे मैं आपको कहूं, अभी कुछ दिन हुए, एक व्यक्ति मेरे पास आए। वे मुझसे बोले कि 'मैं बहुत दिन से कुछ किसी धर्म की साधना करता हूं। मन बड़ा शांत हो गया है।' मैंने उनसे कहा कि 'मुझे आपका मन शांत दिखायी नहीं पड़ता।' वे बोले, 'आप कैसे कह सकते हैं?' मैंने उनसे कहा कि 'जितनी देर से आप आए हैं, आपके दोनों पैर इतने हिल रहे हैं।' वे दोनों पैरों को, बैठे हैं और जोर से हिला रहे हैं। मैंने उनसे कहा, 'यह असंभव है कि मन शांत हो और पैर इस भांति हिलें।'

शरीर में जो भी कंपन हैं, वे मन के कंपन से पैदा होते हैं। मन का कंपन जितना कम होने लगता है, शरीर उतना थिर मालूम होने लगेगा। ये बुद्ध और महावीर की मूर्तियां, जो बिलकुल

पत्थर जैसी मालूम होती हैं, ये आदमी भी बैठे होते, तो भी ऐसे ही मालूम होते थे। ये मूर्तियां ह पत्थर जैसी नहीं मालूम होतीं, इन आदमियों को भी आपने देखा होता, तो ये बिलकुल पत्थर जै मालूम होते। हमने इनकी पत्थर की मूर्तियां व्यर्थ ही नहीं बनायीं, उसके पीछे कारण था। बिलकुल पत्थर जैसे ही मालूम होने लगे थे। इनके भीतर कंपन विलीन हो गए थे। या कि कंप सार्थक थे, जब उनकी जरूरत थी, होते थे; अन्यथा वे विलीन थे।

आप जब पैर हिला रहे हैं, तो आपके भीतर अशांति से जो एनर्जी पैदा हो रही है, जो शक्ति पैदा हो रही है, उसे निकालने का कोई रास्ता न पाकर, पैर में कंपित होकर वह निकल रही है जब एक आदमी क्रोध में होता है, उसके दांत भिंच जाते हैं और मुट्ठियां बंध जाती हैं। क्यों? उसकी आंखों में खून उतर आता है। क्यों? आखिर मुट्ठियां बंधने से क्या प्रयोजन है? अगर आप अकेले में भी किसी पर क्रुद्ध होंगे, तो भी मुट्ठियां बंध जाएंगी। वहां तो कोई मारने को भी नहीं, जिसको आप मारें। लेकिन जो शक्ति क्रोध से पैदा हो रही है, उसका निष्कासन कैसे होगा? हाथ के स्नायु खिंचकर उस शक्ति को व्यय कर देते हैं।

सभ्यता ने बहुत दिक्कत पैदा कर दी है। असभ्य आदमी का शरीर हमसे ज्यादा शुद्ध होता है। एक जंगली आदमी का शरीर हमसे बहुत शुद्ध होता है, उसमें ग्रंथियां नहीं होतीं, क्योंकि उसके भावावेग वह सहज प्रकट कर देता है। लेकिन हम अपने भावावेगों को दबा लेते हैं।

समझ लीजिए, आप दफ्तर में हैं और मालिक ने कुछ कहा। आपको क्रोध तो आया, लेकिन आप मुट्ठियां नहीं भींच सकते। वह जो शक्ति पैदा हुई है, उसका क्या होगा? शक्ति नष्ट नहीं होती, स्मरण रखिए। कोई शक्ति नष्ट नहीं होती। अगर आपने मुझे गाली दी और मुझे क्रोध आ गया, लेकिन यहां इतने लोग थे कि मैं उसे प्रकट नहीं कर सका, न मैं दांत भींच सका, न मैं हाथ खींच सका, न मैं गाली बक सका, न मैं गुस्से में कूद सका, न मैं पत्थर उठा सका। तो उस शक्ति का क्या होगा, जो मेरे भीतर पैदा हो गयी? वह शक्ति मेरे शरीर के किसी अंग को क्रिपल्ड कर देगी। और उसको क्रिपल्ड करने में, उसको विकृत करने में व्यय हो जाएगी। एक ग्रंथि पैदा होगी।

शरीर की ग्रंथियों का मेरा मतलब यह है। शरीर में हमारे बहुत ग्रंथियां पैदा हो जाती हैं। और आप शायद हैरान होंगे, आप कहेंगे, ऐसी तो हमें कुछ ग्रंथियां पता नहीं हैं! तो मैं आपको एक प्रयोग करने को कहता हूं। आप देखें, फिर आपको पता चलेगा कि कितनी ग्रंथियां हैं।

क्या आपने कभी खयाल किया है कि अकेले किसी कमरे में आप जोर से दांत बिचकाने लगे हैं, या आईने में जीभ दिखाने लगे हैं, या गुस्से से आंख फाड़ने लगे हैं! और आप अपने पर भी हंसे होंगे कि यह मैं क्या कर रहा हूं! हो सकता है, स्नानगृह में आप नहा रहे हैं और आप अचानक कूदे हैं। आप हैरान होंगे कि मैं क्यों कूदा हूं? या मैंने आईने में देखकर दांत क्यों बिचकाए हैं? या मेरा जोर से गुनगुनाने का मन क्यों हुआ है?

मैं आपको कहूं, किसी दिन आधा घंटे को सप्ताह में एक एकांत कमरे में बंद हो जाएं और आपका शरीर जो करना चाहे, करने दें। आप बहुत हैरान होंगे। हो सकता है, शरीर आपका नाचे। जो करना चाहे, करने दें। आप उसे बिलकुल न रोकें। और आप बहुत हैरान होंगे। हो सकता है, शरीर आपका नाचे। हो सकता है, आप कूदें। हो सकता है, आप चिल्लाएं। हो सकता है, आप

किसी काल्पनिक दुश्मन पर टूट पड़ें। यह हो सकता है। और तब आपको पता चलेगा कि यह क्या हो रहा है! ये सारी ग्रंथियां हैं, जो दबी हुई हैं और मौजूद हैं और निकलना चाहती हैं, लेकिन समाज नहीं निकलने देता है और आप भी नहीं निकलने देते हैं।

ऐसा शरीर बहुत-सी ग्रंथियों का घर बना हुआ है। और जो शरीर ग्रंथियों से भरा हुआ है, वह शरीर शुद्ध नहीं होता, वह भीतर प्रवेश नहीं कर सकता। तो योग का पहला चरण होता है, शरीर-शुद्धि। और शरीर-शुद्धि का पहला चरण है, शरीर की ग्रंथियों का विसर्जन। तो नयी ग्रंथियां तो बनाएं नहीं और पुरानी ग्रंथियां विसर्जन करने का उपाय करें। और उसके उपाय के लिए जरूरी है कि महीने में एक बार, दो बार अकेले कमरे में बंद हो जाएं और शरीर जैसा करना चाहे, करने दें। अगर कपड़े फेंककर और नग्न नाचने का मन हो, तो नाचें और सारे कपड़े फेंक दें।

और आप हैरान होंगे, आधा घंटे की उस उछलकूद के बाद आप बहुत रिलैक्स्ड, बहुत शांत, बहुत स्वस्थ अनुभव करेंगे। यह बात बहुत अजीब लगेगी, लेकिन आप बहुत शांत अनुभव करेंगे। और आपको बहुत हैरानी होगी कि यह शांति कैसे आ गयी? आप जो व्यायाम करते हैं, या घूमने चले जाते हैं, उसके बाद जो आपको हलकापन लगता है, उसका कारण क्या है? उसका कारण यह है कि बहुत-सी ग्रंथियां उसमें विसर्जित होती हैं।

आपको पता है, आपका लड़ने का जो मन होता है लोगों से, उलझने का जो मन होता है, उसका कारण क्या है? आपके भीतर बहुत-सी शक्तियां ग्रंथियों की तरह मौजूद हैं, वे विसर्जित होना चाहती हैं। इसलिए आप बिलकुल उत्सुक होते हैं कि कोई मिल जाए और कुछ हो जाए!

जब युद्ध का समय आता है—पिछले दो महायुद्ध हुए, उन महायुद्धों में आप जो सुबह से अखबार पढ़ते हैं बहुत उत्सुकता से। और सारी दुनिया में बड़ी खूबियों की बातें घटित होती हैं। युद्ध के समय दो बातें घटित हुईं। दुनिया में आत्महत्याएं एकदम कम हो गयी थीं; आपको शायद पता नहीं होगा। पिछला महायुद्ध हुआ, उसके पहले पहला महायुद्ध हुआ, मनोवैज्ञानिक बहुत हैरान हुए कि आत्महत्याएं कम क्यों हो गयीं? एकदम आत्महत्याएं कम हो गयीं। जब तक युद्ध चला, आत्महत्याएं नहीं हुईं। सारी दुनिया में उनका अनुपात एकदम गिर गया। इसका कारण क्या था? और मनोवैज्ञानिक बहुत परेशान हुए! उन दिनों खून भी नहीं हुए, आत्महत्याएं भी नहीं हुईं; और एक बड़ी बात हुई, मानसिक बीमारों की संख्या कम रही युद्ध के समय में।

तो अंततः यह समझ में आया कि युद्ध की जो खबरें थीं, जो जोश-खरोश था, उसमें मनुष्य की बहुत-सी ग्रंथियां विसर्जित हुईं और उतनी ग्रंथियों ने उसको बचाया। जैसे कि युद्ध की खबरें आप सुनते हैं, तो आप किसी न किसी तरह उसमें संलग्न हो जाते हैं। आपका क्रोध—समझ लीजिए, आप गुस्से में आ गए हैं, अगर आप हिटलर के प्रति गुस्से में आ गए हैं, तो लोग हिटलर की मूर्ति बनाकर जला देंगे, नारे लगाएंगे, चिल्लाएंगे, घर में बैठकर हिटलर को गालियां देंगे। एक काल्पनिक दुश्मन! हिटलर तो मौजूद नहीं है आपके सामने। और उसमें आपकी बहुत-सी ग्रंथियां विसर्जित होंगी। और उसका परिणाम यह होगा कि आपको मानसिक स्वास्थ्य मिलेगा।

इसलिए आप हैरान होंगे, हम चाहते हैं कि युद्ध न हो, लेकिन भीतर से हमारा कोई मन चाहता है कि युद्ध हो। युद्ध के वक्त लोग काफी खुश नजर आते हैं! हालांकि खतरा बहुत उपद्रव का होता है, लेकिन लोग खुश नजर आते हैं।

अभी हिंदुस्तान पर चीन का हमला हुआ। आपमें एकदम से जो शक्ति का संचार हुआ था, आप समझते हैं, उसका कारण क्या था? उसका कारण था, आपकी बहुत-सी ग्रंथियां जो शरीर में बंधी थीं, वे उस गुस्से में निकलीं और आप हलके हुए।

और जब तक दुनिया में ऐसे लोग हैं, जिनके शरीर अशुद्ध हैं, तब तक युद्ध से नहीं बचा जा सकता। युद्ध तब समाप्त होंगे, जब लोगों के शरीर इतने शुद्ध होंगे कि उनके पास कोई ग्रंथियां युद्ध में विसर्जित करने को नहीं होंगी। यानि आपको मैं यह कह रहा हूं, यह बहुत अजीब-सा लगेगा, लेकिन जब तक लोगों के शरीर शुद्ध स्थिति में नहीं हैं, दुनिया से युद्ध बंद नहीं हो सकते। कोई कितनी ही कोशिश करे, युद्ध का मजा रहेगा।

आपको भी लड़ने में मजा आता है। इसे जरा विचार करना। आपको लड़ने में मजा आता है। वह लड़ाई चाहे किसी तल की हो, चाहे श्वेतांबर दिगंबर जैन से लड़ता हो और चाहे हिंदू मुसलमान से लड़ता हो, वह लड़ाई का कोई तल हो।

आप हैरान होंगे। आप देखते हैं कि एक-एक छोटा धर्म बनता है, उसमें बीस-बीस संप्रदाय बन जाते हैं! फिर एक-एक संप्रदाय में छोटे-छोटे संप्रदाय बन जाते हैं! क्या कारण है? लोगों के शरीर अशुद्ध हैं और ग्रंथियों से भरे हैं। और उनको लड़ने के लिए कोई भी बहाना चाहिए। वे कोई छोटा-सा बहाना लेंगे और लड़ेंगे। और लड़ने से उनको राहत मिलेगी, उनको हलकापन आएगा।

शरीर-शुद्धि प्राथमिक चरण है साधना का। तो आपके लिए मैं दो बातें कहता हूं। पुरानी जो ग्रंथियां हैं, उनको विसर्जित करने का तो उपाय यह है कि आप एकांत में बिलकुल जंगली हो जाएं। यानि छोड़ दें सारा खयाल, कमरा बंद कर लें। और सारी पर्तें, जो आपने जबरदस्ती अपने ऊपर लाद रखी हैं, वे सब छोड़ दें। और फिर होने दें; शरीर क्या करता है, उसे देखें आप। वह नाचता है, कूदता है, गिरकर पड़ा रह जाता है, घूंसे तानता है, किसी काल्पनिक दुश्मन को मारता है, छुरी मारता है, गोली चलाता है; क्या करता है, उसे देखें और चुपचाप उसे करने दें।

आप एक दो महीने के प्रयोग में बहुत हैरान हो जाएंगे। आप पाएंगे, आपके शरीर ने एक अदभुत सरलता, सात्विकता और शुद्धि को उपलब्ध किया है। उसका विसर्जन होगा। पुरानी ग्रंथियों की निर्जरा होगी।

जो पुराने साधक जंगलों में चले जाते थे और एकांत पसंद करते थे और नहीं चाहते थे कि भीड़ में आएं, उसका कुल सबसे बड़े कारणों में एक कारण यह भी था। उन एकांत में आपको पता नहीं, महावीर ने क्या किया! आपको पता नहीं है, बुद्ध ने क्या किया! आपको पता नहीं, मोहम्मद ने क्या किया! कोई किताबें नहीं कहतीं कि उन्होंने क्या किया। उन पहाड़ों पर जब वे थे, तो वे क्या कर रहे थे? तो मैं आपको कहता हूं कि यह हो नहीं सकता है कि उन्होंने यह न किया हो कि उन्होंने शरीर की ग्रंथियां विसर्जित न की हों। महावीर को तो हम निर्ग्रंथ कहते हैं। और उसका मैं जो अर्थ करता हूं, यही करता हूं, सारी ग्रंथियां क्षीण जिसकी हो गयी हैं।

और सारी ग्रंथियों का प्रारंभिक चरण शरीर है। तो शरीर की ग्रंथियां जो पीछे पकड़ी हैं, उनको विसर्जित करना है। आपको पहले अजीब-सा लगेगा। अगर आपको जोर से हंसी आए अपने इस काम पर कि मैं यह क्या पागलपन कर रहा हूं कि कूद रहा हूं, तो जोर से हंसिए। अगर आपको खूब रोना आए, तो जोर से रोइए।

आप बहुत हैरान होंगे। अगर आपको अभी मैं यहां कह दूं कि आप बिलकुल छोड़ दें अपना खयाल, तो आपमें से कई लोग रोने लगेंगे और कई लोग जोर से हंसने लगेंगे। कभी कोई रुदन, जो आना चाहा होगा, वह भीतर दबा रह गया है, वह निकलेगा। और कभी कोई हंसी, जो फूट पड़नी चाही थी लेकिन रोक ली गयी है, वह कहीं ग्रंथि बनकर रुकी हुई है, वह अब निकलेगी। बहुत एब्सर्ड मालूम होगा कि यह क्या हो रहा है, लेकिन यह होगा। इसका, इसका एकांत में प्रयोग करें शरीर-शुद्धि के लिए। जो पुरानी हमारे ऊपर ग्रंथियां हैं, वे हलकी होंगी।

दूसरी बात, नयी ग्रंथियां न बनें, इसका प्रयोग करें। यह तो पुरानी ग्रंथियों के विसर्जन के लिए मैंने कहा। नयी ग्रंथियां हम रोज बनाए चले जा रहे हैं। आपको मैंने कोई एक अपशब्द कह दिया और आपको क्रोध उठा, लेकिन सभ्यता और शिष्टता आपको उस क्रोध को प्रकट नहीं करने देगी। एक शक्ति का पुंज आपके भीतर घूमेगा। वह कहां जाएगा? वह किन्हीं नसों को सिकोड़कर, इरछा-तिरछा करके बैठ जाएगा। इसलिए क्रोधी आदमी के चेहरे में, आंखों में और शांत आदमी के चेहरे में और आंखों में फर्क होता है। क्योंकि वहां किसी क्रोध के वेग ने किसी चीज को विकृत नहीं किया है। और शरीर तब अपने परिपूर्ण सौंदर्य को उपलब्ध होता है, जब उसमें कोई ग्रंथियां नहीं होती हैं। यानि शरीर के सौंदर्य का कोई और मतलब ही नहीं है। आंखें तब बड़ी सुंदर हो जाती हैं। तब कुरूप से कुरूप शरीर भी सुंदर दिखने लगता है।

गांधी का शरीर कुरूप था, जब वे युवा थे। लेकिन जैसे-जैसे वे बूढ़े होते गए, उनमें एक अभिनव सौंदर्य आया, जो बहुत अदभुत था। वह सौंदर्य शरीर का नहीं था, वह ग्रंथियों के क्षीण होने का था। उसे कम लोग पहचाने और समझे होंगे। गांधी कुरूप थे, इसमें कोई शक नहीं है। तो गांधी का शरीर किसी भी सौंदर्य के मापदंड से सुंदर नहीं था। और अगर आप उनके पुराने चित्र देखेंगे, तो बचपन उनका कुरूप है, जवानी उनकी कुरूप है। लेकिन जैसे-जैसे वे बूढ़े होते हैं, वे कुछ सुंदर होते जाते हैं! बुढ़ापे में तो आदमी और असुंदर होता है, पर वे सुंदर होते जा रहे हैं।

और अगर जीवन का ठीक विकास हो, तो जवानी उतनी सुंदर नहीं होती, जितना बुढ़ापा होता है। क्योंकि जवानी में बड़े वेग होते हैं, बुढ़ापा बड़ा निरावेग हो जाता है। अगर ठीक से विकास हो, तो बुढ़ापा सुंदरतम क्षण है जीवन का, क्योंकि उस वक्त सारे वेग क्षीण हो जाते हैं। और सारी ग्रंथियां विलीन होनी चाहिए, अगर ठीक विकास हो।

इसलिए अगर आप खयाल करेंगे, कैसे यह हमारी विकृति इकट्ठी होती है शरीर के वेग की? मैंने आपको अपमानजनक शब्द कहा, आपमें क्रोध उठा। एक शक्ति पैदा हुई। और शक्ति नष्ट नहीं होती। कोई शक्ति नष्ट नहीं होती। अब उसका कोई उपयोग होना चाहिए। अगर उसका उपयोग नहीं होगा, तो वह आपको विकृत करके नष्ट हो जाएगी। तो उपयोग करिए। कैसे उपयोग करिएगा?

अगर समझ लीजिए, आपको क्रोध आ रहा है और आप दफ्तर में बैठे हुए हैं, और आपको बहुत जोर से क्रोध आया है और आप उसको प्रकट नहीं कर सकते, आप एक काम करिए। उस शक्ति को, जो पैदा हुई है, एक क्रिएटिव ट्रांसफार्मेशन करिए उसका। अपने दोनों पैरों को जोर से सिकोड़िए। वे पैर किसी को दिखायी नहीं पड़ रहे हैं। आप उन दोनों पैरों की सारी मसल्स को जोर

से सिकोड़िए, जितना सिकोड़ सकें; स्टिफ करिए, पूरा खींचते जाइए। जब आपकी बिलकुल साभर्थ्य के बाहर हो जाए खींचना, तब उनको एकदम से रिलैक्स कर दीजिए।

आप हैरान होंगे, क्रोध निष्कासित हो गया है। और आपके पैर की मसल्स सुंदर हो जाएंगी, व्यायाम भी हो गया। वह जो क्रोध का वेग उठा था, उसने कुछ विकृत नहीं किया, बल्कि आपके पैर को सुंदर करके चला गया। तो आपके शरीर के जो अंग कमजोर हों, उनको क्रोध के माध्यम से सुंदर कर लीजिए, स्वस्थ कर लीजिए। क्योंकि वह जो एनर्जी पैदा हुई है, उसका क्रिएटिव, उसका सृजनात्मक उपयोग हो जाएगा।

अगर आपके हाथ कमजोर हैं, आप दोनों हाथों को जोर से भींचिए। वह सारी शक्ति जो क्रोध की पैदा हुई है, उन हाथों में लगेगी। अगर आपका पेट कमजोर है, तो सारी पेट की आंतों को अंदर सिकोड़िए। और उस क्रोध की शक्ति को, भावों में कल्पित करिए कि वह जाकर पेट की सारी नसों को सिकोड़ने में व्यय हो रही है। और आप हैरान होंगे, आप एक दो मिनट बाद पाएंगे कि क्रोध विलीन है और शक्ति उपयुक्त हो गयी है, शक्ति का प्रयोग हो गया।

शक्ति हमेशा तटस्थ है। यानि क्रोध की जो शक्ति पैदा हो रही है, वह बुरी नहीं है, उसका क्रोध की तरह उपयोग हो रहा है। उसका दूसरा उपयोग करिए। और जो उसका दूसरा उपयोग नहीं करेगा, वह शक्ति तो काम करेगी ही। वह शक्ति तो बिना काम के नहीं जाने वाली है। वह शक्ति तो काम करेगी ही। अगर हम उसका उपयोग सीख लेंगे, तो वह हमारे जीवन को क्रांति दे देगी।

तो पुरानी ग्रंथियों की निर्जरा और नयी ग्रंथियों का सृजनात्मक उपयोग शरीर-शुद्धि के लिए दो प्राथमिक चरण हैं। ये बहुत महत्वपूर्ण हैं। सारे योग के आसन मूलतः शरीर के सृजनात्मक उपयोग के लिए हैं। प्राणायाम शरीर की शक्तियों का सृजनात्मक उपयोग करने के लिए है।

जो व्यक्ति अपने शरीर की शक्तियों का सृजनात्मक उपयोग नहीं करेगा, वे शक्तियां, जो कि वरदान हो सकती थीं, उसके लिए अभिशाप हो जाएंगी। हम सब अपनी ही शक्तियों से पीड़ित हैं—अगर आप समझें—हम सब अपनी ही शक्तियों से पीड़ित हैं। यानि हमारा दुर्भाग्य है कि हमारे पास शक्तियां हैं।

जीसस क्राइस्ट के जीवन में एक उल्लेख है। वे एक गांव से निकले। उन्होंने एक आदमी को एक छत पर जोर से गालियां बकते, अश्लील बातें बकते हुए देखा। वे सीढ़ियां चढ़कर उसके पास गए और उन्होंने उससे कहा कि 'मेरे मित्र, यह तुम क्या कर रहे हो? और अपने जीवन को इस अश्लील बकवास में क्यों खर्च कर रहे हो? प्रतीत होता है, तुमने शराब पी ली है।' उस आदमी ने आंख खोली, उसने ईसा को पहचाना। उसने उठकर ईसा के हाथ जोड़े। और उसने कहा कि 'मेरे प्रभु, मैं तो बिलकुल बीमार था, मैं तो बिलकुल मरणासन्न था। तुमने अपने आशीर्वाद से मुझे ठीक कर दिया था। क्या तुम भूल गए? और अब मैं परिपूर्ण स्त्रस्थ हूं, लेकिन इस स्वास्थ्य का क्या करूं? तो शराब पी लेते हैं।' ईसा बहुत हैरान हुए। उसने कहा कि 'अब मैं परिपूर्ण स्वस्थ हूं। इस स्वास्थ्य का क्या करूं? तो अब शराब पी लेते हैं। जो बनता है, वह करते हैं।'

ईसा बहुत दुखी नीचे उतरे। वे गांव में अंदर गए, तो एक आदमी को उन्होंने एक वेश्या के पीछे भागते हुए देखा। तो उन्होंने उसे रोका और उन्होंने कहा कि 'मित्र, अपनी आंखों का यह क्या

उपयोग कर रहे हो?' उसने ईसा को पहचाना और उसने कहा, 'आप भूल गए? मैं तो अंधा था, आपने हाथ रखकर मेरी आंखें एक दफा ठीक कर दी थीं। अब इन आंखों का क्या करूं?'

ईसा बहुत दुखी मन उस गांव से वापस लौटते थे। एक आदमी गांव के बाहर छाती पीटकर रो रहा था। ईसा ने उसके सिर पर हाथ रखा और कहा कि 'क्यों रो रहे हो? जीवन में बहुत आनंद है। जीवन रोने के लिए नहीं है।' उसने ईसा को पहचाना और उसने कहा, 'अरे, भूल गए! मैं मर गया था और कब्र में लोग मुझे ले जा रहे थे, तुमने अपने जादू से मुझे जिंदा कर दिया था। अब इस जीवन का मैं क्या करूं?'

यह कहानी बिलकुल काल्पनिक और झूठी-सी मालूम होती है, लेकिन हम क्या कर रहे हैं? हम इस जीवन का क्या कर रहे हैं? हमारे पास जीवन में जो भी शक्तियां मिली हैं, उन सबसे हम स्वयं अपना डिस्ट्रक्शन, उनसे हम स्वयं अपना विनाश कर रहे हैं।

जीवन के दो ही रास्ते हैं। जो शक्तियां आपके शरीर और मन में हैं, उनका विनाश कर लें, यही नर्क का रास्ता है। और जो शक्तियां और ऊर्जाएं, जो एनर्जीज आपके भीतर हैं, उनका सृजनात्मक उपयोग कर लें, यही स्वर्ग का रास्ता है। सृजन स्वर्ग है और विनाश नर्क है। अपनी शक्तियों का जो सृजनात्मक, सारी शक्तियों का सृजनात्मक उपयोग कर ले, उसने स्वर्ग की तरफ चरण रखने शुरू कर दिए। और जो अपनी शक्तियों का विनाशात्मक उपयोग कर ले, वह नर्क की तरफ जा रहा है। और कोई मतलब नहीं है।

आप अपने से पूछें, आप क्या कर रहे हैं? जब एक आदमी क्रोध से भरता है, तो आप समझते हैं, कितनी शक्ति, कितनी डायनेमिक फोर्स उसमें पैदा होती है? क्या आपको पता है, एक कमजोर आदमी भी क्रोध में आकर एक ऐसी चट्टान उठा सकता है, जो कि वह कभी शांत क्षणों में उठाने की कल्पना नहीं कर सकता था? क्या आपको पता है, एक क्रुद्ध आदमी अपने से बहुत बलिष्ठ शांत आदमी को क्षणों में परास्त कर सकता है?

एक दफा जापान में ऐसा हुआ। वहां एक वर्ग होता है समुराई, वहां के क्षत्रिय हैं वे। उनका धंधा तलवार है। और जीना-मरना वही उनका शौक है। एक समुराई बहुत बड़ा सैनिक था, बहुत बड़ा सेनापति था। उसकी पत्नी से, उसके घर में जो नौकर था, उसका प्रेम हो गया। वहां यह रिवाज था कि अगर किसी की पत्नी से किसी का प्रेम हो जाए, तो वह उसे द्वंद्व-युद्ध के लिए ललकारे। तो दो में से एक मर जाएगा, जो शेष रहेगा, पत्नी से उसका विवाह हो जाएगा या पत्नी उसकी होगी। उसके नौकर का समुराई, एक बहुत बड़े सेनापति की पत्नी से प्रेम हो गया।

सेनापति ने कहा, पागल, अब द्वंद्व-युद्ध के सिवाय कोई रास्ता नहीं है। अब हम लड़ेंगे। अब तू कल तलवार लेकर सुबह आ जा। वह तो बड़ा घबराया। वह तो तलवार का मास्टर था, वह तो अदभुत कुशल आदमी था, जो मालिक था। यह बेचारा नौकर, घर में झाड़ू-बुहारी लगाता था, यह क्या तलवार चलाता! इसने तलवार कभी छुई नहीं थी। इसने उससे कहा कि 'मैं कैसे तलवार उठाऊंगा?' लेकिन उसने कहा, 'अब इसके सिवाय कोई रास्ता नहीं है। अब रास्ता यही है कि तुम कल तलवार लेकर आ जाओ।

वह घर गया, उसने रातभर सोचा। इसके सिवाय कोई रास्ता ही नहीं था। उसने सुबह तलवार उठायी। उसने कभी इसके पहले जिंदगी में तलवार नहीं उठायी थी। उसने सुबह तलवार

उठायी, वह तलवार लेकर पहुंचा। लोग देखकर दंग रह गए। वह तो जैसे आग का अंगारा था, जब वह तलवार लेकर वहां पहुंचा। वह सेनापति थोड़ा घबराया। और उसने पूछा कि 'तुम तलवार उठाना भी जानते हो?' वह बिलकुल गलत ही पकड़े हुए था। उसने कहा, 'अब कोई सवाल नहीं है। अब मरना ही है। और मरना ही है, तो मारने की एक कोशिश करेंगे। तो मरना तय है, अब एक मारने की कोशिश करेंगे।'

और वह बड़ा अजीब द्वंद्व-युद्ध हुआ। उसमें सेनापति मारा गया और वह नौकर जीता। उसमें इस वजह से कि अब मरना ही है और कोई रास्ता नहीं है, अदभुत ऊर्जा और शक्ति पैदा हुई। वह तलवार चलाना बिलकुल नहीं जानता था। उसने बिलकुल ही गलत वार किए। बिलकुल ही गलत! जो कि उसके ही विपरीत थे। लेकिन उसके वार देखकर, उसके क्रोध को और उसकी स्थिति को देखकर, सेनापति पीछे हटने लगा। उसकी सारी कुशलता व्यर्थ हो गयी। क्योंकि वह बिलकुल शांत लड़ रहा था। उसे कोई—कोई खास बात नहीं थी। उसके लिए लड़ाई बिलकुल साधारण-सी बात थी। वह पीछे हटने लगा। और उस ऊर्जा में उसकी मृत्यु हुई, उसे मरना पड़ा। और वह आदमी जीता, जो कि बिलकुल ही नासमझ था, जो उस कला को भी नहीं जानता था।

क्रोध में या ऐसे किसी भी वेग में आपके भीतर बहुत शक्ति उत्पन्न होती है। आपके सारे कण, आपके शरीर में जितने लिविंग सेल्स हैं, जितने जीवित कोष्ठ हैं, वे सबके सब अपनी शक्ति का दान करते हैं। और आपके शरीर में बहुत-से संरक्षित कोश हैं शक्ति के। वे हमेशा सुरक्षा के लिए, सेफ्टी मेजर्स हैं, वे सामान्यतया काम में नहीं आते।

अगर आपको हम कहें, दौड़िए प्रतियोगिता में, आप कितने ही तेज दौड़िए, आप उतने तेज कभी नहीं दौड़ सकते, जितना एक आदमी आपके पीछे बंदूक लेकर लगा हो, तब आप दौड़ेंगे। तो सवाल यह है कि आप अपनी चेष्टा से बहुत दौड़े प्रतियोगिता में, लेकिन आप उतने कभी नहीं दौड़ सकते, जब एक आदमी बंदूक लेकर लगा हो। उस वक्त जो सेफ्टी मेजर्स हैं आपके भीतर, आपके शरीर में जो ग्रंथियां शक्ति को रखे हुए हैं जरूरत के लिए, वे अपनी शक्ति को खून में छोड़ देती हैं। उस वक्त आपका शरीर बड़ी शक्ति से आप्लावित हो जाता है। अगर उस शक्ति का उपयोग सृजनात्मक न हो, तो वह शक्ति आपको ही खंडित करेगी और आपको ही तोड़ देगी।

इस दुनिया में अशक्त लोग पाप नहीं करते हैं, शक्तिशाली लोग पाप करते हैं। और मजबूरी में! उनकी शक्ति उन्हें पाप करवाती है। इस दुनिया में अशक्त लोग बुरे काम नहीं करते। इस दुनिया में शक्तिशाली लोग बुरे काम करने को मजबूर हो जाते हैं, क्योंकि शक्ति का सृजनात्मक उपयोग उन्हें पता नहीं है। इसलिए जितने अपराधी हैं, जितने पापी हैं, उन्हें आप शक्ति का स्रोत समझिए। और अगर उन्हें संपर्क मिल जाए, तो उनकी सारी शक्तियां अदभुत रूप से परिवर्तित हो जाती हैं।

इसलिए आपको पता होगा, धार्मिक इतिहास में ऐसे सैकड़ों उदाहरण हैं, जब कि पापी क्षणभर में पुण्यात्मा हो गए हैं। और उसका कुल कारण इतना है कि शक्तियां बहुत थीं, केवल ट्रांसफार्मेशन की बात थी, एक जादू का संपर्क चाहिए था और सब बदल जाएगा।

अंगुलीमाल ने इतनी हत्याएं कीं। उसने एक हजार लोगों की हत्या करने का व्रत लिया था। उसने नौ सौ निन्यानबे लोगों की हत्या करके माला पहन ली थी। उसे आखिरी आदमी चाहिए था।

जिस जगह खबर हो जाती थी कि अंगुलीमाल है, वहां रास्ते निर्जन हो जाते थे, क्योंकि वहां कौन चलता! वह तो देखता ही नहीं था, विचार ही नहीं करता था। जो आया, उसकी हत्या करता था। खुद बादशाह प्रसेनजित जो था बिहार का, वह डरता था। उसकी छाती कंप जाती थी अंगुलीमाल का नाम सुनकर। उसने बड़े सैनिक वहां भेजे, लेकिन अंगुलीमाल पर कोई कब्जा नहीं हुआ।

बुद्ध उस पहाड़ से निकलते थे। लोगों ने, गांव के लोगों ने कहा, 'इधर मत जाइए। आप एक निहत्थे भिक्षु हैं, अंगुलीमाल हत्या कर देगा!' बुद्ध ने कहा, 'हम तो जो रास्ता चुनते हैं, उस पर चलते हैं। और किसी की वजह से उसको नहीं बदलते हैं। और अगर अंगुलीमाल यहां है, तो हमारी और भी जरूरत हो गयी है कि हम वहां जाएं। अब देखना यह है कि अंगुलीमाल हमें मारता है या हम अंगुलीमाल को मारते हैं।' तो लोगों ने कहा, 'बड़ी पागलपन की बात है। आपके पास कुछ भी नहीं है, आप अंगुलीमाल को मारिएगा? निहत्थे, कमजोर बुद्ध और अंगुलीमाल बड़ा बिलकुल दैत्य जैसा आदमी!' बुद्ध ने कहा, 'अब देखना यह है कि अंगुलीमाल बुद्ध को मारता है या बुद्ध अंगुलीमाल को मारते हैं। और हम तो जो रास्ता चुनते हैं, उस पर चलते हैं। और यह और भी सौभाग्य कि अंगुलीमाल से मिलना हो जाएगा। अनायास यह मौका आ गया!'

बुद्ध वहां गए। अंगुलीमाल ने अपनी टेकरी पर से देखा कि एक निहत्था भिक्षु शांत रास्ते पर चला आ रहा है। उसने वहीं से चिल्लाकर कहा कि 'देखो, यहां मत आओ। सिर्फ इसलिए कह रहा हूं कि तुम संन्यासी हो। वापस लौट जाओ। इतनी दया आ गयी तुम्हारी चाल देखकर। धीमे-धीमे चले आ रहे हो। तुम लौट जाओ, आगे मत बढ़ो। क्योंकि हम किसी पर दया करने के आदी नहीं हैं, हत्या कर देंगे।' बुद्ध ने कहा, 'हम भी किसी की दया करने के आदी नहीं हैं।' बुद्ध ने कहा, 'हम भी किसी की दया करने के आदी नहीं हैं। और जहां चुनौती हो, वहां तो संन्यासी पीछे कैसे लौटेगा? तो हम तो आते हैं, तुम भी आओ।'

अंगुलीमाल बहुत हैरान हुआ। यह आदमी पागल है! उसने अपना फरसा उठाया और वह नीचे उतरा। जब वह बुद्ध के पास पहुंचा, तो बुद्ध से उसने कहा कि 'अपने हाथ से अपनी मृत्यु मोल ले रहे हो!' बुद्ध ने कहा, 'इसके पहले कि तुम मुझे मारो, एक छोटा-सा काम करो। यह जो सामने वृक्ष है, इसके चार पत्ते तोड़ दो।' उसने अपने फरसे को मारा, एक डगाल तोड़ दी। और उसने कहा, 'ये रहे चार क्या, चार हजार!'

बुद्ध ने कहा, 'अब एक छोटा काम और करो। इसके पहले कि तुम मुझे मारो, इनको वापस इसी दरख्त में जोड़ दो।' वह आदमी बोला कि 'यह तो मुश्किल है।' तो बुद्ध ने कहा, 'तोड़ना तो बच्चा भी कर देता। जोड़ना! तोड़ना तो बच्चा भी कर देता; जोड़ना जो कर सके, उसमें पुरुष है, उसमें पुरुषार्थ है। तुम बहुत कमजोर आदमी हो। तुम सिर्फ तोड़ सकते हो। तुम यह खयाल छोड़ दो कि तुम बड़े शक्तिशाली हो। एक पत्ता नहीं जोड़ सकते!'

उसने एक क्षण गौर से सोचा। उसने कहा, 'यह तो जरूर है। क्या पत्ता जोड़ने का भी कोई रास्ता हो सकता है?' बुद्ध ने कहा, 'है। हम उसी रास्ते पर चल रहे हैं।' उसने गौर से देखा और उसके स्वाभिमान को पहली दफा यह पता चला, मारने में कोई मतलब नहीं है। मारना कमजोर भी कर सकता है। तो उसने कहा, 'मैं तो कमजोर नहीं हूं। मैं अब क्या करूं?' बुद्ध ने कहा, 'मेरे पीछे आओ।'

वह उस दिन भिक्षा मांगने गांव में गया। भिक्षु हो गया वह, गांव में भिक्षा मांगने गया। लोगों ने—सब लोग डर के मारे अपने मकानों पर चढ़ गए और उसको पत्थर मारे। वह नीचे गिर पड़ा लहूलुहान। उस पर पत्थर पड़ रहे हैं। बुद्ध उसके पास आए और उससे कहा, 'अंगुलीमाल, ब्राह्मण अंगुलीमाल, उठो! आज तुमने पुरुषार्थ को सिद्ध कर दिया। जब उनके पत्थर तुम्हारे ऊपर पड़ रहे थे, तो तुम्हारे हृदय में जरा भी क्रोध नहीं आया। और जब तुम्हारे शरीर से लहू गिरने लगा और तुम जमीन पर गिर गए, तब भी तुम्हारे हृदय में उनके प्रति प्रेम ही भरा हुआ था। तुमने अपने पुरुष को सिद्ध कर दिया। और तुम ब्राह्मण हो गए।'

प्रसेनजित को खबर लगी, तो वह मिलने आया बुद्ध से कि अंगुलीमाल परिवर्तित हुआ है! वह आकर बैठा। उसने कहा, 'हम सुनते हैं कि अंगुलीमाल साधु हो गए हैं। क्या मैं उनके दर्शन कर सकता हूं?' बुद्ध बोले, 'जो बगल में भिक्षु मेरे बैठे हुए हैं, वह अंगुलीमाल हैं।' प्रसेनजित ने सुना, उसके हाथ-पैर कंप गए। नाम तो पुराना था और डर वही था उस आदमी का। अंगुलीमाल ने कहा, 'मत डरो। वह आदमी गया। वह शक्ति जो उस आदमी की थी, परिवर्तित हो गयी। अब हम दूसरे रास्ते पर हैं। अब तुम हमें मार डालो, तो हमारे मन से तुम्हारे प्रति कोई—कोई अशुभ आकांक्षा नहीं उठेगी।'

जब बुद्ध से लोगों ने पूछा कि इतना बड़ा पापी कैसे परिवर्तित हुआ! तो बुद्ध ने कहा, 'पाप और पुण्य का प्रश्न नहीं है, शक्ति के परिवर्तन का प्रश्न है।'

इस दुनिया में कोई बुरा नहीं है और इस दुनिया में कोई भला नहीं है; केवल शक्ति की दिशाएं हैं। हमारे भीतर बहुत शक्ति है इस शरीर में। इस शरीर की शक्तियों का सृजनात्मक उपयोग!

तो एक तो मैंने कहा कि जब भावावेश उठे, तो आप शरीर के किसी अंग से उस भावावेश का उपयोग कर लें, उसे एक्सरसाइज में उपयोग कर लें। दूसरी बात, अपने जीवन में कुछ सृजनात्मक काम सीखें। हम सब गैर सृजनात्मक हैं।

पुराने दिन थे—कल मैं बात करता था रात—पुराने दिन थे, एक गांव में एक आदमी जूता बनाता था। और कोई उसके जूते को पहनता था, तो वह गौरव से कहता था, मेरा बनाया हुआ जूता है। एक सृजन का आनंद था। एक आदमी गाड़ी का चाक बनाता था, तो मेरा बनाया हुआ है।

आज दुनिया में सृजन का कोई आनंद नहीं रह गया है। आपका बनाया हुआ कुछ भी नहीं है। आपका बनाया हुआ कुछ भी नहीं है। यह दुनिया जैसी है, उसमें आदमी का बनाया हुआ अब कुछ भी नहीं रह जाएगा। उसका परिणाम यह हुआ है कि जो सृजनात्मक आनंद था आपका, वह विलीन हो गया है। और अगर वह विलीन हो जाएगा, तो शक्तियों का क्या होगा? वे विनाश की तरफ उत्सुक होंगी। स्वाभाविक शक्ति का कुछ न कुछ होगा, या तो विनाश होगा या सृजन होगा।

तो जीवन में कोई सृजनात्मक काम भी करें। सृजनात्मक मतलब, जो सिर्फ आप अपने आनंद के लिए निर्मित कर रहे हैं। एक मूर्ति बनाएं, तो कोई हर्ज नहीं। एक गीत लिखें, एक गीत गाएं, एक सितार को बजाएं, तो कोई हर्ज नहीं। उसे करें सिर्फ आनंद के लिए, व्यवसाय के लिए नहीं। जीवन में एक काम चुनें, जो आपका आनंद है, जो आपका व्यवसाय नहीं है। तो आपकी बहुत-सी शक्तियों का विनाशात्मक रुख परिवर्तित होगा और वे सृजन में लगेंगी।

भावावेशों को रोकने के लिए मैंने कहा। और यह सामान्य जीवन को सृजनात्मक दृष्टि दें। कोई फिक्र नहीं, घर में एक बगिया लगाएं और उन फूलों को प्रेम करें और उनका आनंद लें। कोई फिक्र नहीं, एक पत्थर को घिसकर छोटी-सी मूर्ति बनाएं। हर आदमी जो समझदार है, आजीविका के अतिरिक्त कुछ समय सृजन के लिए देगा। और जो नहीं देगा, वह गलती में पड़ जाएगा, उसका जीवन खराब हो जाएगा।

एक छोटा-सा गीत लिखें। कोई फिक्र नहीं, एक अस्पताल में जाएं और कुछ मरीजों को दो-दो फूल दे आएं। कोई फिक्र नहीं है, रास्ते पर कोई भिखमंगा मिल जाए, दो क्षण उसे गले लगा लें। कोई फिक्र नहीं है, कुछ सृजनात्मक करें, जो सिर्फ आनंद है आपका और जिसमें आपको कुछ लेना नहीं है, कुछ देना नहीं है। जिसे कर लेना ही आपका आनंद है।

तो जीवन में कुछ एक बिंदु चुनें, जिसे सिर्फ कर लेना आपका आनंद है। आपकी सारी शक्तियां उस तरफ उन्मुख होंगी और विनाश के लिए आपके पास शक्तियां नहीं बचेंगी। जो आदमी जितना सृजनात्मक होगा, उतना ही उसका क्रोध, उसका सेक्स विलीन हो जाएगा। ये असृजनात्मक आदमी के लक्षण हैं। आपके पास बहुत शक्ति है, वह कहां जाएगी? वह सेक्स से निकलेगी, कामवासना से निकलेगी। निकलना जरूरी है।

जो दुनिया में बहुत बड़े-बड़े सृजनात्मक मूर्तिकार, चित्रकार या कवि हुए हैं, उनके अविवाहित रह जाने का और कोई रहस्य नहीं है। कुल इतना ही रहस्य है कि वह सारी शक्ति उनकी सृजन में विलीन हो गयी, वह ट्रांसफार्म हो गयी, सब्लिमेट हो गयी। अगर वह वहां सब्लिमेट न होती, तो बहुत निम्नतल के सृजन में व्यय होती, संतति के सृजन में। तो वह बच्चे पैदा करने में व्यय होती। वही शक्ति, जो कि किन्हीं अमर काव्यों के, अमर चित्रों के निर्माण में व्यय हो गयी।

तो जीवन में शक्ति का सब्लिमेशन, उसका उद्दातीकरण बहुत जरूरी है। तो एक यह स्मरण रखें। शरीर की संपूर्ण शुद्धि के लिए जीवन में कुछ सृजनात्मक होने की चेष्टा करें। सृजनात्मक मनुष्य ही केवल धार्मिक हो सकता है; और कोई मनुष्य धार्मिक नहीं हो सकता।

शरीर-शुद्धि के लिए ये बुनियादी बातें मैंने आपसे कहीं, बहुत बुनियादी। अब बहुत गौण बातें। ये बहुत बुनियादी बातें हैं। इनको जो सम्हालता है, गौण बातें अपने आप सम्हल जाएंगी। बहुत गौण बातों में यह है, जिसको हम अपने मुल्क में आहार कहते हैं, वह शरीर-शुद्धि में उपयोगी है। आपका शरीर तो बिलकुल भौतिक संस्थान है। उसमें आप जो डालते हैं, उसके परिणाम होने स्वाभाविक हैं। अगर मैं शराब पी लूंगा, तो मेरे शरीर के सेल बेहोश हो जाएंगे। यह बिलकुल स्वाभाविक है। और अगर शरीर मेरा बेहोश है, तो उस बेहोशी का परिणाम मेरे मन पर पड़ेगा।

मन और शरीर बहुत अलग-अलग नहीं हैं, बहुत संयुक्त हैं। हमारा जो व्यक्तित्व है, वह शरीर और मन, ऐसा अलग-अलग नहीं है। शरीर-मन ऐसा इकट्ठा। वह साइकोसोमैटिक है। उसमें हमारा शरीर और मन इकट्ठा है। शरीर का ही अत्यंत सूक्ष्म हिस्सा मन है और मन का ही अत्यंत स्थूल हिस्सा शरीर है। इसे यूं समझिए, ये दोनों बिलकुल अलग-अलग चीजें नहीं हैं।

इसलिए जो शरीर में घटित होगा, उसके परिणाम मन में प्रतिध्वनित होते हैं। और जो मन में

घटित होता है, उसके परिणाम शरीर तक आ जाते हैं। अगर मन बीमार है, शरीर ज्यादा देर स्वस्थ नहीं रहेगा। अगर शरीर बीमार है, तो मन ज्यादा देर स्वस्थ नहीं रह सकेगा। ये खबरें एक-दूसरे में सुनी और समझी जाती हैं। इसलिए जो लोग मन को स्वस्थ रखने का उपाय समझ लेते हैं, वे शरीर के बाबत मुफ्त में बहुत-सा स्वास्थ्य उपलब्ध कर लेते हैं। जिसके लिए वे कोई कमाते नहीं हैं, जिसके लिए वे कोई प्रयास नहीं करते हैं।

शरीर और मन संयुक्त घटना है। शरीर पर जो होगा, वह मन पर होगा। इसलिए आपके अपने आहार में, आपके भोजन में आपको थोड़ा विवेकपूर्ण होना जरूरी है।

पहली बात, वह इतना ज्यादा न हो कि शरीर उसके कारण आलस्य से भरता हो। आलस्य अशुद्धि है। वह ऐसा न हो कि शरीर उत्तेजना से भरता हो। उत्तेजना अशुद्धि है। क्योंकि उत्तेजना ग्रंथियां पैदा करेगी। वह ऐसा न हो कि शरीर क्षीण होता हो, क्योंकि क्षीणता कमजोरी है। और शक्ति अगर उत्पन्न न होगी, तो परमात्मा की तरफ विकास भी नहीं हो सकता। शक्ति पैदा हो, लेकिन शक्ति उत्तेजक न हो, ऐसा आहार होना चाहिए। शक्ति पैदा हो, लेकिन वह इतनी न हो कि शरीर उसके कारण आलस्य से भर जाए।

अगर आपने जरूरत से ज्यादा भोजन किया है, तो सारे शरीर की शक्ति उसको पचाने में लग जाती है, शरीर में आलस्य छा जाता है। शरीर में आलस्य छाने का और कोई मतलब नहीं है। सारी शक्ति पचाने में लगती है, तो शरीर आलस्य से भर जाता है। आलस्य इस बात की सूचना है कि भोजन जरूरत से ज्यादा हो गया।

भोजन के बाद आलस्य नहीं, स्फूर्ति आनी चाहिए। यानि स्वाभाविक है। भूख लगी थी, फिर भोजन किया, तो स्फूर्ति आनी चाहिए, क्योंकि शक्ति उत्पन्न होने का स्रोत भीतर गया। लेकिन आपको तो आलस्य आता है। आलस्य इस बात का मतलब है कि आपने इतना भोजन कर लिया कि अब शरीर की सारी शक्ति उसको पचाएगी, तो शरीर अपनी सारी शक्ति को खींचकर पेट में ले जाएगा और सब तरफ से शक्ति क्षीण होने से आलस्य आ जाएगा।

तो भोजन स्फूर्ति दे, तब सम्यक है। भोजन उत्तेजना न दे, तब सम्यक है। भोजन मादकता न दे, तब सम्यक है।

तो तीन बातें स्मरण रखें: भोजन सुस्ती न दे, तो वह शुद्ध है; भोजन उत्तेजना न दे, तो वह शुद्ध है; और भोजन मादकता न दे, तो वह शुद्ध है। ये मोटी बातें हैं। और आपको इतना नासमझ मैं नहीं मानता कि इनके विस्तार में चर्चा करने की जरूरत है। इनको आप समझेंगे और अपने ढंग से इनको व्यवस्थित करेंगे।

दूसरी बात गौण बातों में, शरीर के लिए थोड़ा-सा व्यायाम अत्यंत आवश्यक है। क्योंकि शरीर जिन तत्वों से मिलकर बना है, वे तत्व व्यायाम के समय में विस्तार पाते हैं। व्यायाम का मतलब, विस्तार। संकोच के विपरीत है व्यायाम शब्द। व्यायाम का अर्थ है विस्तार। जब आप दौड़ते हैं, तो आपके सारे कण और सारे लिविंग सेल्स, पूरे जीवित कोष्ठ विस्तृत होते हैं, फैलते हैं। और जब वे फैलते हैं, तो आपको स्वास्थ्य का अनुभव होता है। जब वे सिकुड़ते हैं, तो बीमारी का अनुभव होता है। जब आपकी श्वास पूरे के पूरे प्राण के फेफड़े को खोलती है और सारे कार्बन डाइआक्साइड को बाहर फेंकती है, तो आपकी खून की गति बढ़ती है। और खून की

गति बढ़ती है, तो शरीर की सारी अशुद्धियां दूर होती हैं। इसलिए योग ने शरीर-शौच को, शरीर की परिपूर्ण शुद्धि को बहुत अनिवार्य नियमों के अंतर्गत रखा है। तो थोड़ा व्यायाम।

अति विश्राम नुकसान करता है, अति व्यायाम भी नुकसान करता है। इसलिए अति व्यायाम को नहीं कह रहा हूं। अति व्यायाम नहीं, थोड़ा, सम्यक व्यायाम कि जिससे आपको स्वास्थ्य का बोध हो। और अति विश्राम नहीं, थोड़ा विश्राम भी। जितना व्यायाम, उतना विश्राम।

इस सदी में व्यायाम भी नहीं है और विश्राम भी नहीं है। हम बहुत अजीब हालत में हैं। आप व्यायाम तो करते नहीं, आप विश्राम भी नहीं करते। जिसको आप विश्राम कहते हैं, वह विश्राम नहीं है। आप पड़े हैं, करवटें बदल रहे हैं, वह विश्राम नहीं है। एक गहरी प्रगाढ़ निद्रा! जिसमें कि सारा शरीर सो जाए और उसके सारे काम का जो भी बोझ और भार उस पर पड़ा है, वह सब विलीन हो जाए।

क्या आपने कभी खयाल किया, अगर आप सुबह बहुत अस्वस्थ उठे हैं और तबियत ताजी नहीं है, तो आपका व्यवहार स्वस्थ नहीं होता! अगर आपको नींद अच्छी नहीं हुई और सुबह एक भिखारी आपसे भीख मांगने आया है, बहुत असंभव है कि आप उसे भीख दे सकें। और अगर आप रात बहुत गहरी नींद सोए हैं और किसी ने हाथ बढ़ाए हैं, तो बहुत असंभव है कि आप अपने हाथ को देने से रोक सकें।

इसलिए भिखारी सुबह आपके घर मांगने आते हैं, शाम को नहीं आते हैं। क्योंकि सुबह संभावना मिलने की है, शाम को कोई संभावना नहीं है। यह बहुत मनोवैज्ञानिक है। भिखारी यूं ही नहीं सुबह आपके घर आ रहा है। शाम को नहीं आता है। शाम को कोई मतलब नहीं है। शाम को आप इतने थके और शरीर इतना गलत हालत में होगा कि आप शायद ही किसी को कुछ दे सकें। इसलिए वह सुबह आता है। अभी सूरज ऊग रहा है, आप नहाए होंगे, किसी ने घर में प्रार्थना की होगी। और वह बाहर आकर बैठा है। अभी इनकार करना बहुत मुश्किल होगा।

शरीर को ठीक विश्राम मिले, तो आपका व्यवहार बदलता है। इसलिए हमने आहार और विहार को संयुक्त माना है हमेशा से। जैसा आहार होगा, जैसा विहार होगा, अगर उन दोनों में सात्विकता होगी, तो जीवन में बड़ी गति और बड़ा आंतरिक प्रवेश होना शुरू होता है।

स्वास्थ्य की एक भूमिका बहुत जरूरी है। और उसके लिए सम्यक आहार, सम्यक व्यायाम और सम्यक विश्राम, इनको आप बुनियादी हिस्से मानें।

विश्राम भी करने के लिए कुछ समझ चाहिए, जैसा व्यायाम करने के लिए कुछ समझ चाहिए। विश्राम करने के लिए समझ चाहिए, शरीर को छोड़ने की समझ चाहिए। वह हम रात्रि को जब ध्यान करेंगे, तो उससे आपको समझ में आएगा कि उस ध्यान के बाद अगर आप विश्राम करते हैं, तो विश्राम वास्तविक होगा।

हो सकता है, यहां कुछ मित्र हों, जो शारीरिक रूप से बहुत व्यायाम न कर सकते हों, न जा सकते हों जंगल और पहाड़ न चढ़ सकते हों, उनके लिए मैं एक दूसरा प्रयोग कहता हूं। वे केवल पंद्रह मिनट को सुबह उठकर स्नान करने के बाद एकांत कमरे में लेट जाएं, आंख बंद कर लें और कल्पना करें कि मैं पहाड़ियां चढ़ रहा हूं और दौड़ रहा हूं। सिर्फ कल्पना करें, कुछ न करें। वृद्ध हैं, वे नहीं जा सकते हैं। या ऐसी जगह हैं कि वहां घूमने नहीं जा सकते हैं। तो एकांत कमरे में लेट

जाएं, आंख बंद कर लें और कल्पना करें कि मैं जा रहा हूं, एक पहाड़ चढ़ रहा हूं और दौड़ रह हूं। धूप तेज है और मैं भागा चला जा रहा हूं। मेरी श्वास जोर से बढ़ रही है।

और आप हैरान होंगे, आपकी श्वास बढ़ने लगेगी। और आपकी इमेजिनेशन, आपकी कल्पना जितनी प्रगाढ़ होती जाएगी, आप पंद्रह मिनट में पाएंगे कि जो घूमने का फायदा था, वह मिल गया है। आप पंद्रह मिनट बाद बिलकुल ताजे, व्यायाम करके उठ आएंगे। जरूरी नहीं है कि आप व्यायाम करने जाएं। शरीर के अणुओं को पता चलना चाहिए कि व्यायाम हो रहा है, तो वे तैयार हो जाते हैं। यानि वे उसी स्थिति में आ जाते हैं, जिस स्थिति में वस्तुतः आप चले होते तब आते। वे उसी स्थिति में आ जाते हैं।

क्या आपने कभी खयाल नहीं किया, स्वप्न में घबड़ा गए हों, तो उठने के बाद भी हृदय कंपता रहता है। क्यों? स्वप्न की घबड़ाहट तो बड़ी झूठी थी, लेकिन हृदय क्यों कंप रहा है? जागने पर भी क्यों कंप रहा है? हृदय तो कंप गया, हृदय को बिलकुल पता नहीं है कि यह स्वप्न में घटना घटी कि सच में घटना घटी। हृदय को तो पता है कि घटना घटी, बस।

तो अगर आप इमेजिनेशन में भी व्यायाम करते हैं, तो फायदा उतना ही हो जाता है, जितना कि वस्तुतः व्यायाम करिए। कोई भेद नहीं पड़ता। इसलिए जो बहुत समझदार थे इस मामले में, उन्होंने बड़ी अदभुत तरकीबें निकाल ली थीं। अगर उन्हें आप एक जेल में भी बंद कर दें, तो उनके स्वास्थ्य को कोई नुकसान नहीं पड़ेगा। क्योंकि वे पंद्रह मिनट विश्राम करके और व्यायाम कर लेंगे।

तो इसको भी करके देखें। जो नहीं जा सकते हैं, नहीं जाने की स्थितियों में हैं, वे इसका प्रयोग करें। और निद्रा के लिए रात्रि का जो ध्यान है, उसके बाद निद्रा करें। शरीर ऐसे शुद्ध होगा। और शरीर शुद्ध होगा, तो शरीर की शुद्धि भी अपने आप में एक अदभुत आनंद है। और उस आनंद में फिर और अंतस प्रवेश होता है। यह पहला चरण हुआ।

दूसरे दो चरण हैं भूमिका के, विचार-शुद्धि और भाव-शुद्धि। उनकी मैं बात करूंगा।

तीन चरण होंगे परिधि के—शरीर-शुद्धि, विचार-शुद्धि, भाव-शुद्धि। और तीन चरण होंगे केंद्र के—शरीर-शून्यता, विचार-शून्यता और भाव-शून्यता। ये छः चरण जब पूरे होते हैं, तो समाधि घटित होती है। तो उनकी हम क्रमशः इन तीन दिनों में बात करेंगे। यह बात काफी होगी। इस पर आप विचार करेंगे, समझेंगे और इसका प्रयोग करेंगे। क्योंकि मैं जो कुछ कह रहा हूं, वह सब प्रयोग करने की बात है। प्रयोग करेंगे, तो ही उसका अर्थ खुलेगा, अन्यथा मेरी बातचीत से उसका कोई अर्थ नहीं खुलता।

अब हम सुबह का ध्यान करेंगे और फिर विदा होंगे। सुबह के ध्यान के लिए थोड़ी-सी बात आपको कह दूं। सुबह के ध्यान का पहला चरण तो वही होगा, जिसको हमने रात्रि में संकल्प कहा। पांच बार हम संकल्प की स्थिति करेंगे। उसके बाद, जब संकल्प हम कर चुके होंगे, दो मिनट तक धीमी श्वास लेकर बैठे रहेंगे। उसके बाद हम भावना करेंगे। पहले संकल्प, फिर भावना और फिर ध्यान। ऐसे तीन चरण होंगे सुबह के लिए।

संकल्प, रात्रि को जैसा मैंने कहा, वैसा। श्वास को पूरा गहरा अंदर ले जाएंगे। जब श्वास अंदर जाने लगेगी, तब मन में यह भाव करेंगे कि मैं संकल्प करता हूं कि मेरा ध्यान में प्रवेश

होकर रहेगा। मैं ध्यान में प्रविष्ट होऊंगा। इस भाव को करते रहेंगे, जब श्वास अंदर जाएगी और पूरे फेफड़ों में भरेगी। पूरी भर लेनी है, जितनी आपसे बन सके। फिर उसे एक सेकेंड, दो सेकेंड, जितनी देर आप रोक सकें, रोके रखना है। जब श्वास को आप ले जाते हैं, पूरा ले जाएं, फिर उसे थोड़ी देर रोकें। जिन्हें योग ने पूरक, कुंभक और रेचक कहा है, वही प्रक्रिया है। श्वास को पूरा अंदर ले जाएं, फिर उसे रोकें और इस पूरे वक्त संकल्प करते रहें, मन में वही संकल्प गूंजता रहे। फिर पूरी श्वास को बाहर फेंकें, मन में वही संकल्प गूंजता रहे। फिर थोड़ा रुकें और मन में वही संकल्प गूंजता रहे।

इस भांति आपके पूरे अंतस चेतन मन तक, अंतःकरण तक यह संकल्प प्रविष्ट हो जाएगा। आपके पूरे व्यक्तित्व को पता चल जाएगा कि निर्णय हुआ है कि ध्यान में प्रवेश करना है। तो आपको पूरे व्यक्तित्व का सहयोग मिलेगा। अन्यथा आप ऊपर ही घूमते रहेंगे, उससे कोई अंतर नहीं पड़ेगा बहुत।

तो पहले तो संकल्प, फिर भावना। संकल्प के बाद भावना—जो मैंने कल आपको कही—आशा, आनंद, विश्वास, वह दो मिनट तक करेंगे। दो मिनट तक अपने सारे शरीर को अनुभव करेंगे कि आप बहुत स्वास्थ्य से भरे हुए हैं, बहुत आनंद का अनुभव कर रहे हैं, सारे शरीर के कण-कण प्रफुल्ल हो गए हैं और बड़ी आशा की स्थिति है। कुछ होगा।

संकल्प। फिर यह भावना कि मेरे चारों तरफ अत्यंत शांति है, मेरे भीतर अत्यंत आनंद है, मेरे भीतर अत्यंत आशा है और मेरे शरीर का कण-कण उन्मुख है और उत्सुक है और प्रफुल्ल है, इसका भाव करेंगे। उसके बाद फिर सुबह का ध्यान करेंगे।

सुबह के ध्यान में रीढ़ को सीधा रखना है। बिना हिले-डुले आराम से बैठ जाना है। सारे शरीर के कंपन को छोड़ देना है, रीढ़ को सीधा कर लेना है। आंख को बंद कर लेना है। फिर धीमी श्वास लेनी है, बहुत आहिस्ता श्वास लेनी है और आहिस्ता ही श्वास छोड़ देनी है। श्वास को देखना है। भीतर आंख बंद किए हुए श्वास को देखते रहना है, वह भीतर गई और बाहर गई।

श्वास को देखने के दो उपाय हैं। एक तो है एबडोमेन पर देखना, जहां पेट ऊंचा-नीचा होता है। और दूसरा है नाक के पास, जहां श्वास छूती है, वहां देखना। जिसको जहां सुविधाजनक मालूम पड़े, वहां देखे।

अधिक लोगों को सुविधाजनक पड़ेगा कि वे नाक के पास देखें। श्वास अंदर प्रविष्ट होगी, नाक को लगती है, फिर निकलेगी, फिर लगती है। उसी स्थान को आप देखें कि श्वास लगी, अंदर गयी; श्वास लगी, बाहर गयी। जो लोग पीछे प्रयोग किए हैं नाभि का, उनको नाभि का सुविधाजनक मालूम पड़ता हो, वे नाभि के पास देखें कि पेट ऊपर उठा, नीचे गिरा। जहां जिसको ठीक लगे, वहां उस प्रयोग को कर ले। सिर्फ दस मिनट तक श्वास को देखता रहे।

तो अब हम बैठें सुबह के प्रयोग के लिए। सब लोग फासले पर हो जाएं। एक-दूसरे का बोध मिट जाए, छूना मिट जाए, सब इतने फासले पर हो जाएं।

चित्त-शक्तियों का रूपांतरण

तीसरा प्रवचन

मेरे प्रिय आत्मन्, *सबसे पहले एक प्रश्न पूछा है कि साधक को प्रकाश की किरण मिले, उसको सतत बनाए रखने के लिए क्या किया जाए?*

मैंने सुबह कहा, जो अनुभव हो आनंद का, जो शांति का, आनंद का अनुभव हो, उसे हम सतत चौबीस घंटे अपने भीतर बनाए रखें। कैसे बनाए रखेंगे?

दो रास्ते हैं। एक रास्ता तो है कि हम उस चित्त-स्थिति को, जो ध्यान में अनुभव हुई, उसका जब भी हमें अवसर मिले, पुनः स्मरण करें। जैसे ध्यान के समय शांत श्वास ली है। जब भी दिन में समय मिले, जब आप कोई विशेष काम में नहीं लगे हैं, उस समय श्वास को धीमा कर लें और नाक के पास जहां श्वास का कंपन हो, उसका थोड़ा-सा स्मरण करें। उस स्मरण के साथ ही उस भाव को फिर से आरोपित कर लें कि आप आनंदित हैं, प्रफुल्लित हैं, शांत हैं, स्वस्थ हैं। उस भाव को पुनः स्मरण कर लें। जब भी स्मरण आ जाए—सोते समय, उठते समय, रास्ते पर जाते समय—जहां भी स्मरण आ जाए, उस भाव को पुनः आवर्तित कर लें।

उसका परिणाम होगा कि दिन में अनेक बार वह स्मृति, वह स्मरण आपके भीतर आघात करेगा और कुछ समय में आपको उसे अलग से याद करने की जरूरत न रह जाएगी। वह आपके साथ वैसे ही रहने लगेगा, जैसे श्वासें आपके साथ हैं।

एक तो इस भाव-स्थिति को बार-बार स्मरण करना। जब भी खयाल मिल जाए—बिस्तर पर लेट गए हैं, स्मरण आया है, ध्यान की स्थिति को वापस दोहराने का भाव कर लें। रास्ते पर घूमने गए हैं, रात्रि को चांद के नीचे बैठे हैं, किसी दरख्त के पास बैठे हैं, कोई नहीं है, कमरे में अकेले बैठे हैं, पुनः स्मरण कर लें। बस में सफर कर रहे हैं, या ट्रेन में सफर कर रहे हैं, अकेले बैठे हैं, आंख बंद कर लें, उस भाव-स्थिति को पुनः स्मरण कर लें। दिन के व्यस्त काम-काज में भी, दफ्तर में भी, दो मिनट के लिए कभी उठ जाएं, खिड़की के पास खड़े हो जाएं, गहरी श्वास ले लें, उस भाव-स्थिति को स्मरण कर लें।

दिन में ऐसा अगर दस-पच्चीस बार, मिनट आधा मिनट को भी उस स्थिति को स्मरण किया, तो उसका सातत्य घना होगा और कुछ दिनों में आप पाएंगे, उसे स्मरण नहीं करना होता है, वह स्मरण बना रहेगा। तो यह एक रास्ता, ध्यान में जो अनुभव हो, उसे इस भांति निरंतर विचार के माध्यम से स्वयं की स्मृति में प्रवेश दिलाने का है।

दूसरा रास्ता, रात्रि को सोते समय, जैसे अभी मैंने आपको संकल्प करने के लिए कहा है, जब संकल्प आपका प्रगाढ़ जिस रास्ते से होता है, उसी रास्ते से ध्यान की स्मृति को भी कायम रखा जा सकता है। जब ध्यान का एक अनुभव आने लगे, तो रात्रि को सोते समय वही प्रक्रिया

करें और उस वक्त यह भाव मन में दोहराएं कि ध्यान में मुझे जो भी अनुभव होगा, उसकी स्मृति मुझे चौबीस घंटे बनी रहेगी। जो मैंने संकल्प के लिए प्रयोग बताया है—श्वास को बाहर फेंक कर संकल्प करने का या श्वास को भीतर लेकर संकल्प करने का—जब आपको कुछ अनुभव आने लगे शांति का, तो इसी प्रक्रिया के माध्यम से यह संकल्प मन में दोहराएं कि ध्यान में मुझे जो भी अनुभव होगा, वह मुझे चौबीस घंटा, एक सतत अंतःस्मरण उसका मेरे भीतर बना रहेगा।

इसको दोहराने से आप पाएंगे कि आपको बिना किसी कारण के अचानक दिन में कई बार ध्यान की स्थिति का खयाल आ जाएगा। ये दोनों संयुक्त करें, तो और भी ज्यादा लाभ होगा। फिर अभी हम विचार और भाव की शुद्धि के संबंध में जब बात करेंगे, तो इस संबंध में और बहुत-सी बातें चर्चा हो सकेंगी। लेकिन इन दोनों बातों का प्रयोग किया जा सकता है।

बहुत-सा समय चौबीस घंटे का हमारे पास व्यर्थ होता है, जिसका हम कोई उपयोग नहीं करते। उस व्यर्थ के समय में अगर ध्यान की स्मृति को दोहराते हैं, तो बहुत अंतर पड़ेगा।

इसको कभी इस तरह खयाल करें। अगर आपको दो वर्ष पहले किसी व्यक्ति ने गाली दी थी, दो वर्ष पहले आपका किसी ने अपमान किया था, दो वर्ष पहले कहीं आपके साथ कोई दुर्घटना घटी थी, अगर आप आज भी उसे स्मरण करने बैठेंगे, तो उस पूरी घटना को स्मरण करते-करते आप यह भी हैरान हो जाएंगे कि घटना को स्मरण करते-करते आपके शरीर की और चित्त की अवस्था भी उसी छाप को ले लेगी, जो दो वर्ष पहले घटित हुआ होगा। अगर दो वर्ष पहले आपका कोई भारी अपमान हुआ था, आप आज बैठकर अगर उसका स्मरण करेंगे कि वह घटना कैसे घटी थी और कैसे अपमान हुआ था, तो आप स्मरण करते-करते हैरान होंगे कि आपका शरीर और आपका चित्त उसी अवस्था में पुनः पहुंच गया है और आप जैसे फिर से अपमान को अनुभव कर रहे हैं।

हमारे चित्त में संग्रह है और वह विलीन नहीं होता। जो भी अनुभव होते हैं, वे संगृहीत हो जाते हैं। अगर उनकी स्मृति को फिर से पुकारा जाए, तो वे अनुभव जगाए जा सकते हैं और हम दुबारा उन्हीं अनुभूतियों में प्रवेश पा सकते हैं। मनुष्य के मन से कोई भी स्मृति नष्ट नहीं होती है।

तो अगर आज सुबह आपको ध्यान में अच्छा लगा हो, तो दिन में दस-पांच बार उसका पुनर्स्मरण बहुत महत्वपूर्ण होगा। उस भांति वह स्मृति गहरी होगी। और बार-बार स्मरण आ जाने से वह चित्त के स्थायी स्वभाव का हिस्सा बनने लगेगी। इसे, यह जो प्रश्न पूछा है, इस भांति अगर इस पर प्रयोग हुआ, तो लाभ होगा। और यह करना चाहिए।

अक्सर मनुष्य की भूल यह है कि जो भी गलत है, उसका तो वह स्मरण करता है; और जो भी शुभ है, उसका स्मरण नहीं करता। मनुष्य की बुनियादी भूलों में से एक यह है कि जो भी नकारात्मक है, निगेटिव है, उसका वह स्मरण करता है; और जो भी विधायक है, उसका स्मरण नहीं करता। आपको शायद ही वे क्षण याद आते हों, जब आप प्रेम से भरे हुए थे; शायद ही वे क्षण याद आते हों, जब आपने स्वास्थ्य की कोई बहुत अदभुत अनुभूति की थी; शायद ही वे क्षण याद आते हों, जब आप बहुत शांत हो गए थे। लेकिन आपको वे स्मरण रोज आते हैं, जब आप क्रोधित हुए थे, जब आप अशांत हुए थे; जब किसी ने आपका अपमान किया था, या आपने किसी से बदला लिया था। आप उन-उन बातों को निरंतर स्मरण करते हैं, जो घातक हैं; और

उनका स्मरण शायद ही होता हो, जो कि आपके जीवन के लिए विधायक हो सकती हैं।

विधायक अनुभूतियों का स्मरण बहुत बहुमूल्य है। उन-उन अनुभूतियों को निरंतर स्मरण करने से दो बातें होंगी। सबसे महत्वपूर्ण तो यह होगा कि अगर आप विधायक अनुभूतियों का स्मरण करते हैं, तो उन अनुभूतियों के वापस पैदा होने की संभावना आपके भीतर बढ़ जाएगी। जो आदमी घृणा की बातों को बार-बार याद करता हो, बहुत संभावना है, आज भी घृणा की कोई घटना उससे घटेगी। जो आदमी उदासी की बातों को बार-बार स्मरण करता हो, बहुत संभव है, आज वह फिर उदास होगा। क्योंकि उसके एक तरह के झुकाव पैदा हो जाते हैं और वही बातें उसमें पुनरुक्त हो जाती हैं। ये, ये जो भाव हैं, स्थायी बन जाते हैं और जीवन में उन-उन भावों का बार-बार पैदा हो जाना आसान हो जाता है।

इसको अपने भीतर विचार करें कि आप किस तरह के भावों को स्मरण करने के आदी हैं। हर आदमी स्मरण करता है। किस तरह के भावों को आप स्मरण करने के आदी हैं? और यह स्मरण रखें कि अतीत के जिन भावों को आप स्मरण करते हैं, भविष्य में आप उन्हीं भावों को, बीजों को बो रहे हैं और उनकी फसल को काटेंगे। अतीत का स्मरण भविष्य के लिए रास्ता बन जाता है।

स्मरणपूर्वक, जो व्यर्थ है, जिसका कोई उपयोग नहीं है, उसे याद न करें। उसका कोई मूल्य नहीं है। अगर उसका स्मरण भी आ जाए, तो रुकें और उस स्मरण को कहें कि बाहर हो जाओ, तुम्हारी कोई आवश्यकता नहीं है। कांटों को भूल जाएं और फूलों को स्मरण रखें। कांटे जरूर बहुत हैं, लेकिन फूल भी हैं। जो फूलों को स्मरण रखेगा, उसके जीवन में कांटे क्षीण होते जाएंगे और फूल बढ़ जाएंगे। और जो कांटों को स्मरण रखेगा, उसके जीवन में हो सकता है, फूल विलीन हो जाएं और केवल कांटे रह जाएं।

हम क्या स्मरण करते हैं, वही हम बनते चले जाते हैं। जिसका हम स्मरण करते हैं, वही हम हो जाते हैं। जिसका हम निरंतर विचार करते हैं, वह विचार हमें परिवर्तित कर देता है और हमारा प्राण हो जाता है। इसलिए शुभ, सद, जो भी आपको श्रेष्ठ मालूम पड़े, उसे स्मरण करें। और जीवन में—इतना दरिद्र जीवन कोई भी नहीं है कि उसके जीवन में कोई शांति के, आनंद के, सौंदर्य के, प्रेम के क्षण न घटित हुए हों। और अगर आप उनके स्मरण में समर्थ हो गए, तो यह भी हो सकता है कि आपके चारों तरफ अंधकार हो, लेकिन आपकी स्मृति में प्रकाश हो और इसलिए चारों तरफ का अंधकार भी आपको दिखायी न पड़े। यह भी हो सकता है, आपके चारों तरफ दुख हो, लेकिन आपके भीतर कोई प्रेम की, कोई सौंदर्य की, कोई शांति की अनुभूति हो और आपको चारों तरफ का दुख भी दिखायी न पड़े। यह संभव है, यह संभव है कि बिलकुल कांटों के बीच में कोई व्यक्ति फूलों में हो। इसके विपरीत भी संभव है। और यह हमारे ऊपर निर्भर है।

यह मनुष्य के ऊपर निर्भर है कि वह अपने को कहां स्थापित कर देता है, वह अपने को कहां बिठा देता है। यह हमारे ऊपर निर्भर है कि हम स्वर्ग में रहते हैं या नर्क में रहते हैं। मैं आपको कहना चाहूंगा, स्वर्ग और नर्क कोई भौगोलिक स्थान नहीं हैं। वे मानसिक, मनोवैज्ञानिक स्थितियां हैं। हममें से अधिकतर लोग दिन में कई बार नर्क में चले जाते हैं और कई बार स्वर्ग में आ जाते हैं। और हममें से कई लोग दिनभर नर्क में रहते हैं। और हममें से कई लोग स्वर्ग में वापस लौटने का रास्ता ही भूल जाते हैं। लेकिन ऐसे लोग भी हैं, जो चौबीस घंटे स्वर्ग में रहते हैं। इसी जमीन

पर, इन्हीं स्थितियों में ऐसे लोग हैं, जो स्वर्ग में रहते हैं। आप भी उनमें से एक बन सकते हैं। कोई बाधा नहीं है, सिवाय कुछ वैज्ञानिक नियमों को समझने के।

एक स्मरण मुझे आया। बुद्ध का एक शिष्य था, पूर्ण। उसकी दीक्षा पूरी हुई, उसकी साधना पूरी हुई। पूर्ण ने कहा कि 'अब मैं जाऊं और आपके संदेश को उनसे कह दूं, जिनको उसकी जरूरत है।' बुद्ध ने कहा, 'तुम्हें मैं जाने की आज्ञा तो दूं, लेकिन एक बात पूछ लूं: तुम कहां जाना चाहोगे?' बिहार में एक छोटा-सा हिस्सा था 'सूखा'। पूर्ण ने कहा, 'मैं सूखा की तरफ जाऊं। अब तक कोई भिक्षु वहां नहीं गया। और वहां के लोग आपके अमर संदेश से वंचित हैं।'

बुद्ध ने कहा, 'वहां कोई नहीं गया, इसके पीछे कारण था। वहां के लोग बहुत बुरे हैं। हो सकता है, तुम वहां जाओ, वे तुम्हारा अपमान करें। वे तुम्हें गालियां दें, तुम्हें परेशान करें, तो तुम्हारे मन में क्या होगा?' पूर्ण ने कहा, 'मैं उन्हें धन्यवाद दूंगा। धन्यवाद दूंगा कि वे केवल गालियां देते हैं, अपमान करते हैं, लेकिन मारते नहीं।' उसने कहा, 'मैं उन्हें धन्यवाद दूंगा कि वे गालियां देते हैं, अपमान करते हैं, लेकिन मारते नहीं हैं। मार भी सकते थे।' बुद्ध ने कहा, 'यह भी हो सकता है कि उनमें से कोई तुम्हें मारे, तो तुम्हारे मन को क्या होगा?' उसने कहा, 'मैं धन्यवाद दूंगा कि वे मारते हैं, लेकिन मार ही नहीं डालते हैं। वे मार भी डाल सकते थे।'

बुद्ध ने कहा, 'मैं अंतिम एक बात और पूछता हूं। यह भी हो सकता है, कोई तुम्हें मार ही डाले, तो तुम्हारे मन को क्या होगा?' उसने कहा, 'मैं धन्यवाद दूंगा कि उन्होंने मुझे उस जीवन से छुटकारा दिला दिया, जिसमें कोई भूल हो सकती थी।' उस पूर्ण ने कहा, 'मैं धन्यवाद दूंगा कि उन्होंने मुझे उस जीवन से छुटकारा दिला दिया, जिसमें कोई भूल हो सकती थी। मैं उनका अनुग्रह मानूंगा।' बुद्ध ने कहा, 'तब तुम कहीं भी जाओ। अब इस जमीन पर सब जगह तुम्हारे लिए परिवार है, क्योंकि जिसके हृदय की यह स्थिति है, उसके लिए इस जमीन पर कोई कांटे नहीं हैं।'

कल मैं बात करता था रास्ते में। महावीर के लिए कहा जाता है—बड़ी झूठी बात लगेगी—महावीर के लिए कहा जाता है कि वे जब रास्तों पर चलते थे, तो कांटे अगर सीधे पड़े हों, तो वे उलटे हो जाते थे। यह बात कितनी झूठ है! कोई कांटे को क्या मतलब कि कौन चलता है? किसी कांटे को क्या प्रयोजन कि महावीर चलते हैं या कौन चलता है? और कांटे कैसे सीधे पड़े हों तो उलटे हो जाएंगे? और मैंने सुना है कि मोहम्मद के बाबत कहा जाता है कि जब वे अरब के गर्म रेगिस्तानों में चलते थे, तो एक बदली उनके ऊपर छाया किए रहती थी। यह कितनी झूठी बात है! बदलियों को क्या प्रयोजन कि नीचे कौन चलता है? मोहम्मद चलते हैं या कौन चलता है, वे कैसे छायाएं करेंगी?

लेकिन मैं आपसे कहूं, ये बातें सच हैं। कोई कांटे उलटकर उलटे नहीं होते और कोई बदलियां नहीं चलतीं, लेकिन इनमें हमने कुछ सचाइयां जाहिर की हैं। हमने कुछ सचाइयां जाहिर की हैं, इन बातों में हमने कुछ प्रेम भरी बातें कहीं हैं। हमने यह कहना चाहा है कि जिस आदमी के हृदय में कोई कांटा नहीं रह गया, इस जगत में उसके लिए कोई कांटा सीधा नहीं है। और हमने यह कहा है कि जिस आदमी के हृदय में उत्ताप नहीं रह गया, इस जगत में उसके लिए हर जगह एक छायादार बदली है और उसे कहीं कोई धूप नहीं है। हमने यह कहना चाहा है। और यह बड़ी सच बात है।

हमारे चित्त की स्थिति हम जैसी बनाए रखेंगे, यह दुनिया भी ठीक वैसी बन जाती है। न मालूम कौन-सा चमत्कार है कि जो आदमी भला होना शुरू होता है, यह सारी दुनिया उसे एक भली दुनिया में परिवर्तित हो जाती है। और जो आदमी प्रेम से भरता है, इस सारी दुनिया का प्रेम उसकी तरफ प्रवाहित होने लगता है। और यह नियम इतना शाश्वत है कि जो आदमी घृणा से भरेगा, प्रतिकार में घृणा उसे उपलब्ध होने लगेगी। हम जो अपने चारों तरफ फेंकते हैं, वही हमें उपलब्ध हो जाता है। इसके सिवाय कोई रास्ता भी नहीं है।

तो चौबीस घंटे उन क्षणों का स्मरण करें, जो जीवन में अदभुत थे, ईश्वरीय थे। वे छोटे-छोटे क्षण, उनका स्मरण करें और उन क्षणों पर अपने जीवन को खड़ा करें। और उन बड़ी-बड़ी घटनाओं को भी भूल जाएं, जो दुख की हैं, पीड़ा की हैं, घृणा की हैं, हिंसा की हैं। उनका कोई मूल्य नहीं है। उन्हें विसर्जित कर दें, उन्हें झड़ा दें। जैसे सूखे पत्ते दरख्तों से गिर जाते हैं, वैसे जो व्यर्थ है, उसे छोड़ते चले जाएं; और जो सार्थक है और जीवंत है, उसे स्मरणपूर्वक पकड़ते चले जाएं। चौबीस घंटे इसका सातत्य रहे। एक धारा मन में बहती रहे शुभ की, सौंदर्य की, प्रेम की, आनंद की।

तो आप क्रमशः पाएंगे कि जिसका आप स्मरण कर रहे हैं, वे घटनाएं बढ़नी शुरू हो गयी हैं। और जिसको आप निरंतर साध रहे हैं, उसके चारों तरफ दर्शन होने शुरू हो जाएंगे। और तब यही दुनिया बहुत दूसरे ढंग की दिखायी पड़ती है। और तब ये ही लोग बहुत दूसरे लोग हो जाते हैं। और ये ही आंखें और ये ही फूल और ये ही पत्थर एक नए अर्थ को ले लेते हैं, जो हमने कभी पहले जाना नहीं था। क्योंकि हम कुछ और बातों में उलझे हुए थे।

तो मैंने जो कहा, ध्यान में जो अनुभव हो—थोड़ा-सा भी प्रकाश, थोड़ी-सी भी किरणें, थोड़ी-सी भी शांति—उसे स्मरण रखें। जैसे एक छोटे-से बच्चे को उसकी मां सम्हालती है, वैसे जो भी छोटी-छोटी अनुभूतियां हों, उन्हें सम्हालें। उन्हें अगर नहीं सम्हालेंगे, वे मर जाएंगी। और जो जितनी मूल्यवान चीज होती है, उसे उतना सम्हालना होता है।

जानवरों के भी बच्चे होते हैं, उनको सम्हालना नहीं होता। और जितने कम विकसित जानवर हैं, उनके बच्चों को उतना ही नहीं सम्हालना होता, वे अपने आप सम्हल जाते हैं। जैसे-जैसे विकास की सीढ़ी आगे बढ़ती है, वैसे-वैसे आप पाते हैं—अगर मनुष्य के बच्चे को न सम्हाला जाए, वह जी ही नहीं सकता। मनुष्य के बच्चे को न सम्हाला जाए, वह जी नहीं सकता। उसके प्राण समाप्त हो जाएंगे। जो जितनी श्रेष्ठ स्थिति है जीवन की, उसे उतने ही सम्हालने की जरूरत पड़ती है।

तो जीवन में भी जो अनुभूतियां मूल्यवान हैं, उनको उतना ही सम्हालना होता है। उतने ही प्रेम से उनको सम्हालना होता है। तो छोटे-से भी अनुभव हों, उन्हें सम्हालें; वैसे ही जैसे...। आपने पूछा, कैसे सम्हालें? अगर मैं आपको कुछ हीरे दे दूं, तो आप उन्हें कैसे सम्हालेंगे? अगर आपको कोई बहुमूल्य खजाना मिल जाए, उसे आप कैसे सम्हालेंगे? उसे आप कैसे सम्हालेंगे? उसे आप कहां रखेंगे? उसे आप छिपाकर रखना चाहेंगे; उसे अपने हृदय के करीब रखना चाहेंगे।

एक भिखमंगा मरता था एक अस्पताल में। और जब पादरी उसके पास गया और डाक्टरों ने कह दिया कि वह मरने को है। और पादरी उसके पास गया अंतिम भगवान की प्रार्थना करवाने के

लिए। उससे कहा, 'तुम हाथ जोड़ो।' उसने एक ही हाथ उठाया। एक हाथ की मुट्ठी बंद थी। पादरी ने कहा, 'दोनों हाथ जोड़ो।' उसने कहा, 'क्षमा करें, दूसरा मैं नहीं खोल सकता हूं।'

वह आदमी मरने को है और दूसरा हाथ नहीं खोल रहा है! वह मर गया दो क्षण बाद। हाथ खोला गया। कुछ गंदे सिक्के वह इकट्ठे किए हुए था, जिस पर उसने मुट्ठी बांधी हुई थी। कुछ गंदे सिक्के! उसे पता है, मर रहा है, लेकिन मुट्ठी बंधी हुई है!

साधारण सिक्कों को हम सम्हालना जानते हैं, सब जानते हैं। और जो श्रेष्ठतम सिक्के हैं, उन्हें सम्हालने का हमें कुछ पता नहीं है। और हम उसी भिखमंगे की तरह हैं, जो एक दिन मुट्ठी बंद किए हुए पाए जाएंगे। और जब उनकी मुट्ठी खोली जाएगी, तो कुछ गंदे सिक्कों के सिवाय वहां कुछ भी नहीं मिलेगा।

उन अनुभूतियों को सम्हालें, वे ही असली सिक्के हैं, जिन्होंने आपके जीवन को स्फुरणा दी हो, प्रेरणा दी हो, आपके भीतर कुछ परिवर्तित किया हो, कुछ कंपित हुआ हो, कुछ श्रेष्ट की तरफ आपके भीतर लपट पैदा हुई हो। और उन्हें इस भांति सम्हालें। ये दो रास्ते मैंने कहे। क्रमशः प्रयोग करने से बात समझ में आ सकेगी।

एक दूसरे मित्र ने पूछा है कि सेक्स एक सृजनात्मक शक्ति है। पति-पत्नी के संबंध में उसका क्रिएटिव उपयोग कैसे किया जाए?

यह बड़ी बहुमूल्य बात पूछी है। शायद ही ऐसे लोग होंगे, जो इस तरह के, जिनके लिए इस तरह का प्रश्न उपयोगी न हो, सार्थक न हो। दुनिया में दो ही तरह के लोग हैं। एक वे लोग हैं, जो सेक्स की, काम की शक्ति से पीड़ित हैं। और एक वे लोग हैं, जिन्होंने काम की शक्ति को प्रेम की शक्ति में परिणत कर लिया है।

आप जानकर हैरान होंगे, प्रेम और काम, प्रेम और सेक्स विरोधी चीजें हैं। जितना प्रेम विकसित होता है, सेक्स क्षीण हो जाता है। और जितना प्रेम कम होता है, उतना सेक्स ज्यादा हो जाता है। जिस आदमी में जितना ज्यादा प्रेम होगा, उतना उसमें सेक्स विलीन हो जाएगा। अगर आप परिपूर्ण प्रेम से भर जाएंगे, आपके भीतर सेक्स जैसी कोई चीज नहीं रह जाएगी। और अगर आपके भीतर कोई प्रेम नहीं है, तो आपके भीतर सब सेक्स है।

सेक्स की जो शक्ति है, उसका परिवर्तन, उसका उदात्तीकरण प्रेम में होता है। इसलिए अगर सेक्स से मुक्त होना है, तो सेक्स को दबाने से कुछ भी न होगा। उसे दबाकर कोई पागल हो सकता है। और दुनिया में जितने पागल हैं, उसमें से सौ में से नब्बे संख्या उन लोगों की है, जिन्होंने सेक्स की शक्ति को दबाने की कोशिश की है। और यह भी शायद आपको पता होगा कि सभ्यता जितनी विकसित होती है, उतने पागल बढ़ते जाते हैं, क्योंकि सभ्यता सबसे ज्यादा दमन सेक्स का करवाती है। सभ्यता सबसे ज्यादा दमन, सप्रेशन सेक्स का करवाती है! और इसलिए हर आदमी अपने सेक्स को दबाता है, सिकोड़ता है। वह दबा हुआ सेक्स विक्षिप्तता पैदा करता है, अनेक बीमारियां पैदा करता है, अनेक मानसिक रोग पैदा करता है।

सेक्स को दबाने की जो भी चेष्टा है, वह पागलपन है। ढेर साधु पागल होते पाए जाते हैं। उसका कोई कारण नहीं है सिवाय इसके कि वे सेक्स को दबाने में लगे हुए हैं। और उनको पता

नहीं है, सेक्स को दबाया नहीं जाता। प्रेम के द्वार खोलें, तो जो शक्ति सेक्स के मार्ग से बहती थी, वह प्रेम के प्रकाश में परिणत हो जाएगी। जो सेक्स की लपटें मालूम होती थीं, वे प्रेम का प्रकाश बन जाएंगी। प्रेम को विस्तीर्ण करें। प्रेम सेक्स का क्रिएटिव उपयोग है, उसका सृजनात्मक उपयोग है। जीवन को प्रेम से भरें।

आप कहेंगे, हम सब प्रेम करते हैं। मैं आपसे कहूं, आप शायद ही प्रेम करते हों; आप प्रेम चाहते होंगे। और इन दोनों में जमीन-आसमान का फर्क है। प्रेम करना और प्रेम चाहना, ये बड़ी अलग बातें हैं। हममें से अधिक लोग बच्चे ही रहकर मर जाते हैं। क्योंकि हरेक आदमी प्रेम चाहता है। प्रेम करना बड़ी अदभुत बात है। प्रेम चाहना बिलकुल बच्चों जैसी बात है।

छोटे-छोटे बच्चे प्रेम चाहते हैं। मां उनको प्रेम देती है। फिर वे बड़े होते हैं। वे और लोगों से भी प्रेम चाहते हैं, परिवार उनको प्रेम देता है। फिर वे और बड़े होते हैं। अगर वे पति हुए, तो अपनी पत्नियों से प्रेम चाहते हैं। अगर वे पत्नियां हुईं, तो वे अपने पतियों से प्रेम चाहती हैं। और जो भी प्रेम चाहता है, वह दुख झेलता है। क्योंकि प्रेम चाहा नहीं जा सकता, प्रेम केवल किया जाता है। चाहने में पक्का नहीं है, मिलेगा या नहीं मिलेगा। और जिससे तुम चाह रहे हो, वह भी तुमसे चाहेगा। तो बड़ी मुश्किल हो जाएगी। दोनों भिखारी मिल जाएंगे और भीख मांगेंगे। दुनिया में जितना पति-पत्नियों का संघर्ष है, उसका केवल एक ही कारण है कि वे दोनों एक-दूसरे से प्रेम चाह रहे हैं और देने में कोई भी समर्थ नहीं है।

इसे थोड़ा विचार करके देखना आप अपने मन के भीतर। आपकी आकांक्षा प्रेम चाहने की है हमेशा। चाहते हैं, कोई प्रेम करे। और जब कोई प्रेम करता है, तो अच्छा लगता है। लेकिन आपको पता नहीं है, वह दूसरा भी प्रेम करना केवल वैसे ही है जैसे कि कोई मछलियों को मारने वाला आटा फेंकता है। आटा वह मछलियों के लिए नहीं फेंक रहा है। आटा वह मछलियों को फांसने के लिए फेंक रहा है। वह आटा मछलियों को दे नहीं रहा है, वह मछलियों को चाहता है, इसलिए आटा फेंक रहा है। इस दुनिया में जितने लोग प्रेम करते हुए दिखायी पड़ते हैं, वे केवल प्रेम पाना चाहने के लिए आटा फेंक रहे हैं। थोड़ी देर वे आटा खिलाएंगे, फिर...।

और दूसरा व्यक्ति भी जो उनमें उत्सुक होगा, वह इसलिए उत्सुक होगा कि शायद इस आदमी से प्रेम मिलेगा। वह भी थोड़ा प्रेम प्रदर्शित करेगा। थोड़ी देर बाद पता चलेगा, वे दोनों भिखमंगे हैं और भूल में थे; एक-दूसरे को बादशाह समझ रहे थे! और थोड़ी देर बाद उनको पता चलेगा कि कोई किसी को प्रेम नहीं दे रहा है और तब संघर्ष की शुरुआत हो जाएगी।

दुनिया में दाम्पत्य जीवन नर्क बना हुआ है, क्योंकि हम सब प्रेम मांगते हैं, देना कोई भी जानता नहीं है। सारे झगड़े के पीछे बुनियादी कारण इतना ही है। और कितना ही परिवर्तन हो, किसी तरह के विवाह हों, किसी तरह की समाज व्यवस्था बने, जब तक जो मैं कह रहा हूं अगर नहीं होगा, तो दुनिया में स्त्री और पुरुषों के संबंध अच्छे नहीं हो सकते। उनके अच्छे होने का एक ही रास्ता है कि हम यह समझें कि प्रेम दिया जाता है, प्रेम मांगा नहीं जाता, सिर्फ दिया जाता है। जो मिलता है, वह प्रसाद है, वह उसका मूल्य नहीं है। प्रेम दिया जाता है। जो मिलता है, वह उसका प्रसाद है, वह उसका मूल्य नहीं है। नहीं मिलेगा, तो भी देने वाले का आनंद होगा कि उसने दिया।

अगर पति-पत्नी एक-दूसरे को प्रेम देना शुरू कर दें और मांगना बंद कर दें, तो जीवन स्वर्ग बन सकता है। और जितना वे प्रेम देंगे और मांगना बंद कर देंगे, उतना ही—अदभुत जगत की व्यवस्था है—उन्हें प्रेम मिलेगा। और उतना ही वे अदभुत अनुभव करेंगे—जितना वे प्रेम देंगे, उतना ही सेक्स उनका विलीन होता चला जाएगा।

गांधी जी पीछे वहां लंका में थे। वे कस्तूरबा के साथ लंका गए। वहां जो व्यक्ति था, जिसने उनका परिचय दिया पहली सभा में, उसने समझा कि बा आयी हैं साथ, शायद ये गांधी जी की मां होंगी। बा से उसने समझा कि गांधी जी की मां भी साथ आयी हुई हैं। उसने परिचय में गांधी जी के कहा कि 'यह बड़े सौभाग्य की बात है कि गांधी जी भी आए हैं और उनकी मां भी आयी हुई हैं।'

बा तो बहुत हैरान हो गयीं। गांधी जी के सेक्रेटरी जो साथ थे, वे भी बहुत घबड़ा गए कि भूल तो उनकी है, उनको बताना चाहिए था कि कौन साथ है। वे बड़े घबड़ा गए कि शायद बापू डांटेंगे। शायद कहेंगे कि 'यह क्या भद्दी बात करवायी!' लेकिन गांधी जी ने जो बात कही, वह बड़ी अदभुत थी। उन्होंने कहा कि 'मेरे इन भाई ने मेरा जो परिचय दिया, उसमें भूल से एक सच्ची बात कह दी है। कुछ वर्षों से बा मेरी पत्नी नहीं है, मेरी मां हो गयी है।' उन्होंने कहा, 'कुछ वर्षों से बा मेरी पत्नी नहीं है, मेरी मां हो गयी है!'

सच्चा संन्यासी वह है, जिसकी एक दिन पत्नी मां हो जाए; पत्नी को छोड़कर भाग जाने वाला नहीं। सच्चा संन्यासी वह है, जिसकी एक दिन पत्नी मां बन जाए। सच्ची संन्यासिनी वह है, जो एक दिन अपने पति को अपने पुत्र की तरह अनुभव कर पाए।

पुराने ऋषि सूत्रों में एक अदभुत बात कही गयी है। पुराना ऋषि कभी आशीर्वाद देता था कि 'तुम्हारे दस पुत्र हों और ईश्वर करे, ग्यारहवां पुत्र तुम्हारा पति हो जाए।' बड़ी अदभुत बात थी। ये आशीर्वाद देते थे वधु को विवाह करते वक्त कि 'तुम्हारे दस पुत्र हों और ईश्वर करे, तुम्हारा ग्यारहवां पुत्र तुम्हारा पति हो जाए।' यह अदभुत कौम थी और अदभुत विचार थे। और इसके पीछे बड़ा रहस्य था।

अगर पति और पत्नी में प्रेम बढ़ेगा, तो वे पति-पत्नी नहीं रह जाएंगे, उनके संबंध कुछ और हो जाएंगे। और उनसे सेक्स विलीन हो जाएगा और वे संबंध प्रेम के होंगे। जब तक सेक्स है, तब तक शोषण है। सेक्स शोषण है! और जिसको हम प्रेम करते हैं, उसका शोषण कैसे कर सकते हैं? सेक्स एक व्यक्ति का, एक जीवित व्यक्ति का अत्यंत गर्हित और निम्न उपयोग है। अगर हम उसे प्रेम कर सकते हैं, तो हम उसके साथ ऐसा उपयोग कैसे कर सकते हैं? एक जीवित व्यक्ति का हम ऐसा उपयोग कैसे कर सकते हैं अगर हम उसे प्रेम करते हैं? जितना प्रेम गहरा होगा, वह उपयोग विलीन हो जाएगा। और जितना प्रेम कम होगा, वह उपयोग उतना ज्यादा हो जाएगा।

इसलिए जिन्होंने यह पूछा है कि सेक्स एक सृजनात्मक शक्ति कैसे बने, उनको मैं यह कहूंगा कि सेक्स बड़ी अदभुत शक्ति है। शायद इस जमीन पर सेक्स से बड़ी कोई शक्ति नहीं है। मनुष्य जिस चीज से क्रियमाण होता है, मनुष्य के जीवन का नब्बे प्रतिशत हिस्सा जिस चक्र पर घूमता है, वह सेक्स है; वह परमात्मा नहीं है। वे लोग तो बहुत कम हैं, जिनका जीवन परमात्मा की परिधि पर घूमता है। अधिकतर लोग सेक्स के केंद्र पर घूमते और जीवित रहते हैं।

सेक्स सबसे बड़ी शक्ति है। यानि अगर हम ठीक से समझें, तो मनुष्य के भीतर सेक्स के अतिरिक्त और शक्ति ही क्या है, जो उसे गतिमान करती है, परिचालित करती है। इस सेक्स की शक्ति को, इस सेक्स की शक्ति को ही प्रेम में परिवर्तित किया जा सकता है। और यही शक्ति परिवर्तित होकर परमात्मा तक पहुंचने का मार्ग बन जाती है।

इसलिए यह स्मरणीय है कि धर्म का बहुत गहरा संबंध सेक्स से है। लेकिन सेक्स के दमन से नहीं—जैसा समझा जाता है—सेक्स के सब्लिमेशन से है। सेक्स के दमन से धर्म का संबंध नहीं है। ब्रह्मचर्य सेक्स का विरोध नहीं है, ब्रह्मचर्य सेक्स की शक्ति का उदात्तीकरण है। सेक्स की ही शक्ति ब्रह्म की शक्ति में परिवर्तित हो जाती है। वही शक्ति, जो नीचे की तरफ बहती थी, अधोगामी थी, ऊपर की तरफ गतिमान हो जाती है। सेक्स ऊर्ध्वगामी हो जाए, तो परमात्मा तक पहुंचाने वाला बन जाता है। और सेक्स अधोगामी हो, तो संसार में ले जाने का कारण होता है।

वह प्रेम से परिवर्तन होगा। प्रेम करना सीखें। और प्रेम करने का मतलब, अभी हम जब आगे भावनाओं के संबंध में बात करेंगे, तो आपको पूरी तरह समझ में आ सकेगा कि प्रेम करना कैसे सीखें। लेकिन इतना मैं अभी फिलहाल कहूं।

एक मित्र ने पूछा है कि संत या साधु मिल-जुलकर एक टीम के रूप में काम क्यों नहीं करते?

बहुत अच्छा पूछा है कि संत लोग, वे लोग जिन्हें सत्य उपलब्ध हुआ है, एक साथ मिल-जुल कर काम क्यों नहीं करते? मैं आपको कहूं कि संतों ने आज तक मिल-जुलकर ही काम किया है। और मैं आपको यह भी कहूं कि न केवल जीवित संतों ने मिल-जुलकर काम किया है, लेकिन पच्चीस सौ वर्ष पहले जो संत मर गए हैं, वे भी उनके साथ आज काम कर रहे हैं, जो जिंदा हैं। यानि न केवल समसामयिक रूप से कंटेंप्रेरी संत साथ काम करते हैं, बल्कि ऐतिहासिक रूप से, ट्रेडीशनल रूप से संतों का काम एक साथ है।

मैं जो कह रहा हूं, अगर वह सच है, तो उसके पीछे बुद्ध और महावीर और कृष्ण और क्राइस्ट के हाथ हैं। अगर जो मैं कह रहा हूं, वह सच है, तो उनकी आवाज उसमें मिली-जुली है। और अगर मेरी आवाज में कोई ताकत मालूम होती है, तो वह मेरी अकेले की नहीं हो सकती; वह उन सारे लोगों की है, जिन्होंने कभी भी उन शब्दों को कहा होगा।

लेकिन जो संत नहीं हैं, वे जरूर कभी साथ मिलकर काम नहीं कर सकते। और ऐसे बहुत-से संत हैं, जो संत नहीं हैं, लेकिन संत मालूम होते हैं। उस हालत में दुर्जन लोग मिलकर काम कर सकते हैं, लेकिन वैसे तथाकथित साधु मिलकर काम नहीं कर सकते। क्यों नहीं कर सकते हैं? उनका संतत्व अहंकार के विसर्जन से पैदा नहीं हुआ है, उनका संतत्व भी अहंकार की तृप्ति का एक माध्यम है। और जहां अहंकार है, वहां मिलन नहीं होता। और जहां अहंकार है, वहां कोई मिलन हो ही नहीं सकता। क्योंकि अहंकार हमेशा ऊपर होना चाहता है।

मैं एक जगह था। वहां बहुत-से साधु आमंत्रित थे। एक बहुत बड़ा जलसा था। बहुत बड़े-बड़े साधु आमंत्रित थे। नाम उनके नहीं लूंगा, क्योंकि किसी को दुख हो। मुल्क के बहुत बड़े-बड़े लोग वहां थे। जिन्होंने आयोजन किया था, उनकी बड़ी आकांक्षा थी कि सारे लोग एक ही मंच पर

बैठकर बोलें। लेकिन वे 'संत' राजी नहीं हुए! क्योंकि उन्होंने कहा कि 'कौन नीचे बैठेगा, कौन ऊपर बैठेगा?' क्योंकि उन्होंने कहा कि 'हम ऊपर बैठेंगे, नीचे नहीं बैठ सकते।' उन्होंने कहा या कहलवाया। और कहने वाला तो फिर भी सरल होता है, कहलाने वाला और भी जटिल और कपटी होता है। उन्होंने कहलवाया कि वे कोई एक साथ नहीं बैठ सकते।

उनका मंच व्यर्थ गया। वहां एक-एक आदमी को बैठकर बोलना पड़ा। बड़ा मंच बनाया था कि सौ लोग बैठ सकें। लेकिन सौ साधु एक साथ कैसे बैठ सकते हैं? उसमें कोई शंकराचार्य थे, जो कि बिना अपने सिंहासन के नीचे नहीं बैठ सकते। और अगर वे नीचे नहीं बैठ सकते हैं, तो उनके सिंहासन के बगल में दूसरे संत कैसे बैठ सकते हैं नीचे!

और तब बड़ी हैरानी होगी, जिनको अभी कुर्सियों में भी ऊंचाइयां और नीचाइयां हैं और जिन्हें अभी इसमें भी माप-तौल है कि कौन कितना ऊंचा बैठा है और कौन कितने नीचे बैठा है, इनके चित्त कहां बैठे होंगे, यह पता चल सकता है।

दो साधु इसलिए आपस में मिल नहीं सकते कि पहले कौन नमस्कार करेगा! क्योंकि पहले कौन हाथ जोड़ेगा? क्योंकि जो हाथ जोड़ेगा, वह नीचा हो जाएगा। हद आश्चर्य की बात है! हम मानते रहे हैं सदा से कि जो पहले हाथ जोड़ ले, वह ऊंचा है। लेकिन वे संत समझते हैं कि जो पहले हाथ जोड़ेगा, वह नीचा हो जाएगा!

मैं एक बड़े साधु के सत्संग में था। एक बहुत बड़े राजनीतिज्ञ भी वहां गए हुए थे। उन साधु को तो ऊपर तख्त पर बिठाया गया था, हम सारे लोग नीचे बैठे थे। सत्संग शुरू हुआ। उन राजनीतिज्ञ ने कहा कि 'मैं सबसे पहले यह पूछूं कि हम नीचे बैठे हैं, आप ऊपर क्यों बैठे हैं? अगर आप भाषण भी कर रहे होते, तब भी ठीक था। यह तो सत्संग है। वार्ता होगी। और आप इतने ऊपर चढ़े हैं कि बातचीत मुश्किल ही होगी। आप कृपा करके नीचे आ जाएं।' लेकिन वे साधु नीचे नहीं आ सके। और उस राजनीतिज्ञ ने पूछा, 'अगर नीचे न आ सकते हों, कोई ऐसा कारण हो, तो हमें समझाएं कि ऊपर बैठने का कारण क्या है?'

वे खुद तो नहीं बोल सके, बहुत घबड़ा गए। उनके एक साधु ने उत्तर दिया कि 'यह परंपरागत है कि वे ऊपर बैठें।' उस राजनीतिज्ञ ने कहा कि 'ये आपके गुरु होंगे। लेकिन हमारे गुरु नहीं हैं!' उस राजनीतिज्ञ ने यह भी कहा, 'हमने हाथ जोड़कर नमस्कार किया, आपने हाथ नहीं जोड़े, आपने हमको आशीर्वाद दिया। अगर समझ लीजिए, कोई दूसरा साधु मिलने आया होता और आप आशीर्वाद देते, तो झगड़ा हो जाता। आपको भी हाथ जोड़ने चाहिए।' उत्तर मिला कि 'वे हाथ नहीं जोड़ सकते हैं, क्योंकि यह परंपरागत नहीं है।' वह बात इतनी खराब हो गयी कि वह गोष्ठी आगे चल ही नहीं सकती थी।

मैंने उन साधु को कहा कि 'मुझे आज्ञा दें कि मैं इन राजनीतिज्ञ को थोड़ी-सी बातें कहूं।' उन्होंने मुझे आज्ञा दी। वे चाहे कि चलो यह निपटारा हुआ। बात आगे बढ़े। यहां से खत्म हो। मैंने उन राजनीतिज्ञ को कहा, 'आपको सबसे पहले आकर यह क्यों दिखायी पड़ा कि वे ऊपर बैठे हुए हैं? सबसे पहले आपको यह कैसे दिखायी पड़ा कि वे ऊपर बैठे हुए हैं?' और मैंने कहा कि 'अब मैं कृपा करके यह पूछूं, आपको यह दिखायी पड़ा कि वे ऊपर बैठे हैं या आपको यह दिखायी पड़ा कि मैं नीचे बिठाया गया हूं? क्योंकि यह भी हो सकता था, आप भी ऊपर बिठाए गए होते, तो मैं

नहीं समझता कि आपने यह प्रश्न पूछा होता। हम सारे लोग नीचे होते और आप भी उनके साथ ऊपर होते, तो मैं नहीं समझता कि यह प्रश्न आपने पूछा होता। इसलिए दिक्कत उनके ऊपर बैठने से नहीं है, दिक्कत आपके नीचे बैठने से है।'

उन राजनीतिज्ञ ने मेरी तरफ देखा। वे उन दिनों बड़ी हुकूमत में थे और हिंदुस्तान के अग्रणी लोगों में से थे। उन्होंने मेरी तरफ बड़े गौर से देखा और उन्होंने बड़ी सरलता जाहिर की। उन्होंने कहा कि 'मैं स्वीकार करता हूं, मुझे यह कभी किसी ने कहा नहीं, मुझमें बहुत अहंकार है।'

साधु बहुत प्रसन्न हुए। और जब हम विदा होने लगे, साधु ने मेरे कंधे पर हाथ रखा और कहा, 'आपने अच्छा मुंहतोड़ जवाब दिया।' मैंने उनको कहा कि 'वह जवाब उनके लिए नहीं था, वह आपके लिए भी था।' और मैंने उनको कहा कि 'मुझे दुख है, वह आदमी ज्यादा सरल साबित हुआ और आप उतने सरल भी साबित नहीं हुए। उसने स्वीकार किया कि मेरा अहंकार है, लेकिन आपने यह भी स्वीकार नहीं किया, उलटे आपने अपने अहंकार का पोषण कर लिया मेरे उत्तर से!'

ऐसे जो संत हैं, ऐसे जो साधु हैं, वे मिलकर काम नहीं कर सकते हैं। उनका तो सारा काम किसी की दुश्मनी में है। उनका तो सारा जोश किसी की दुश्मनी में है। अगर कोई दुश्मन न हो, तो वे कुछ कर ही नहीं सकते। उनकी तो सारी क्रिया किसी की घृणा और विरोध से निकल रही है। इतने जितने संप्रदाय हैं, इतने जितने धर्म हैं, इनके नामों से जो साधु खड़े हैं, उनको कोई नासमझ ही साधु कह सकता है। क्योंकि साधु का पहला लक्षण तो यह होगा कि वह किसी धर्म का नहीं रह जाएगा। साधु का पहला लक्षण तो यह होगा, उसकी कोई सीमा नहीं रह जाएगी, उसका कोई संप्रदाय नहीं होगा। उसका कोई घेरा नहीं होगा। वह सबका होगा। और उसका पहला लक्षण यह होगा, उसकी अहंता मिट गयी होगी, उसकी अस्मिता विलीन हो गयी होगी।

लेकिन ये सब तो अहंकार को बढ़ाने और पोषण करने के उपाय हैं। स्मरण रखिए, बहुत धन से भी अहंकार तृप्त होता है। बहुत त्याग मैंने किया है, इससे भी तृप्त होता है। बहुत ज्ञान मेरे पास है, इससे भी तृप्त होता है। मैंने सब लात मार दिया दुनिया पर, इससे भी तृप्त होता है। और इनकी जिनकी तृप्तियां हैं, वे कभी साथ नहीं हो सकते। अहंकार अकेला विभाजक तत्व है और निरहंकारिता अकेला जोड़ने वाला तत्व है। तो जहां निरहंकार है, वहां जोड़ है।

एक बार कबीर जहां रहते थे, उनके गांव के पास से एक मुसलमान फकीर था फरीद, उसका निकलना हुआ। उसके कुछ साथी और वह यात्रा पर निकले थे। उसके साथियों ने फरीद से कहा कि 'बड़ा सुयोग है, रास्ते में कबीर का भी निवास पड़ता है। उनकी कुटी पर हम दो दिन रुकें। और आप दोनों की चर्चा होगी, तो हमें बहुत आनंद होगा। आप दोनों मिलेंगे और बातें करेंगे, तो हम सुनकर बहुत लाभान्वित होंगे।' फरीद ने कहा, 'जरूर रुकेंगे, मिलेंगे भी; लेकिन चर्चा शायद ही हो।' उन्होंने कहा, 'क्यों?' फरीद ने कहा, 'चलें रुकें। मिलेंगे भी, रुकेंगे भी; चर्चा शायद ही हो।'

कबीर के शिष्यों को पता चला, तो उन्होंने कहा कि 'यहां से फरीद निकलने को हैं। हम उन्हें रोक लें। बहुत आनंद होगा। दो दिन आपकी बातें होंगी।' कबीर ने कहा, 'मिलेंगे जरूर। जरूर रोको, बहुत आनंद होगा।'

फरीद रोका गया। फरीद और कबीर गले मिले। वे दोनों खुशी में रोए। लेकिन दो दिन उनमें

कोई बात नहीं हुई। वे दोनों विदा हो गए। शिष्य बहुत निराश हुए। जब वे दोनों विदा हो गए, दोनों के शिष्यों ने पूछा, 'आप कुछ बोले नहीं!' उन्होंने कहा, 'हम क्या बोलते! जो वे जानते हैं, वही हम जानते हैं।' फरीद ने कहा, 'जो मैं जानता हूं, वही कबीर जानते हैं। हम बोलते क्या? और हम दो भी कहां हैं, जो हम बोलते। कोई तल है, जहां हम एक हैं।'

वहां बोलने तक का विरोध नहीं है संतों में—बोलने तक का! डायलाग भी संभव नहीं है। वह भी एक विरोध है। उस तल पर संतों का सनातन काम एक ही हो रहा है। उसमें कोई प्रश्न ही नहीं है विरोध का। वे किसी हिस्से में पैदा हुए हों, किसी कौम में और किसी ढंग से रहे हों, उनमें कोई विरोध **नहीं है।** लेकिन जो संत नहीं हैं, स्वाभाविक है, उनमें विरोध हो। इसलिए स्मरण रखें, संतों में कोई **विरोध** नहीं है। और जिनमें विरोध हो, इसे कसौटी समझें कि वे संत नहीं होंगे।

एक और मित्र ने पूछा है कि आपका अंतिम ध्येय या लक्ष्यांत क्या है? मुझसे पूछा है कि मेरा क्या लक्ष्य है?

मेरा कोई लक्ष्य नहीं है। इसलिए कोई लक्ष्य नहीं है...। इसे थोड़ा समझना जरूरी है। जीवन में दो तरह की क्रियाएं होती हैं। एक क्रिया होती है, जो वासना से उदभूत होती है। एक क्रिया होती है, जो वासना से उदभूत होती है; उसमें लक्ष्य होता है। और एक क्रिया होती है, जो प्रेम से या करुणा से उदभूत होती है; उसमें कोई लक्ष्य नहीं होता। अगर किसी मां से कोई पूछे कि तुम अपने बच्चे को प्रेम करती हो, इसमें लक्ष्य क्या है? तो मां क्या कहेगी? मां कहेगी, लक्ष्य का कोई पता नहीं। बस हम प्रेम करते हैं और प्रेम करना आनंद है। यूं भी नहीं कि आज प्रेम करेंगे, तो कल आनंद मिलेगा। प्रेम किया, वह आनंद था।

तो एक तो क्रिया होती है, जो वासना से उदभूत होती है। मैं यहां बोल रहा हूं। मैं इसलिए बोल सकता हूं कि इस बोलने से मुझे कुछ मिलेगा। फिर चाहे वह मिलना रुपए के सिक्कों में हो, यश के सिक्कों में हो, आदर के सिक्कों में हो, प्रतिष्ठा के रूप में हो—वह मिलना किसी रूप में हो—मैं इस कारण से बोल सकता हूं कि मुझे कुछ मिलेगा। तो वह लक्ष्य होगा।

मैं केवल इस कारण से बोल सकता हूं कि मैं बिना बोले नहीं रह सकता, कुछ हुआ है भीतर और वह बंटने को उत्सुक है। मैं इसलिए बोल सकता हूं, जैसे कि फूल खिल जाते हैं और अपनी गंध फेंक देते हैं। उनसे कोई पूछे, लक्ष्य क्या है? कोई भी लक्ष्य नहीं है।

वासना से कुछ क्रियाएं उदभूत होती हैं, तब उनमें लक्ष्य होता है। करुणा से भी कुछ क्रियाएं उदभूत होती हैं, तब उनमें कोई लक्ष्य नहीं होता। और इसीलिए वासना से जो क्रियाएं उदभूत होती हैं, उनसे कर्म-बंध होता है। और करुणा से जो क्रियाएं उदभूत होती हैं, उनसे कर्म-बंध नहीं होता। जिस क्रिया में लक्ष्य होगा, उसमें बंध होगा; और जिस क्रिया में कोई लक्ष्य नहीं होगा, उसमें बंध नहीं होगा।

और यह जानकर आप हैरान होंगे, आप बुरा काम बिना लक्ष्य के नहीं कर सकते हैं। यह एक अदभुत बात है। पाप में हमेशा लक्ष्य होगा, पुण्य में कोई लक्ष्य नहीं होता है। और जिस पुण्य में भी लक्ष्य हो, वह पाप का ही रूप है। पाप में हमेशा लक्ष्य होता है, बिना लक्ष्य के कोई पाप नहीं कर सकता। लक्ष्य के रहते भी करने में मुश्किल पड़ती है, बिना लक्ष्य के तो कर ही नहीं

सकता। मैं आपकी बिना लक्ष्य के हत्या नहीं कर सकता हूं। क्यों करूंगा? पाप बिना लक्ष्य का कभी नहीं हो सकता। क्योंकि पाप करुणा से कभी नहीं हो सकता। पाप हमेशा वासना से होगा। वासना में हमेशा लक्ष्य होगा; कुछ पाने की आकांक्षा होगी।

कुछ क्रियाएं हैं, जिनमें पाने की कोई आकांक्षा नहीं होती है। महावीर को कैवल्य उत्पन्न हुआ, उसके बाद वे चालीस-पैंतालीस वर्षों तक सक्रिय थे। पूछा जा सकता है, उतने दिनों उन्होंने क्रिया की, उसका बंध क्यों नहीं हुआ? उतने दिन तक वे काम तो कर ही रहे थे—भोजन भी करते थे, जाते भी थे, आते भी थे, बोलते भी थे, बताते भी थे—चालीस-पैंतालीस वर्षों तक निरंतर सक्रिय थे, तो उस क्रिया का उन पर फल क्यों नहीं हुआ? बुद्ध को निर्वाण उपलब्ध हुआ, उसके बाद वे भी चालीस वर्षों तक सक्रिय थे। उसका बंध क्यों नहीं हुआ? क्योंकि उस सक्रियता में कोई लक्ष्य नहीं था। लक्ष्य-शून्य क्रियाएं थीं वे और मात्र करुणा थीं।

मैं कई दफा सोचता हूं कि मैं आपसे क्यों बोल रहा हूं? इसमें क्या प्रयोजन हो सकता है? मुझे कोई प्रयोजन खोजे नहीं मिलता, सिवाय इसके कि मुझे कुछ दिखायी पड़ रहा है और यह एक मजबूरी है कि उसे बिना कहे नहीं रहा जा सकता है। क्योंकि उसे बिना कहे केवल वही रह सकता है, जिसमें हिंसा शेष रह गयी हो। वह हिंसा होगी।

मैंने सुबह आपको एक कहानी कही। अगर आपके हाथ में एक सांप को लिए हुए मैं देखूं और आपसे बिना कुछ कहे अपने रास्ते चला जाऊं कि मेरा लक्ष्य क्या है! तो यह तभी संभव है, जब मेरे भीतर अति हिंसा हो, अति क्रूरता हो। अन्यथा मैं कहूंगा कि 'यह सांप है, इसे छोड़ दें।' और कोई अगर मुझसे पूछे कि 'आप क्यों कह रहे हैं कि यह सांप है, इसे छोड़ दें? आपका क्या लक्ष्य है?' तो मैं कहूंगा, 'कोई भी लक्ष्य नहीं है, सिवाय इसके कि मेरी अंतरात्मा को संभव नहीं है कि इस स्थिति में बिना कहे रह जाए।' यानि उत्प्रेरणा बाहर नहीं है कि कोई लक्ष्य हो, प्रेरणा आंतरिक है, जिसका कोई लक्ष्य नहीं होता।

हैरान होंगे आप, जब भी लक्ष्य होता है, तो प्रेरणा कहीं बाहर होती है। और जब कोई लक्ष्य नहीं होता, तो प्रेरणा कहीं भीतर होती है। यानि कुछ चीजें होती हैं, जो हमें खींचती हैं, तब लक्ष्य होता है। और कुछ चीजें होती हैं, जो हमें भीतर से धकाती हैं, तब कोई लक्ष्य नहीं होता।

करुणा और प्रेम हमेशा लक्ष्य-शून्य हैं और वासना और इच्छा हमेशा लक्ष्यपूर्ण हैं। इसलिए ज्यादा ठीक होता है कहना कि वासना खींचती है, खींचती है बाहर से, जैसे मैं रस्सी बांधकर आपको खींचूं। यह खींचना है। वासना खींचती है, जैसे रस्सी की तरह कोई बांध ले और खींचे।

इसलिए वासना जिसके भीतर है, उसे हमारे ग्रंथ 'पशु' कहते हैं। पशु का अर्थ है, जो पाश से बंधा है; जो किसी चीज से बंधा है और खींचा जा रहा है। पशु का मतलब जानवर, एनीमल नहीं है। पशु का मतलब है, जो किसी पाश से बंधा है और खींचा जा रहा है।

तो जब तक हमें कोई लक्ष्य खींच रहा है कोई वासना का, तब तक हम पाश से बंधे हैं और पशु हैं और मुक्त नहीं हैं। मुक्ति जो है, पशु का विरोधी शब्द है। मोक्ष जो है, पशुता का विरोधी शब्द है। क्योंकि पशु का अर्थ है, बंधन में बंधे हुए खिंचे जाना। और मुक्त का अर्थ है, किसी बंधन से न खिंचना, अपने भीतर से गति को उत्पन्न कर लेना।

मुझे कोई लक्ष्य नहीं है। इसलिए अगर इसी वक्त मेरा प्राण निकल जाए, तो मुझे एक क्षण

को भी ऐसा नहीं लगेगा कि कोई काम अधूरा रह गया है। अगर इसी वक्त मर जाऊं यहीं बैठे-बैठे, तो एक क्षण को भी यह खयाल नहीं आएगा कि जो बात मैं कह रहा था, वह अधूरी रह गयी। क्योंकि कोई काम तो था ही नहीं उसमें; कुछ पूरा करने का कोई प्रश्न नहीं था। जब तक श्वास थी, वह काम पूरा हुआ। नहीं श्वास रही, तो वह काम वहीं रह गया। उसमें कोई प्रयोजन नहीं था, कुछ अधूरा नहीं रहा।

तो कोई लक्ष्य नहीं है, सिवाय इसके कि एक अंतःप्रेरणा है, एक आंतरिक मजबूरी है, एक आंतरिक विवशता है। और उससे जो कुछ होगा, वह होगा। ऐसी स्थिति को हम अपने मुल्क में यह कहते हैं कि ऐसे व्यक्ति ने अपने को ईश्वर के हाथ में सौंप दिया। अब ईश्वर की जो मर्जी हो, उससे करा ले। उसका अपना कोई लक्ष्य नहीं है। यह कहने का ढंग भर है कि ईश्वर की मर्जी जो हो, उससे करा ले। इसका मतलब केवल इतना ही है कि उसका अपना कोई लक्ष्य नहीं रहा। उसने अनंत सत्ता के हाथ में अपने जीवन को छोड़ दिया है। अब जो होगा, वह होगा। वह अनंत सत्ता की जिम्मेवारी है, उसकी अपनी कोई जिम्मेवारी नहीं है।

यह जो आपने पूछा, यह अच्छा ही पूछा। इस माध्यम से मैं आपसे यह कहना चाहूंगा कि जीवन को वासना से करुणा में परिणत करें। एक ऐसा जीवन बनाएं, जिसमें लक्ष्य तो न रह जाए, एक अंतःप्रेरणा प्रविष्ट हो जाए। एक ऐसा जीवन बनाएं, जिसमें कुछ पाने की तो आकांक्षा न रह जाए, कुछ देने की आकांक्षा प्रबल हो जाए। जिसको मैंने प्रेम कहा—पाना नहीं, देना। और प्रेम में कोई लक्ष्य नहीं होता, सिवाय इसके कि हम देते हैं। जिसको मैंने प्रेम कहा, उसको ही मैंने दूसरे शब्दों में करुणा कहा। तो आप कह सकते हैं—कह सकते हैं कि कोई लक्ष्य नहीं है, सिवाय इसके कि प्रेम है। और प्रेम का कोई लक्ष्य नहीं होता, क्योंकि प्रेम स्वयं अपना लक्ष्य है।

एक अंतिम प्रश्न क्रोध के संबंध में है कि क्रोध आने पर मन में विपरीत परिणाम होता है और उसका पूरे शरीर पर प्रभाव पड़ता है। इस स्थिति में शरीर में किस ग्रंथि का निर्माण होता है?

सुबह मैंने बात की है। मैं आपको यह कहा हूं—क्रोध तो केवल एक उदाहरण के लिए लिया था—सारे भावावेग शक्तियां हैं। और अगर उन शक्तियों का कोई सृजनात्मक उपयोग न हो, तो वे शरीर के किसी अंग को, चित्त की किसी स्थिति को विकृत करके अपनी शक्ति को व्यय कर लेते हैं। शक्ति का व्यय होना जरूरी है। जो शक्ति बिना व्यय की हुई भीतर रह जाएगी, वह ग्रंथि बन जाएगी। ग्रंथि का मतलब, वह गांठ बन जाएगी, वह बीमारी बन जाएगी।

समझें। क्रोध की ही बात नहीं है। अगर मेरे भीतर प्रेम देना हो और मैं प्रेम न दे पाऊं किसी को, तो प्रेम गांठ बन जाएगा। अगर मेरे भीतर क्रोध हो और मैं क्रोध न कर पाऊं, तो क्रोध गांठ बन जाएगा। अगर मेरे भीतर भय पैदा हो और मैं भय प्रकट न कर पाऊं, तो भय गांठ बन जाएगा। सारे भावावेश भीतर एक शक्ति को उत्पन्न करते हैं। उस शक्ति का निष्कासन चाहिए।

निष्कासन दो तरह से हो सकता है। एक निगेटिव रास्ता है, एक नकारात्मक रास्ता है। जैसे एक आदमी को क्रोध आया, नकारात्मक रास्ता यह है कि वह गया और उसने पत्थर चलाए, लकड़ी मारी, गालियां बकीं। यह नकारात्मक इसलिए है कि इसकी शक्ति तो व्यय हुई, लेकिन फल इसे कुछ भी नहीं मिला। फल यह मिलेगा कि जिसको यह गाली देगा, वह दुगुनी वजन की

गाली इसको लौटाएगा। जिसको यह पत्थर मारेगा, उसके भीतर भी क्रोध पैदा होगा। और वह भ सामान्य आदमी है, उसका भी नकारात्मक ढंग होगा क्रोध को प्रकट करने का। वह भी लकड़ उठाएगा। अगर आपने किसी को पत्थर मारा है, तो वह बड़ा पत्थर आपको मारेगा।

क्रोध का नकारात्मक उपयोग और क्रोध को पैदा करेगा। शक्ति व्यय होगी। फिर से क्रोध पैदा होगा और नकारात्मक आदत फिर क्रोध करवाएगी। फिर शक्ति व्यय होगी, फिर विपरीत उत्त में फिर क्रोध पैदा होगा। क्रोध की श्रृंखला अनंत होगी, उसमें केवल शक्ति ही व्यय होती जाएगी, परिणाम कुछ भी नहीं होगा।

क्रोध की श्रृंखला को तभी आप तोड़ सकते हैं, जब आप क्रोध का कोई सक्रिय उपयोग कर लें, कोई सृजनात्मक उपयोग कर लें। इसलिए महावीर ने कहा है, जो घृणा करता है, वह घृणा उत्तर में पाता है। जो क्रोध करता है, वह क्रोध को पैदा करता है। जो वैर करता है, वह वैर को जन्म देता है। और इस श्रृंखला का कोई अंत नहीं है। और इसमें केवल शक्ति ही व्यय हो सकती है। परिणाम क्या हो सकता है? समझ लें, मैं क्रोध करूं, आप उत्तर में मुझे क्रोध दें, मैं फिर पुनः क्रोध करूं, आप फिर उत्तर में मुझे क्रोध दें—परिणाम क्या होगा? हर क्रोध मुझे क्षीण करेगा और मेरी शक्ति को व्यय कर जाएगा। इस वजह से सभ्यता ने नियम बनाया है कि क्रोध मत करो। इस वजह से सभ्यता ने नियम बनाया कि किसी पर क्रोध जाहिर मत करो।

यह नियम तो अच्छा है। इससे क्रोध जाहिर तो नहीं होगा, श्रृंखला तो नहीं बनेगी, लेकिन वह शक्ति, मेरे भीतर वह शक्ति का वेग घूमेगा। वह कहां जाएगा? वह कहां जाएगा?

पशुओं की आंख आपने देखी है! खूंखार से खूंखार पशु की आंख आपसे ज्यादा निर्मल होती है। एक हिंसक पशु की आंख भी मनुष्य की आंख से ज्यादा निर्मल होती है। क्या बात है? वहां दमित वेग कुछ भी नहीं है। क्रोध आता है, तो उसे प्रकट करता है। चिल्लाता है, आवाज करता है, हमला करता है, निकाल देता है। वह सभ्य नहीं है। उसको जो होता है, निकाल देता है।

बच्चों की आंखों में जो निर्मलता होती है, उसका क्या कारण है? उनको जो होता है, उसे वे निकाल देते हैं। उनकी कोई ग्रंथियां पैदा नहीं होतीं। अगर उन्हें क्रोध आता है, तो क्रोध निकाल देते हैं। अगर ईर्ष्या होती है, तो ईर्ष्या निकाल देते हैं। अगर किसी बच्चे का खिलौना छीनना है, तो उसको छीन लेते हैं। दमन नहीं है बच्चे के जीवन में, इसलिए सरलता मालूम होती है। और आपके जीवन में दमन है, इसलिए जटिलता शुरू हो जाती है।

ग्रंथि का अर्थ है, कांप्लेक्सिटी। कुछ भीतर होता है, कुछ आप बाहर दिखाते हैं। वह जो शक्ति नहीं निकल पाती है, वह कहां जाएगी? वह ग्रंथि बन जाती है। ग्रंथि का मेरा मतलब है, वह गांठ की तरह आपके चित्त में या आपके शरीर में अवरुद्ध हो जाती है। जैसे नदी में कोई पानी का हिस्सा बर्फ के टुकड़े बनकर बहने लगे, तो जितने बड़े-बड़े टुकड़े होते जाएंगे, नदी की धार उतनी कुंठित होती जाएगी। अगर सब बर्फ हो जाए, तो नदी जमकर वहीं समाप्त हो जाएगी।

तो हम उन नदियों की तरह हैं, जिनके भीतर बड़े-बड़े बर्फ के टुकड़े बह रहे हैं। उनको पिघलाना जरूरी है। वह ग्रंथियों से मेरा मतलब है कि वे जो बर्फ के बड़े-बड़े टुकड़े हमारे जीवन में बह रहे हैं। हमारे घृणा के, हमारे क्रोध के, हमारे सेक्स के जो दमित वेग थे, उन्होंने हमारे भीतर बर्फ के बड़े-बड़े टुकड़े पैदा कर दिए हैं। अब वे हमारी धार को बहने नहीं देते हैं। कुछ की

तो धारें ऐसी हैं कि सब बर्फ ही बर्फ हो गया है, वहां कोई धार ही नहीं है।

उसको पिघलाने की जरूरत है। और उसको पिघलाने के लिए मैंने कहा, सृजनात्मक उपयोग करना चाहिए। और सृजनात्मक उपयोग के लिए मैंने दो रास्ते बताए, एक तो पिछले वेग को कैसे विसर्जित करें और नए वेग का कैसे सृजनात्मक उपयोग करें।

अब ये देखिए आप, छोटे बच्चे हैं, उनमें बड़ा वेग होता है, बड़ी शक्ति होती है। अगर उनको आप घर में छोड़ते हैं, तो वे इस चीज को उठाते हैं, उसको पटकते हैं; यह चीज तोड़ते हैं, वह चीज फोड़ते हैं। आप उनको कहते हैं, यह मत करो, यह मत करो। आप उनसे यह तो कहते हैं कि यह मत करो, लेकिन आप यह कभी नहीं कहते कि फिर क्या करो। और आपको यह पता नहीं है कि जब एक बच्चा एक गिलास को उठाकर पटक रहा है, तो क्यों पटक रहा है! उसके भीतर शक्ति है और शक्ति निकास मांगती है। अब कुछ नहीं मिलता, तो एक गिलास को पटक रहा है। उस गिलास को पटकने से उसकी शक्ति निकसित होती है, निकलती है।

लेकिन आपने कहा, 'गिलास मत तोड़ देना।' और वह गिलास तोड़ने से रुक गया। वह बाहर गया, उसने फूल तोड़ना चाहा। आपने कहा, 'देखो, फूल मत छू देना।' वह फूल भी नहीं छू पाया। वह अंदर गया, उसने किताब उठायी। आप बोले, 'देखो, किताब खराब मत कर देना।' तो आपने उसे यह तो बताया कि क्या मत करना, आपने यह उसे नहीं बताया कि अब क्या करो। यह बच्चे में ग्रंथियां शुरू हो गयीं, कांप्लेक्सेस पैदा होने शुरू हो गए। अब इसमें गांठें पड़ती चली जाएंगी। यह एक दिन गांठ ही गांठ रह जाएगा। इसके भीतर यह न करो, वह न करो, यह सब रहेगा। क्या करो, इसे कुछ समझ में नहीं आएगा।

मेरा कहना यह है सृजनात्मक उपयोग का कि इसे यह बताओ कि क्या करो। अगर यह गिलास उठाकर पटक रहा है, तो इसका मतलब है कि इसके पास शक्ति है और कुछ करना चाहता है। आपने कह दिया, यह मत करो। इससे बेहतर था, आप इसे मिट्टी देते और कहते, एक गिलास बनाओ। इसी गिलास की तरह एक गिलास बनाओ। तो यह सृजनात्मक उपयोग होता। मेरी आप बात समझे? यह फूल तोड़ने गया था। इसे आप कागज पकड़ा देते और कहते कि इसी तरह का फूल बनाओ, तो यह सृजनात्मक उपयोग होता। यह किताब फाड़ रहा था या किताब उठाया था, इसे आपको कुछ देना चाहिए था कि उस शक्ति का उपयोग करता।

अभी शिक्षा बिलकुल ही असृजनात्मक है, क्रिएटिव नहीं है, इसलिए बच्चों का जीवन बचपन से खराब हो जाता है। और हम सब बिगड़े हुए बच्चे हैं। हम सब बिगड़े हुए बच्चे हैं। हम बड़े हो गए हैं, बस इतनी भूल है। बाकी हम बिगड़े हुए बच्चे हैं, जिनका बचपन से सब बिगड़ा हुआ है। और फिर हम जीवनभर वही बिगड़ा हुआ सब करते चले जाते हैं।

तो मैंने जो कहा, क्रिएटिविटी, सृजनात्मकता, उससे मेरा मतलब यह है कि जब भी शक्ति का उदय हो, उसका कोई सृजनात्मक उपयोग करिए, जिससे कुछ बन जाए, कुछ निर्मित हो जाए। कुछ विनष्ट न हो।

अब एक आदमी जो निरंतर निंदा करता है किसी की, हो सकता था, वह कोई गीत लिखता। और आप जानते हैं, जो गीत नहीं लिख पाते, कविता नहीं लिख पाते, वे आलोचक हो जाते हैं। वह वही शक्ति है। वे जो क्रिटिक्स हैं, वे जो आलोचक हैं; वह वही शक्ति है, जो गीत लिख

सकती थी, कविता बना सकती थी। लेकिन उन्होंने उसका सृजनात्मक उपयोग नहीं किया। वे केवल यह कर रहे हैं कि वे दूसरों की आलोचना कर रहे हैं कि कौन गलत लिख रहा है, कौन क्या कर रहा है!

यह विनाशात्मक उपयोग है। दुनिया बहुत बेहतर दुनिया हो जाए, अगर हम अपनी शक्तियों का सृजनात्मक उपयोग करें, और हर शक्ति का। और शक्ति बुरी और भली नहीं होती, स्मरण रखिए। क्रोध की शक्ति भी बुरी और भली नहीं है। उसके उपयोग की बात है। आप यह मत सोचिए कि क्रोध की शक्ति बुरी है। शक्ति कोई बुरी-भली नहीं होती।

अब एटामिक एनर्जी है; न बुरी है, न भली है। उससे विनाश हो सकता है सारे जगत का, उससे सारे जगत का निर्माण हो सकता है। सब शक्तियां न्यूट्रल होती हैं। कोई शक्ति बुरी और भली नहीं होती। विनाशात्मक उपयोग हो, तो बुरी हो जाती है; और सृजनात्मक उपयोग हो, तो भली हो जाती है।

अपने क्रोध को, अपने काम को, अपने सेक्स को, अपनी घृणा को, सबको बदलिए और सृजनात्मक उपयोग करिए। जैसे कोई खाद को लाता है, तो उसमें गंध और बास उठती है, दुर्गंध उठती है। उस खाद को माली बगीचे में डालता है, पानी सींचता है और बीज डालता है। फिर उन बीजों से होकर वही खाद पौधा बन जाती है। और उन पौधों की नसों में से पार होकर वही खाद की गंदगी फूलों की सुगंध बन जाती है। वही गंदगी, वही खाद, जो दुर्गंध फेंकती थी, फूल में आकर सुगंध फेंकती है। यह ट्रांसफार्मेशन आफ एनर्जी है। यह शक्ति का उदात्तीकरण है।

जो-जो आपमें दुर्गंध दे रहा है, वही-वही आपमें सुगंध देने का कारण बन सकता है—वही। क्योंकि जो दुर्गंध देता है, केवल वही सुगंध दे सकता है। इसलिए कभी बुरा मत मानिए कि आप क्रोधी हैं। यह शक्ति है और आपका सौभाग्य है। और कभी बुरा मत मानिए कि आप सेक्सुअल हैं कि आप कामुक हैं। यह शक्ति है और आपका सौभाग्य है। दुर्भाग्य यह होता कि आप सेक्सुअल न होते। दुर्भाग्य यह होता कि आपमें क्रोध ही न होता, तो आप इम्पोटेंट होते; तो आप पुंसत्वहीन होते, तो आप किसी मतलब के न होते। क्योंकि आपमें कोई शक्ति न होती, जिससे कुछ किया जा सके। तो शक्ति के लिए सौभाग्य मानिए। और आपके भीतर जो भी शक्तियां हों, सबका धन्यवाद मानिए, क्योंकि वे शक्तियां हैं। अब यह आपके हाथ में है कि आप उनका क्या उपयोग करते हैं!

दुनिया के जितने महापुरुष हुए हैं, सब एक्सट्रीम सेक्सुअलिस्ट थे। जितने दुनिया के महापुरुष हुए हैं, सब अति कामुक थे। यह असंभव है, अगर न रहे हों। अगर अति कामुक न होते, महापुरुष नहीं हो सकते थे।

गांधी जी को आप जानते हैं, अति कामुक थे। और जिस दिन उनके पिता की मृत्यु हुई, डाक्टरों ने कह दिया कि पिता मरने को हैं, वे उस रात भी अपने पिता के पास नहीं बैठ सके। जब उनके पिता मरे, तो वे अपनी पत्नी के पास सोए हुए थे। और डाक्टर कहे कि पिता मरने को हैं और उस रात भी वे पिता के पास नहीं बैठ सके। वे मरने को थे रात में, यह जाहिर ही था। गांधी जी को बहुत धक्का लगा इस बात से कि मैं कैसा आदमी हूं! मैं आदमी कैसा हूं!

लेकिन धन्यभाग था उनका कि वे इतने कामुक थे। वही कामुकता उनका ब्रह्मचर्य बन

गयी—वही कामुकता। अगर वे उस रात पिता के पास बैठे रहते, तो पक्का मानिए, गांधी पैदा नहीं होता दुनिया में। हममें से अधिक बैठे ही रहते। रात क्या, दो रात बैठे रहते, पर गांधी पैदा नहीं होता। वह जो उस दिन दुर्गंध मालूम हुई होगी उनके चित्त को, वही बाद में उनके जीवन की सारी सुगंध बन गयी।

तो किसी शक्ति का अनादर मत करिए। अपने भीतर उठी किसी भी शक्ति का अनादर मत करिए। सौभाग्य मानिए और उसको परिवर्तित करने में लगिए। हर शक्ति बदल जाती है और हर शक्ति समपरिवर्तित हो जाती है। और जो आपमें बुरा दिखता है, वही सुगंध में और फूलों में परिणत हो जाता है।

ये थोड़े-से प्रश्नों की मैंने चर्चा की। दो-चार छूट गए हैं, उनको कल विचार कर लेंगे।

विचार-शुद्धि के सूत्र

चौथा प्रवचन

मेरे प्रिय आत्मन्, पहले चरण की बात सुबह मैंने कही। शरीर की शुद्धि कैसे संभव है, उस पर थोड़ी-सी बातें आपको बतायीं। दूसरी पर्त मनुष्य के व्यक्तित्व की, उसके विचार की है। शरीर शुद्ध हो, विचार शुद्ध हो—तीसरी पर्त भाव की है—और भाव शुद्ध हो, तो साधना की परिधि तैयार होती है। ये तीन बातें भी सध जाएं, तो जीवन में बहुत अभिनव आनंद का, शांति का जन्म हो जाता है। ये तीन बातें भी सध जाएं, तो जीवन का नया जन्म हो जाता है।

लेकिन यह परिधि की साधना है। एक अर्थ में यह बहिरंग साधना है। अंतरंग साधना और भी गहरी है। उसमें शरीर को, विचार को और भाव को हम शून्य करते हैं; शुद्ध करते हैं, उसमें शून्य करते हैं। अभी शरीर को शुद्ध करते हैं, उसमें शरीर का त्याग ही करते हैं। उसमें शरीर नहीं है, इस अवस्था में प्रवेश करते हैं। विचार नहीं है, इस अवस्था में प्रवेश करते हैं। भाव नहीं है, इस अवस्था में प्रवेश करते हैं। पर उसके पूर्व, परिधि के रूप में अशुद्ध का त्याग करते हैं।

शरीर के संबंध में मैंने आपको कहा। अब विचार के संबंध में विचार करें। विचार की अशुद्धि क्या है? विचार भी तरंगों की भांति हैं। और विचार भी मनुष्य के चित्त पर अपना प्रभाव शुभ या अशुभ के लिए छोड़ते हैं। जो व्यक्ति जिन विचारों से आंदोलित होता है, उसका व्यक्तित्व वैसा ही निर्मित हो जाता है। जो व्यक्ति जिन विचारों से आंदोलित होता है, उसका व्यक्तित्व वैसा ही निर्मित हो जाता है। जो व्यक्ति सौंदर्य का विचार करेगा, जिस व्यक्ति की चेतना निरंतर सौंदर्य के निकट चिंतन और मनन करेगी, उसके व्यक्तित्व में एक सौंदर्य का जन्म हो जाना बिलकुल स्वाभाविक है। जो व्यक्ति शिवत्व के संबंध में, शुभ के संबंध में विचार करेगा और उसकी चेतना उस केंद्र पर परिभ्रमण करेगी, उसके जीवन में शुभ का पैदा हो जाना आश्चर्यजनक नहीं है। जो सत्य का चिंतन करेगा, सत्य का मनन करेगा, उसके जीवन में सत्य का अवतरण हो जाना सहज संभव है।

तो इस संबंध में मैं आपसे यह कहूं कि आप अपने बाबत विचार करें, आप किस चीज पर निरंतर चिंतन करते हैं? किस चीज के संबंध में आप निरंतर चिंतन करते हैं?

हममें से अधिक लोग या तो धन के संबंध में विचार करते हैं, या यश के संबंध में विचार करते हैं, या काम के संबंध में विचार करते हैं।

चीन में बहुत समय हुआ, एक राजा हुआ। वह अपने समुद्र-तट के राज्य की सीमा को देखने गया। वह अपने वजीर को भी साथ ले गया था। वे दोनों पहाड़ की चोटी पर खड़े होकर दूर तक फैले समुद्र को देखने लगे। अनेक-अनेक जहाज उस समुद्र में चल रहे थे, आ रहे थे, जा रहे

थे। उस राजा ने कहा अपने मंत्री को, 'कितने जहाज आ रहे हैं और कितने जहाज जा रहे हैं!' उस मंत्री ने कहा, 'राजन, अगर सत्य पूछें, तो केवल तीन जहाज आ रहे हैं और तीन ही जहाज जा रहे हैं।' राजा ने पूछा, 'तीन? अनेक दिखायी पड़ते हैं। क्या तुम्हें दिखायी नहीं पड़ते?' उसने कहा, 'मैंने तीन ही जहाज जाने हैं—एक यश का जहाज है, एक धन का जहाज है, एक काम का जहाज है। और इन तीन जहाजों पर सबकी यात्रा चलती है।'

यह सच है। हमारे विचार की यात्रा इन तीन जहाजों पर ही चलती है। और जो इन तीन पर चल रहा है, वह अशुद्ध विचार में है। जो इन तीन से नीचे उतर आए, वह शुद्ध विचार में प्रवेश करता है। तो यह प्रत्येक के लिए विचारणीय है कि उसका केंद्रीय चिंतन क्या है? उसका घाव क्या है मन का, जहां सारी चीजें घूमती हैं? क्योंकि चौबीस घंटे में जिस बात पर उसका चित्त बार-बार लौट आता हो, वह उसकी केंद्रीय कमजोरी होगी। तो यह हरेक सोचे, क्या धन पर लौट आता है? क्या सेक्स पर लौट आता है? क्या यश पर लौट आता है? क्या आपका चिंतन इनमें से किसी एक पर लौट आता है? क्या असत्य पर लौट आता है? बेईमानी पर लौट आता है? धोखा देने पर लौट आता है? ये सब उनके गौण हिस्से हैं। तीन केंद्र तो वही हैं। उन तीन पर अगर आपका चित्त चिंतन करता है, तो आप अशुद्ध विचार की स्थिति में हैं। इसे अशुद्ध हम इसलिए कह रहे हैं कि इस भांति का विचार करके आप जीवन-सत्य को उपलब्ध नहीं हो सकेंगे।

शुद्ध विचार का अर्थ होगा, जिसको हम अपने देश में सत्यम् शिवम् सुंदरम् कहते हैं। जिसे हम कहते हैं सत्य, शिव और सुंदर। ये तीन ही शुभ विचार के केंद्र हैं। काम, यश और धन, ये अशुभ विचार के केंद्र हैं। सत्य, शिव और सुंदर, ये शुद्ध विचार के केंद्र हैं।

कितना आप सत्य के संबंध में चिंतन करते हैं? करते हैं चिंतन सत्य के संबंध में? कभी सोचते हैं, सत्य क्या है? किन्हीं एकांत क्षणों में आपका मन इससे आंदोलित होता है? कभी यह बात आपके मन को पीड़ित करती है कि सत्य क्या है? कभी आपके मन को होता है, जानें कि सुंदर क्या है? कभी आपके मन को होता है कि जानें कि शुभ क्या है?

अगर ये विचार आपके मन को आंदोलित नहीं करते हैं, तो आपकी विचार-स्थिति अशुद्ध है और उस अशुद्ध विचार-स्थिति में समाधि में प्रवेश नहीं होगा।

अशुद्ध विचार बाहर ले जाता है और शुद्ध विचार भीतर लाता है। अशुद्ध विचार की दिशा बहिर्गामी है और अधोगामी है। और शुभ विचार या शुद्ध विचार की दिशा अंतर्गामी है और ऊर्ध्वगामी है। यह असंभव है कि कोई व्यक्ति सत्य का विचार करे, सुंदर का विचार करे, शुभ का विचार करे—यह असंभव है कि वह इनका विचार करे, तो विचार करते-करते ही उसके जीवन में इनकी छाप, इनका अंकन और इसकी छाया न पड़ने लगे।

गांधी जी जेल में पीछे बंद थे। वे निरंतर सोचते थे सत्य के संबंध में, अपरिग्रह के संबंध में, अनासक्ति के संबंध में। उन दिनों सुबह के नाश्ते में वे दस खजूर फुलाकर लेते थे। उसको पानी में डालकर दस खजूर लेते थे। वल्लभ भाई पटेल उनके साथ जेल में थे। उन्होंने देखा, दस खजूर भी कोई नाश्ता हुआ? इतने से क्या होगा? तो उन्होंने—वे ही फुलाते थे उन खजूरों को—उन्होंने एक दिन पंद्रह खजूर फुला दिए। और उन्होंने कहा, 'पता भी क्या चलेगा इस बूढ़े आदमी को कि कितने थे, दस थे कि पंद्रह थे! ऐसे खा लेंगे।'

गांधी जी ने देखा कि कुछ खजूर ज्यादा हैं। उन्होंने कहा कि 'वल्लभ भाई, इनकी गिनती करो।' गिनती की, तो वे पंद्रह थे। गांधी जी ने कहा, 'ये तो पंद्रह हैं।' वल्लभ भाई ने कहा, 'अरे दस और पंद्रह में क्या फर्क है?' गांधी जी दो क्षण आंख बंद करके बैठ गए और सोचते रहे। उन्होंने कहा, 'वल्लभ भाई, तुमने मुझे बड़ा सूत्र दे दिया। तुमने कहा, दस और पंद्रह में क्या फर्क है? मेरी समझ में आ गया कि दस और पांच में भी कोई फर्क नहीं है। आज से हम पांच ही लेंगे।' गांधी जी ने कहा, 'आज से हम पांच ही लेंगे। तुमने गजब की बात कह दी कि दस और पंद्रह में कोई फर्क नहीं है। तो पांच और दस में भी कोई फर्क नहीं है। आज से हम पांच ही लेंगे।'

वल्लभ भाई तो घबरा गए। उन्होंने कहा, 'हम तो इसलिए कि थोड़ा नाश्ता ज्यादा हो जाएगा आपका। यह हमें खयाल न था कि इस तरह आप सोचेंगे।' गांधी जी ने कहा, 'जो निरंतर अपरिग्रह पर सोच रहा है, उसको बुद्धि ऐसे ही सूझेगी। जो निरंतर यह सोच रहा है कि कितना कम से कम हो जाए, उसकी बुद्धि ऐसा ही उत्तर देगी। जो निरंतर सोच रहा है, ज्यादा से ज्यादा कैसे हो जाए, उसे दस और पंद्रह में फर्क नहीं होगा। जो सोच रहा है, कम से कम कैसे हो जाए, उसे पांच और दस में फर्क नहीं होगा।'

तो आप जो चिंतन करते हैं, वह आपकी छोटी-छोटी जीवनचर्या में प्रकट होना शुरू हो जाएगा। एक और घटना आपको कहूं।

गांधी जी सुबह पानी गर्म करके उसमें नीबू और शहद डालकर लेते थे। महादेव देसाई उनके निकट थे। वह एक दिन पानी में शहद और नीबू डालकर उन्होंने रखा। वह गर्म पानी था। उबलती हुई उससे भाप निकलती थी। जब गांधी जी आए, तो कोई पांच मिनट बाद उनको पीने को दिया। गांधी जी उसे दो क्षण देखते रहे और फिर उन्होंने कहा, 'अच्छा हुआ होता, इसे ढंक देते।' महादेव देसाई ने कहा, 'पांच मिनट में क्या बिगड़ता है। और फिर मैं देख ही रहा हूं, इसमें कुछ भी नहीं गिरा।' गांधी जी ने कहा, 'कुछ गिरने का प्रश्न नहीं है। इससे गर्म भाप उठ रही है, कुछ न कुछ कीटाणुओं को व्यर्थ ही नुकसान पहुंचा होगा।' गांधी जी ने कहा, 'ढंकने का और गिर जाने का उतना प्रश्न नहीं है। लेकिन इससे गर्म भाप निकल रही है। वायु के बहुत-से कीटाणुओं को व्यर्थ ही नुकसान पहुंचा होगा। कोई कारण न था, उसे हम बचा सकते थे।'

जो अहिंसा पर निरंतर चिंतन कर रहा है, यह स्वाभाविक है कि उसको यह वृत्ति और बोध आ जाए। यानि मैं यह कह रहा हूं कि आप जब किन्हीं चीजों पर निरंतर चिंतन करेंगे, तो आप जीवनचर्या में छोटी-छोटी बातों में पाएंगे कि फर्क हो जाता है।

सुबह यहां एक मित्र ने आपको खबर दी। उन्होंने कहा, 'यह बहुत दुख की बात है कि बहुत-से लोगों को हम दो बार कह चुके, फिर भी वे अभी तक नहीं आए हैं और दस मिनट की देर हो गई।' उन्होंने कहा कि यह बहुत दुख की बात है कि कुछ लोगों को हम दो बार कह चुके हैं, लेकिन वे अभी तक नहीं आए हैं। अगर मुझे यह बात कहनी पड़े, तो मैं यह कहूंगा, 'यह बहुत खुशी की बात है कि दो ही बार कहने से इतने लोग आ गए हैं।' और मैं यह कहूंगा कि 'यह और भी ज्यादा खुशी की बात होगी कि जो नहीं आए हैं, वे भी आ जाएं।' यह अहिंसात्मक ढंग होगा और वह हिंसात्मक ढंग था। उसमें हिंसा है।

तो मैं यह कह रहा हूं कि अगर आप विचार करेंगे, शुद्ध चिंतन के थोड़े-से केंद्र बनाएंगे, तो

आप पाएंगे, आपकी छोटी-छोटी चीजों में अंतर पड़ना शुरू हो जाएगा। आपकी वाणी तक अहिंसक हो जाएगी। आपका उठना-बैठना अहिंसक हो जाएगा। आपके चिंतन के केंद्र आपके जीवन को प्रभावित करेंगे। यह स्वाभाविक है। जो जैसा विचारता है, वैसा हो जाता है।

विचार बड़ी अदभुत शक्ति है। तो आप क्या विचार रहे हैं निरंतर, इस पर बहुत कुछ निर्भर है। अगर आप निरंतर धन के संबंध में विचार रहे हैं और समाधि के प्रयोग कर रहे हैं, तो दिशा विपरीत है। वह ऐसा ही है, जैसे हमने एक ही बैलगाड़ी में दोनों तरफ बैल जोत दिए हों। तो वह बैलगाड़ी टूट जाएगी उन बैलों के खींचने से, लेकिन आगे नहीं बढ़ेगी।

विचार की दिशा शुद्ध हो, तो आप पाएंगे, बड़ी छोटी-छोटी चीजों में अंतर पड़ना शुरू हो जाता है। बहुत बड़ी-बड़ी बातें नहीं हैं जीवन में; जीवन बड़ी छोटी-छोटी बातों से बनता है। जीवन बड़ी छोटी-छोटी घटनाओं से बनता है। आप कैसे उठते हैं, कैसे बैठते हैं, कैसे बोलते हैं, क्या बोलते हैं, इस पर बहुत कुछ निर्भर होता है। बहुत कुछ निर्भर होता है! और इन सारी बातों का जो केंद्र है, जहां से इन सबका जन्म होता है, वह विचार है।

तो विचार को सत्योन्मुख, शिवोन्मुख और सौंदर्योन्मुख होना चाहिए। निरंतर जीवन में यह स्मरण बना रहे कि हम सत्य का चिंतन करें। समय जब मिले, तो हम सत्य पर थोड़ा विचार करें, सौंदर्य पर थोड़ा विचार करें, शुभ पर थोड़ा विचार करें। और इसके पहले कि हम कोई काम करने में प्रवृत्त हों, एक क्षण रुक जाएं और सोचें कि हम जो करेंगे, वह सत्य, सुंदर और शुभ के अनुकूल होगा या प्रतिकूल होगा? जब कोई विचार मन में चलने लगे, तो हम सोचें कि यह जो धारा चल रही है, यह विचार की धारा शुभ के, सत्य के, सुंदर के अनुकूल है या कि प्रतिकूल है?

यदि यह प्रतिकूल है, तो इस धारा को खंडित कर दें। इसका साथ छोड़ें, यह धारा लाभ की नहीं है। यह जीवन को गड्ढे में ले जाएगी। यह जीवन को नीचे ले जाएगी। तो इसको स्मरणपूर्वक देखें कि आपकी विचार की पर्तों की धारा कैसी है! और उसे साहस से, प्रयास से और श्रम से और संकल्पपूर्वक शुभ और सत्य की ओर उन्मुख करें।

अनेक बार ऐसा लगेगा कि हम तय भी नहीं कर पाएंगे कि सत्य क्या है? अनेक बार ऐसा लगेगा कि हम तय भी नहीं कर पाएंगे कि शुभ क्या है? हो सकता है, आप तय न कर पाएं। लेकिन आपने विचार किया, तय करने की चेष्टा की, यह भी काफी मूल्यवान है और आपमें फर्क लाएगा। और जो निरंतर चिंतन करेगा, वह धीरे-धीरे उस दिशा को अनुभव कर लेता है कि उसे पता चले कि शुभ क्या है, या सत्य क्या है।

प्रत्येक विचार को, प्रत्येक वाणी को, प्रत्येक क्रिया को करने के पूर्व एक क्षण रुक जाएं, इतनी जल्दी कुछ भी नहीं है। और देखें कि मैं जो कर रहा हूं, उससे क्या प्रकट हो रहा है? उसमें क्या जाहिर हो रहा है? उसमें कौन-सी घटना घट रही है? इसका सतत चिंतन साधक को जरूरी है।

तो मैं पहली तो बुनियादी जो विचार-शुद्धि की बात है, वह यह है कि हमारी दिशा के केंद्र क्या हैं चिंतन के! अगर वे केंद्र आपमें नहीं हैं, जिनकी मैं बात कर रहा हूं, तो उन केंद्रों को जगाना होगा।

आप जानकर हैरान होंगे, अगर सत्य, शिव या सुंदर में से एक भी केंद्र आपमें जग जाए, तो

दो केंद्र अपने आप जगने शुरू हो जाएंगे। और यह भी मैं आपको उल्लेख कर दूं कि तीन तरह के लोग होते हैं जगत में। एक वे लोग होते हैं, जिनके भीतर सत्य के केंद्र के विकसित होने की शीघ्र संभावना होती है। एक वे लोग होते हैं, जिनके भीतर शुभ के केंद्र के विकसित होने की शीघ्र संभावना होती है। और एक वे लोग होते हैं, जिनके भीतर सौंदर्य के विकसित होने की शीघ्र संभावना होती है।

यह हो सकता है, आपमें से सबके केंद्र अलग हों। लेकिन अगर एक केंद्र भी जग जाए, तो दो अपने आप जगने शुरू हो जाते हैं। अगर कोई व्यक्ति सौंदर्य को ठीक से प्रेम करने लगे, तो असत्य नहीं बोल सकता। क्योंकि असत्य बोलना बड़ी असुंदर बात है, बड़ी कुरूप बात है। अगर कोई व्यक्ति सुंदर को ठीक से प्रेम करने लगे, तो अशुभ कृत्य नहीं कर सकता है, क्योंकि अशुभ कृत्य कुरूप होता है। यानि वह इसलिए चोरी नहीं कर सकता है कि चोरी करना बड़ा कुरूप कृत्य है। तो अगर उसकी सौंदर्य के प्रति भी पूरी आकांक्षा पैदा हो जाए, तो भी बहुत कुछ हो जाएगा।

एक बार गांधी जी रवीन्द्रनाथ के यहां मेहमान थे। रवीन्द्रनाथ बूढ़े हो गए थे। वे तो सौंदर्य के साधक थे। सत्य से और शुभ से उन्हें कोई मतलब न था। इस अर्थ में मतलब नहीं था कि वे उनकी सीधी दिशा नहीं थे। वे सौंदर्य के साधक थे। गांधी जी वहां मेहमान थे। संध्या को दोनों घूमने निकलने को थे, तो रवीन्द्रनाथ ने कहा, 'दो क्षण रुकें, मैं थोड़ा बाल संवारकर आया।'

गांधी जी ने कहा, क्या बेहूदी बात! बाल संवारना! गांधी जी उनको साफ ही कर चुके थे, इसलिए संवारने की झंझट ही खतम हो गयी। और इस बुढ़ापे में बाल संवारना! यह तो बड़ी अजीब और गांधी जी के लिए बड़ी असोचनीय बात थी। वे बड़े गुस्से में खड़े रहे, लेकिन अब रवीन्द्रनाथ को कुछ कह भी नहीं सकते थे।

रवीन्द्रनाथ भीतर गए। दो मिनट बीते, पांच मिनट बीते, दस मिनट बीते। गांधी जी हैरान हुए कि ये कैसे बाल संवारे जा रहे हैं! उन्होंने खिड़की से झांका, तो वे आदमकद आईने के सामने खड़े हैं और बाल संवारे ही चले जाते हैं। गांधी जी की बरदाश्त के बाहर हुआ। उन्होंने कहा कि 'मैं समझ नहीं पा रहा हूं, यह आप क्या कर रहे हैं? घूमने का वक्त निकला जा रहा है। और बाल भी क्या संवारने? और इस बुढ़ापे में बाल क्या संवारने?'

रवीन्द्रनाथ बाहर आए। और रवीन्द्रनाथ ने कहा, 'जब मैं युवा था, तो बिना संवारे भी चल जाता था; और अब मैं हो गया बूढ़ा, अब बिना संवारे नहीं चलेगा।' रवीन्द्रनाथ ने कहा, 'जब मैं युवा था, तो बिना बाल संवारे भी चल जाता था; अब मैं हो गया बूढ़ा, इसलिए बिना संवारे नहीं चलेगा। और यह न सोचें कि मैं सुंदर होने को उत्सुक हूं। केवल इतना ही है कि किसी को कुरूप दिखकर उसको दुख देने का कारण न बनूं।' रवीन्द्रनाथ ने कहा कि 'यह न सोचें कि मैं सुंदर दिखने को उत्सुक हूं। यह देह जिसको मैं सुंदर बनाकर घूम रहा हूं, कल राख हो ही जाने वाली है। कल यह चिता पर चढ़ेगी और जल जाएगी, वह मैं जानता हूं। लेकिन किसी की आंख में कुरूपता खटके न, किसी को दुख का कारण न बन जाऊं, इसलिए यह सारी उत्सुकता है।'

यह सौंदर्य का साधक, यूं सोचेगा। कुरूपता दूसरे के लिए प्रतिहिंसा है। फिर वह कुरूपता किसी भी तरह की हो, फिर चाहे वह व्यवहार की हो और चाहे वाणी की हो और चाहे कैसी हो।

तो मैं आपको यह कहूंगा कि अगर आपमें सुंदर होने की उत्सुकता है, तो पूरी तरह सुंदर हो जाइए। पूरी तरह सुंदर हो जाइए कि सर्वांग जीवन सुंदर हो जाए। तो मैं यह नहीं कहता कि जो बाल संवार रहे हैं, वे बुरा कर रहे हैं। नहीं, मैं उनसे यही कहता हूं कि बाल जरूर संवारें, और भी बहुत कुछ है जो संवार लें। मैं नहीं कहता, आप आभूषण पहनकर निकले हैं, तो बुरा कर रहे हैं। मैं यह कहता हूं, आभूषण पहने हैं, यह तो अच्छा किया, लेकिन सच्चे आभूषण भी पहन लें। मैं यह नहीं कहता कि आप शुभ्र वस्त्र पहनकर आए हैं, तो बुरा किया। बहुत अच्छा किया। शुभ्र वस्त्र पहने, यह तो ठीक ही किया, शुभ्र अंतस भी हो जाए।

तो सुंदर को पूरा साधें, तो आप पाएंगे कि सत्य और शुभ उसमें अपने आप समाविष्ट हो जाएंगे। जो शिवत्व को साधेगा, वह भी सुंदर को और सत्य को उपलब्ध हो जाएगा। जो सत्य को साधेगा, वह भी दोनों को उपलब्ध हो जाएगा। वह भी दोनों को उपलब्ध हो जाएगा।

इन तीन में से कोई भी आपकी दिशा हो, कोई भी आपकी रुचि का केंद्र बनता हो, उसको केंद्र बना लें और अपने विचार को उसकी परिधि पर घूमने दें और उससे अंतःप्रभावित होने दें। एक केंद्र चुनें इन तीन में से और उसे साधें। और जीवन की सर्वांगीण—सर्वांगीण—विधियों में, व्यवहारों में, आचार में और व्यवहार में उसे साधें। तो आप धीरे-धीरे एक अदभुत बात अनुभव करेंगे, जैसे-जैसे वह केंद्र सधने लगेगा, वैसे-वैसे आपके जीवन की विकृतियां और अशुद्ध विचार विलीन होने लगेंगे।

मैं आपको यह नहीं कहता हूं बहुत जोर से कि आप धन का चिंतन छोड़ें। मैं आपसे यह कहता हूं, आप शुभ का, सुंदर का और सत्य का चिंतन प्रारंभ करें। जब आप सुंदर का चिंतन प्रारंभ करेंगे, तो आप धन का चिंतन नहीं कर सकेंगे, क्योंकि धन के चिंतन से ज्यादा कुरूप और कोई स्थिति नहीं है। जब आप सुंदर का चिंतन करेंगे, तो आप सेक्स का चिंतन नहीं कर सकते हैं, क्योंकि उससे ज्यादा कुरूप चित्त की और कोई स्थिति नहीं है।

तो मैं पाजिटिवली, विधायक रूप से यह कहता हूं कि शुभ, शुद्ध विचार के किसी केंद्र पर अपनी ऊर्जा को और अपनी शक्ति को संलग्न होने दें। आप पाएंगे, आपकी शक्ति व्यर्थ के केंद्रों से सरकती चली आ रही है, उसने वहां से हाथ छोड़ दिए हैं।

स्मरणपूर्वक जो अशुद्ध है, उसे छोड़ना और स्मरणपूर्वक जो शुद्ध है, उस पर अपने को थिर करना और स्थापित करना है। विचार शुद्ध होगा, तो जीवन में फिर बहुत गहरी गति होगी। यह विचार की मूल बात है। विचार-शुद्धि के लिए विचार की यह मूल बात है। फिर कुछ और बातें हैं, जो गौण हैं। वह भी मैं आपको स्मरण दिला दूं।

विचार के शुद्ध होने के लिए महत्वपूर्ण है कि आप यह जानें कि आपके भीतर सारे विचार बाहर से आते हैं। कोई विचार आपके भीतर नहीं होता। सारे विचार आपके पास बाहर से आते हैं। विचार की खूंटियां भीतर होती हैं, विचार बाहर से आते हैं। यह जरा समझ लें। विचार बाहर से आते हैं, खूंटियां भीतर होती हैं।

अगर किसी व्यक्ति ने धन का चिंतन किया है, तो धन के विचार तो बाहर से आते हैं, केवल धन के विचार करने की जो कामना है, उसकी खूंटी भर भीतर होती है। विचार बाहर से आकर उस खूंटी पर टंग जाते हैं। जो सेक्स का चिंतन करता है, सेक्स की खूंटी तो भीतर होती है, विचार

बाहर से आकर उस पर टंग जाते हैं। जो जिस बात का चिंतन करता है, उसकी सिर्फ खूंटी भीतर होती है, विचार हमेशा बाहर से आकर टंग जाते हैं। आपके पास जितने विचार हैं, वे सब बाहर से आए हुए हैं।

विचार की शुद्धि के लिए यह जानना जरूरी है कि विचार, जो बाहर से हमारे भीतर आ रहे हैं, वे अविवेकपूर्ण रीति से भीतर न आएं। हम सजग हों और जिसको भीतर आने देना चाहते हों, वही हमारे भीतर आए। शेष को हम बाहर फेंक दें।

मैं अभी पीछे कहता था, अगर मेरे घर में कोई कचरा फेंक देगा, तो मैं उससे झगड़ने जाऊंगा; लेकिन मेरे दिमाग में अगर कोई कचरा फेंकता है, तो मैं झगड़ने नहीं जाता। अगर आप रास्ते पर मुझे मिलें और मैं एक फिल्म की कहानी आपको सुनाने लगूं, तो आपको कोई दिक्कत नहीं होती। और अगर मैं घर में जाकर आपके थोड़ा कचरा फेंक आऊं, तो आप कहेंगे, आपने यह क्या किया? कानून के विपरीत है। और मैं आपके दिमाग में कचरा डालूं, एक फिल्म की कहानी सुनाऊं, तो आप बड़े मजे से बैठकर सुनते रहते हैं!

अभी हमको यह पता नहीं है कि दिमाग में भी कचरे फेंके जा सकते हैं। और हम सारे लोग एक-दूसरे के ऐसे दुश्मन हैं कि एक-दूसरे के दिमाग में कचरा फेंकते रहते हैं। जिनको आप मित्र समझते हैं, वे आपके साथ क्या कर रहे हैं? उनसे बड़ा दुर्व्यवहार और कोई नहीं कर सकता। इससे दुश्मन बेहतर; कम से कम आपके दिमाग में कुछ नहीं फेंकता, क्योंकि आपसे मिलता-जुलता नहीं है।

हम सब एक-दूसरे के दिमाग में कचरा डाल रहे हैं। और हम इतने सोए हुए लोग हैं कि हमें पता ही नहीं होता कि हम क्या ले रहे हैं। हम सबको स्वीकार कर लेते हैं। हम धर्मशालाओं की तरह हैं, जिनमें कोई रखवाला नहीं है और जिन पर कोई द्वारपाल नहीं बैठा हुआ है कि कौन ठहरे और कौन न ठहरे। उसमें जो भी आए—आदमी या जानवर, या चोर या बेईमान—वह सब ठहरे। और जब उसका मन हो, तब चला जाए; और न मन हो, तो बराबर रहा आए।

मन को धर्मशाला नहीं होना चाहिए। अगर मन धर्मशाला होगा, सुरक्षित नहीं होगा, तो अशुद्ध विचार से छुटकारा मुश्किल है। तो स्मरणपूर्वक मन के ऊपर पहरा होना चाहिए। शुद्ध विचार के लिए दूसरी जरूरत है कि मन पर पहरा हो, एक वाचफुलनेस हो। हम जागे, सजग पहरेदार हों कि हमारे भीतर क्या आता है! जो व्यर्थ है, उसे इनकार कर दें।

मैं अभी एक सफर में था। मैं था और मेरे साथ मेरे कंपार्टमेंट में एक सज्जन और थे। वे मुझसे कुछ बातचीत करना चाहते होंगे। जैसे ही मैं बैठा, उन्होंने सिगरेट निकालकर मुझे दी। मैंने कहा, 'क्षमा करें, मैं नहीं लूंगा।' उन्होंने सिगरेट अंदर रख ली। फिर थोड़ी देर बाद उन्होंने पान निकाला और मुझसे कहा, 'लीजिए।' मैंने कहा, 'माफ करें। मैं नहीं लूंगा।' वे फिर पान रखकर बैठ गए। फिर उन्होंने अपना अखबार उठाया, बोले, 'इसको पढ़िएगा?' मैंने कहा, 'क्षमा करें, मैं नहीं पढ़ूंगा।' वे बोले, 'बड़ा मुश्किल है। हम आपको कुछ भी देते हैं, आप नहीं लेते हैं!' वे मुझसे बोले, 'हम आपको कुछ भी देते हैं, आप कुछ भी नहीं लेते!' मैंने कहा कि 'जो कुछ भी ले लेते हैं, वे नासमझ हैं। और आप जो दे रहे हैं, मैं कोशिश करूंगा कि आपसे भी छिन जाए। मैं तो उसे नहीं लूंगा, आपसे भी छिन जाए, यह कोशिश करूंगा।'

आप क्या करते हैं, अगर खाली बैठे हैं? अखबार उठाकर पढ़ने लगेंगे, क्योंकि खाली बैठे हैं। तो खाली बैठे रहना बेहतर है, बजाय कचरा इकट्ठा करने से। खाली बैठे रहना बुरा नहीं है। कुछ ऐसे पागल हैं, जो यह कहते हैं कि कुछ न कुछ करना न करने से अच्छा है। यह गलत है। कुछ भी गलत करने से न करना हमेशा बेहतर है। कुछ हैं, जो कहते हैं कि कुछ न कुछ करते रहना कुछ भी न करने से बेहतर है। मैं आपसे कहता हूं, कुछ भी न करना कुछ भी गलत-सलत करने से हमेशा बेहतर है। क्योंकि उस वक्त कम से कम आप कुछ खो तो नहीं रहे। उस वक्त कम से कम कुछ व्यर्थ तो इकट्ठा नहीं कर रहे हैं।

तो इसकी एक सजगता। विचार के आंतरिक संक्रमण में हम सजग हों, तो विचार को शुद्ध रखना कठिन नहीं है। अशुद्ध विचार को पहचान लेना कठिन नहीं है। वे विचार, जो आपके भीतर जाकर उत्तेजना पैदा करते हों, अशुद्ध हैं। वे विचार, जो आपके भीतर जाकर शांति के झरने पैदा करते हों, शुद्ध हैं। वे विचार, जो आपके भीतर जाकर आनंदोन्मुख करते हों, शुभ हैं। वे विचार, जो आपके भीतर जाकर किसी तरह की बेचैनी, चिंता, एंग्जाइटी पैदा करते हों, वे अशुभ हैं। तो उन विचारों से अपने को बचाएं। और अपने मन के सजग पहरेदार बनें, तो विचार-शुद्धि की तरफ संक्रमण होता है।

और तीसरी बात—इस जगत में जैसे अशुभ विचार के आवर्तन बाहर चल रहे हैं और अशुभ विचार की आंधियां बाहर बह रही हैं, और अशुभ विचार का धुआं आपके चित्त में प्रवेश करता है और आपको घेर लेता है; बहुत ज्यादा अशुभ विचार हैं इस जगत में, बहुत उनकी आंधियां हैं; लेकिन यह न भूलें, कुछ छोटे-छोटे शुभ विचार के दीए भी हैं, वे भी टिमटिमा रहे हैं। कुछ शुद्ध विचार की छोटी-छोटी लहरें हैं, वे भी जीवित हैं। इस पूरे अंधकार के विराट सागर में कुछ प्रकाश की किरणें भी हैं। उनका सान्निध्य खोजें। उसको हम सत्संग कहते हैं।

इस बहुत अंधेरे से भरी हुई दुनिया में बिलकुल अंधेरा नहीं है, कुछ दीए हैं—मिट्टी के ही सही। और छोटी उनकी लौ हो, तो भी सही। लेकिन वे भी हैं। उनका हम सान्निध्य खोजें। क्योंकि जो जलते हुए दीयों के करीब अपने बुझे दीए को ले जाएगा, बहुत संभव है, उसकी ज्योति जो कि बुझी-बुझी है, उन दूसरे दीयों के सान्निध्य में पुनरुज्जीवित हो जाए। बहुत संभव है कि वह अपने धुओं को खो दे और लपट बन जाए।

सान्निध्य खोजें उन किरणों का, जो कि सत्य के लिए, शुभ के लिए और सुंदर के लिए हैं। उसके सान्निध्य में अपने को ले जाएं। उन विचारों के, उन विचार पुरुषों के, उन वैचारिक तरंगों के आवर्त में अपने को ले जाएं, जहां यह संभव हो।

यह तीन प्रकार से संभव हो सकता है: शुभ और सदविचारों के करीब; शुभ और सदपुरुषों के करीब; और सबसे ज्यादा और सबसे महत्वपूर्ण, प्रकृति के सान्निध्य में।

प्रकृति कोई अशुभ विचार नहीं देती है। अगर आप आकाश को बैठकर देखें, सिर्फ देखते रहें, आकाश आपमें कुछ अशुभ पैदा नहीं करेगा, बल्कि आपका सारा कचरा थोड़ी देर में क्षीण हो जाएगा और आप पाएंगे कि आप आकाश को देखते-देखते आकाश के साथ एक हो गए हैं। एक पहाड़ से गिरते हुए झरने को देखते-देखते आप पाएंगे कि आप पहाड़ का झरना हो गए हैं। एक हरियाली से भरे हुए वन को देखते-देखते आप पाएंगे कि आप भी एक दरख्त हो गए हैं।

एक साधु हुआ। उससे एक व्यक्ति ने जाकर पूछा कि 'मैं सत्य को जानना चाहता हूं, कैसे जानूं?' उसने कहा, 'अभी बहुत लोग हैं। कभी अकेले में आना।' वह दिनभर नहीं आया, वह सांझ को आया, जब कोई भी नहीं था। दीए जल गए थे, रात हो गयी थी, साधु अकेला था, अपना दरवाजा बंद करने को था। उस आदमी ने कहा, 'ठहरें, अब कोई भी नहीं है। आप आए हुए लोगों को विदा करके दरवाजा बंद कर रहे हैं। मैं बाहर ही रुका था कि जब सब विदा हो जाएंगे, मैं भीतर प्रवेश करूंगा। अब मैं आ गया। अब मैं पूछना चाहता हूं, मैं शांत कैसे हो जाऊं और परमात्मा को कैसे उपलब्ध हो जाऊं?'

उसने कहा, 'बाहर आओ। यह झोपड़े के भीतर नहीं हो सकेगा। क्योंकि यहां जो दीया जलाया है, वह आदमी का जलाया हुआ है। और यह झोपड़ी के भीतर नहीं हो सकेगा, क्योंकि यह जो झोपड़ी है, आदमी की बनायी हुई है। बाहर आएं। एक बड़ी दुनिया भी है, जो किसी की बनायी हुई नहीं है या कि परमात्मा की बनायी हुई है। बाहर आएं, वहां मनुष्य का सृजन कुछ भी नहीं है। वहां मनुष्य की कोई छाप नहीं है।'

और आप स्मरण रखें, अकेला मनुष्य ऐसा प्राणी है, जो अशुभ छापें छोड़ता है। और कोई अशुभ छापें नहीं छोड़ता।

वे बाहर आए। वहां बांस के दरख्त थे और चांद ऊपर खिला हुआ था, ऊपर ऊगा हुआ था। वह साधु उन दरख्तों के पास जाकर खड़ा हो गया—एक मिनट, दो मिनट, दस मिनट, पंद्रह मिनट। उस आदमी ने पूछा, 'कुछ बोलिए भी तो! आप चुपचाप खड़े हैं, इससे हम क्या समझेंगे!' उसने कहा, 'अगर तुम समझ सकते, तो समझ जाते। तुम भी चुपचाप खड़े हो जाओ। और हम बांस का एक दरख्त हो गए हैं और तुम भी हो जाओ।' वह बोला, 'यह तो बड़ा मुश्किल है।'

उस साधु ने कहा, 'यही हमारी साधना है। बांसों के पास खड़े-खड़े हम थोड़ी देर में भूल जाते हैं कि हम अलग हैं। और हम बांस ही हो जाते हैं। और चांद को देखते-देखते हम थोड़ी देर में भूल जाते हैं कि हम अलग हैं और हम चांद ही हो जाते हैं।'

और प्रकृति के सान्निध्य में जो इतना तादात्म्य खोज लेता है, उसके विचार अदभुत रूप से शुद्ध होने लगते हैं। उसके विचार की अशुद्धि विलीन होने लगती है। तो तीन रास्ते हैं। सदविचार, और सदविचारों की अनंत धाराएं हैं। और सदपुरुष। वे कभी समाप्त नहीं हैं, वे हमेशा मौजूद हैं।

लेकिन हम कुछ ऐसे अंधे हैं कि हम केवल मुरदों के पूजने के आदी हैं। और हम ऐसे अंधे हैं कि जीवित कोई व्यक्ति हमारे लिए कभी सद हो ही नहीं सकता। सिर्फ मुरदे हमारे लिए सद होते हैं। और मुरदों से सत्संग बड़ा मुश्किल है। और दुनिया में जितने धर्म हैं, वे सब मुरदों के पूजक हैं। जीवित का पूजक करीब-करीब कोई भी नहीं है। और वे सब मरे हुओं को पूजते हैं। और सबको यह भ्रम है कि जितने सदपुरुष होने थे, वे सब हो चुके, आगे कोई भी नहीं होगा। और सबको यह भ्रम है कि जो जीवित हो, वह सद कैसे हो सकता है!

हमेशा जमीन पर सदपुरुष उपलब्ध हैं। वे जगह-जगह मौजूद हैं। आंखें हों, तो पहचाने जा सकते हैं। और फिर बड़ी बात तो यह है कि अगर वे पूरे सद न भी हों आपकी तुलना में और आपकी कल्पना में, तो भी आपको उनके असद से क्या लेना है?

एक फकीर था। उसने कहा कि 'मैंने आज तक जिनके पास भी गया, सबसे सीखा।' किसी ने पूछा, 'यह कैसे हो सकता है? एक चोर से क्या सीखिएगा?' उसने कहा, 'एक बार ऐसा हुआ, हम एक चोर के घर में मेहमान थे। और ऐसा हुआ कि उस चोर के घर हम एक महीना मेहमान थे। वह रोज रात को चोरी करने निकलता और तीन बजे, चार बजे वापस लौटता। हम उससे पूछते, कहो कुछ हुआ? वह हंसकर कहता, आज तो कुछ नहीं हुआ, शायद कल हो। एक महीना वह चोरी नहीं कर पाया। कभी दरवाजे पर सैनिक मिल गया, कभी लोग घर में जगे थे, कभी ताला नहीं तोड़ पाया, कभी भीतर भी घुसा, खजाने तक नहीं पहुंच पाया। और वह चोर रोज रात को थका हुआ लौटता और हम उससे पूछते कि कहो, कुछ हुआ? वह कहता, आज तो नहीं हुआ, लेकिन कल शायद हो। हमने उससे यह सीख लिया। हमने सीख लिया कि जब आज न हो, तो फिक्र मत करना। याद रखना कि कल हो सकता है।'

'और एक चोर जो चोरी करने गया है, निपट खराब काम करने गया है, वह भी इतनी आशा से भरा है।' तो उस फकीर ने कहा, 'उन दिनों हम परमात्मा की तलाश में थे, हम परमात्मा की चोरी में लगे थे। हम भी वहां दीवालें खटखटा रहे थे और दरवाजे टटोल रहे थे, कोई रास्ता नहीं मिलता था। हम थक गए थे और निराश हो गए थे और हमने सोचा था, फिजूल है सब, छोड़ें। लेकिन उस चोर ने हमको बचा लिया। और उसने कहा, आज नहीं हुआ, कल शायद होगा। और हमने यह सूत्र बना लिया कि आज नहीं होगा, तो कल शायद होगा। और फिर वह दिन आया कि बात घटित हुई। चोर ने चोरी कर ली और हमने भी परमात्मा चुरा लिया।'

तो सवाल यह नहीं है कि आप सदपुरुष से ही सीखेंगे। सवाल यह है कि सीखने की बुद्धि और समझ हो, तो इस सारे जगत में सदपुरुष भरे हुए हैं। और अगर वह न हो, तो महावीर के करीब से भी लोग निकले हैं, जिन्होंने समझा कि यह कोई लफंगा है, कोई नंगा है। न मालूम कौन है! पागल है। महावीर के करीब से लोग निकले हैं। और आप जो सुनते हैं, लोग कहते हैं, फलां आदमी नंगा-लुच्चा है, यह सबसे पहले महावीर के लिए प्रयुक्त हुआ शब्द है। क्योंकि वे नंगे थे और केश लुंच करते थे, इसलिए नंगे-लुच्चे कहलाते थे। लोग कहते थे, 'नंगा-लुच्चा है।' अब वह शब्द गाली है आज। अगर आपसे कोई कह देगा, आप गुस्से में आ जाएंगे। लेकिन वह नग्न और केश लुंच करने वाले साधु महावीर के लिए सबसे पहले प्रयुक्त हुआ था।

तो महावीर के करीब से निकलने वाले लोग थे, जिन्होंने समझा कि न मालूम कौन फालतू आदमी है! ऐसे लोग थे, जिन्होंने उनको मारा, ठोंका और समझा कि यह कोई बेईमान है, कोई ठग है, कोई जासूस है।

ऐसे लोग हुए, जो महावीर को नहीं समझ सके। ऐसे लोग हुए, जिन्होंने क्राइस्ट को सूली पर लटका दिया, यह समझकर कि यह तो झूठ बातें बोलता है। ऐसे लोग हुए, जिन्होंने सुकरात को जहर पिला दिया। और वे लोग उस दिन हुए, ऐसा मत सोचना, वे सब आपके भीतर मौजूद हैं। ये ही लोग थे। अभी आपको मौका मिल जाए, तो सुकरात को जहर पिला देंगे; और मौका मिल जाए, तो क्राइस्ट को सूली पर लटका देंगे; और मौका मिल जाए, तो महावीर को देखकर आप हंसने लगेंगे कि यह कैसा पागल आदमी है! लेकिन चूंकि वे मर गए, मुरदों को आप पूज लेते हैं,

उनसे कोई दिक्कत नहीं है। जो जिंदा हैं, उनको पूजना बड़ा मुश्किल है; उनको मानना, उनको समझना बड़ा मुश्किल है।

तो अगर सद की खोज हो, तो यह सारा जगत सदपुरुषों से हमेशा भरा हुआ है। ऐसा कभी नहीं हुआ है, न कभी होगा। और जिस दिन यह हो जाएगा कि सदपुरुषों की परंपरा खंडित हो जाएगी, उस दिन आगे कोई सदपुरुष नहीं हो सकेगा। क्योंकि वह धारा ही टूट जाएगी, वह रेगिस्तान में विलीन हो जाएगी। मोटी और पतली हमेशा बह रही है वह धारा। उससे परिचित होना, संबंधित होना। और उसके लिए रास्ता यह नहीं है कि आपको कोई जब बिलकुल ही परम व्यक्ति मिलेगा, तब आप समझेंगे। आपकी आंख खुली रखें। छोटी-छोटी घटनाओं में समझना हो सकता है।

एक बात मैं पढ़ता था एक साधु के बाबत। वे साठ वर्ष की उम्र तक व्यवसाय करते रहे। उनका नाम, घर का नाम राजा बाबू था। वृद्ध हो गए, तो भी लोग उन्हें राजा बाबू कहते। एक दिन सुबह-सुबह वे घूमने निकले थे। सुबह अभी सूरज नहीं ऊगा है, वे गांव के बाहर घूमने गए हैं। एक स्त्री अपने घर में एक बच्चे को जगा रही है। वह उससे कह रही है कि 'राजा बाबू! कब तक सोए रहोगे? अब सुबह हो गयी, उठो।' वे बाहर छड़ी लिए हुए चले जा रहे थे, उन्हें सुनायी पड़ा कि 'राजा बाबू! कब तक सोए रहोगे? अब तो सुबह हो गयी, अब तो उठो।' और उन्होंने यह सुना और वे वापस लौट आए और उन्होंने घर जाकर कहा कि 'अब मुश्किल है, आज उपदेश मिल गया। आज सुनायी पड़ गया कि राजा बाबू, कब तक सोए रहोगे! अब तो सुबह भी हो गयी, अब उठो।' तो उन्होंने कहा, 'आज तो बस बात समाप्त हो गयी।'

अब यह किसी स्त्री ने न मालूम किस बच्चे को सुबह उठाने के लिए कहा था, लेकिन जिसके पास आंख थी, उसके लिए उपदेश बन गया। और यह हो सकता है कि कोई आपको ही उपदेश दे रहा हो और आपके पास कान और आंख न हों, और आप बैठे सुनते रहें, और समझें कि शायद किसी और से कहता होगा।

तो सद का संपर्क, सद की आकांक्षा, सद की तलाश, अन्वेषण और सदविचारों का जीवन में प्रवेश, प्रकृति का सान्निध्य, ये सदविचार के लिए, शुद्ध विचार के लिए उपयोगी शर्तें और भूमिकाएं हैं।

ये थोड़ी-सी बातें मैंने विचार-शुद्धि के लिए कहीं, इसको एक अनिवार्य अंग समझकर प्रयोग करना है जीवनभर। कोई आज और कल की बात नहीं है। कोई धर्मों के शिविर नहीं हो सकते कि तीन दिन में बात आयी और समाप्त हो गयी। धर्मों की कोई ऐसी ट्रेनिंग नहीं हो सकती कि तीन दिन हम मिले और मामला खतम हो गया। अधर्म ऐसी बीमारी है कि जीवनभर चलती है, इसलिए धर्म का शिविर भी जीवनभर ही चलाना पड़ेगा। कोई रास्ता नहीं है। तो उसे जीवनभर प्रयोग करना होगा।

भाव के संबंध में कल मैं बात करूंगा कि भाव-शुद्धि के लिए हम क्या करें। अब रात्रि के ध्यान के लिए थोड़ी-सी बात समझ लें और फिर हम रात्रि के ध्यान के लिए बैठेंगे।

रात्रि के ध्यान के लिए सबसे पहले तो हम संकल्प करेंगे, जैसा सुबह के ध्यान में किया। पांच बार संकल्प करेंगे। फिर पांच बार के बाद थोड़ी देर तक जैसे सुबह भाव किया, वैसा भाव

करेंगे। उसके बाद सब लोग लेट जाएंगे। सब लोग पहले ही से लेट जाएंगे। अपनी-अपनी जगह पर चुपचाप लेट जाएंगे। लेटने के बाद अंधकार हो जाएगा। फिर हम अपने शरीर को शिथिल करेंगे। पीछे जो शिविर में थे, वहां हमने शरीर को इकट्ठा शिथिल किया था। हो सकता है, कुछ लोगों का इकट्ठा शिथिल नहीं हो पाता है, इसलिए उनके लिए और सरल रास्ता मैं सुझाता हूं।

शरीर में योग की दृष्टि से सात चक्र होते हैं। शरीर में योग की दृष्टि से सात चक्र होते हैं। उन सात चक्रों में से पांच का प्रयोग हम इस ध्यान के लिए करेंगे। सबसे जो प्राथमिक चक्र है, वह मूलाधार कहलाता है, वह जननेंद्रिय के करीब होता है। वह पहला चक्र है, जिसका हम प्रयोग करेंगे अभी इस रात्रि के ध्यान में। दूसरा चक्र है, स्वाधिष्ठान चक्र। वह नाभि के करीब मान ले सकते हैं। अभी कल्पना में समझ लें। जननेंद्रिय के करीब जो चक्र है, उसका नाम मूलाधार। नाभि के पास जो चक्र है, उसका नाम स्वाधिष्ठान। और ऊपर चलें, हृदय के पास जो चक्र है, उसका नाम अनाहत। और ऊपर चलें, माथे के पास जो चक्र है, उसका नाम आज्ञा। और ऊपर चलें, चोटी के पास जो चक्र है, उसका नाम सहस्त्रार।

इन पांच का हम उपयोग करेंगे। यूं चक्र तो सात हैं, और भी ज्यादा हैं। इन पांच का हम उपयोग करेंगे और इनके उपयोग के साथ हम शरीर को शिथिलता की तरफ ले जाएंगे। और आप हैरान होंगे, मूलाधार जो चक्र है, उसका नियंत्रण आपके पैरों पर है। हम सुझाव देंगे मूलाधार चक्र को। जब आप लेट जाएंगे, तो मैं कहूंगा, मूलाधार चक्र पर ध्यान को ले जाइए। तो आप अपने भीतर जननेंद्रिय के करीब मूलाधार चक्र के पास ध्यान को ले जाएंगे, वहां बोध रखेंगे। फिर मैं कहूंगा, मूलाधार चक्र को शिथिल छोड़ दीजिए और उसके साथ ही दोनों टांगों को शिथिल छोड़ दीजिए। आप भीतर भाव करेंगे कि मूलाधार चक्र शिथिल हो रहा है, मूलाधार चक्र शिथिल हो रहा है और पैर शिथिल होते जा रहे हैं। आप थोड़ी ही देर में पाएंगे कि पैर दोनों मुरदे की तरह लटककर शिथिल हो गए हैं।

जब पैर शिथिल हो जाएंगे, तो हम ऊपर की तरफ बढ़ेंगे, दूसरे चक्र स्वाधिष्ठान को नाभि के पास। मैं कहूंगा, ध्यान को नाभि के पास ले आएं, तो आप अपनी कल्पना में नाभि के पास भीतर ध्यान को लाएंगे। और हम वहां कहेंगे कि स्वाधिष्ठान चक्र शिथिल हो रहा है और पेट का सारा यंत्र शिथिल हो रहा है। उसको अनुभव करते ही वह सारा यंत्र धीरे-धीरे शिथिल हो जाएगा।

फिर हम और ऊपर बढ़ेंगे और हृदय के पास आएंगे और मैं कहूंगा, अनाहत चक्र शिथिल हो रहा है। तब आप हृदय को शिथिल छोड़ेंगे और अनाहत पर ध्यान रखेंगे, उस जगह, हृदय के पास और भावना करेंगे कि अनाहत शिथिल हो रहा है, तो छाती का पूरा का पूरा यंत्र और संस्थान शिथिल हो जाएगा।

फिर हम ऊपर आएंगे और माथे के पास दोनों आंखों के बीच में आज्ञा चक्र है, उसका अंदर भाव करेंगे कि आज्ञा के पास हमारा ध्यान है, दृष्टि है। और मैं कहूंगा, आज्ञा चक्र शिथिल हो रहा है और मस्तिष्क शिथिल हो रहा है। उसके साथ सारा मस्तिष्क, गर्दन, सारे सिर का हिस्सा एकदम शिथिल हो जाएगा। तब आपको सिर्फ चोटी के पास थोड़ी-सी धक-धक और भार मालूम पड़ेगा, सारा शरीर शिथिल हो जाएगा। सिर्फ चोटी के पास आपको थोड़ा-सा भार और धक-धक मालूम पड़ेगा।

अंतिम रूप से मैं कहूंगा, सहस्रार चक्र—तब आप सिर के ऊपर ध्यान ले जाएंगे चोटी के पास—वह शिथिल हो रहा है। और उसके साथ सारा मस्तिष्क शिथिल हो रहा है। तब भाव करने से आप पाएंगे कि भीतर भी सब शिथिल हो जाएगा।

इसको लंबी प्रक्रिया में किया, ताकि यह हरेक के लिए हो ही जाए कि उसका शरीर बिलकुल मृत हो जाए। इन पांच चक्रों पर सुझाव दूंगा। और जब यह सब शिथिल हो जाएगा, तब मैं आपसे कहूंगा कि अब शरीर बिलकुल मुरदा हो गया, अब उसको छोड़ दें, तो उसे बिलकुल छोड़ दें। शरीर मुरदा हो गया है। फिर मैं कहूंगा, श्वास आपकी शिथिल हो रही है, शांत हो रही है। थोड़ी देर उसका सुझाव दूंगा। उसके बाद सुझाव दूंगा कि मन बिलकुल शून्य हो रहा है। ये तीन सुझाव देंगे—पहले चक्रों के लिए, दूसरा प्राण-श्वास के लिए और तीसरा विचार के लिए।

इस पूरी प्रक्रिया में करने के बाद आपसे कहूंगा, दस मिनट के लिए सब शून्य हो गया। उस शून्य में आप भीतर पड़े हुए, सिर्फ बोध मात्र आपका रहेगा, एक ज्योति जलती रहेगी बोध की और आप चुपचाप पड़े रहेंगे। सिर्फ वह बोध मात्र रहेगा, सिर्फ होश भर रहेगा कि मैं पड़ा हूं। इसमें यह हो सकता है कि शरीर जब बिलकुल मुरदा-सा मालूम होने लगे—जो कि मालूम होगा, क्योंकि चक्रों के प्रयोग के साथ शरीर एकदम मुरदा होगा—तो घबराना नहीं है किसी को। अगर ऐसा लगने लगे कि शरीर बिलकुल मुरदा है, तो घबराना नहीं है। यह बड़ा शुभ है। यह बहुत शुभ है। जो जीते जी अपने शरीर के मुरदा होने को अनुभव कर लेगा, वह धीरे-धीरे मृत्यु के भय से मुक्त हो जाता है।

तो उसमें घबराना नहीं है। कोई भी अनुभूति मालूम हो, कोई प्रकाश, आलोक मालूम हो, शांति मालूम हो, उसको चुपचाप देखते रहना है और शांत शून्य में पड़े रहना है। यह अनिवार्य है, इन तीन प्रक्रियाओं में—संकल्प, भाव और फिर ध्यान—यह रात्रि का ध्यान होगा।

मैं समझता हूं, आप मेरी बात समझ गए होंगे। तो अब सब इतने दूर बैठ जाएं लोग कि पहले तो हम अपनी जगह बना लें कि आप लेट सकेंगे। सब इतने दूर बैठ जाएं। सारी जगह का उपयोग कर लें। कोई बैठा हुआ नहीं रहेगा।

भाव-शुद्धि की कीमिया

पांचवां प्रवचन

मेरे प्रिय आत्मन्, साधना की परिधि भूमिका के संबंध में हमने दो चरणों पर बातें की हैं, शरीर-शुद्धि और विचार-शुद्धि। शरीर और विचार से भी गहरा तल भाव का, भावनाओं का है। भाव की शुद्धि सर्वाधिक महत्वपूर्ण तत्व है। परिधि की भूमिका और साधना में शरीर और विचार दोनों से ज्यादा भाव की शुद्धि की उपयोगिता है।

यह इसलिए कि मनुष्य विचार से बहुत कम जीता है, मनुष्य भाव से ज्यादा जीता है। यह कहा जाता है कि मनुष्य एक रैशनल एनिमल है, एक बौद्धिक प्राणी है। यह बात उतनी सच नहीं है। आप अपने जीवन में विचार करके बहुत कुछ, बहुत कुछ नहीं करते हैं। आप अधिक जो करते हैं, वह भाव से प्रभावित होता है। आप जो घृणा करते हैं, आप जो क्रोध करते हैं, आप जो प्रेम करते हैं, वह सब भावनाओं से संबंधित होता है, विचारों से संबंधित नहीं।

जीवन की अधिकतर चर्या भाव के जगत से उदभूत होती है, विचार के जगत से नहीं। इसलिए यह भी आपने देखा होगा कि आप विचार कुछ करते हैं, लेकिन समय पर काम कुछ और कर जाते हैं। उसका कारण विचार और भाव में भिन्न होना होता है। आप तय करते हैं कि मैं क्रोध नहीं करूंगा। आप विचार करते हैं कि क्रोध बुरा है। लेकिन जब क्रोध आपको पकड़ता है, तो आपका विचार एक तरफ पड़ा रह जाता है और क्रोध हो जाता है।

जब तक भाव के जगत में परिवर्तन न हो, केवल विचार के जगत में सोच-विचार से कोई क्रांति जीवन में नहीं होती है। इसलिए बहुत आधारभूत, परिधि-साधना में जो सबसे आधारभूत बिंदु है, वह भावनाओं का है, वह भावों का है। भाव की शुद्धि या शुद्ध भावों का प्रवर्तन कैसे हो, इस संबंध में आज सुबह हम विचार करें।

भाव की जो विभिन्न दिशाएं हैं, उनमें चार पर मैं सर्वाधिक जोर देना पसंद करूंगा। चार तत्वों की बात करूंगा, जिनके माध्यम से भाव शुद्ध हो सकते हैं। वे ही चार तत्व विपरीत होकर अशुद्ध भावों के जन्मदाता बन जाते हैं। वे चार भाव; उनमें प्रथम है मैत्री, द्वितीय है करुणा। प्रथम मैत्री, द्वितीय करुणा, तृतीय प्रमुदिता और चौथा कृतज्ञता।

इन चार भावों को अगर कोई व्यक्ति जीवन में साधे, तो भाव-शुद्धि उपलब्ध होती है। इन चार के विपरीत—मैत्री के विपरीत घृणा और वैर; करुणा के विपरीत क्रूरता, हिंसा और अदया; प्रमुदिता, प्रफुल्लता के विपरीत उदासी, विषाद, संताप, चिंता; और कृतज्ञता के विपरीत अकृतज्ञता—इनके विपरीत जिसकी जीवन और भाव स्थिति हो, वह अशुद्ध भाव में है। इन चार में जो प्रतिष्ठित हो, वह शुद्ध भाव में प्रतिष्ठित है।

यह हम विचार करें कि हमारी भाव की परिधि किन बातों से प्रभावित होती है और संचालित

होती है। क्या हमारे जीवन में मैत्री की जगह वैर, वैमनस्य ज्यादा प्रमुख है? क्या हम मैत्री की बजाय दुश्मनी से, शत्रुता से ज्यादा संचालित होते हैं? क्या हम ज्यादा प्रभावित होते हैं? क्या हम ज्यादा सक्रिय हो जाते हैं? क्या हमारे भीतर शक्ति का उदभव ज्यादा होता है?

जैसा मैंने पीछे कहा, क्रोध में शक्ति है। लेकिन मैत्री में भी शक्ति है। और जो केवल क्रोध की ही शक्ति को पैदा करना जानता है, वह जीवन के एक बहुत बड़े हिस्से से वंचित है। जिसने मैत्री की शक्ति को जगाना नहीं जाना, जो केवल शत्रुता में ही शक्तिमान होता है और मैत्री की अवस्था में शिथिल हो जाता है...।

यह आपको पता होगा, दुनिया के सारे राष्ट्र शांति के दिनों में कमजोर हो जाते हैं और युद्ध के दिनों में शक्तिशाली हो जाते हैं। क्यों? क्योंकि मैत्री की शक्ति पैदा करना हमें पता नहीं है। शांति हमारे लिए शक्ति नहीं है, अशक्ति है। और यही वजह है कि भारत जैसे मुल्क, जिन्होंने शांति की बहुत चर्चा की, प्रेम की बहुत चर्चा की, वे शक्तिहीन हो गए। क्योंकि शक्ति पैदा करने का सामान्यतया एक ही रास्ता है, शत्रुता।

हिटलर ने अपनी आत्मकथा में लिखा है, अगर किसी राष्ट्र को शक्तिमान बनाना है, तो या तो सच्चे दुश्मन या झूठे दुश्मन पैदा करो। अपने मुल्क को समझाओ कि दुश्मन आस-पास हैं, चाहे वे न हों। और जब उनको यह बोध होगा कि दुश्मन आस-पास हैं, शक्ति का और ऊर्जा का जन्म होगा। इसलिए हिटलर ने बिलकुल झूठे दुश्मन खड़े किए, यहूदी, जिनसे कोई मतलब न था। और दस वर्ष उसने प्रचार किया और सारे मुल्क को समझा दिया कि यहूदी दुश्मन हैं और इनसे बचाव करना है, और शक्ति पैदा हो गयी।

जर्मनी की सारी शक्ति वैमनस्य से पैदा हुई। जापान की सारी शक्ति वैमनस्य से पैदा हुई। आज सोवियत रूस की या अमेरिका की सारी शक्ति वैमनस्य पर है। अभी तक मनुष्य का इतिहास केवल शत्रुता की शक्ति को पैदा करना जानता है। मित्रता की शक्ति का हमें पता नहीं।

महावीर और बुद्ध ने और क्राइस्ट ने मित्रता की शक्ति की पहली बुनियादें रखी हैं। और उन्होंने जो कहा, अहिंसा शक्ति है, या क्राइस्ट ने कहा कि प्रेम शक्ति है, या बुद्ध ने कहा कि करुणा शक्ति है, यह हम सुनते हैं, लेकिन हमें पता नहीं।

तो मैं आपको कहूं, अपने जीवन में विचार करें, आप कब शक्तिशाली अनुभव करते हैं? जब आप किसी से शत्रुता में होते हैं तब? या जब आप किसी के प्रति शांत और प्रेम से भरे होते हैं तब? तो आपको ज्ञात होगा, आप शत्रुता की स्थिति में शक्तिशाली होते हैं; और जब आप शांत, अवैर की स्थिति में होते हैं, तो आप अशक्त और कमजोर हो जाते हैं।

इसका अर्थ है कि आप एक अशुद्ध भाव से प्रभावित होते हैं। यह अशुद्ध भाव की जितनी प्रगाढ़ता हमारे भीतर होगी, उतना हम भीतर प्रवेश नहीं कर सकेंगे। क्यों भीतर प्रवेश नहीं कर सकेंगे? बड़ा महत्वपूर्ण है यह बिंदु समझ लेना।

शत्रुता हमेशा बहिर्केंद्रित होती है। यानि कोई व्यक्ति बाहर होता है, उससे शत्रुता होती है। अगर बाहर कोई व्यक्ति न हो, तो आपमें शत्रुता नहीं हो सकती। और मैं आपको यह कहूं, प्रेम बहिर्केंद्रित नहीं होता। अगर बाहर कोई भी न हो, तो भी भीतर प्रेम हो सकता है। प्रेम अंतःकेंद्रित होता है, मैत्री अंतःकेंद्रित होती है। और शत्रुता पर-केंद्रित होती है, वह दूसरे से संबंधित होती है।

घृणा बाहर से परिचालित होती है, प्रेम भीतर से उदभावित होता है। प्रेम के झरने भीतर से बहते हैं। घृणा की प्रतिक्रिया बाहर से पैदा होती है। अशुद्ध भाव बाहर से परिचालित होते हैं, शुद्ध भाव भीतर से बहते हैं। अशुद्ध और शुद्ध भाव के भेद को ठीक से समझ लें।

जो भाव बाहर से परिचालित होते हैं, वे शुद्ध नहीं हैं। तो वह प्रेम, वह पैशन, जिसको हम प्रेम कहते हैं, शुद्ध नहीं है, क्योंकि वह बाहर से परिचालित है। वही प्रेम शुद्ध है, जो भीतर से प्रवाहित है, बाहर से परिचालित नहीं। इसलिए हम अपने मुल्क में प्रेम को और मोह को अलग कर देते हैं। पैशन को, वासना को और प्रेम को हम अलग कर देते हैं। वासना बाहर से परिचालित है।

बुद्ध के या महावीर के हृदय में वासना तो नहीं है, लेकिन प्रेम है।

क्राइस्ट एक गांव से निकलते थे। दोपहर थी घनी। और वे काफी थके-मांदे थे और धूप बहुत तेज थी। वे एक बगीचे में एक दरख्त के नीचे विश्राम करने को रुके। वह भवन और वह बगीचा एक वेश्या का था। उस वेश्या ने क्राइस्ट को उस दरख्त के नीचे विश्राम करते देखा। ऐसा व्यक्ति कभी उसके बगीचे में विश्राम नहीं किया था। और ऐसे व्यक्ति को कभी उसने देखा नहीं था। उसने बहुत सुंदर लोग देखे थे, उसने बहुत स्वस्थ लोग देखे थे। लेकिन यह सौंदर्य कुछ और था और यह स्वास्थ्य कुछ और था। वह आकर्षित बंधी हुई कब उस दरख्त के पास आ गयी, उसे पता नहीं चला। वह जब पास आकर क्राइस्ट को देखने लगी, उनकी आंख खुली, वे उठकर जाने को हुए। क्राइस्ट ने उसे धन्यवाद दिया कि 'धन्यवाद इस छाया के लिए, जो तुम्हारे इस दरख्त ने मुझे दी, अब मैं जाऊं। और मेरा रास्ता लंबा है।'

उस वेश्या ने कहा, 'दो क्षण को अगर मेरे भवन के भीतर न गए, तो मेरे मन का बहुत अपमान होगा। दो क्षण रुको।' और उस वेश्या ने कहा, 'यह पहला मौका है कि मैं किसी को आमंत्रित कर रही हूं। लोग मेरे द्वार आते हैं और वापस लौटा दिए जाते हैं। यह पहला मौका है जीवन में, मैं किसी को आमंत्रित कर रही हूं।' क्राइस्ट ने कहा, 'तुमने कहा तो समझो कि मैं आ ही गया। लेकिन रास्ता मेरा लंबा है, मुझे जाने दो।' क्राइस्ट ने कहा, 'तुमने कहा तो समझो कि मैं आ ही गया।' उस वेश्या ने कहा, 'इससे मुझे बड़ी पीड़ा होगी। इसका अर्थ होगा, आप इतना भी प्रेम नहीं दिखा सकते कि मेरे भवन में भीतर चल सकें!' क्राइस्ट ने कहा, 'स्मरण रखना, मैं अकेला आदमी हूं, जो तुम्हें प्रेम कर सकता है। और जितने लोग तुम्हारे द्वार आए, वे कोई प्रेम नहीं करते हैं।' क्राइस्ट ने कहा, 'मैं अकेला आदमी हूं, जो तुम्हें प्रेम कर सकता है। और जो तुम्हारे द्वार आए, वे तुम्हें कोई प्रेम नहीं करते हैं। क्योंकि उनके पास प्रेम नहीं है, वे तुम्हारे कारण आए हैं। और मेरे भीतर प्रेम है।'

प्रेम दीए के प्रकाश की भांति है। अगर कोई भी यहां न हो, तो प्रकाश शून्य में गिरता रहेगा और कोई निकलेगा तो उस पर पड़ जाएगा। और वासना और मोह प्रकाश की भांति नहीं हैं। वे किसी से प्रभावित होंगे, तो खिंचते हैं। इसलिए वासना एक तनाव है, एक टेंशन है। प्रेम तनाव नहीं है, प्रेम में कोई तनाव नहीं है। प्रेम अत्यंत शांत स्थिति है।

अशुद्ध भाव वे हैं, जो बाहर से प्रभावित होते हैं। अशुद्ध भाव वे हैं, जिनकी तरंगें बाहर की हवाएं आपमें पैदा करती हैं। और शुद्ध भाव वे हैं, जो आपसे निकलते हैं; बाहर की हवाएं जिन्हें प्रभावित नहीं करतीं।

महावीर को और बुद्ध को कभी हम इस भाषा में नहीं सोचते हैं कि वे प्रेम करते थे। मैं आपको यह कहूं, वे ही अकेले लोग हैं, जो प्रेम करते हैं। लेकिन उस प्रेम में और आपके प्रेम में फर्क है। आपका प्रेम एक संबंध है किसी व्यक्ति से। उनका प्रेम संबंध नहीं है, स्टेट आफ माइंड है, स्टेट आफ रिलेशनशिप नहीं है। उनका प्रेम कोई संबंध नहीं है किसी से। उनका प्रेम उनके चित्त की अवस्था है। यानि वे प्रेम करने को मजबूर हैं, क्योंकि उनके पास कुछ और करने को नहीं है।

लोग कहते हैं, महावीर को लोगों ने अपमानित किया, पत्थर मारे, कान में खीले ठोंके और उन्होंने सब कुछ क्षमा कर दिया। मैं कहता हूं, वे गलत कहते हैं। महावीर ने किसी को क्षमा नहीं किया। क्योंकि क्षमा वे लोग करते हैं, जो क्रुद्ध हो जाते हैं। और महावीर ने उन पर कोई दया नहीं की। क्योंकि दया वे लोग करते हैं, जो क्रूर होते हैं। और महावीर ने कोई सोच-विचार नहीं किया कि मैं इनके साथ बुरा व्यवहार न करूं। क्योंकि यह सोच-विचार वे लोग करते हैं, जिनके मन में बुरे व्यवहार का खयाल आ जाता है।

फिर महावीर ने क्या किया? महावीर मजबूर हैं, प्रेम के सिवाय उनके पास देने को कुछ भी नहीं है। आप कुछ भी करो, उत्तर में प्रेम ही आ सकता है। आप एक फलों से लदे हुए दरख्त को पत्थर मारो, उत्तर में फल ही गिर सकते हैं। और कोई रास्ता नहीं है। इसमें दरख्त कुछ भी नहीं कर रहा है, यह मजबूरी है। और आप जल से भरे हुए झरने में कैसी ही बाल्टियां फेंको, वे गंदी हों या सुंदर हों, या स्वर्ण की हों या लोहे की हों, इसके सिवाय कोई रास्ता नहीं है कि झरना आपको पानी दे दे। इसमें झरने की कोई खूबी नहीं है; मजबूरी है। तो जब प्रेम चित्त की अवस्था होती है, तब वह एक विवशता होती है, उसे देना ही पड़ेगा, उसके सिवाय कोई रास्ता नहीं है।

तो वे भाव, जो भीतर से निकलते हैं, जिनको आप बाहर से खींचते नहीं, जिन्हें आप बाहर से नहीं खींच सकते हैं, वे भाव शुद्ध हैं। और वे भाव, जो बाहर के तूफान आपमें लहरों की तरह पैदा करते हैं, वे अशुद्ध हैं। जो बाहर से पैदा किए जाएंगे, वे आपमें बेचैनी और परेशानी पैदा करेंगे; और जो भीतर से निकलेंगे, वे आपको बहुत आनंद से भर जाएंगे।

शुद्ध और अशुद्ध भाव के लिए पहली बात यह स्मरण रखें। शुद्ध भाव चित्त की अवस्था है। अशुद्ध भाव चित्त की विकृति है, अवस्था नहीं। अशुद्ध भाव चित्त पर बाहर का परिणाम है; शुद्ध भाव चित्त पर अंतस का विकास है। तो अपने जीवन में यह विचार करें कि मैं जिन भावनाओं से संचालित होता हूं, वे मेरे भीतर से आते हैं या दूसरे लोग मुझमें पैदा करते हैं?

मैं रास्ते पर जा रहा हूं और आप मुझे एक गाली देते हैं, और अगर मुझे क्रोध पैदा हुआ है, यह अशुद्ध भाव है। क्योंकि आपने मुझमें पैदा किया। मैं रास्ते से जा रहा हूं और आप मुझे आदर करते हैं, और मैं प्रसन्न हुआ। यह अशुद्ध भाव है। क्योंकि यह आपने मुझमें पैदा किया है। मैं रास्ते से जा रहा हूं, आप गाली देते हैं या कि आप मेरी प्रशंसा करते हैं और मेरी अवस्था वही बनी रहती है जो कि थी, गाली देने के पहले या प्रशंसा करने के पहले, वह शुद्ध भाव है। क्योंकि आपने उसे पैदा नहीं किया है; वह मेरा है।

जो मेरा है, वह शुद्ध है। जो मेरा है, वह शुद्ध है; और जो बाहर से आता है, वह अशुद्ध है। बाहर से जो आता है, वह रिएक्शन है, वह प्रतिध्वनि है।

हम वहां एक इकोप्वाइंट देखने गए थे पीछे। और वहां आवाज करिए, तो वहां से पहाड़

उसको दोहरा देते थे। मैंने कहा कि हममें से अधिक लोग इकोप्वाइंट हैं। आप कुछ कहिए, वे दोहरा देते हैं। उनके पास अपना कुछ नहीं है, वे खाली पहाड़ हैं। आप कुछ चिल्लाइए, वहां से भी चिल्लाहट लौटती है। वह उनकी नहीं है। वह आपने पैदा की थी। और आपने जो पैदा की थी, वह आपकी नहीं थी; वह किसी दूसरे ने आपमें पैदा की थी।

हम सब इकोप्वाइंट हैं। और हमारे पास अपनी कोई आवाज नहीं है और अपना कोई जीवन नहीं है, अपना कोई भाव नहीं है। हमारे सब भाव अशुद्ध हैं, क्योंकि वे दूसरों के हैं, उधार हैं।

यह स्मरण रखें पहला सूत्र कि भाव मेरे हों, वे प्रतिक्रियाएं न हों, वे मेरे चित्त की अवस्थाएं हों। ऐसी चित्त की अवस्थाओं को चार भागों में मैंने विभाजित किया। पहला, मैत्री।

मैत्री साधनी होगी। मैत्री इसलिए साधनी होगी, क्योंकि मैत्री का जो शक्ति बिंदु है हमारे भीतर, उसके विकसित होने के जीवन बहुत कम मौके देता है। वह अविकसित पड़ा रहता है, वह बीज की तरह हमारे मनोभूमि में पड़ा रहता है, विकसित नहीं हो पाता। शत्रुता का बीज एकदम विकसित हो जाता है। क्यों? उसके भी प्राकृतिक कारण हैं, वह भी जरूरत है। वह जरूरत जरूर है, लेकिन जीवनभर की संगी और साथी होने की जरूरत नहीं है। उसकी एक दिन जरूरत है, एक दिन उसे छोड़ देने की भी जरूरत है।

बच्चा जब पैदा होता है, पैदा होते से ही वह जो अनुभव करता है, पैदा होते से जो उसे अनुभव होता है, वह प्रेम का नहीं होता। बच्चे को पैदा होते से ही जो अनुभव होता है, वह भय का, फियर का होता है। और स्वाभाविक है, एक छोटा-सा बच्चा, जो मां के पेट में बड़ी व्यवस्था और सुविधा में था, जहां कोई अड़चन न थी, कोई परेशानी न थी। भोजन कमाने की, पानी पीने की कोई चिंता न थी। वहां वह बड़ी ही सुखद निद्रा में सोया हुआ था और जी रहा था। जब वह मां के पेट के बाहर आता है, एक छोटा-सा बच्चा, सब तरह से कमजोर, उसे जो पहला अनुभव, जो पहला आघात होता है, वह भय का होता है। और अगर भय का आघात हो, तो जिनको वह देखता है, उनके प्रति प्रेम पैदा नहीं होता, उनसे डर पैदा होता है। और जिनसे डर पैदा होता है, उनके प्रति घृणा पैदा होती है।

इसे नियम समझ लें। भय कभी प्रेम नहीं पैदा करता है। किसी ने अगर कहा हो कि भय के बिना प्रीति नहीं होती, तो बिलकुल गलत कहा है। भय हो तो प्रीति हो ही नहीं सकती। भय में कभी प्रीति नहीं होती। और ऊपर से प्रीति अगर दिखायी भी जाए, तो भीतर अप्रीति होती है।

इस दुनिया में जितनी प्रीति हम देखते हैं, वह अधिकतर भय पर खड़ी हुई है। और भय पर जो प्रीति खड़ी हुई है, वह झूठी है। इसलिए ऊपर से प्रीति रहती है और भीतर से घृणा सरकती रहती है। हम जिन-जिन को प्रेम करते हैं, उन्हीं को घृणा भी करते हैं। क्योंकि प्रीति ऊपर होती है, घृणा नीचे होती है, क्योंकि हम उनसे भयभीत होते हैं।

स्मरण रखें, जो व्यक्ति किसी को भयभीत कर रहा है, वह अपने प्रेम पाने के अवसर खो रहा है। अगर पिता अपने पुत्र को भयभीत कर रहा है, वह उसके प्रेम को नहीं पा सकेगा। अगर पति अपनी पत्नी को भयभीत कर रहा है, वह उसके प्रेम को नहीं पा सकेगा। वह प्रेम का अभिनय पा सकता है, प्रेम नहीं पा सकेगा। क्योंकि प्रेम केवल अभय में विकसित होता है, भय में विकसित नहीं होता।

बच्चे का जैसे ही जन्म होता है, वह भय को अनुभव करता है। और इसलिए उसकी शत्रुता के बिंदु तो सक्रिय हो जाते हैं, प्रेम के बिंदु सक्रिय नहीं हो पाते। प्रेम के बिंदु अधिकतर लोगों के जीवनभर बिना सक्रिय हुए ही समाप्त हो जाते हैं, क्योंकि जीवन उनका कोई मौका नहीं देता। जिसे आप प्रेम करके जानते हैं, वह भी प्रेम नहीं है, वह भी केवल कामवासना है। वह भी केवल कामवासना है, वह भी प्रेम नहीं है। प्रेम तो केवल साधना से विकसित होता है।

इसलिए मैत्री का और प्रेम का हमारे भीतर जो बिंदु है, उसे विकसित करना होगा, सारी प्रकृति के खिलाफ विकसित करना होगा, क्योंकि प्रकृति उसे विकसित होने का मौका नहीं देती है। जो आप जीवन पाते हैं, वह उसे मौका नहीं देता। उसमें केवल शत्रुता विकसित होती है। और जिसको हम मैत्री कहते हैं, वह मैत्री केवल औपचारिकता होती है और शिष्टाचार होती है। वह मैत्री केवल एक व्यवस्था होती है शत्रुता से बचने की, शत्रुता को पैदा न कर लेने की। लेकिन वह मैत्री नहीं होती। मैत्री बड़ी अलग बात है।

उस बिंदु को कैसे विकसित करें? कैसे हमारे भीतर मैत्री का भाव पैदा होना शुरू हो? उसका भाव करना होगा। मैत्री का सतत भाव करना होगा। जो भी हमारे चारों तरफ लोग हैं, उनके प्रति मैत्री का संदेश भेजना होगा, मैत्री की किरणें भेजनी होंगी। और अपने भीतर उस मैत्री के बिंदु को निरंतर सचेष्ट करना होगा और सक्रिय करना होगा।

जब आप नदी के किनारे बैठे हों, तो नदी की तरफ प्रेम भेजिए। इसलिए नदी का नाम ले रहा हूं कि किसी आदमी की तरफ प्रेम भेजने में थोड़ी दिक्कत हो सकती है। एक दरख्त के प्रति प्रेम भेजिए। इसलिए दरख्त की बात कह रहा हूं कि एक आदमी की तरफ भेजने में थोड़ी कठिनाई हो सकती है। सबसे पहले प्रकृति की तरफ प्रेम भेजिए। प्रेम का बिंदु सबसे पहले प्रकृति की तरफ विकसित हो सकता है। क्यों? क्योंकि प्रकृति आप पर कोई चोट नहीं कर रही है।

पुराने दिनों में, अदभुत लोग थे, सारे जगत के प्रति प्रेम का संदेश भेजते थे। सुबह सूरज ऊगता था, तो हाथ जोड़कर उसे नमस्कार कर लेते थे। और उसे कहते कि 'धन्य हो। और तुम्हारी करुणा अपार है कि तुम हमें प्रकाश देते और तुम हमें रोशनी देते।'

यह पूजा कोई पैगेनिज्म नहीं था, यह पूजा कोई नासमझी नहीं थी। इसमें अर्थ थे, इसमें बड़े अर्थ थे। जो व्यक्ति सूरज के प्रति प्रेम से भर जाता था, जो व्यक्ति नदी को मां कहकर प्रेम से भर जाता था, जो जमीन को माता कहकर उसके स्मरण से प्रेम से भर जाता था, यह असंभव था कि वह आदमियों के प्रति अप्रेम से भरा हुआ ज्यादा दिन रह जाए। यह असंभव है। अदभुत लोग थे, उन्होंने सारी प्रकृति की तरफ प्रेम के संदेश भेजे थे। और सब तरफ पूजा और प्रेम और भक्ति को विकसित किया था।

जरूरत है इसकी। अगर प्रेम का अंकुर भीतर पैदा करना है, तो सबसे पहले उसका संदेश प्रकृति की तरफ भेजना होगा। हम तो ऐसे अजीब लोग हैं कि रात पूरा चांद भी ऊपर खड़ा रहेगा और हम नीचे बैठकर ताश खेलते रहेंगे और रमी खेलते रहेंगे। और हम हिसाब-किताब लगाते रहेंगे कि एक रुपया हार गए हैं या एक रुपया जीत गए हैं! और चांद ऊपर खड़ा रहेगा और प्रेम का एक इतना अदभुत अवसर व्यर्थ खो जाएगा।

चांद आपके उस केंद्र को जगा सकता था। अगर चांद के पास दो क्षण मंत्रमुग्ध बैठकर

आपने प्रेम का संदेश भेजा होता, तो उसकी किरणों ने आपके भीतर कोई बिंदु सक्रिय कर दिया होता, कोई तत्व, और आप प्रेम से भर गए होते।

चारों तरफ मौके हैं। चारों तरफ मौके हैं, यह पूरी प्रकृति बहुत अदभुत चीजों से भरी हुई है। उनकी तरफ प्रेम करिए। और प्रेम का कोई भी मौका आ जाए, उसे खाली मत जाने दीजिए, उसका उपयोग कर लीजिए। उसका उपयोग इसलिए कि अगर रास्ते से आप जा रहे हैं और एक पत्थर पड़ा है, तो उसे हटा दीजिए। यह बिलकुल मुफ्त में मिला हुआ उपयोग है, जो आपके जीवन को बदल देगा। यह बिलकुल सस्ता-सा काम है। इससे सस्ती और साधना क्या होगी कि आप रास्ते से निकले हैं और एक पत्थर पड़ा था और आपने उठाकर उसे किनारे रख दिया है। न मालूम कौन अपरिचित वहां से निकलेगा! और न मालूम कौन अपरिचित उस पत्थर से चोट खाएगा! आपने प्रेम का एक कृत्य किया है।

मैं आपको इसलिए कह रहा हूं, बड़ी छोटी-छोटी बातें जिंदगी में प्रेम के तत्व को विकसित करती हैं, बहुत छोटी-छोटी बातें। एक रास्ते पर एक बच्चा रो रहा है। आप चले जाते हैं। आप खड़े होकर दो क्षण उसके आंसू नहीं पोंछ सकते!

अब्राहिम लिंकन एक सीनेट की बैठक में अपनी जा रहा था, बीच में एक सूअर फंस गया एक नाली में। वह भागा हुआ गया और उसने कहा कि 'सीनेट को थोड़ी देर रोकना। मैं अभी आया।' यह बड़ी अजीब बात थी। अमेरिका की संसद शायद ही कभी रुकी हो इस तरह से। वह वापस लौटा, उसने सूअर को निकाला। उसके सब कपड़े मिड़ गए कीचड़ में। उसे नाली से बाहर निकालकर उसने रखा, फिर वह अंदर गया। लोगों ने पूछा, 'क्या बात थी? इतने आप घबराए हुए काम रोककर बाहर क्यों गए!' तो उसने कहा, 'एक प्राण संकट में था।'

यह प्रेम का कितना सरल-सा कृत्य था, लेकिन कितना अदभुत है। और ये छोटी-छोटी बातें...। अब मैं देखता हूं, ऐसे लोग हैं, जो इसलिए पानी छानकर पीएंगे कि कोई कीड़ा न मर जाए, लेकिन उनके मन में प्रेम नहीं है। तो उनका पानी छानना बेकार है। वह उनके लिए बिलकुल ही मेकेनिकल हैबिट की बात है कि वे पानी छानकर पीते हैं; कि वे रात को खाना नहीं खाते, क्योंकि कोई कीड़ा न मर जाए। लेकिन उनके हृदय में प्रेम नहीं है, तो इससे कोई मतलब नहीं है।

मतलब इससे नहीं है कि पानी छानकर पीते हैं, कि रात को खाना नहीं खाते हैं; कि मांसाहार नहीं करते हैं, इससे भी मतलब नहीं है। एक ब्राह्मण या एक जैन या एक बौद्ध मांसाहार नहीं करेगा, तो यह मत समझना कि उसका मन प्रेम से भरा हुआ है। यह केवल आदत की बात है, यह केवल वंश-परंपरागत सुनी हुई बात है, समझी हुई बात है। लेकिन उसके मन में प्रेम नहीं है।

हां, अगर यह आपके प्रेम से विकसित हो, तो यह अदभुत बात हो जाएगी। अहिंसा तब परम धर्म है, जब वह प्रेम से विकसित हो। अगर वह ग्रंथों को पढ़कर और किसी संप्रदाय को मानकर विकसित हो जाए, वह कोई धर्म ही नहीं है।

तो जीवन में बड़े छोटे-छोटे काम हैं, बड़े छोटे-छोटे काम हैं। और हम भूल ही गए हैं। यानि मैं आपसे यह कहता हूं, जब आप किसी के कंधे पर हाथ रखते हैं, तो अपने सारे हृदय के प्रेम को अपने हाथ से उसके पास भेजें। अपने सारे प्राण को, अपने सारे हृदय को उस हाथ में संकलित होने दें और जाने दें। और आप हैरान होंगे, वह हाथ जादू हो जाएगा। और जब आप किसी की

आंख में झांकते हैं, तो अपनी आंखों में अपने सारे हृदय को उंडेल दें। और आप हैरान हो जाएंगे, वे आंखें जादू हो जाएंगी और वे किसी के भीतर कुछ हिला देंगी। न केवल आपका प्रेम जागेगा, बल्कि हो सकता है कि दूसरे के प्रेम जगने के भी आप उपाय और व्यवस्था कर दें। जब कोई एक ठीक से प्रेम करने वाला आदमी पैदा होता है, तो लाखों लोगों के भीतर प्रेम सक्रिय हो जाता है।

ये मैत्री और प्रेम के बिंदु को उठाने के लिए जो भी आपको मौका मिले, उसे मत खोएं। और उसके मौका मिलने के लिए एक सूत्र याद रखें। नियमित चौबीस घंटे में यह स्मरण रखें कि एक-दो काम ऐसे जरूर करें, जिनके बदले में आपको कुछ भी नहीं लेना है। चौबीस घंटे हम काम कर रहे हैं। उन कामों को हम इसलिए कर रहे हैं कि बदले में हम कुछ चाहते हैं। चौबीस घंटे में नियमपूर्वक कुछ काम ऐसे करें, जिनके बदले में आपको कुछ भी नहीं लेना है। वे काम प्रेम के होंगे और आपके भीतर प्रेम को पैदा करेंगे। अगर एक व्यक्ति दिन में एक काम भी ऐसा करे जिसके बदले में उसकी कोई आकांक्षा नहीं है, उसका उसे बहुत बड़ा बदला मिल जाएगा, क्योंकि उसके भीतर प्रेम का केंद्र सक्रिय हो जाएगा और विकसित होगा।

तो कुछ करें, जिसके बदले में आपको कुछ भी नहीं चाहिए; कुछ भी नहीं चाहिए। उससे मैत्री धीरे-धीरे विकसित होगी। एक घड़ी आएगी कि आप केवल उनके प्रति मैत्रीपूर्ण हो पाएंगे, जो आपके प्रति शत्रुतापूर्ण नहीं हैं। फिर और विकास होगा और एक घड़ी आएगी, आप उनके प्रति भी मैत्रीपूर्ण हो सकेंगे, जो आपके प्रति शत्रुतापूर्ण हैं। और एक घड़ी आएगी, कि आपको समझ में नहीं आएगा कि कौन मित्र है और कौन शत्रु है।

महावीर ने कहा है, 'मित्ति मे सब्ब भुएषु वैरं मज्झ न केवई। सब मेरे मित्र हैं और किसी से मेरा वैर नहीं है।'

यह कोई विचार नहीं है, यह भाव है। यानि यह कोई सोच-विचार नहीं है, यह भाव की स्थिति है कि कोई मेरा शत्रु नहीं है। और कोई मेरा शत्रु नहीं, यह कब होता है? जब मैं किसी का शत्रु नहीं रह जाता हूं। यह तो हो सकता है कि महावीर के कुछ शत्रु रहे हों, लेकिन महावीर कहते हैं, कोई मेरा शत्रु नहीं है। इसका मतलब क्या है? इसका मतलब है, मैं किसी का शत्रु नहीं। और महावीर कहते हैं, मेरा वैर किसी के प्रति नहीं है। कितने आनंद की घटना नहीं घटी होगी!

आप एक व्यक्ति को प्रेम कर लेते हैं, कितना आनंद उपलब्ध होता है। और जिस व्यक्ति को सारे जगत को प्रेम करने की संभावना खुल जाती होगी, उसके आनंद का कोई ठिकाना है! यह सौदा महंगा नहीं है। आप खोते कुछ नहीं हैं और पा बहुत लेते हैं।

इसलिए मैं महावीर को, बुद्ध को त्यागी नहीं कहता हूं। इस जगत में सबसे बड़ा भोग उन्हीं लोगों ने किया है। इस जगत में सबसे बड़ा भोग उन्हीं लोगों ने किया है। त्यागी आप हो सकते हैं, वे नहीं। आनंद के इतने अपरिसीम अनंत द्वार उन्होंने खोले। इस जगत में जो भी श्रेष्ठतम था, जो भी सुंदर था, जो भी शुभ था, सबको उन्होंने पीया और जाना। और आप क्या जान रहे हैं? सिवाय जहर के आप कुछ भी नहीं जान रहे हैं। और उन्होंने अमृत को जाना।

तो मैं आपको यह कहूं कि प्रेम की वह अंतिम चरम घड़ी, जब हम सारे जगत के प्रति प्रेम को विस्तीर्ण कर पाते हैं और हमारे हृदय से किरणें बहती रहती हैं, उसके लिए जीवन को साधना होगा। कोई कृत्य प्रेम का रोज जरूर करें, सचेत करें। और सारे दिन हजार मौके हैं, जब आप प्रेम

जाहिर कर सकते हैं। लेकिन आदतें हमारी खराब हैं। प्रेम जाहिर करने के सारे मौके हम खो देते हैं और घृणा जाहिर करने का एक भी मौका नहीं खोते! घृणा जाहिर करने के जितने मौके खो सकें, उतना शुभ है। और प्रेम जाहिर करने के जितने मौके पकड़ सकें, उतना शुभ है। घृणा के मौके को खाली जाने दें। एकाध मौके को सचेत होकर खाली जाने दें और प्रेम के एकाध मौके को सचेत होकर पकड़ें। इससे साधना में अदभुत गति आएगी।

तो पहला सूत्र है, मैत्री। दूसरा सूत्र है, करुणा। करुणा मैत्री का ही एक रूप है। उसे अलग इसलिए कह रहे हैं कि उसमें कुछ अलग भाव भी हैं। अलग भावों से मतलब है, इस जगत में अगर आप अपने आस-पास के लोगों पर थोड़ा विचार करेंगे, तो आप उनके प्रति बहुत करुणा से भर जाएंगे।

अब हम यहां इतने लोग बैठे हुए हैं। नहीं कह सकता, सांझ इनमें से कोई समाप्त हो जाए। एक सांझ तो सब समाप्त हो ही जाएंगे। एक न एक दिन हममें से हर आदमी चुक जाएगा। अगर मुझे यह खयाल हो कि जो लोग मेरे सामने बैठे हैं, हो सकता है, इनमें से कोई चेहरे मैं दुबारा नहीं देख पाऊंगा, तो क्या मेरे हृदय में उनके प्रति करुणा पैदा नहीं होगी?

एक बगीचे में अभी-अभी मैं गया। और वहां फूल खिले हैं, सांझ वे मुर्झा जाएंगे। छोटी-सी घड़ी है उनके जीवन की। अभी खिले हैं सुबह, सांझ मुर्झा जाएंगे। क्या इस बात का स्मरण कि ये फूल जो अभी मुस्कुरा रहे हैं, सांझ गिर जाएंगे और धूल में मिल जाएंगे, उनके प्रति करुणा को पैदा नहीं कर देगा? क्या यह खयाल कि रात में जो तारे हैं, उनमें से कोई टूट जाता है और बिखर जाता है, क्या तारों के प्रति करुणा को पैदा नहीं कर देगा? अगर बोध हो, तो चारों तरफ देखने पर हरेक के प्रति करुणा मालूम होगी, बहुत दया मालूम होगी। इतना थोड़ा यह मिलन है, इतना मुश्किल यह जीवन है, इतनी दुर्लभ यह घटना है, और इतनी वासनाएं और इतनी तृष्णाएं और इतनी पीड़ाएं हैं हरेक के भीतर! फिर भी हम किसी तरह जीते हैं और किसी तरह प्रेम करते हैं और किसी तरह दो सुंदर कृतियां बनाते हैं। यह कितनी करुणा नहीं पैदा कर देगा!

बुद्ध के ऊपर एक दफा एक आदमी ने आकर थूक दिया। इतने गुस्से में आ गया, उनके ऊपर थूक दिया। उन्होंने उसको पोंछ लिया और उस आदमी से कहा, 'कुछ और कहना है?' उनके पास जो भिक्षु था आनंद, उसने कहा, 'आप क्या बात कर रहे हैं? उसने कुछ कहा है? हमें आज्ञा दें, हम उसे ठीक करें। यह तो हद हो गयी कि वह आपके ऊपर थूक दे।' बुद्ध ने कहा, 'वह कुछ कहना चाहता है। अब भाषा असमर्थ है।' बुद्ध ने कहा, 'वह कुछ कहना चाहता है, भाषा असमर्थ है, वेग तीव्र है। कह नहीं सका, क्रिया से प्रकट किया है।'

इसको मैं कहता हूं करुणा। बुद्ध उस पर दया खाए कि कितनी भाषा असमर्थ है। वह कुछ कहना चाहता है, कोई बड़ी क्रोध की बात है, उसे प्रकट करना चाहता है। शब्द नहीं मिल रहे, थूककर जाहिर किया है।

जब कोई मेरे पास प्रेम से आकर मेरे हाथ पर हाथ रख लेता है, तो कितनी करुणा मालूम होती है। वह कुछ कहना चाहता है, भाषा असमर्थ है, हाथ पर हाथ रखकर कुछ कहने की कोशिश करता है। जब कोई किसी से गले से गले मिलता है, भाषा असमर्थ है, आदमी कितना कमजोर है, कुछ कहना चाहता है। हृदय को हृदय के करीब ले आता है, कोई रास्ता नहीं मिलता।

कल मैं यहां से जाता था। कुछ लोग मेरे पैर पड़ने लगे और मुझे बड़ी करुणा आयी, आदमी कितना असमर्थ है! कुछ कहना चाहता है और नहीं कह पाता है और पैर पकड़ लेता है। मेरे पीछे मेरे एक प्रिय मित्र थे। वे विचारशील हैं। उन्होंने कहा, 'न-न, यह मत करो।' उन्होंने भी ठीक कहा। कितना बुरा हुआ है जगत में! पैर पड़ने वाले तो ठीक थे, पैर पड़ाने वाले पैदा हो गए हैं। तो उन्होंने ठीक ही कहा कि, 'न-न, यह मत करो।' मुझे उनकी बात ठीक लगी, लेकिन ठीक नहीं भी लगी। ठीक उन्होंने कहा, यह गलत है कि दुनिया में कोई किसी से पैर पड़वाए। लेकिन वह दुनिया भी गलत होगी, जिसमें ऐसे लोग न रह जाएं, जिनके पैर पड़ने का मन हो। और वह दुनिया भी गलत होगी, जहां ऐसे हृदय न रह जाएं, जो किसी के पैर में झुक जाएं। और वह दुनिया गलत होगी, जब कि हममें ऐसे भाव न उठें, जो बिना पैर पकड़े जाहिर नहीं हो सकते हैं।

मेरी आप बात समझते हैं? वह दुनिया गलत होगी, जब हममें ऐसे भाव न उठें, जो कि बिना पैर पकड़े जाहिर नहीं हो सकते हैं। आदमी बहुत सूखा और बेमानी हो जाएगा।

और फिर मैं यह भी आपको स्मरण दिलाऊं; मैं हैरान हुआ हूं, जब मैंने किसी को अपने पैर में झुकते देखा है, तो मैंने पाया, वह मेरे पैर नहीं पकड़े हुए है। उसे मेरे पैर में कुछ दिख रहा है; वह शायद परमात्मा के ही पैर पकड़े हुए है। और जब भी कोई किसी के पैर में झुका है आज तक—झुकाया न गया हो वह—जब भी कोई किसी के पैर में झुका है, वह सिर्फ परमात्मा के पैर में झुका है, वह किसी के पैरों में नहीं झुका है। आखिर किसी के पैरों में क्या है, जिसमें झुकने जैसा हो? लेकिन कोई भाव है भीतर, जिसके लिए रास्ता नहीं मिलता।

कल मुझे प्रेम करने वाला कोई मेरे पास था कमरे में। और सांझ जब नहाने जाने लगा और मैंने बल्ब जलाया, तो उसने कहा कि 'प्रकाश हो गया, मुझे अपने पैर पकड़ लेने दें।' मैं बहुत हैरान हुआ। और उन्होंने मेरे पैर पकड़ लिए। और मैंने उनकी आंखों में जो आंसू देखे, उन आंसुओं से सुंदर जमीन पर कुछ भी नहीं है। इस जमीन पर उन आंसुओं से सुंदर न कोई कविता है, न कोई गीत है, जो किसी प्रेम की घड़ी में उत्पन्न होते हैं। और अगर इनके प्रति बोध हो और अगर इनका स्मरण हो, अगर ये दिखाई पड़ते हों, तो आपको कितनी करुणा नहीं मालूम होगी!

लेकिन आप क्या देख रहे हैं? आप लोगों में वह देख रहे हैं, जिनसे करुणा तो नहीं पैदा होती, निंदा पैदा होती है। आप लोगों में वह देख रहे हैं, जिनसे करुणा तो पैदा नहीं होती, क्रूरता पैदा होती है। आप लोगों में वह देख रहे हैं, जो उनका असली हिस्सा नहीं है, जो उनका हृदय नहीं है, जो उनकी मजबूरियां हैं। एक आदमी मुझे गाली देता है। यह कोई हृदय है उसका? यह उसकी मजबूरी होगी। बुरे से बुरे आदमी के भीतर एक हृदय है, जिस तक अगर हमारी पहुंच हो पाए, तो हम बहुत करुणा से भर जाएंगे, बहुत करुणा से भर जाएंगे।

बुद्ध ने उस सुबह कहा था, 'दया आती है। दया आती है, भाषा कमजोर है आनंद। आदमी का हृदय बहुत कुछ कहना चाहता है, नहीं कह पाता है।' उससे कहा, 'कुछ और कहना है?' वह आदमी और क्या कहता! अब तो कहना मुश्किल हो गया। वह लौट गया। रात वह बहुत पछताया। वह दूसरे दिन क्षमा मांगने आया। वह पैरों में गिर गया और रोने लगा। बुद्ध ने कहा, 'देखते हो आनंद, भाषा कमजोर है। अब भी वह कुछ कहना चहता है और नहीं

कह पा रहा है। कल भी उसने कुछ कहना चाहा था और नहीं कह पाया था। तब भी उसने कोई कृत्य किया था, अब भी कोई कृत्य कर रहा है। भाषा बहुत कमजोर है आनंद, और आदमी बड़ा दया योग्य है।'

और चार दिन का यह जीवन है। और चार दिन का भी हम कहते हैं, चार घड़ी का भी क्या है? और इस चार घड़ी के मिलन में अगर हम करुणा से न भर जाएं एक-दूसरे के प्रति, तो हम आदमी ही न थे। हमने जीवन को जाना भी नहीं, हम पहचाने नहीं।

तो अपने चारों तरफ करुणा को फेंकें, अपने चारों तरफ परिचित हों। कितने दुखी हैं लोग! उनके दुख में और दुख को मत बढ़ाएं। आपकी करुणा उनके दुख को कम करेगी। एक करुणा से भरा हुआ शब्द उनके दुख को कम करेगा। उनके दुख को और मत बढ़ाएं।

हम सब एक-दूसरे के दुख को बढ़ा रहे हैं। हम सब एक-दूसरे को दुख देने में सहयोगी हैं। एक-एक आदमी के पीछे अनेक-अनेक लोग पड़े हुए हैं दुख देने को। अगर करुणा का बोध होगा, तो आप किसी को दुख पहुंचाने के सारे रास्ते अलग कर लेंगे। और अगर किसी के जीवन में कोई सुख दे सकते हैं, तो उसे देने का उपाय करेंगे।

और एक बात स्मरण रखें, जो दूसरे को दुख देता है, वह अंततः दुखी हो जाता है। और जो दूसरे को सुख देता है, वह अंततः बहुत सुख को उपलब्ध होता है। इस वजह से यह कह रहा हूं कि जो सुख देने की चेष्टा करता है, उसके भीतर सुख के केंद्र विकसित होते हैं; और जो दुख देने की चेष्टा करता है, उसके भीतर दुख के केंद्र विकसित होते हैं।

फल बाहर से नहीं आते हैं, फल भीतर पैदा होते हैं। हम जो करते हैं, उसी की रिसेप्टिविटी हमारे भीतर विकसित हो जाती है। जो प्रेम चाहता है, प्रेम को फैला दे। और जो आनंद चाहता है, वह आनंद को लुटा दे। और जो चाहता है, उसके घर पर फूलों की वर्षा हो जाए, वह दूसरों के आंगनों में फूल फेंक दे। और कोई रास्ता नहीं है।

तो करुणा का एक भाव प्रत्येक को विकसित करना जरूरी है साधना में प्रवेश के लिए।

तीसरी बात है, प्रमुदिता, उत्फुल्लता, प्रसन्नता, आनंद का एक बोध, विषाद का अभाव। हम सब विषाद से भरे हैं। हम सब उदास लोग, थके लोग हैं। हम सब हारे हुए, पराजित, रास्तों पर चलते हैं और समाप्त हो जाते हैं। हम ऐसे चलते हैं, जैसे आज ही मर गए हैं। हमारे चलने में कोई गति और प्राण नहीं है। हमारे उठने-बैठने में कोई प्राण नहीं है। हम सुस्त हैं, और उदास हैं, और टूटे हुए हैं, और हारे हुए हैं। यह गलत है। जीवन कितना ही छोटा हो, मौत कितनी ही निश्चित हो, जिसमें थोड़ी समझ है, वह उदास नहीं होगा।

सुकरात मरता था, उसको जहर दिया जा रहा था और वह हंस रहा था। और उसके एक शिष्य क्रेटो ने पूछा, 'हंसते हैं! हमारी आंखें आंसुओं से भरी हुई हैं। और मौत करीब है और यह विषाद का क्षण है।' सुकरात ने कहा, 'विषाद कहां है? अगर मरा और बिलकुल ही मर गया, तो विषाद क्या? क्योंकि दुख को अनुभव करने को कोई बचेगा नहीं। और अगर मरा और बचा रहा, तो दुख क्या? जो खोया, वह अपन न थे, जो अपन थे वह बचे हुए हैं।' तो उसने कहा, 'मैं खुश हूं। मौत दो ही काम कर सकती है। या तो बिलकुल मिटा देगी। बिलकुल मिटा देगी, तो खुश हूं, क्योंकि बचूंगा ही नहीं दुख अनुभव करने को। और अगर बचा देगी मुझको, तो खुश

हूं। क्योंकि जो मेरा नहीं है, वह नष्ट हो जाएगा, मैं तो बचूंगा। मौत दो ही काम कर सकती है, इसलिए हंसने जैसी है।'

सुकरात ने कहा, 'मैं प्रसन्न हूं, क्योंकि मौत क्या छीन लेगी? या तो बिलकुल ही मिटा देगी, तो क्या छीना? क्योंकि अब जिससे छीना, वह भी नहीं है, तो दुख का कोई अनुभव नहीं होगा। और अगर मैं बच रहा, तो सब बच रहा। मैं बच रहा, तो सब बच रहा। जो छीन लिया, वह मेरा नहीं था।' तो इसलिए सुकरात ने कहा, 'मैं खुश हूं।'

जो मौत के सामने खुश है—और हम हैं कि हम जिंदगी को पाए हुए दुखी बैठे हुए हैं। हम हैं कि हम जिंदगी में दुखी बैठे हुए हैं और लोग ऐसे भी हुए हैं कि जो मौत के सामने भी खुश थे!

मंसूर को वे सूली दे रहे थे। उसके पैर काट दिए, उसके हाथ काट दिए, उसकी आंखें फोड़ दीं। दुनिया में उससे कठोर यातना कभी किसी को नहीं दी गयी। क्राइस्ट को जल्दी मार डाला गया, गांधी को जल्दी गोली मार दी गयी, सुकरात को जहर दे दिया गया। मंसूर मनुष्य के इतिहास में सबसे ज्यादा पीड़ा से मारा गया। पहले उसके पैर काट दिए। जब उसके पैरों से खून बहने लगा, तो उसने खून को लेकर अपने हाथों पर लगाया। भीड़ इकट्ठी थी, लोग पत्थर फेंक रहे थे। उन्होंने पूछा, 'यह क्या कर रहे हो?' उसने कहा, 'वजू करता हूं।' मुसलमान नमाज के पहले हाथ धोते हैं। उसने अपने खून से अपने हाथ धोए। उसने कहा, 'वजू करता हूं।' और उसने कहा, 'याद रहे मंसूर का यह वचन कि जो प्रेम की वजू है असली, वह खून से की जाती है, पानी से नहीं की जाती। और जो अपने खून से वजू करता है, वही नमाज में प्रवेश करता है।'

लोग बहुत हैरान हुए कि पागल है। उसके पैर काट दिए गए, फिर उसके हाथ काट दिए गए। फिर उसकी उन्होंने आंखें फोड़ दीं। और एक लाख लोग इकट्ठे हैं और पत्थर मार रहे हैं और उसका एक-एक अंग काटा जा रहा है। और जब उसकी आंखें फोड़ दी गयीं, तब वह चिल्लाया कि 'हे परमात्मा, स्मरण रखना। मंसूर जीत गया।'

लोगों ने पूछा, 'क्या बात है? किस बात में जीत गए?' उसने कहा, 'परमात्मा को कह रहा हूं। परमात्मा स्मरण रखना, मंसूर जीत गया। मैं डरता था कि शायद इतनी शत्रुता में प्रेम कायम नहीं रह सकेगा। तो स्मरण रखना परमात्मा कि मंसूर जीत गया। प्रेम मेरा कायम है। इन्होंने जो मेरे साथ किया है, मेरे साथ नहीं कर पाए। इन्होंने जो मेरे साथ किया है, मेरे साथ नहीं कर पाए। प्रेम कायम है।' और उसने कहा, 'यही मेरी प्रार्थना है और यही मेरी इबादत है।'

मंसूर उस वक्त भी हंस रहा था; उस वक्त भी मस्त था। लोग मौत के सामने खुश रहे हैं और हंसते रहे हैं। और हम जिंदगी के सामने उदास और रोते हुए बैठे हैं। यह गलत है। कोई उदास रास्ते, कोई विषाद से भरा हुआ चित्त कोई बड़े अभियान नहीं कर सकता है। अभियान के लिए उत्फुल्लता, अभियान के लिए बड़े आनंद से भरा हुआ चित्त।

तो चौबीस घंटे उत्फुल्लता को साधिए। ये सिर्फ आदतें हैं। उदासी एक आदत है, जिसको आपने बना लिया है। उत्फुल्लता एक आदत है, उसको बना सकते हैं। उत्फुल्लता को बनाए रखने के लिए जरूरी है कि जिंदगी का वह हिस्सा देखिए, जो प्रकाशित है; वह हिस्सा नहीं, जो अंधेरे से भरा है।

मैं अगर आपको कहूं कि 'मेरा कोई मित्र है और यह बहुत अदभुत गीत गाता है या बहुत

अदभुत बांसुरी बजाता है।' आप मुझसे कहेंगे, 'होगा। यह क्या बांसुरी बजाएगा! इसको हमने शराबखाने में शराब पीते देखा है!' मैं अगर आपसे कहूं कि 'मेरा मित्र है और बहुत अदभुत बांसुरी बजाता है।' तो आप कहेंगे, 'यह क्या बांसुरी बजाएगा! हमने इसे शराबखाने में शराब पीते देखा है।' यह अंधेरा देखना है।

अगर मैं आपसे कहूं कि 'ये मेरे मित्र हैं, शराब पीते हैं।' और आप मुझसे कहें, 'होगा। लेकिन ये तो अदभुत बांसुरी बजाते हैं!' तो यह जिंदगी के प्रकाशित पक्ष को देखना है।

जिसको खुश होना है, वह प्रकाश को देखे। जिसको खुश होना है, वह यह देखे कि दो दिनों के बीच में एक रात है। और जिसको उदास होना है, वह यह देखे कि दो रातों के बीच में एक दिन है। हम कैसा देखते हैं जिंदगी को, वैसा हमारे भीतर कुछ विकसित हो जाता है। तो जिंदगी के अंधेरे पक्ष को न देखें। जिंदगी के उजाले पक्ष को देखें।

मैं छोटा था और मेरे पिता गरीब थे। उन्होंने बड़ी मुश्किल से एक अपना मकान बनाया। गरीब भी थे और नासमझ भी थे, क्योंकि कभी उन्होंने मकान नहीं बनाए थे। उन्होंने बड़ी मुश्किल से एक मकान बनाया। वह मकान नासमझी से बना होगा। वह बना और हम उस मकान में पहुंचे भी नहीं और वह पहली ही बरसात में गिर गया। हम छोटे थे और बहुत दुखी हुए। वे गांव के बाहर थे। उनको मैंने खबर की कि मकान तो गिर गया और बड़ी आशाएं थीं कि उसमें जाएंगे। वे तो सब धूमिल हो गयीं। वे आए और उन्होंने गांव में प्रसाद बांटा और उन्होंने कहा, 'परमात्मा का धन्यवाद! अगर आठ दिन बाद गिरता, तो मेरा एक भी बच्चा नहीं बचता।' हम आठ दिन बाद ही उस घर में जाने को थे। और वे उसके बाद जिंदगीभर इस बात से खुश रहे कि मकान आठ दिन पहले गिर गया। आठ दिन बाद गिरता, तो बहुत मुश्किल हो जाती।

यूं भी जिंदगी देखी जा सकती है। और जो ऐसे देखता है, उसके जीवन में बड़ी प्रसन्नता, बड़ी प्रसन्नता का उदभव होता है। आप जिंदगी को कैसे देखते हैं, इस पर सब निर्भर है। जिंदगी में कुछ भी नहीं है। आपके देखने पर, आपका एटीटयूड, आपकी पकड़, आपकी समझ, आपकी दृष्टि सब कुछ बनाती और बिगाड़ती है।

आप अपने से पूछें कि आप क्या देखते हैं? क्या आपने एक भी ऐसा बुरे से बुरा आदमी देखा है, जिसमें कुछ ऐसा न हो, जो साधुओं में भी मुश्किल होता है? क्या आपने ऐसा बुरे से बुरा आदमी भी देखा है, जिसमें एक भी चीज ऐसी न मिल जाए, जो साधुओं में मुश्किल होती है? और अगर आपको मिल सकती है, तो उसे देखें। वह उस आदमी का असली हिस्सा है। और जिंदगी में चारों तरफ खोजें किरण को, प्रकाश को। उससे आपके भीतर किरण और प्रकाश पैदा होगा।

इसको कहते हैं प्रमुदिता। तीसरा भाव है कि हम प्रसन्न हों। हम इतने प्रसन्न हों कि हम मौत को और दुख को गलत कर दें। हम इतने आनंदित हों कि मौत और दुख सिकुड़कर मर जाएं। पता भी न चले कि मौत और दुख भी हैं।

जो इतनी प्रफुल्लता और आनंद को अपने भीतर संजोता है, वह साधना में गति करता है। साधना की गति के लिए यह बहुत जरूरी है, बहुत जरूरी है।

एक साधु हुआ। वह जीवनभर इतना प्रसन्न था कि लोग हैरान थे। लोगों ने कभी उसे उदास नहीं देखा, कभी पीड़ित नहीं देखा। उसके मरने का वक्त आया और उसने कहा कि 'अब मैं तीन

दिन बाद मर जाऊंगा। और यह मैं इसलिए बता रहा हूं कि तुम्हें स्मरण रहे कि जो आदमी जीवन भर हंसता था, उसकी कब्र पर कोई रोए नहीं। यह मैं इसलिए बता रहा हूं कि जब मैं मर जाऊं, तो इस झोपड़े पर कोई उदासी न आए। यहां हमेशा आनंद था, यहां हमेशा खुशी थी। इसलिए मेरी मौत को एक उत्सव बनाना। मेरी मौत को दुख मत बनाना, मेरी मौत को एक उत्सव बनाना।'

लोग तो दुखी हुए, बहुत दुखी हुए। वह तो अदभुत आदमी था। और जितना अदभुत आदमी हो, उतना उसके मरने का दुख घना था। और उसको प्रेम करने वाले बहुत थे, वे सब तीन दिन से इकट्ठे होने शुरू हो गए। वह मरते वक्त तक लोगों को हंसा रहा था और अदभुत बातें कह रहा था और उनसे प्रेम की बातें कर रहा था। सुबह मरने के पहले उसने एक गीत गाया। और गीत गाने के बाद उसने कहा, 'स्मरण रहे, मेरे कपड़े मत उतारना। मेरी चिता पर मेरे पूरे शरीर को चढ़ा देना कपड़ों सहित। मुझे नहलाना मत।'

उसने कहा था, आदेश था। वह मर गया। उसे कपड़े सहित चिता पर चढ़ा दिया। वह जब कपड़े सहित चिता पर रखा गया, लोग उदास खड़े थे, लेकिन देखकर हैरान हुए। उसके कपड़ों में उसने फुलझड़ी और फटाखे छिपा रखे थे। वे चिता पर चढ़े और फुलझड़ी और फटाखे छूटने शुरू हो गए। और चिता उत्सव बन गयी। और लोग हंसने लगे। और उन्होंने कहा, 'जिसने जिंदगी में हंसाया, वह मौत में भी हमको हंसाकर गया है।'

जिंदगी को हंसना बनाना है। जिंदगी को एक खुशी और मौत को भी एक खुशी। और जो आदमी ऐसा करने में सफल हो जाता है, उसे बड़ी धन्यता मिलती है और बड़ी कृतार्थता उपलब्ध होती है। और उस भूमिका में जब कोई साधना में प्रवेश करता है, तो गति वैसी होती है, जिसकी हम कल्पना भी नहीं कर सकते। तीर की तरह विकास होता है।

बोझिल मन से जो जाता है, उसने तीर में पत्थर बांध दिए हैं। बोझिल मन से जो जाता है, उसने तीर में पत्थर बांध दिए, तीर कहां जाएगा? जितनी तीव्र गति चाहिए हो, उतना हलका और भारहीन मन चाहिए। जितने तीर को दूर पहुंचाना हो, उतना तीर में वजन कम चाहिए। और जिसे जितने ऊंचे पहाड़ चढ़ने हों, उतना बोझ उसे नीचे छोड़ देना पड़ता है। और सबसे बड़ा बोझ दुख का और विषाद का है, उदासी का है। इससे बड़ा कोई बोझ नहीं है।

क्या आप लोगों को देखते हैं? वे दबे चले जा रहे हैं, जैसे भारी बोझ उनके सिर पर रखा हुआ है। इस बोझ को नीचे फेंक दें और उत्फुल्लता की एक हुंकार करें और सिंहनाद करें और यह बता दें पूरे जीवन को कि जीवन कैसा ही हो, उसमें भी खुशी और जिंदगी गीत बनायी जा सकती है। जिंदगी एक संगीत हो सकती है। इस तीसरी प्रमुदिता को स्मरण रखें।

और चौथा मैंने कहा, कृतज्ञता। कृतज्ञता बहुत डिवाइन, बहुत दिव्य बात है। हमारी सदी में अगर कुछ खो गया है, तो कृतज्ञता खो गयी है, ग्रेटीटयूड खो गया है।

आपको पता है, आप जो श्वास ले रहे हैं, वह आप नहीं ले रहे हैं। क्योंकि श्वास जिस क्षण नहीं आएगी, आप उसे नहीं ले सकेंगे। आपको पता है, आप पैदा हुए हैं? आप पैदा नहीं हुए हैं। आपका कोई सचेतन हाथ नहीं है, कोई निर्णय नहीं है। आपको पता है, यह जो छोटी-सी देह आपको मिली है, यह बड़ी अदभुत है। यह सबसे बड़ा मिरेकल है इस जमीन पर। आप थोड़ा-सा खाना खाते हैं, आपका यह छोटा-सा पेट उसे पचा देता है। यह बड़ा मिरेकल है।

अभी इतना वैज्ञानिक विकास हुआ है, अगर हम बहुत बड़े कारखाने खड़े करें और हजार विशेषज्ञ लगाएं, तो भी एक रोटी को पचाकर खून बना देना मुश्किल है। एक रोटी को पचाकर खून बना देना मुश्किल है। यह शरीर आपका एक मिरेकल कर रहा है चौबीस घंटे। यह छोटा-सा शरीर, थोड़ी-सी हड्डियां, थोड़ा-सा मांस। वैज्ञानिक कहते हैं, मुश्किल से चार रुपए, पांच रुपए का सामान है इस शरीर में। इसमें कुछ ज्यादा मूल्य की चीजें नहीं हैं। इतना बड़ा चमत्कार चौबीस घंटे साथ है, उसके प्रति कृतज्ञता नहीं है, ग्रेटीटयूड नहीं है!

कभी आपने अपने शरीर को प्रेम किया है? कभी अपने हाथों को चूमा है? कभी अपनी आंखों को प्रेम किया है? कभी यह खयाल किया है कि क्या अदभुत घटित हो रहा है? शायद ही आपमें कोई हो, जिसने अपनी आंख को प्रेम किया हो, जिसने अपने हाथों को चूमा हो और जिसने कृतज्ञता अनुभव की हो कि यह अदभुत बात, यह अदभुत घटना घट रही है और हमारे बिलकुल बिना जाने। और हम इसमें बिलकुल भागीदार भी नहीं हैं।

अपने शरीर के प्रति सबसे पहले कृतज्ञ हो जाएं। जो अपने शरीर के प्रति कृतज्ञ है, वही केवल दूसरों के शरीरों के प्रति कृतज्ञ हो सकता है। और सबसे पहले अपने शरीर के प्रति प्रेम से भर जाएं। क्योंकि जो अपने शरीर के प्रति प्रेम से भरा हुआ है, वही केवल दूसरों के शरीरों के प्रति प्रेम से भर जाता है।

वे लोग अधार्मिक हैं, जो आपको अपने शरीर के खिलाफ बातें सिखाते हों। वे लोग अधार्मिक हैं, जो कहते हों कि शरीर दुश्मन है और दुष्ट है, और ऐसा है और वैसा है, शत्रु है। शरीर कुछ भी नहीं है। शरीर बड़ा चमत्कार है। और शरीर अदभुत सहयोगी है। इसके प्रति कृतज्ञ हों। इस शरीर में क्या है? जो इस शरीर में है, वह इन पंचमहाभूतों से मिला है। इस शरीर के प्रति कृतज्ञ हों, इन पंचमहाभूतों के प्रति कृतज्ञ हों।

एक दिन सूरज बुझ जाएगा, तो आप कहां होंगे! वैज्ञानिक कहते हैं, चार हजार वर्षों में सूरज बुझ जाएगा। वह काफी रोशनी दे चुका है, वह खाली होता जाएगा। और एक दिन आएगा कि वह बुझ जाएगा। अभी हम रोज इसी खयाल में हैं कि रोज सूरज ऊगेगा। एक दिन वक्त आएगा कि लोग सांझ को इस खयाल से सोएंगे कि कल सुबह सूरज ऊगेगा, और वह नहीं ऊगेगा। और फिर क्या होगा?

सूरज ही नहीं बुझेगा, सारा प्राण बुझ जाएगा, क्योंकि प्राण उससे उपलब्ध है। क्योंकि सारी ऊष्मा और सारा उत्ताप उससे उपलब्ध है।

समुद्र के किनारे बैठते हैं। कभी खयाल किया, आपके शरीर में सत्तर परसेंट समुद्र है, पानी है! और मनुष्य का जन्म इस जमीन पर, कीटाणु का जो पहला जन्म हुआ, वह समुद्र में हुआ था। और आप यह भी जानकर हैरान होंगे, आपके शरीर में भी नमक और पानी में वही अनुपात है, जो समुद्र में है—अभी भी। और उस अनुपात से जब भी शरीर इधर-उधर हो जाएगा, बीमार हो जाएगा।

कभी समुद्र के करीब बैठकर आपने अनुभव किया है कि मेरे भीतर भी समुद्र का एक हिस्सा है। और मेरे भीतर जो हिस्सा है समुद्र का, उसके लिए मुझे समुद्र का कृतज्ञ होना चाहिए। और सूरज की रोशनी मेरे भीतर है, उसके प्रति मुझे कृतज्ञ होना चाहिए। और हवाएं मेरे प्राण को

चलाती हैं, उनके प्रति कृतज्ञ होना चाहिए। और आकाश और पृथ्वी, वे मुझे बनाते हैं, उनके प्रति कृतज्ञ होना चाहिए।

इस ग्रेटीटयूड को मैं दिव्य कहता हूं। इस कृतज्ञता के बिना कोई आदमी धार्मिक नहीं हो सकता। अकृतज्ञ मनुष्य क्या धार्मिक होंगे! इस कृतज्ञता को अनुभव करें निरंतर और आप हैरान हो जाएंगे, यह आपको इतनी शांति से भर देगी कृतज्ञता और इतने रहस्य से! और तब आपको एक बात का पता चलेगा कि मेरी क्या सामर्थ्य थी कि ये सारी चीजें मुझे मिलें! और ये सारी चीजें मुझे मिली हैं। इसके लिए आपके मन में धन्यवाद होगा। इसके प्रति आपके मन में धन्यवाद होगा, जो आपको मिला है, उसके प्रति कृतार्थता का बोध होगा।

तो कृतज्ञता को ज्ञापित करने का, कृतज्ञता को विकसित करने का उपाय करें; उससे साधना में गति होगी। और न केवल साधना में, बल्कि जीवन बहुत भिन्न हो जाएगा। जीवन बहुत भिन्न हो जाएगा, जीवन बहुत दूसरा हो जाएगा।

क्राइस्ट को सूली पर लटकाया। तो क्राइस्ट जब मरने लगे तो उन्होंने कहा, 'हे परमात्मा, इन्हें क्षमा कर देना। इन्हें क्षमा कर देना और दो कारणों से क्षमा कर देना। एक तो ये जानते नहीं कि क्या कर रहे हैं।' इसमें तो उनकी करुणा थी। 'और एक इस कारण से कि मेरे और तेरे बीच जो फासला था, वह इन्होंने गिरा दिया। परमात्मा के और मेरे बीच जो फासला था, इन्होंने गिरा दिया। इसके लिए इनके प्रति कृतज्ञता है।'

तो जीवन में सतत कृतज्ञता का स्मरणपूर्वक व्यवहार करें। आप पाएंगे कि जीवन बहुत अदभुत हो जाएगा।

तो चार बातें मैंने कहीं शुद्ध भाव के लिए: मैत्री, करुणा, प्रमुदिता और कृतज्ञता। और बहुत बातें हैं। लेकिन ये चार काफी हैं। अगर इनका विचार करें, तो शेष सब इनके पीछे अपने आप चली आएंगी। इस भांति भाव शुद्ध होगा।

मैंने आपको बताया, शरीर कैसे शुद्ध होगा, विचार कैसे शुद्ध होगा, भाव कैसे शुद्ध होगा। अगर ये तीन ही हो जाएं, तो भी आप अदभुत लोक में प्रवेश कर जाएंगे। अगर ये तीन ही हो जाएं, तो भी बहुत कुछ हो जाएगा।

तीन जो केंद्रीय तत्व हैं, उनकी हम आगे बात करेंगे। उन तीन तत्वों में हम शरीर-शून्यता, विचार-शून्यता और भाव-शून्यता का विचार करेंगे। अभी हमने शुद्धि का विचार किया, फिर हम शून्यता का विचार करेंगे। और जब शुद्धि और शून्यता का मिलन होता है, तो समाधि उत्पन्न हो जाती है। जब शुद्धि और शून्यता का मिलन होता है, तो समाधि उत्पन्न हो जाती है। और समाधि परमात्मा का द्वार है। उसकी हम बात करेंगे।

अब हम सुबह के ध्यान के लिए बैठें। सुबह का ध्यान मैं आपको समझा ही दिया हूं। प्रारंभ में पांच बार हम संकल्प करेंगे। फिर उसके बाद थोड़ी देर तक हम भाव करेंगे। फिर उसके बाद श्वास-प्रश्वास को, रीढ़ को सीधी रखकर, आंख को बंद करके, नाक के पास जहां से श्वास भीतर आता-जाता है, उसको स्मरणपूर्वक देखेंगे।

सारे लोग दूर-दूर हो जाएं, ताकि कोई किसी को छूता हुआ मालूम न पड़े।

सम्यक रूपांतरण के सूत्र

छठवां प्रवचन

मेरे प्रिय आत्मन्, कुछ प्रश्न हैं। प्रश्न तो बहुत-से हैं, उन सबका संयुक्त उत्तर ही देने का प्रयास करूंगा। कुछ हिस्सों में उनको बांट लिया है।

पहला प्रश्न है, वैज्ञानिक युग में धर्म का क्या स्थान है? और धर्म का राष्ट्रीय और सामाजिक जीवन में क्या उपयोग है?

विज्ञान से अर्थ ज्ञान की उस पद्धति का है, जो पदार्थ में छिपी हुई अंतस शक्ति को खोजती है। धर्म से अर्थ उस ज्ञान की पद्धति का है, जो चेतना के भीतर छिपी हुई अंतस शक्ति को खोजती है। धर्म और विज्ञान का कोई विरोध नहीं है, वरन धर्म और विज्ञान परिपूरक हैं।

जो युग मात्र वैज्ञानिक होगा, उसके पास सुविधा तो बढ़ जाएगी, लेकिन सुख नहीं बढ़ेगा। जो युग मात्र धार्मिक होगा, उसके कुछ थोड़े-से लोगों को सुख तो उपलब्ध हो जाएगा, लेकिन अधिकतर लोग असुविधा से ग्रस्त हो जाएंगे।

विज्ञान सुविधा देता है, धर्म शांति देता है। सुविधा न हो, तो बहुत कम लोग शांति को उपलब्ध कर सकते हैं। शांति न हो, तो बहुत लोग सुविधा को उपलब्ध कर सकते हैं, लेकिन उसका उपयोग नहीं कर सकेंगे।

अब तक मनुष्य ने जिन सभ्यताओं को जन्म दिया है, वे सब सभ्यताएं अधूरी और खंडित थीं। पूरब ने जिस संस्कृति को जन्म दिया था, वह संस्कृति विशुद्ध धर्म पर खड़ी थी। विज्ञान का पक्ष उसका अत्यंत कमजोर था। परिणाम में पूरब परास्त हुआ, दरिद्र हुआ, पराजित हुआ। पश्चिम ने जो संस्कृति पैदा की है, वह दूसरी अति, दूसरी एक्सट्रीम पर है। उसकी बुनियादें विज्ञान पर रखी हैं और धर्म का उससे कोई संबंध नहीं है। परिणाम में पश्चिम जीता है। धन, समृद्धि, सुविधा उसने इकट्ठी की है। लेकिन मनुष्य की अंतरात्मा को खो दिया है।

भविष्य में जो संस्कृति पैदा होगी, अगर वह संस्कृति मनुष्य के हित में होने को है, तो उस संस्कृति में धर्म और विज्ञान का संतुलन होगा। उस संस्कृति में धर्म और विज्ञान का समन्वय होगा। वह संस्कृति वैज्ञानिक या धार्मिक, ऐसी नहीं होगी। वह संस्कृति वैज्ञानिक रूप से धार्मिक होगी या धार्मिक रूप से वैज्ञानिक होगी।

ये दोनों प्रयोग असफल हो गए हैं। पूरब का प्रयोग असफल हो गया है। पश्चिम का प्रयोग भी असफल हो गया है। और अब एक मौका है कि हम एक जागतिक, यूनिवर्सल प्रयोग करें, जो पूरब का भी न हो, पश्चिम का भी न हो। और जिसमें धर्म और विज्ञान संयुक्त हों।

तो मैं आपको कहूंगा, धर्म और विज्ञान का कोई विरोध नहीं है, जैसे शरीर और आत्मा का कोई विरोध नहीं है। जो मनुष्य केवल शरीर के आधार पर जीएगा, वह अपनी आत्मा खो देगा।

और जो मनुष्य केवल आत्मा के आधार पर जीने के प्रयास करेगा, वह भी ठीक से नहीं जी पाएगा, क्योंकि शरीर को खोता चला जाएगा।

जिस तरह मनुष्य का जीवन शरीर और आत्मा के बीच एक संतुलन और संयोग है, उसी तरह परिपूर्ण संस्कृति विज्ञान और धर्म के बीच संतुलन और संयोग होगी। विज्ञान उसका शरीर होगा, धर्म उसकी आत्मा होगी।

लेकिन यह मैं आपसे कह दूं, अगर कोई मुझसे यह पूछे कि अगर विकल्प ऐसे हों कि हमें धर्म और विज्ञान में से चुनना है, तो मैं कहूंगा कि हम धर्म को चुनने को राजी हैं। अगर कोई मुझसे यह कहे कि विज्ञान और धर्म में से चुनाव करना है, दोनों नहीं हो सकते, तो मैं कहूंगा, हम धर्म को लेने को राजी हैं। हम दरिद्र रहना और असुविधा से रहना पसंद करेंगे, लेकिन मनुष्य की अंतरात्मा को खोना पसंद नहीं करेंगे।

उन सुविधाओं का क्या मूल्य है, जो हमारे स्वत्व को छीन लें! और उस संपत्ति का क्या मूल्य है, जो हमारे स्वरूप से हमें वंचित कर दे! वस्तुतः न वह संपत्ति है, न वह सुविधा है।

मैं एक छोटी-सी कहानी कहूं, मुझे बहुत प्रीतिकर रही। मैंने सुना है, एक बार यूनान का एक बादशाह बीमार पड़ा। वह इतना बीमार पड़ा कि डाक्टरों ने और चिकित्सकों ने कहा कि अब वह बच नहीं सकेगा। उसकी बचने की कोई उम्मीद न रही। उसके मंत्री और उसके प्रेम करने वाले बहुत चिंतित और परेशान हुए। गांव में तभी एक फकीर आया और किसी ने कहा, 'उस फकीर को अगर लाएं, तो लोग कहते हैं, उसके आशीर्वाद से भी बीमारियां ठीक हो जाती हैं।'

वे उस फकीर को लेने गए। वह फकीर आया। उसने आते ही उस बादशाह को कहा, 'पागल हो? यह कोई बीमारी है? यह कोई बीमारी नहीं है। इसका तो बड़ा सरल इलाज है।' वह बादशाह, जो महीनों से बिस्तर पर पड़ा था, उठकर बैठ गया। और उसने कहा, 'कौन-सा इलाज? हम तो सोचे कि हम गए! हमें बचने की कोई आशा नहीं रही है।' उसने कहा, 'बड़ा सरल-सा इलाज है। आपके गांव में से किसी शांत और समृद्ध आदमी का कोट लाकर इन्हें पहना दिया जाए। ये स्वस्थ और ठीक हो जाएंगे।'

वजीर भागे, गांव में बहुत समृद्ध लोग थे। उन्होंने एक-एक के घर जाकर कहा कि हमें आपका कोट चाहिए, एक शांत और समृद्ध आदमी का। उन समृद्ध लोगों ने कहा, 'हम दुखी हैं। कोट! हम अपना प्राण दे सकते हैं; कोट की कोई बात नहीं है। बादशाह बच जाए, हम सब दे सकते हैं। लेकिन हमारा कोट काम नहीं करेगा। क्योंकि हम समृद्ध तो हैं, लेकिन शांत नहीं हैं।'

वे गांव में हर आदमी के पास गए। वे दिनभर खोजे और सांझ को निराश हो गए और उन्होंने पाया कि बादशाह का बचना मुश्किल है, यह दवा बड़ी महंगी है। सुबह उन्होंने सोचा था, 'दवा बहुत आसान है।' सांझ उन्हें पता चला, 'दवा बहुत मुश्किल है, इसका मिलना संभव नहीं है।' वे सब बड़े लोगों के पास हो आए थे। सांझ को वे थके-मांदे उदास लौटते थे। सूरज डूब रहा था। गांव के बाहर, नदी के पास एक चट्टान के किनारे एक आदमी बांसुरी बजाता था। वह इतनी संगीतपूर्ण थी और इतने आनंद से उसमें लहरें उठ रही थीं कि उन वजीरों में से एक ने कहा, 'हम अंतिम रूप से इस आदमी से और पूछ लें, शायद यह शांत हो।'

वे उसके पास गए और उन्होंने उससे कहा कि 'तुम्हारी बांसुरी की ध्वनि में, तुम्हारे गीत में

इतना आनंद और इतनी शांति मालूम होती है कि क्या हम एक निवेदन करें? हमारा बादशाह बीमार है और एक ऐसे आदमी के कोट की जरूरत है, जो शांत और समृद्ध हो।' उस आदमी ने कहा, 'मैं अपने प्राण दे दूं। लेकिन जरा गौर से देखो, मेरे पास कोट नहीं है।' उन्होंने गौर से देखा, अंधकार था, वह आदमी नंगा बांसुरी बजा रहा था।

उस बादशाह को नहीं बचाया जा सका। क्योंकि जो शांत था, उसके पास समृद्धि नहीं थी। और जो समृद्ध था, उसके पास शांति नहीं थी। और यह दुनिया भी नहीं बचायी जा सकेगी, क्योंकि जिन कौमों के पास शांति की बातें हैं, उनके पास समृद्धि नहीं है। और जिन कौमों के पास समृद्धि है, उनके पास शांति का कोई विचार नहीं है। वह बादशाह मर गया, यह कौम भी मरेगी मनुष्य की।

इलाज वही है, जो उस बादशाह का इलाज था। वह इस मनुष्य की पूरी संस्कृति का भी इलाज है। हमें कोट भी चाहिए और हमें शांति भी चाहिए। अब तक हमारे खयाल अधूरे रहे हैं। अब तक हमने मनुष्य को बहुत अधूरे ढंग से सोचा है और हमारी आदतें एक्सट्रीम पर चले जाने की हैं। मनुष्य के मन की सबसे बड़ी बीमारी अति है, एक्सट्रीम है।

कनफ्यूशियस एक गांव में ठहरा हुआ था। वहां किसी ने कनफ्यूशियस को कहा, 'हमारे गांव में एक बहुत विद्वान, बहुत विचारशील आदमी है। आप उसके दर्शन करेंगे?' कनफ्यूशियस ने कहा, 'पहले मैं यह पूछ लूं कि आप उसे बहुत विचारशील क्यों कहते हैं? फिर मैं उसके दर्शन को जरूर चलूंगा।' उन लोगों ने कहा, 'वह इसलिए विचारशील है कि वह किसी भी काम को करने के पहले तीन बार सोचता है—तीन बार!' कनफ्यूशियस ने कहा, 'वह आदमी विचारशील नहीं है। तीन बार थोड़ा ज्यादा हो गया। एक बार कम होता है, तीन बार ज्यादा हो गया। दो बार काफी है।' कनफ्यूशियस ने कहा, 'वह आदमी विचारशील नहीं है। तीन बार थोड़ा ज्यादा हो गया, एक बार थोड़ा कम होता है। दो बार काफी है। बुद्धिमान वे हैं, जो बीच में रुक जाते हैं। नासमझ अतियों पर चले जाते हैं।'

एक नासमझी यह है कि कोई आदमी अपने को शरीर ही समझ ले। दूसरी नासमझी और उतनी ही बड़ी नासमझी यह है कि कोई आदमी अपने को केवल आत्मा समझ ले। मनुष्य का व्यक्तित्व एक संयोग है। मनुष्य की संस्कृति भी एक संयोग होगी।

और हमें सीख लेना चाहिए। हमारे इतिहास की दरिद्रता और हमारे मुल्क की पराजय और पूरब के मुल्कों का पददलित हो जाना अकारण नहीं है; वह अति, धर्म की अति उसका कारण है। और पश्चिम के मुल्कों का आंतरिक रूप से दरिद्र हो जाना अकारण नहीं है, विज्ञान की अति उसका कारण है। भविष्य सुंदर होगा, अगर विज्ञान और धर्म संयुक्त होंगे।

यह जरूर स्पष्ट है कि विज्ञान और धर्म के संयोग में धर्म केंद्र होगा और विज्ञान परिधि होगा। यह स्पष्ट है कि विज्ञान और धर्म के मेल में धर्म विवेक होगा और विज्ञान उसका अनुचर होगा। शरीर मालिक नहीं हो सकता है, विज्ञान भी मालिक नहीं हो सकता है। मालिक तो धर्म होगा। और तब हम एक बेहतर दुनिया का निर्माण कर सकेंगे।

इसलिए यह न पूछें कि वैज्ञानिक युग में धर्म का क्या उपयोग है? वैज्ञानिक युग में ही धर्म का उपयोग है, क्योंकि विज्ञान एक अति है और वह अति खतरनाक है। धर्म उसे संतुलन देगा। और उस अति और उस खतरे से मनुष्य को बचा सकेगा।

इसलिए सारी दुनिया में धर्म के पुनरुत्थान की एक घड़ी बहुत करीब है। यह स्वाभाविक ही है, यह सुनिश्चित ही है, यह एक अनिवार्यता है कि अब धर्म का पुनरुत्थान हो, अन्यथा विज्ञान मृत्यु का कारण बन जाएगा। इसलिए मैं कहूं, विज्ञान के युग में धर्म की क्या आवश्यकता है, यह पूछना तो व्यर्थ है ही। विज्ञान के युग में ही धर्म की सर्वाधिक आवश्यकता है।

उसी से संबद्ध उन्होंने पूछा है कि राष्ट्रीय और सामाजिक जीवन में क्या उपयोग है?

मैं समझता हूं, मेरी इस बात से वह भी आपके खयाल में आया होगा। क्योंकि जिस बात का उपयोग एक मनुष्य के लिए है, उस बात का उपयोग अनिवार्यतया पूरे राष्ट्र और पूरे समाज के लिए होगा। क्योंकि राष्ट्र और समाज क्या हैं? वे मनुष्यों के जोड़ के अतिरिक्त और क्या हैं? तो कोई इस भ्रम में न रहे कि कोई राष्ट्र धर्म के अभाव में जी सकता है।

भारत में यह दुर्भाग्य हुआ। हम कुछ शब्दों को भूल समझ गए। हमने धर्म-निरपेक्ष राज्य की बातें शुरू कर दीं। हमें कहना चाहिए था संप्रदाय-निरपेक्ष और हम कहने लगे धर्म-निरपेक्ष! संप्रदाय-निरपेक्ष होना एक बात है और धर्म-निरपेक्ष होना बिलकुल दूसरी बात है। कोई भी समझदार आदमी संप्रदाय-निरपेक्ष होता है और केवल नासमझ ही धर्म-निरपेक्ष हो सकते हैं।

संप्रदाय-निरपेक्ष होने का मतलब है, हमें जैन से कोई मतलब नहीं है, हमें हिंदू से, हमें बौद्ध से, हमें मुसलमान से कोई मतलब नहीं है। संप्रदाय-निरपेक्ष होने का मतलब यह है। लेकिन धर्म-निरपेक्ष होने का मतलब है कि हमें सत्य से और अहिंसा से और प्रेम से और करुणा से कोई मतलब नहीं है। कोई राष्ट्र धर्म-निरपेक्ष नहीं हो सकता। और जो होगा, उसका दुर्भाग्य है। राष्ट्र को तो धर्मप्राण होना पड़ेगा, धर्म-निरपेक्ष नहीं। हां, संप्रदाय-निरपेक्ष होना बहुत जरूरी है।

दुनिया में धर्म को सबसे ज्यादा नुकसान नास्तिकों ने नहीं पहुंचाया है। दुनिया में धर्म को सबसे ज्यादा नुकसान भौतिकवादी वैज्ञानिकों ने नहीं पहुंचाया है। दुनिया में सबसे बड़ा धर्म को नुकसान धार्मिक सांप्रदायिकों ने पहुंचाया है। उन लोगों ने, जिनका आग्रह धर्म पर कम है, जैन पर ज्यादा है; उन लोगों ने, जिनका आग्रह धर्म पर कम है, हिंदू पर ज्यादा है; जिनका आग्रह धर्म पर कम है और इस्लाम पर ज्यादा है। उन लोगों ने इस दुनिया को धर्म से वंचित किया है। संप्रदाय, जो कि धर्म के शरीर होने चाहिए थे, धर्म के हत्यारे साबित हुए हैं।

और इसलिए धर्म का तो बहुत उपयोग है, संप्रदायों का कोई उपयोग नहीं है। संप्रदाय और सांप्रदायिकता जितनी क्षीण हो, उतना अर्थपूर्ण होगा, उतनी उपयोगिता होगी।

और यह असंभव है कि कोई कौम या कोई राष्ट्र या कोई समाज धर्म के आधारों के बिना खड़ा हो जाए। यह कैसे संभव है? क्या यह संभव है कि हम प्रेम के आधारों के बिना खड़े हो जाएं? क्या कोई राष्ट्र राष्ट्र बन सकता है प्रेम के आधारों के बिना? और क्या कोई राष्ट्र सत्य के आधारों के बिना राष्ट्र बन सकता है? या कि कोई राष्ट्र त्याग, अपरिग्रह, अहिंसा, अभय, इनके आधारों के बिना राष्ट्र बन सकता है?

ये तो बुनियादें हैं आत्मा की। इनके अभाव में कोई राष्ट्र नहीं होता, न कोई समाज होता है। और अगर वैसा समाज हो और वैसा राष्ट्र हो, तो उसमें जिसमें थोड़ा भी विवेक है, वह उसे मनुष्यों का यांत्रिक समूह कहेगा, वह उसे राष्ट्र नहीं कह सकेगा।

राष्ट्र बनता है अंतर्संबंधों से, इंटर-रिलेशनशिप से। मेरा जो आपसे संबंध है, आपका जो

आपके पड़ोसी से संबंध है, उन सारे अंतर्संबंधों का नाम राष्ट्र है। वे अंतर्संबंध जितने सत्य पर, प्रेम पर, अहिंसा पर, परमात्मा पर खड़े होंगे, उतने राष्ट्र के जीवन में सुवास होगी; उतने राष्ट्र के जीवन में आलोक होगा; उतने राष्ट्र के जीवन में अंधकार कम होगा।

तो मैं कहूं, राष्ट्र और समाज, उनके प्राण धर्म पर ही प्रतिष्ठित हो सकते हैं। धर्म-निरपेक्ष शब्द से थोड़ा-सा सावधान होने की जरूरत है। पूरे राष्ट्र को सावधान होने की जरूरत है। उस शब्द की आड़ में बहुत खतरा है। उस शब्द की आड़ में हो सकता है, हम समझें, धर्म की कोई जरूरत नहीं है। धर्म की ही एकमात्र जरूरत है मनुष्य के जीवन में। और सारी बातें गौण हैं और छोड़ी जा सकती हैं। धर्म अकेली ऐसी कुछ चीज है, जो नहीं छोड़ी जा सकती है।

यह मैं समझता हूं, आपके प्रश्न को हल करने में सहयोगी होगी बात।

एक और मित्र ने पूछा है, साधना में ध्यान किसका करना है?

सामान्य रूप से ध्यान के संबंध में जो भी विचार प्रचलित हैं, उसमें हम ध्यान को 'किसी के ध्यान' के रूप में खयाल करते हैं। किसी का ध्यान करेंगे। इसलिए स्वाभाविक यह प्रश्न उठता है कि ध्यान किसका? प्रार्थना किसकी? आराधना किसकी? प्रेम किससे?

मैंने सुबह आपको एक बात कही। एक प्रेम है, जिसमें हम पूछते हैं, प्रेम किससे? और एक प्रेम है, जिसमें हम यह पूछते हैं, प्रेम मेरे भीतर है या नहीं? किससे कोई संबंध नहीं है।

तो मैंने कहा, प्रेम की दो अवस्थाएं हैं। एक, लव एज ए रिलेशनशिप, प्रेम एक संबंध की तरह। और एक प्रेम, एज ए स्टेट आफ माइंड, प्रेम मनोस्थिति की तरह। पहले प्रेम में हम पूछते हैं, 'किससे?' अगर मैं आपसे कहूं, मैं प्रेम करता हूं; तो आप पूछेंगे, 'किससे?' और मैं अगर यह कहूं कि 'किससे का कोई सवाल नहीं। मैं बस प्रेम करता हूं।' तो आपको दिक्कत होगी। लेकिन दूसरी बात ही समझने की है।

वही आदमी प्रेम करता है, जो बस प्रेम करता है और किसका कोई सवाल नहीं है। क्योंकि जो आदमी 'किसी से' प्रेम करता है, वह शेष से क्या करेगा? वह शेष के प्रति घृणा से भरा होगा। जो आदमी 'किसी का ध्यान' करता है, वह शेष के प्रति क्या करेगा? शेष के प्रति मूर्च्छा से घिरा होगा। हम जिस ध्यान की बात कर रहे हैं, वह किसी का ध्यान नहीं है, ध्यान की एक अवस्था है। अवस्था का मतलब यह है। ध्यान का मतलब, किसी को स्मरण में लाना नहीं है। ध्यान का मतलब, सब जो हमारे स्मरण में हैं, उनको गिरा देना है; और एक स्थिति लानी है कि केवल चेतना मात्र रह जाए, केवल कांशसनेस मात्र रह जाए, केवल अवेयरनेस मात्र रह जाए।

यहां हम एक दीया जलाएं और यहां से सारी चीजें हटा दें, तो भी दीया प्रकाश करता रहेगा। वैसे ही अगर हम चित्त से सारे आब्जेक्ट्स हटा दें, चित्त से सारे विचार हटा दें, चित्त से सारी कल्पनाएं हटा दें, तो क्या होगा? जब सारी कल्पनाएं और सारे विचार हट जाएंगे, तो क्या होगा? चेतना अकेली रह जाएगी। चेतना की वह अकेली अवस्था ध्यान है।

ध्यान किसी का नहीं करना होता है। ध्यान एक अवस्था है, जब चेतना अकेली रह जाती है। जब चेतना अकेली रह जाए और चेतना के सामने कोई विषय, कोई आब्जेक्ट न हो, उस अवस्था का नाम ध्यान है। मैं ध्यान का उसी अर्थ में प्रयोग कर रहा हूं।

जो हम प्रयोग करते हैं, वह ठीक अर्थों में ध्यान नहीं, धारणा है। ध्यान तो उपलब्ध होगा। जो हम प्रयोग कर रहे हैं—समझ लें, रात्रि को हमने प्रयोग किया चक्रों पर, सुबह हम प्रयोग करते हैं श्वास पर—यह सब धारणा है, यह ध्यान नहीं है। इस धारणा के माध्यम से एक घड़ी आएगी, श्वास भी विलीन हो जाएगी। इस धारणा के माध्यम से एक घड़ी आएगी कि शरीर भी विलीन हो जाएगा, विचार भी विलीन हो जाएंगे। जब सब विलीन हो जाएगा, तो क्या शेष रहेगा? जो शेष रहेगा, उसका नाम ध्यान है। जब सब विलीन हो जाएंगे, तो जो शेष रह जाएगा, उसका नाम ध्यान है। धारणा किसी की होती है और ध्यान किसी का नहीं होता।

तो धारणा हम कर रहे हैं, चक्रों की कर रहे हैं, श्वास की कर रहे हैं। आप पूछेंगे कि बेहतर न हो कि हम ईश्वर की धारणा करें? बेहतर न हो कि हम किसी मूर्ति की धारणा करें?

वह खतरनाक है। वह खतरनाक इसलिए है कि मूर्ति की धारणा करने से वह अवस्था नहीं आएगी, जिसको मैं ध्यान कह रहा हूं। मूर्ति की धारणा करने से मूर्ति ही आती रहेगी। और जितनी मूर्ति की धारणा घनी होती जाएगी, उतनी मूर्ति ज्यादा आने लगेगी।

रामकृष्ण को ऐसा हुआ था। वे काली के ऊपर ध्यान करते थे, धारणा करते थे। फिर धीरे-धीरे उनको ऐसा हुआ कि काली के उनको साक्षात होने लगे अंतस में। आंख बंद करके वह मूर्ति सजीव हो जाती। वे बड़े रसमुग्ध हो गए, बड़े आनंद में रहने लगे। फिर वहां एक संन्यासी का आना हुआ। और उस संन्यासी ने कहा कि 'तुम यह जो कर रहे हो, यह केवल कल्पना है, यह सब इमेजिनेशन है। यह परमात्मा का साक्षात नहीं है।' रामकृष्ण ने कहा, 'परमात्मा का साक्षात नहीं है? मुझे साक्षात होता है काली का।' उस संन्यासी ने कहा, 'काली का साक्षात परमात्मा का नहीं है।'

किसी को काली का होता है, किसी को क्राइस्ट का होता है, किसी को कृष्ण का होता है। ये सब मन की ही कल्पनाएं हैं। परमात्मा के साक्षात का कोई रूप नहीं है। और परमात्मा का कोई चेहरा नहीं है, और परमात्मा का कोई ढंग नहीं है, और कोई आकार नहीं है। जिस क्षण चेतना निराकार में पहुंचती है, उस क्षण वह परमात्मा में पहुंचती है।

परमात्मा का साक्षात नहीं होता है, परमात्मा से सम्मिलन होता है। आमने-सामने कोई खड़ा नहीं होता कि इस तरफ आप खड़े हैं, उस तरफ परमात्मा खड़े हुए हैं! एक घड़ी आती है कि आप लीन हो जाते हैं समस्त सत्ता के बीच, जैसे बूंद सागर में गिर जाए। और उस घड़ी में जो अनुभव होता है, वह अनुभव परमात्मा का है।

परमात्मा का साक्षात या दर्शन नहीं होता। परमात्मा के मिलन की एक अनुभूति होती है, जैसे बूंद को सागर में गिरते वक्त अगर हो, तो होगी।

तो उस संन्यासी ने कहा, 'यह तो भूल है। यह तो कल्पना है।' और उसने रामकृष्ण से कहा कि 'अपने भीतर जिस भांति इस मूर्ति को आपने खड़ा किया है, उसी भांति इसको दो टुकड़े कर दें। एक कल्पना की तलवार उठाएं और मूर्ति के दो टुकड़े कर दें।'

रामकृष्ण बोले, 'तलवार! वहां कैसे तलवार उठाऊंगा?' उस संन्यासी ने कहा, 'जिस भांति मूर्ति को बनाया, वह भी एक धारणा है। तलवार की भी धारणा करें और तोड़ दें। कल्पना से कल्पना खंडित हो जाए। जब मूर्ति गिर जाएगी और कुछ शेष न रह जाएगा—जगत तो विलीन हो

गया है, अब एक मूर्ति रह गयी है, उसको भी तोड़ दें—जब खाली जगह रह जाएगी, तो परमात्मा का साक्षात होगा।' उसने कहा, 'जिसको आप परमात्मा समझे हैं, वह परमात्मा नहीं है। परमात्मा को पाने में लास्ट हिंड्रेंस, वह आखिरी अवरोध है, उसको और गिरा दें।'

रामकृष्ण को बड़ा कठिन पड़ा। जिसको इतने प्रेम से संवारा, जिस मूर्ति को वर्षों साधा, जो मूर्ति बड़ी मुश्किल से जीवित मालूम होने लगी, उसको तोड़ना! वे बार-बार आंख बंद करते और वापस लौट आते और वे कहते कि 'यह कुकृत्य मुझसे नहीं हो सकेगा!' उस संन्यासी ने कहा, 'नहीं हो सकेगा, तो परमात्मा का सान्निध्य नहीं होगा।' उस संन्यासी ने कहा, 'परमात्मा से तुम्हारा प्रेम थोड़ा कम है। एक मूर्ति को तुम परमात्मा के लिए हटाने के लिए राजी नहीं हो!' उसने कहा, 'परमात्मा से तुम्हारा प्रेम थोड़ा कम है। एक मूर्ति को तुम परमात्मा के लिए हटाने को राजी नहीं हो!'

हमारा भी परमात्मा से प्रेम बहुत कम है। हम भी बीच में मूर्तियां लिए हुए हैं, और संप्रदाय लिए हुए हैं, और ग्रंथ लिए हुए हैं। और कोई उनको हटाने को राजी नहीं है।

उसने कहा कि 'तुम बैठो ध्यान में और मैं तुम्हारे माथे को कांच से काट दूंगा। और जब तुम्हें भीतर लगे कि मैं तुम्हारे माथे को कांच से काट रहा हूं, एक हिम्मत करना और दो टुकड़े कर देना।' रामकृष्ण ने वह हिम्मत की और जब उनकी हिम्मत पूरी हुई, उन्होंने मूर्ति के दो टुकड़े कर दिए। तो लौटकर उन्होंने कहा, 'आज पहली दफा समाधि उपलब्ध हुई। आज पहली दफा जाना कि सत्य क्या है। आज पहली दफे कल्पना से मुक्त हुए और सत्य में प्रविष्ट हुए।'

तो इसलिए मैं किसी कल्पना करने को नहीं कह रहा हूं। कल्पना का मतलब यह, किसी ऐसी कल्पना को करने को नहीं कह रहा हूं, जो कि बाधा हो जाए। और जो थोड़ी-सी बातें मैंने कही हैं—जैसे चक्रों की, जैसे श्वास की—इनसे कोई बाधाएं नहीं, क्योंकि इनसे कोई प्रेम पैदा नहीं होता। और इनसे कोई मतलब नहीं है। ये केवल कृत्रिम उपाय हैं, जिनके माध्यम से भीतर प्रवेश हो जाएगा। और ये बाधाएं नहीं हो सकते हैं।

तो केवल उन कल्पनाओं के प्रयोग की बात कर रहा हूं, जो अंततः ध्यान में प्रवेश होने में बाधा न बन जाएं। इसलिए मैंने किसी का ध्यान करने को आपको नहीं कहा है, सिर्फ ध्यान में जाने को कहा है। ध्यान करने को नहीं, ध्यान में जाने को कहा है। किसी का ध्यान नहीं करना है, अपने भीतर ध्यान में पहुंचना है। इसे थोड़ा स्मरण रखेंगे, तो बहुत-सी बातें साफ हो सकेंगी।

एक मित्र ने पूछा है, आत्मिक शक्तियां उच्च होते हुए भी सांसारिक रुचियों के सम्मुख परास्त क्यों हो जाती हैं?

आज तक नहीं हुईं। आज तक आध्यात्मिक रुचियां सांसारिक रुचियों के सामने कभी परास्त नहीं हुई हैं। आप कहेंगे, गलत कह रहा हूं, क्योंकि आपको अपने भीतर रोज पराजय मालूम होती होगी। लेकिन मैं आपको कहूं, आपको आध्यात्मिक रुचि है? जो पराजित होती है, वह है ही नहीं, सिर्फ एक आध्यात्मिक विचार है सुना हुआ। कोई अगर यह कहे कि हीरों की मौजूदगी में भी, कंकड़ों के सामने हीरे पराजित हो जाते हैं, तो हम क्या कहेंगे! हम कहेंगे, हीरे वहां होंगे ही नहीं। हीरे काल्पनिक होंगे और कंकड़ असली होंगे। तो हीरे हार जाएंगे और कंकड़ जीत जाएंगे। और हीरे अगर वास्तविक हुए, तो कंकड़ों के सामने कैसे हार जाएंगे?

आप सोचते होंगे कि हमारे जीवन में तो सांसारिक वृत्तियां हमारी सब आध्यात्मिक वृत्तियों को पराजित कर देती हैं। आध्यात्मिक वृत्तियां कहां हैं? तो जो पराजय मालूम होती है, वह केवल काल्पनिक है। दूसरा पक्ष मौजूद ही नहीं है।

आप निरंतर सोचते होंगे कि घृणा जीत जाती है और प्रेम हार जाता है। लेकिन प्रेम है कहां? आप सोचते होंगे, धन को पाने की आकांक्षा जीत जाती है और परमात्मा को पाने की आकांक्षा हार जाती है; वह है कहां? अगर वह हो, तो कोई आकांक्षा उसके सामने जीत नहीं सकती। वह अगर हो, तो कोई आकांक्षा टिक भी नहीं सकती, जीतने का तो प्रश्न ही नहीं है।

अगर कोई कहने लगे कि प्रकाश तो है, लेकिन अंधेरा जीत जाता है। तो हम कहेंगे, आप पागल हैं। अगर प्रकाश हो, तो अंधेरा प्रवेश ही नहीं कर सकता। लड़ाई आज तक प्रकाश और अंधेरे में हुई ही नहीं है। आज तक प्रकाश और अंधकार में कोई लड़ाई नहीं हुई, क्योंकि प्रकाश के होते ही अंधेरा मौजूद ही नहीं रह जाता है। यानि वह कभी दूसरा पक्ष नहीं है लड़ाई का, तो जीतेगा क्या? और जीतता वह तभी है, जब प्रकाश मौजूद ही नहीं होता। यानि उसकी जीत प्रकाश की गैर-मौजूदगी में ही है केवल। प्रकाश की मौजूदगी में कोई सवाल ही नहीं है, क्योंकि वह तो विलीन हो जाता है, वह होता ही नहीं है।

जिनको आप सांसारिक वृत्तियां कह रहे हैं, वे अगर आत्मिक वृत्तियां पैदा हो जाएं, तो विलीन हो जाती हैं, पायी नहीं जाती हैं। इसलिए मेरी जो चेष्टा है पूरी, वह यह है कि मैं आपको सांसारिक वृत्तियां विलीन करने पर उतना जोर नहीं दे रहा हूं, जितना मैं जोर इस बात पर दे रहा हूं कि आपमें आत्मिक वृत्ति पैदा हो। यह पाजिटिवली आपके भीतर पैदा हो।

जब विधायक रूप से आत्मवृत्ति पैदा होती है, तो सांसारिक वृत्तियां क्षीण हो जाती हैं। जिसके भीतर प्रेम पैदा होता है, उसके भीतर घृणा विलीन हो जाती है। घृणा और प्रेम में टक्कर कभी नहीं हुई; अभी तक नहीं हुई। जिसके भीतर सत्य पैदा होता है, उसके भीतर असत्य विलीन हो जाता है। असत्य और सत्य में टक्कर आज तक नहीं हुई। जिसके भीतर अहिंसा पैदा होती है, उसकी हिंसा विलीन हो जाती है। अहिंसा-हिंसा में टक्कर आज तक नहीं हुई। पराजय का तो प्रश्न ही नहीं है, मुकाबला ही नहीं होता। हिंसा इतनी कमजोर है कि अहिंसा के आते ही क्षीण हो जाती है। अधर्म बहुत कमजोर है, संसार बहुत कमजोर है, अत्यंत कमजोर है।

इसलिए हमारा मुल्क संसार को माया कहता रहा। माया का मतलब है कि जो इतना कमजोर है कि जरा-सा ही छुआ कि विलीन हो जाए। मैजिकल है। जैसे किसी ने झाड़ बता दिया आपको कि यह आम का झाड़ लगा हुआ है। लेकिन वह जादू का झाड़ है। आप पास गए, पाया, वह नहीं है। कहीं रात को एक रस्सी लटकी हुई देखी और आपने समझा सांप है। और आप पास गए और पाया, सांप नहीं है। तो वह जो रस्सी में सांप दिखायी पड़ा था, वह माया था। वह सिर्फ दिख रहा था, था नहीं।

इसलिए हमारा मुल्क इस संसार को माया कहता है, क्योंकि जो इसके करीब जाएगा, वह पाएगा सत्य को देखते ही से कि संसार है ही नहीं। जिसको हम संसार कह रहे हैं, उसने आज तक सत्य का मुकाबला नहीं किया है।

इसलिए जब आपको लगता है कि हमारी आध्यात्मिक वृत्तियां हार जाती हैं, तो एक बात

स्मरण रखें, वे वृत्तियां आपकी काल्पनिक होंगी, किताबों में पढ़कर सीख ली होंगी। वे आपके भीतर हैं नहीं।

बहुत लोग हैं! एक व्यक्ति मेरे पास आए। वे मुझसे पूछते थे कि 'पहले ऐसा होता था कि मुझे भगवान का अनुभव होने लगा था, अब मुझे नहीं होता!' मैंने उनसे कहा, 'वह कभी नहीं हुआ होगा। यह आज तक कभी हुआ है कि भगवान का अनुभव होने लगे और फिर वह न हो?' मुझे अनेक लोग आते हैं, वे कहते हैं, 'पहले हमारा ध्यान लग जाता था, अब नहीं लगता।' मैंने कहा, 'वह कभी नहीं लगा होगा। क्योंकि यह असंभव है कि वह लग गया हो और फिर न लगा हो जाए।'

जीवन में श्रेष्ठ सीढ़ियां पायी जा सकती हैं, खोयी नहीं जा सकती हैं। इसको स्मरण रखें। जीवन में श्रेष्ठ सीढ़ियां पायी जा सकती हैं, खोयी नहीं जा सकतीं। खोने का कोई रास्ता नहीं है। ज्ञान लिया जा सकता है, उपलब्ध किया जा सकता है, खोया नहीं जा सकता। यह असंभव है

पर होता क्या है, हमारे भीतर शिक्षा से, संस्कारों से कुछ धार्मिक बातें पैदा हो जाती हैं। उनको हम धर्म समझ लेते हैं। वे धर्म नहीं हैं, वे केवल संस्कार मात्र हैं। संस्कार और धर्म में भेद है। बचपन से आपको सिखाया जाता है कि आत्मा है। आप भी सीख जाते हैं। रट लेते हैं। याद हो जाता है। यह आपकी मेमोरी का, स्मृति का हिस्सा हो जाता है। बाद में आप भी कहने लगते हैं, आत्मा है। और आप समझते हैं कि हम जानते हैं कि भीतर आत्मा है।

आप बिलकुल नहीं जानते। एक सुना हुआ खयाल है, एक झूठी बात है, जो दूसरे लोगों ने आपको सिखा दी है। आपको बिलकुल पता नहीं है। फिर अगर यह आत्मा आपकी वासना के सामने हार जाए, तो आप कहेंगे, 'बड़ी कमजोर है आत्मा कि वासना के सामने हार जाती है!'

यह आत्मा आपके पास है ही नहीं। सिर्फ एक खयाल आपके भीतर है। और वह खयाल समाज ने पैदा कर दिया है, वह भी आपका नहीं है। अपने अनुभव से जब आत्मिक शक्तियों की ऊर्जा जागती है, तो संसार की शक्तियां तिरोहित हो जाती हैं। वे फिर नहीं पकड़ती हैं।

इसे स्मरण रखें। और जब तक पराजय होती हो, तब तक समझें कि जिसे आपने धर्म समझा है, वह सुना हुआ धर्म होगा, जाना हुआ धर्म नहीं है। किसी ने बताया होगा, आपने अनुभव नहीं किया है। मां-बाप से सुना होगा। परंपराओं ने आपसे कहा है, आपके भीतर घटित नहीं हुआ है। यानि प्रकाश, आप सोचते हैं कि है; है नहीं, इसलिए अंधकार जीत जाता है। और जब प्रकाश होता है, उसका होना ही अंधकार की पराजय है। अंधकार से प्रकाश लड़ता नहीं है, उसका होना ही, उसका एक्झिस्टेंस मात्र, उसकी सत्ता मात्र अंधकार की पराजय है।

इसे स्मरण रखें। और जो थोथी धार्मिक प्रवृत्तियां, आध्यात्मिक प्रवृत्तियां हारती हों, उन्हें थोथा समझकर बाहर फेंक दें। उनका कोई मतलब नहीं है। वास्तविक वृत्तियों को पैदा करने की समझ तभी आपमें आएगी, जब थ।थी वृत्तियों को फेंकने की समझ आ जाए।

हममें से बहुत-से लोग अत्यंत काल्पनिक चीजों को ढोते रहते हैं, जो उनके पास नहीं हैं। यानि हम ऐसे भिखमंगों में से हैं, जो अपने को बादशाह समझे रहते हैं, जो कि हम नहीं हैं। इसलिए जब खीसे में हाथ डालते हैं और पैसे नहीं पाते हैं, तो हम कहते हैं, 'यह बादशाहत कैसी

है!' वह बादशाहत है ही नहीं। भिखमंगों को एक शौक होता है, बादशाह के सपने देख लेने का। और सभी भिखमंगे जमीन पर बादशाह होने के सपने देखते रहते हैं।

तो जितने हम सांसारिक होते हैं, उतने ही धार्मिक होने के सपने भी देखते हैं। सपनों की कई तरकीबें हैं। सुबह मंदिर हो आते हैं। कभी कुछ थोड़ा दान-दक्षिणा भी करते हैं। कभी व्रत-उपवास भी रख लेते हैं। कभी कोई गीता, कुरान, बाइबिल भी पढ़ लेते हैं। तो यह भ्रम पैदा होता है कि हम धार्मिक हैं। ये सब धार्मिक होने का भ्रम पैदा करने के रास्ते हैं। और फिर जब ये धार्मिक प्रवृत्तियां जरा-सी सांसारिक प्रवृत्ति के सामने हार जाती हैं, तो बड़ा क्लेश होता है, बड़ा पश्चात्ताप होता है। और हम सोचते हैं, 'धार्मिक प्रवृत्तियां कितनी कमजोर हैं और सांसारिक प्रवृत्तियां कितनी प्रबल हैं!' आपमें धार्मिक प्रवृत्तियां हैं ही नहीं। धार्मिक होने का आप धोखा अपने को दे रहे हैं।

तो जो प्रवृत्ति हारती हो वासना के समक्ष, उसे जानना कि वह मिथ्या है। यह कसौटी है। जो आध्यात्मिक प्रवृत्ति सांसारिक प्रवृत्ति के सामने हारती हो, इसे कसौटी समझना कि वह मिथ्या है, वह झूठी है। जिस दिन कोई ऐसी प्रवृत्ति भीतर पैदा हो जाए कि जिसके मौजूद होते ही सांसारिक प्रवृत्तियां विलीन हो जाएं, खोजे से न मिलें, उस दिन समझना कि कुछ घटित हुआ है; किसी धर्म का अवतरण हुआ है।

सुबह सूरज ऊग आए और अंधेरा वैसे ही का वैसा बना रहे, तो हम समझेंगे कि सपने में देख रहे हैं कि सूरज ऊग आया है। जब सूरज ऊगता है, अंधकार अपने आप विलीन हो जाता है। आज तक सूरज का अंधकार से मिलना नहीं हुआ है। अभी तक सूरज को पता नहीं है कि अंधकार भी होता है। उसको पता हो भी नहीं सकता है। आज तक आत्मा को पता नहीं है कि वासना होती भी है। जिस दिन आत्मा जागती है, वासना पायी नहीं जाती। उनकी अभी तक मुलाकात नहीं हुई है।

इसे स्मरण रखें। इसे कसौटी की तरह स्मरण रखें। वह कसौटी उपयोगी होगी।

एक मित्र ने पूछा है कि साधना में तपश्चर्या की जरूरत है या नहीं?

मैं जो आपको कह रहा हूं—शरीर-शुद्धि, विचार-शुद्धि, भाव-शुद्धि, शरीर-शून्यता, विचार-शून्यता, भाव-शून्यता—यह तपश्चर्या है।

तपश्चर्या से लोग क्या समझते हैं? कोई आदमी धूप में खड़ा है, तपश्चर्या कर रहा है! कोई आदमी कांटों में लेटा हुआ है, तपश्चर्या कर रहा है! कोई आदमी भूखा बैठा हुआ है, तपश्चर्या कर रहा है! तपश्चर्या की हमारी दृष्टियां अत्यंत मैटीरियलिस्टिक हैं, बहुत शारीरिक हैं, हमारी दृष्टि तपश्चर्या की जो है। तपश्चर्या का अर्थ हमारे लिए शरीर-कष्ट है। शरीर को कोई कष्ट दे रहा है, तो तपश्चर्या कर रहा है। जब कि तपश्चर्या का कोई संबंध शरीर के कष्ट से नहीं है। तपश्चर्या बड़ी अदभुत बात है। तपश्चर्या कुछ बात ही और है।

एक आदमी उपवास कर रहा है। हम समझते हैं, तपश्चर्या कर रहा है। वह केवल भूखा मर रहा है। और मैं तो यह भी कहता हूं कि वह उपवास कर ही नहीं रहा है। वह केवल अनाहार है। अनाहार रहना, भोजन न करना एक बात है। उपवास में रहना बिलकुल दूसरी बात है।

उपवास का मतलब है, परमात्मा के निकट निवास। उपवास का अर्थ है, आत्मा के निकट होना। उपवास का अर्थ है, आत्मा के सान्निध्य में होना। और अनाहार का क्या मतलब है? अनाहार का मतलब है, शरीर के सान्निध्य में होना। वे विपरीत बातें हैं।

भूखा आदमी शरीर के सान्निध्य में होता है, आत्मा के सान्निध्य में नहीं। उससे तो पेट भरा हुआ आदमी कम सान्निध्य में होता है शरीर के। क्योंकि भूखा आदमी पूरे वक्त भूख की और पेट की और शरीर के संबंध में सोचता है। उसके चिंतन की धारा शरीर होती है। उसका आंतरिक सान्निध्य शरीर से और रोटी से होता है।

अगर भूखा रहना कोई सदगुण होता, तो दरिद्रता गौरव हो जाती। अगर भूखे मरना कोई आध्यात्मिकता होती, तो दरिद्र मुल्क आध्यात्मिक हो जाते। लेकिन आपको पता है, कोई दरिद्र मुल्क कभी आध्यात्मिक नहीं होता। आज तक नहीं हुआ है। जब कोई कौम समृद्ध होती है, तब वह धार्मिक हो पाती है।

जिन दिनों का आपको स्मरण है, जब ये पूरब के मुल्क धार्मिक थे, भारत धार्मिक था, वे बड़े समृद्धि के, बड़े सुख के, बड़े सौभाग्य के दिन थे। महावीर और बुद्ध राजाओं के पुत्र थे, जैनों के चौबीस तीर्थंकर राजाओं के पुत्र थे, यह आकस्मिक नहीं है। अभी तक किसी दरिद्र घर में कोई तीर्थंकर क्यों पैदा नहीं हुआ?

पीछे कारण है। अत्यंत समृद्धि में पहली बार तपश्चर्या शुरू होती है। दरिद्र तो शरीर के निकट होता है, समृद्ध शरीर से मुक्त होने लगता है। इस अर्थों में मुक्त होने लगता है कि उसकी जरूरतें तो शरीर की पूरी हो गयी होती हैं और नयी जरूरतों का उसे पहली दफा बोध होता है, जो आत्मा की हैं।

इसलिए मैं भूखे मरने के पक्ष में नहीं हूं, न किसी को भूखे मारने के पक्ष में हूं और न गरीबी को अध्यात्मवाद कहता हूं। जो लोग ऐसा कहते हैं, वे धोखे में हैं और दूसरों को धोखे में डाल रहे हैं। और वे केवल गरीबी का समर्थन कर रहे हैं और संतोष के झूठे रास्ते निकाल रहे हैं।

भूखे रहने का कोई मूल्य नहीं है, उपवास का मूल्य है। हां, यह हो सकता है कि उपवास की हालत में भोजन का स्मरण न रहे और अनाहार हो जाए। यह बिलकुल दूसरी बात है।

महावीर तपश्चर्या करते थे, तो भूखे रहने की नहीं करते थे, उपवास की कर रहे थे। उपवास का मतलब है, वे निरंतर कोशिश कर रहे थे कि आत्मा के सान्निध्य में पहुंच जाऊं। किसी घड़ी जब वे आत्मा के सान्निध्य में पहुंच जाते थे, शरीर का बोध भूल जाता था। ये घड़ियां लंबी हो सकती हैं। एक दिन, दो दिन, महीना भी बीत सकता है।

महावीर के बाबत कहा जाता है, बारह वर्षों की तपश्चर्या में उन्होंने केवल तीन सौ पचास दिन भोजन लिया। महीने और दो-दो महीने भी बिना भोजन के बीते। आप सोचते हैं, भूखे अगर रहते, तो दो महीने बीत सकते थे? भूखा आदमी तो मर जाता। लेकिन महावीर नहीं मरे, क्योंकि शरीर का बोध ही नहीं था उन क्षणों में। आत्मा की इतनी निकटता थी, इतना सान्निध्य था कि शरीर है, इसका भी पता नहीं था।

और यह बड़े रहस्य की बात है। अगर आपको शरीर है, इसका पता न रह जाए, तो शरीर बिलकुल दूसरी व्यवस्था से काम करने लगता है और उसे भोजन की जरूरत नहीं रह जाती।

अब यह एक बड़ी वैज्ञानिक बात है। अगर आपको बिलकुल शरीर का बोध न रह जाए, तो शरीर बहुत दूसरी व्यवस्था से काम करने लगता है और उसे भोजन की उतनी जरूरत नहीं रह जाती। और जितना व्यक्ति आत्मिक जीवन में प्रविष्ट होता है, उतना ही वह भोजन से बहुत सूक्ष्म, बहुत सूक्ष्म शक्ति को उत्पन्न करना संभव उसके लिए हो जाता है, जो कि सामान्य व्यक्ति को संभव नहीं होता।

तो महावीर जब भूखे रहे, उसका कुल कारण इतना है कि वे आत्मा के इतने निकट थे कि उन्हें याद नहीं रहा। पीछे संभवतः एक घटना घटी।

एक संन्यासी मेरे पास थे, वे मुझसे एक दिन बोले कि 'मैं आज उपवास किया हूं।' मैंने कहा, 'अनाहार किया होगा, उपवास क्या किया होगा!' वे बोले, 'अनाहार और उपवास में क्या फर्क है?' मैंने कहा, 'अनाहार में यह है कि हम भोजन छोड़ देते हैं और भोजन का चिंतन करते हैं। और उपवास का अर्थ यह है कि हमें भोजन से कोई मतलब ही नहीं होता, हम आत्मा के चिंतन में होते हैं और भोजन भूल जाता है।'

उपवास तो तपश्चर्या है और अनाहार शरीर-कष्ट है, शरीर-दमन है। अनाहार अहंकारी लोग करते हैं, उपवास निरहंकारी करते हैं। अनाहार में दंभ की तृप्ति होती है, मैं इतने दिन अनाहार रहा! चारों तरफ प्रशंसा और सुख सुनने में आता है। चारों तरफ धार्मिक होने की खबर फैलती है। थोड़े-से शरीर-कष्ट में इतने दंभ की तृप्ति होती है। तो जो बहुत दंभी होते हैं, वे इतना करने को राजी हो जाते हैं।

यह मैं आपसे स्पष्ट कहूं, ये अहंकार की ही वृत्तियां हैं। ये धर्म की वृत्तियां नहीं हैं। धार्मिक व्यक्ति जरूर उपवास करते हैं, अनाहार नहीं करते। उपवास का मतलब यह है कि वे सतत संलग्न होते हैं इस चेष्टा में कि आत्मा की निकटता मिल जाए। और जब वे आत्मा के निकट होने लगते हैं, तो कभी ऐसे मौके आते हैं कि भोजन भूल जाता है, स्मरण नहीं होता।

इसे मैं हर तरह से आपको कहूं, यानि न केवल यह इस मामले में, बल्कि हर मामले में सही है। कल पीछे मैं सेक्स की और प्रेम की बात आपसे कर रहा था या कोई और बात हो। जो आदमी सेक्स के दमन में लगा है, वह हमको तपस्वी मालूम होगा, जब कि वह तपस्वी नहीं है। तपस्वी वह है, जो प्रेम के विकास में लगा है। और प्रेम के विकास से सेक्स अपने आप विलीन हो जाएगा। परमात्मा की निकटता जैसे-जैसे मिलने लगेगी, शरीर के बाबत बहुत-से परिवर्तन हो जाएंगे। शरीर की दृष्टि बदल जाएगी; देह-दृष्टि परिवर्तित हो जाएगी।

तपश्चर्या मैं उस विज्ञान को कहता हूं, जिसके माध्यम से व्यक्ति, 'मैं देह हूं', इसे भूलकर, 'मैं आत्मा हूं', इसे जानता है। तपश्चर्या एक टेक्नीक की बात है। तपश्चर्या एक टेक्नीक है, एक सेतु है, एक रास्ता है, जिसके माध्यम से व्यक्ति मैं देह हूं, इसको भूल जाता है और उसे इस बोध का जन्म होता है कि मैं आत्मा हूं।

लेकिन भ्रांत तपश्चर्याएं सारी दुनिया में चली हैं और उन भ्रांत तपश्चर्याओं ने बड़े खतरे पैदा किए हैं। उनसे कुछ दंभियों का दंभ तो तृप्त होता है, लेकिन जन-मानस को नुकसान पहुंचता है। क्योंकि जन-मानस समझता है, यही तपश्चर्या है, यही साधना है, यही योग है। ये कुछ साधनाएं नहीं हैं, कुछ योग नहीं हैं।

और एक बात आपको कह दूं, जो लोग इस तरह से शरीर-दमन में उत्सुक होते हैं, वे कुछ न्यूरोटिक होते हैं, थोड़े-से विक्षिप्त होते हैं। और भी मैं आपको एक बात कहूं कि जो लोग अपने शरीर को कष्ट देने में मजा लेते हैं, ये वे ही लोग हैं, जिन्होंने किसी दूसरे के शरीर को कष्ट देने में मजा लिया होता। और यह केवल परिवर्तन की बात है कि जो कष्ट इन्होंने दूसरों को देने में मजा लिया होता, ये अपने ही शरीर को देकर ले रहे हैं। ये हिंसक लोग हैं। यह आत्महिंसा है। यह अपने साथ हिंसा है।

और यह भी मैं आपको स्मरण दिला दूं, मनुष्य के भीतर दो तरह की वृत्तियां होती हैं। एक उसमें जीवन की वृत्ति होती है कि मैं जीवित रहूं। आपको यह शायद पता न हो, उसमें एक मृत्यु की वृत्ति भी होती है कि मैं मर जाऊं। अगर मृत्यु की वृत्ति न हो, तो दुनिया में आत्महत्याएं नहीं हो सकती हैं। मृत्यु की एक सोयी हुई वृत्ति, एक डेथ इंस्टिंक्ट हर आदमी के भीतर है। ये दोनों उसके साथ बैठी हुई हैं।

वह जो मृत्यु की वृत्ति है, वह अनेक बार आदमी को अपनी ही हत्या करने के लिए उत्सुक करती है। उसमें भी रस आना शुरू हो जाता है। कई लोग एकदम आत्महत्या कर लेते हैं, कुछ लोग धीरे-धीरे करते हैं। जो धीरे-धीरे करते हैं, वे हमें लगते हैं, तपस्वी हैं। जो एकदम कर लेते हैं, हम कहते हैं, उन्होंने आत्महत्या कर ली। जो धीरे-धीरे करते हैं, वे हमें लगते हैं, तपस्वी हैं।

तपश्चर्या आत्महत्या नहीं है। तपश्चर्या का मृत्यु से संबंध नहीं है, अनंत जीवन से संबंध है। तपश्चर्या मरने को नहीं और पूर्ण जीवन को पाने को उत्सुक होती है।

तो तपश्चर्या की मेरी दृष्टि, जो मैंने अभी तीन सूत्र आपसे कहे हैं और तीन सूत्र की और हम चर्चा करेंगे, उन छः सूत्रों से है। उन छः सूत्रों में जो प्रवेश करता है। क्या आप नहीं सोचते, क्या यह तपश्चर्या है कि कोई व्यक्ति अपनी पत्नी को छोड़कर भाग जाए? हम इसको तपश्चर्या कहेंगे, हम इसको संन्यासी कहेंगे! जब कि यह हो सकता है, यह पत्नी को छोड़कर भाग गया हो और पत्नी का चिंतन करता हो। तपश्चर्या यह है कि पत्नी पास बैठी रहे और भूल जाए। तपश्चर्या यह है कि पत्नी पास बैठी रहे और भूल जाए, तपश्चर्या यह नहीं है कि हम भाग जाएं दूर और चिंतन उसका चलता रहे।

और स्मरण रखिए, जो लोग जिन चीजों को छोड़कर भागते हैं, वे लोग उन्हीं चीजों का चिंतन करते रहते हैं। यह असंभव है कि उनको उन्हीं चीजों का चिंतन न चले। क्योंकि अगर वे ऐसे लोग होते कि उन चीजों का चिंतन उन्हें नहीं चलेगा, तो उनकी मौजूदगी में भी नहीं चलता।

और मैं आपको यह भी कहूं, चीजें जब मौजूद होती हैं, तो उनका चिंतन नहीं चलता है; जब वे मौजूद नहीं रह जाती हैं, तब चिंतन चलता है। क्या आपको खुद इसका अनुभव नहीं है? जो मौजूद है, उसका चिंतन नहीं चलता। चिंतन, जो मौजूद नहीं रह जाता, उसका चलता है। जिनको आप प्रेम करते हैं, अगर वे आपके निकट हैं, तो आप उनको भूल जाते हैं; जब वे दूर होते हैं, तो वे याद आने लगते हैं। वे जितने दूर होते हैं, उतनी प्रगाढ़ उनकी स्मृति घनी होने लगती है।

संन्यासी जिनको हम कहते हैं, उनके कष्ट का आपको पता नहीं है। और अगर दुनिया के सारे संन्यासी ईमानदार हों, तो संन्यासी होने का भ्रम टूट जाए। और अगर वे ईमान से अपनी

आत्मव्यथा को कह दें, जो उनके भीतर घटित होता है और जो वेदनाएं वे सहते हैं और जिन वासनाओं से वे ग्रसित होते हैं और जो वासनाएं उन्हें पीड़ा देती हैं और जो शैतान उन्हें सताता हुआ मालूम होता है, अगर वे उस सबको खोल दें, तो आपको पता चले कि नर्क जमीन पर और कहीं नहीं हो सकता है। यह मैं इसलिए आपको विश्वास से कह रहा हूं कि नर्क जमीन पर और कहीं नहीं हो सकता है, उस आदमी का जीवन नर्क है, जिसने वृत्तियों का समपरिवर्तन, ट्रांसफार्मेशन तो नहीं किया और जो भाग खड़ा हुआ है।

तपश्चर्या भागना नहीं है, ट्रांसफार्मेशन है। तपश्चर्या रिनंसिएशन नहीं है, ट्रांसफार्मेशन है। तपश्चर्या त्याग नहीं है, समपरिवर्तन है। उस समपरिवर्तन से जो भी घटित हो, वह ठीक है। भागने से, त्यागने से जो भी घटित हो, वह ठीक नहीं है। और काश, हमें यह समझ में आ जाए, तो बहुत लाभ हो सकता है।

लाखों जीवात्माएं कष्ट भोग रही हैं। उनका मजा एक ही है, वह सिर्फ दंभ की तृप्ति का है। वह भी उनमें से थोड़ों का तृप्त हो पाता है, सभी का तृप्त नहीं हो पाता। उसमें जो बहुत प्रतिभाशाली होते हैं किसी कारण से, उनका दंभ तो तृप्त हो जाता है, शेष सिर्फ कष्ट भोगते हैं। लेकिन इस आशा में कि शायद स्वर्ग मिलेगा, शायद नर्क से बच जाएंगे, शायद मोक्ष मिलेगा। वही लोभ जो आपको पकड़े हुए है, उन्हें पकड़े रहता है। और लोभ बहुत-से कष्ट सहने की सामर्थ्य दे देता है। एक साधारण आदमी भी लोभ में बहुत कष्ट सह लेता है। एक साधारण धन का कामी भी कितने कष्ट सहता है धन को पाने में! स्वर्ग के लोभी भी सह लेते हैं।

जब क्राइस्ट को लोग हत्या के लिए सूली पर ले जाने लगे, तो उनके एक शिष्य ने पूछा, 'यह तो बता दें, हमने आपके लिए यह सब छोड़ा, भगवान के राज्य में हमारे साथ क्या व्यवहार होगा?' उसने कहा, 'हमने आपके लिए सब छोड़ा, भगवान के राज्य में हमारे लिए क्या स्थान होगा? क्या व्यवहार होगा?' क्राइस्ट ने उसे बहुत दया से देखा होगा और शायद दयावश या मजाक में, पता नहीं उन्होंने क्यों कहा, उन्होंने कहा, 'भगवान के पास ही तुम्हारे लिए भी स्थान रहेगा।' वह आदमी खुश हो गया। उसने कहा, 'तब ठीक है।'

इस आदमी को त्यागी कहिएगा? इससे बड़े लोभी खोजने जमीन पर मुश्किल हैं। जिसने पूछा कि 'हमने सब छोड़ा और वहां क्या मिलेगा?' जिसको मिलने का खयाल है, उसने कुछ छोड़ा ही नहीं। इसलिए यह सारी तपश्चर्या वाली जो बातें हैं, इन तपश्चर्या की बात करने वाले हरेक साथ में प्रलोभन भी देते हैं कि इस तपश्चर्या के साथ यह मिलेगा।

वह तपश्चर्या झूठी है, जिसमें मिलने का खयाल है। क्योंकि वह तपश्चर्या ही नहीं है, वह लोभ का एक रूप है। इसलिए जितनी तपश्चर्याएं हैं, आपको सब में साथ लगा हुआ मिलेगा पीछे ही कि इस तपश्चर्या को करने से यह मिलेगा। और जिन-जिन ने यह तपश्चर्या की पीछे इतिहास में, उनको यह-यह मिला है। ये सब ग्रीड के, लोभ के रूप हैं।

तपस्वी वह है, सिर्फ एक ही तपश्चर्या है और वह यह है कि वह स्वयं को जानने में लगे। इस वजह से नहीं कि स्वयं को जानने से कोई स्वर्ग में जगह मिल जाएगी, कोई बहिश्त में जगह मिल जाएगी, कोई बड़ा सुख होगा, बल्कि इसलिए कि स्वयं को न जानना जीवन को ही नहीं जानना है। और स्वयं को न जानना—जिसमें थोड़ा भी बोध है, उसे स्वयं को जानने की वृत्ति का

और विचार का पैदा न हो जाना असंभव है। उसे हो ही जाएगा कि वह जाने कि मैं कौन हूं, कि वह परिचित हो कि मेरे भीतर यह जीवन-शक्ति क्या है।

तपश्चर्या जीवन-सत्य को जानने का उपाय है। तपश्चर्या शरीर-दमन नहीं है। हां, यह हो सकता है कि तपस्वी को बहुत-सी बातें घटित होती हों, जो आपको लगती हों कि वह देह-दमन कर रहा है, जब कि वह नहीं कर रहा है।

महावीर की मूर्तियां देखी हैं! उन मूर्तियों से क्या ऐसा लगता है कि इस आदमी ने देह-दमन की होगी? वैसी देहें दिखायी पड़ती हैं?

और फिर महावीर के पीछे चलने वाले संन्यासी देखे हैं! उन्हें देखकर ही लगेगा कि इन्होंने देह-दमन किया है। रूखे, सूख गए उनके प्राणस्रोत हैं। उदास और शिथिल उनकी काया है, वैसा ही चित्त भी शिथिल है। सिर्फ एक लोभ के वश खींचे चले जा रहे हैं। वह आनंद कहां है, वह शांति कहां है, जो महावीर की मूर्ति में दिखायी पड़ती है?

यह थोड़ा विचारणीय है। महावीर के शरीर पर जो भी परिणाम हुए होंगे...। महावीर ने वस्त्र छोड़ दिए। हम सोचे, उन्होंने वस्त्र छोड़ दिए, क्योंकि उन्होंने सोचा कि वस्त्र का त्याग करना चाहिए। नहीं, क्योंकि उन्होंने जाना कि नग्न होने का भी आनंद है।

मैं आपको यह बहुत एम्फेटिकली, बहुत जोर से कहना चाहता हूं। महावीर ने वस्त्र इसलिए नहीं छोड़े कि वस्त्र छोड़ने में कोई आनंद है, वस्त्र इसलिए छोड़े कि नग्न होने में कोई आनंद है। नग्न होना इतना आनंद है कि वस्त्र पहनना कष्ट हो गया। नग्न होना इतना आनंद अनुभव हुआ कि वस्त्र का होना कष्ट हो गया। वस्त्र फेंक दिए।

उनके पीछे चलने वाला संन्यासी जब वस्त्र छोड़ता है, तब उसे वस्त्र छोड़ने में आनंद नहीं होता, वस्त्र छोड़ने में कष्ट होता है। और कष्ट मानकर वह समझता है, मैं तपश्चर्या कर रहा हूं। जैसे-जैसे वस्त्र छोड़ता है, वह समझता है, मैं तपश्चर्या कर रहा हूं। महावीर के लिए वह तपश्चर्या नहीं है, केवल एक आनंद का कृत्य है। उनके पीछे अगर कोई चल रहा हो, बिना उन्हें समझे, उनकी आत्मा को समझे, वह केवल वस्त्र छोड़ेगा। वस्त्र छोड़ना उसके लिए कष्ट होगा, इसलिए इसको वह तपश्चर्या कहेगा।

तपश्चर्या कष्ट नहीं है। तपश्चर्या से बड़ा कोई आनंद नहीं है। लेकिन जो उसे बाहर से पकड़ेंगे, उन्हें वह कष्ट दिखाई पड़ेगी, उन्हें वह पीड़ा मालूम पड़ेगी। और उतनी पीड़ा उठाने के बदले वे अपने दंभ को तृप्त करेंगे जमीन पर और लोभ को तृप्त करेंगे परलोक में। मैं उसको तपश्चर्या नहीं कहता हूं।

तपश्चर्या मन का, देह का सहयोग लेकर अंतस में प्रवेश की विधि है। वह भी इस अर्थों में दुर्गम और दुरूह है कि उसके लिए बहुत संकल्प की जरूरत है।

आप थोड़ा सोचें, अगर मैं बरसात भर भी बाहर खड़ा रहूं, तो क्या उसमें ज्यादा तपश्चर्या है या इसमें कि जब मुझे कोई गाली दे तो मेरे भीतर क्रोध न उठे? मैं कांटों पर लेटा रहूं, उसमें ज्यादा तपश्चर्या है या इसमें कि जब मुझे कोई पत्थर मारे तो मेरे हृदय से भीतर उसको पत्थर मारने की कल्पना न उठे? किस में तपश्चर्या है?

कांटों पर लेटना सर्कस में भी कोई कर सकता है। धूप में खड़ा होना केवल एक अभ्यास है।

और थोड़े दिन अभ्यास करने के बाद उसमें कोई मतलब नहीं है। वह बड़ा आसान है। वह बिलकुल आसान है। नग्न रहना एक अभ्यास है। आखिर जमीन पर सारे आदिवासी नग्न रहते हैं। लेकिन उसको हम तपश्चर्या नहीं कहते। और हम जाकर उनके पैर नहीं पड़ते कि आप नग्न हैं, तो आप बहुत बड़ा काम कर रहे हैं! हम जानते हैं, यह उनका अभ्यास है। यह उनके लिए सहज है। इसमें कोई अड़चन नहीं है, कोई कठिनाई नहीं है।

तपश्चर्या मात्र अभ्यास नहीं है कि किसी चीज का अभ्यास कर लिया। लेकिन हम अधिकतर जिनको तपस्वी कहेंगे, उनमें से सौ में से निन्यानबे लोगों की हालत ऐसी है। मुश्किल से कभी कोई वह आदमी मिलेगा, जिसकी तपश्चर्या उसके आनंद का फल है। और जब आनंद का फल होती है तपश्चर्या, तभी वह सत्य होती है। और जब वह दुख की आराधना होती है, तब वह सुसाइडल इंस्टिंक्ट, वह आत्महत्या की वृत्ति का रूपांतर होती है और कुछ भी नहीं होती। वह धार्मिक नहीं है, वह न्यूरोटिक है; वह विक्षिप्त होने की बात है।

और दुनिया में अगर समझ बढ़ेगी, तो ऐसे संन्यासी को हम चिकित्सालय भेजेंगे, मंदिर नहीं। और यह वक्त आएगा जल्दी कि यह समझ पैदा होगी। और हमें ऐसे आदमी का इलाज करवाना पड़ेगा, जो अपने को कष्ट देने में रस ले रहा है।

अगर शरीर के द्वारा भोगने में कोई रस आ रहा है किसी को, वह भी एक बीमार है। और अगर शरीर को दुख देने में किसी को रस आ रहा है, वह उलटे छोर पर वह भी बीमार है। शरीर के माध्यम से अगर भोगने में रस आ रहा है, यह एक बीमारी है, यह भोगी की बीमारी है। और अगर शरीर को कष्ट देने में किसी को रस आ रहा है, यह भी एक बीमारी है, यह विरागी की बीमारी है।

बीमारी से मुक्त वह है, जो शरीर का उपयोग कर रहा है। शरीर से न तो रस ले रहा है, न उसके भोग से, न उसके त्याग से। शरीर केवल एक उपकरण है। उसको दबाकर या उसको फुलाकर, उस पर जिसका न कोई सुख आधारित है, न कोई दुख आधारित है; जिसके आनंद शरीर पर निर्भर नहीं हैं, जिसके आनंद आत्मा पर निर्भर हैं, वह आदमी संन्यास की तरफ गतिमान है। और जिसके आनंद शरीर पर निर्भर हैं...।

तो दो तरह के लोग हैं, जिनके आनंद शरीर पर निर्भर हैं। एक वे लोग, जो ज्यादा खाकर आनंद लेते हैं। एक वे लोग, जो अनाहार रहकर आनंद लेते हैं। लेकिन दोनों शरीर का आनंद ले रहे हैं। यानि अगर उनका कोई भी रस है, तो वह शरीर से बंधा हुआ है।

इसलिए भोगी और इस तल के संन्यासी, दोनों को मैं भौतिकवादी और शरीरवादी कहता हूं। धर्म के इस शरीरवादी रूपांतर से बहुत अहित हुआ है। धर्म को वापस, उसके आत्मिक रूपों को प्रतिष्ठापित करने की जरूरत है।

इसी संबंध में एक अंतिम प्रश्न और। किसी ने पूछा है कि राग और विराग और वीतराग में क्या भेद है?

जो मैंने अभी बात कही, उसे अगर समझेंगे, तो राग का अर्थ है, किसी चीज में आसक्ति; विराग का अर्थ है, उस आसक्ति का विरोध। एक व्यक्ति धन इकट्ठा करता है, यह राग है। और एक आदमी धन को लात मारकर भाग जाता है, यह विराग है।

लेकिन दोनों की दृष्टि धन पर लगी है। जो इकट्ठा कर रहा है, वह भी धन का चिंतन करता है। जो छोड़कर जा रहा है, वह भी धन का चिंतन करता है। एक उसे इकट्ठा करके मजा ले रहा है कि मेरे पास इतना है। इतना है, इससे उसका दंभ परिपूरित हो रहा है। दूसरा इससे दंभ को परिपूरित कर रहा है कि मैंने इतने को छोड़ा है।

आप हैरान होंगे, जिनके पास धन है, वे भी आंकड़े रखते हैं कि कितना है। और जिन्होंने छोड़ा है, वे भी आंकड़े रखते हैं कि कितना छोड़ा है। साधुओं और संन्यासियों की फेहरिस्तें निकलती हैं कि उन्होंने कितने उपवास किए हैं! कितने-कितने प्रकार के उपवास किए हैं, सबका हिसाब-किताब रखते हैं। क्योंकि त्याग का भी हिसाब होता है, भोग का भी हिसाब होता है। राग भी हिसाब करता है, विराग भी हिसाब करता है। क्योंकि दोनों की नजर एक है, दोनों का बिंदु एक है, दोनों की पकड़ एक है।

वीतराग का अर्थ विराग नहीं है। वीतराग का अर्थ राग और विराग दोनों से मुक्त होना है। वीतराग का अर्थ है, चित्त की वह स्थिति कि न हम आसक्त हैं, न हम अनासक्त हैं। हमें कोई मतलब ही नहीं है। एक व्यक्ति के पास धन पड़ा हो, उसे कोई मतलब ही नहीं।

कबीर का एक लड़का था, कमाल। कबीर को अत्यंत विराग की आदत थी। कमाल की आदतें उन्हें पसंद नहीं थीं। कमाल को कोई भेंट कर जाता कुछ, तो कमाल रख लेता। कबीर ने उसे कई बार कहा कि 'किसी की भेंट स्वीकार मत करो। हमें धन की कोई जरूरत नहीं।' उसने कहा, 'अगर धन बेकार है, तो नहीं कहने की भी क्या जरूरत है? अगर धन बेकार है, तो हम उसको मांगने नहीं गए, क्योंकि बेकार है। फिर कोई यहां पटकने आ गया, तो हम उसे नहीं भी नहीं करते, क्योंकि बेकार है।'

कबीर को पसंद नहीं पड़ा। उन्होंने कहा कि 'तुम अलग रहो।' उनका विराग इससे खंडित होता था। कमाल अलग कर दिया गया। वह अलग झोपड़े में रहने लगा।

काशी के नरेश मिलने जाते थे। उन्होंने पूछा, 'कमाल दिखाई नहीं पड़ता!' कबीर ने कहा, 'उसके ढंग मुझे पसंद नहीं। आचरण शिथिल है। अलग किया है। अलग रहता है।' पूछा, 'क्या कारण है?' कहा, 'धन पर लोभ है। कोई कुछ देता है, तो ले लेता है।'

वह राजा गया। उसने एक बहुत बहुमूल्य हीरा जाकर उसके पैर में रखा और नमस्कार किया। कमाल ने कहा, 'लाए भी तो एक पत्थर लाए!' कमाल ने कहा, 'लाए भी तो एक पत्थर लाए!' राजा को हुआ कि कबीर तो कहते थे कि उसका मोह है। और वह तो कहता है कि लाए भी तो एक पत्थर लाए! तो वह उठाकर उसे रखने लगा। तो कमाल ने कहा, 'अगर पत्थर है, तो अब वापस ढोने का कष्ट मत करो।' कमाल ने कहा, 'अगर पत्थर है, तो वापस ढोने का कष्ट मत करो। नहीं तो अब भी तुम उसको हीरा समझ रहे हो।' राजा बोला, 'यह तो कुछ चालाकी की बात है।' फिर उसने कहा कि 'मैं इसे कहां रख दूं?' कमाल ने कहा, 'अगर पूछते हो कि कहां रख दूं, तो फिर पत्थर नहीं मानते। कहां रख दूं पूछते हो, तो फिर पत्थर नहीं मानते। डाल दो। रखने की क्या बात है!' फिर उसने झोपड़े में खोंस दिया सनोलियों में। वह चला गया। उसने सोचा कि यह तो बेईमानी की बात है। मैं मुड़ा और वह निकाल लिया जाएगा।

वह छः महीने बाद वापस पहुंचा। उसने जाकर कहा कि 'कुछ समय पहले मैं कुछ भेंट कर

गया था।' कमाल ने कहा, 'बहुत लोग भेंट कर जाते हैं। और अगर उनकी भेंटों में मतलब होता, तो या तो हम उत्सुकता से उनको रखते या उत्सुकता से लौटाते।' उसने कहा, 'अगर उनकी भेंटों में कोई मतलब होता, तो या तो उत्सुकता से हम रखते या उत्सुकता से लौटाते। लेकिन भेंट बेमानी है, इसलिए कौन हिसाब रखता है! जरूर दे गए होगे। तुम कहते हो, तो जरूर दे गए होगे।' उसने कहा, 'वह भेंट ऐसी आसान नहीं थी; बहुत बहुमूल्य थी। कहां है वह पत्थर जो मैं दे गया था?' कमाल ने कहा, 'यह तो मुश्किल हो गयी। तुम कहां रख गए थे?'

उसने देखा झोपड़े में जाकर, जहां उसने खोंसा था, वह पत्थर वहीं रखा हुआ था। वह हैरान हुआ। उसकी आंख खुली।

यह आदमी अदभुत था। इसके लिए वह पत्थर ही था। इसको मैं वीतरागता कहूंगा। यह विराग नहीं है। यह विराग नहीं है, यह वीतरागता है।

राग है किसी को पकड़ने में रस। विराग है उसी को छोड़ने में रस। वीतरागता का मतलब है, उसका अर्थहीन हो जाना; उसका मीनिंगलेस हो जाना। वीतरागता ही लक्ष्य है। वीतरागता ही लक्ष्य है। जो उसे उपलब्ध होते हैं, वे परम आनंद को उपलब्ध होते हैं। क्योंकि बाहर से उनके सारे बंधन क्षीण हो जाते हैं।

एक और प्रश्न इस संबंध में है कि मैंने जो साधना की भूमिका कही है, शरीर-शुद्धि, विचार-शुद्धि और भाव-शुद्धि की, क्या उसके बिना ध्यान असंभव है?

नहीं, उसके बिना भी ध्यान संभव है, लेकिन बहुत कम लोगों को संभव है। उसके बिना भी ध्यान संभव है, लेकिन बहुत कम लोगों को संभव है। अगर ध्यान में परिपूर्ण संकल्प से प्रवेश हो, तो इनमें से किसी को भी शुद्ध किए बिना ध्यान में प्रवेश हो सकता है। और प्रवेश होते ही ये सब शुद्ध हो जाएंगे। लेकिन अगर यह संभव न हो, इतना संकल्प जुटाना आसान न हो--बहुत मुश्किल है इतना संकल्प जुटाना--तो फिर क्रमशः इनको शुद्ध करना पड़ेगा।

इनके शुद्ध होने से ध्यान नहीं मिलेगा, इनके शुद्ध होने से संकल्प की प्रगाढ़ता मिलेगी। इनके शुद्ध होने से इनकी अशुद्धि में जो शक्ति व्यय होती है, वह बचेगी और वह शक्ति संकल्प में परिणत होगी और ध्यान में प्रवेश होगा। ये सहयोगी हैं, अनिवार्य नहीं हैं।

तो जिनको भी संभव न मालूम पड़े कि ध्यान में सीधा प्रवेश हो सकता है, उनके लिए अनिवार्य हैं, अन्यथा उनका ध्यान में प्रवेश ही नहीं हो सकेगा। लेकिन अनिवार्य इसलिए नहीं हैं कि अगर किसी में बहुत प्रगाढ़ संकल्प हो, तो एक क्षण में भी बिना कुछ किए ध्यान में प्रवेश हो सकता है। एक क्षण में भी! अगर कोई अपने पूरे प्राणों को इकट्ठा पुकारे और कूद जाए, तो कोई वजह नहीं है कि उसे कोई रोकने को है। कोई रोकने को नहीं है, कोई अशुद्धि रोकने को नहीं है। लेकिन उतने पुरुषार्थ को पुकारना कम लोगों का सौभाग्य है। उतने साहस को जुटा लेना कम लोगों का सौभाग्य है। उतना साहस वे ही लोग जुटा सकते हैं, जैसे मैं एक कहानी कहूं।

एक आदमी था, उसने सोचा कि दुनिया का अंत जरूर कहीं होगा। तो वह खोजने निकला। वह दुनिया का अंत खोजने निकला। वह गया। वह चला। हजारों मील चलना पड़ा। और लोगों से पूछता रहा कि 'मुझे दुनिया का अंत खोजना है।'

आखिर में एक मंदिर आया और उस मंदिर के वहां लिखा था, 'हियर एंड्स दि वर्ल्ड।' वहां एक तख्ती लगी थी, उस पर लिखा था, 'यहां दुनिया समाप्त होती है।' वह बहुत घबरा गया। तख्ती आ गयी। थोड़ी ही दूर में दुनिया समाप्त होती है। नीचे तख्ती के लिखा था, 'आगे मत जाना।'

लेकिन उसे दुनिया का अंत देखना था, वह आगे गया। थोड़े ही फासले पर जाकर दुनिया समाप्त हो जाती थी। एक किनारा था और नीचे खड्ड था अनंत। उसने जरा ही आंख की, और उसके प्राण कंप गए। वह लौटकर भागा। वह पीछे लौटकर भी नहीं देख सकता। वहां अनंत खड्ड था। छोटे खड्ड घबरा देते हैं; अनंत! दुनिया का अंत था। खड्ड अंतिम था। और फिर उस खड्ड के नीचे कुछ भी नहीं था। उसने देखा और वह भागा।

वह घबराहट में मंदिर के अंदर चला गया और उसने पुजारी से कहा, 'यह अंत तो बड़ा खतरनाक है।' उस पुजारी ने कहा, 'अगर तुम कूद जाते, तो जहां दुनिया समाप्त होती है, वहीं परमात्मा मिल जाता है।' उसने कहा, 'अगर तुम कूद ही जाते उस खड्ड में, तो जहां दुनिया समाप्त होती है, वहीं परमात्मा मिल जाता है।'

लेकिन उतना साहस जुटाना कि अनंत खड्ड में कोई कूद जाए, जब तक न हो, तब तक ध्यान के लिए भूमिकाएं जरूरी हैं। और अनंत खड्ड में कूदने के लिए जो राजी है, उसके लिए कोई भूमिका नहीं है। कोई भूमिका होती है क्या? कोई भूमिका नहीं है। इसलिए इन भूमिकाओं को हम बहिरंग साधन कहे है। ये बाहर के साधन हैं, थोड़ी सहायता देंगे। साहस जिसमें हो, वह सीधा कूद जाए। न साहस हो, सीढ़ियों का उपयोग करे। यह स्मरण रखेंगे।

ये प्रश्न, इतने ही आज चर्चा हो सकेंगे। फिर कुछ शेष होंगे, उन पर कल हम विचार करेंगे।

शुद्धि और शून्यता से समाधि फलित

सातवां प्रवचन

मेरे प्रिय आत्मन्, साधना की भूमिका के परिधि बिंदुओं पर हमने बात की है। अब हम उसके केंद्रीय स्वरूप पर भी विचार करें।

शरीर, विचार और भाव, इनकी शुद्धि और इनका शुद्ध स्वरूप उपलब्ध करना प्राथमिक भूमिका है। उतना भी हो, तो जीवन में बहुत आनंद फलित होता है। उतना भी हो, तो जीवन में बहुत दिव्यता आती है। उतना भी हो, तो हम अलौकिक से संबंधित हो जाते हैं। लेकिन वह अलौकिक से संबंध है, अलौकिक में मिलन नहीं। वह अलौकिक से संबंधित होना है, लेकिन अलौकिक से एक हो जाना नहीं। वह परमात्मा को जानना है, लेकिन परमात्मा से सम्मिलित हो जाना नहीं। शुद्धि की भूमिका परमात्मा की तरफ उन्मुख करती है और परमात्मा पर दृष्टि को ले जाती है। उसके बाद शून्य की दृष्टि परमात्मा से मिलन कराती है और परमात्मा से एक कर देती है।

पहली परिधि पर हम सत्य को जानते हैं, दूसरे केंद्र पर हम सत्य हो जाते हैं। अब हम उस दूसरी बात का विचार करें। पहले तत्व को मैंने शुद्धि कहा, दूसरे तत्व को शून्य कह रहा हूं। शून्य के भी तीन चरण होंगे— शरीर पर, विचार पर और भाव पर।

शरीर की शून्यता शरीर-तादात्म्य का विरोध है। शरीर के साथ हमारा तादात्म्य है, एक आइडेंटिटी है। हमें ऐसा प्रतीत नहीं होता कि हमारा शरीर है। किसी तल पर हमें प्रतीत होता रहता है, मैं शरीर हूं। मैं शरीर हूं, यह भाव विलीन हो जाए, तो शरीर-शून्यता घटित होगी। शरीर के साथ मेरा तादात्म्य टूट जाए, तो शरीर-शून्यता घटित होगी।

सिकंदर जब भारत से वापस लौटता था, तो उसने चाहा कि वह एक फकीर को भारत से ले जाए, ताकि वह यूनान में दिखा सके कि फकीर, भारतीय फकीर कैसा होता है। यूं तो बहुत फकीर जाने को राजी थे, उत्सुक थे। सिकंदर आमंत्रित करे, शाही सम्मान से ले जाए, तो कौन जाना पसंद न करेगा! लेकिन जो-जो उत्सुक थे, सिकंदर ने उन्हें ले जाना ठीक न समझा। क्योंकि जो उत्सुक थे, इससे ही जाहिर था कि वे फकीर नहीं थे। सिकंदर उस फकीर की कोशिश में रहा, जिसे ले जाना अर्थ का हो।

जब वह सीमांत प्रदेशों से वापस लौटता था, तो एक फकीर का पता चला। लोगों ने कहा, 'एक साधु है नदी के तट पर, अरण्य में, उसे ले जाएं।' वह गया। उसने पहले अपने सैनिक भेजे और उस फकीर को कहलवाया। सैनिकों ने जाकर कहा कि 'तुम्हारा धन्यभाग है। सैकड़ों ने निवेदन किया सिकंदर से कि हमें ले चलो, उसने अभी किसी को चुना नहीं है। और महान सिकंदर की कृपा तुम्हारे ऊपर हुई है और उसने चाहा है कि तुम चलो। शाही सम्मान से तुम्हें यूनान ले जाएं।' उस फकीर ने कहा, 'फकीर को ले जाने की ताकत किसी में भी नहीं है।'

सैनिक हैरान हुए। विजेता सिकंदर के सैनिक थे, और एक नंगा फकीर ऐसा कहे! उन्होंने कहा, 'भूलकर ऐसे शब्द दुबारा मत निकालना, अन्यथा जीवन से हाथ धो बैठोगे।' उस फकीर ने कहा, 'जिस जीवन को हम छोड़ चुके, उससे अब छुड़ाने वाला कोई भी नहीं है। और जाकर अपने सिकंदर को कहो, उसको जाकर कहो कि तुम्हारी ताकतें सब जीत लें, उसे नहीं जीत सकती हैं, जिसने अपने को जीत लिया हो।' उसने कहा, 'जाकर कहो कि तुम्हारी ताकतें सब जीत लें, लेकिन उसे नहीं जीत सकती हैं, जिसने अपने को जीत लिया हो।'

सिकंदर हैरान हुआ। ये बातें अजीब थीं, लेकिन एक अर्थ में अर्थपूर्ण भी थीं, क्योंकि फकीर से मिलना हो गया था। ऐसे आदमी की तलाश भी थी। सिकंदर खुद गया। उसके हाथ में नंगी तलवार थी। और उसने जाकर उस फकीर को कहा कि 'अगर नहीं गए, तो शरीर से हम सिर को अलग कर देंगे।' उसने कहा, 'कर दो। जिस भांति तुम देखोगे कि तुमने शरीर से सिर अलग कर दिया, उसी भांति हम भी देखेंगे कि शरीर से सिर अलग कर दिया गया है।' उसने कहा, 'हम भी देखेंगे और हम भी दर्शक होंगे उस घटना के। लेकिन तुम हमें नहीं मार सकोगे, क्योंकि हम तो केवल दर्शक हैं।' उसने कहा, 'हम भी देखेंगे कि शरीर से सिर अलग कर दिया गया है। लेकिन इस भूल में मत रहना कि तुमने हमारा कुछ बिगाड़ा। जहां तक कोई कुछ बिगाड़ सकता है, वहां तक हमारा होना नहीं है।'

इसलिए कृष्ण ने कहा कि जिसे अग्नि न जला सके और जिसे बाण छेद न सकें और जिसे तलवार तोड़ न सके, वैसी कोई सत्ता, वैसी कोई अंतरात्मा हमारे भीतर है। जिसे अग्नि न जला सके और जिसे बाण न बेध सकें, वैसी कोई अविच्छेद सत्ता हमारे भीतर है।

उस सत्ता का बोध और शरीर से तादात्म्य का टूट जाना; यह भाव टूट जाना कि मैं देह हूं, शरीर की शून्यता है। इसे तोड़ने के लिए कुछ करना होगा। इसे तोड़ने के लिए कुछ साधना होगा। और शरीर जितना शुद्ध होगा, उतनी आसानी से शरीर से संबंध विच्छिन्न हो सकता है। शरीर जितनी शुद्ध स्थिति में होगा, उतनी शीघ्रता से यह जाना जा सकता है कि मैं शरीर नहीं हूं। इसलिए वह शरीर-शुद्धि भूमिका थी, शरीर-शून्यता उसका चरम फल है।

कैसे हम साधेंगे कि मैं शरीर नहीं हूं? यह अनुभव हो जाए। एक बात, उठते-बैठते, सोते-जागते अगर हम थोड़ा स्मरणपूर्वक देखें, अगर थोड़ी राइट माइंडफुलनेस हो, अगर थोड़ी स्मृति हो शरीर की क्रियाओं के प्रति, तो पहला चरण शून्यता लाने का क्रमशः विकसित होता है।

जब आप रास्ते पर चलते हैं, तो जरा अपने भीतर गौर से देखें, वहां कोई ऐसा भी है, जो नहीं चल रहा है! आप चल रहे हैं, आपके हाथ-पैर चल रहे हैं। आपके भीतर कोई ऐसा तत्व भी है, जो बिलकुल नहीं चल रहा है! जो मात्र आपके चलने को देख रहा है। जब हाथ-पैर में दर्द हो, पैर पर चोट लग गयी हो, तो जरा भीतर सजग होकर देखें, चोट आपको लग गयी है या चोट देह को लगी है और आप चोट को जान रहे हैं! जब कोई पीड़ा हो शरीर पर, तो जरा सजग होकर देखें कि पीड़ा आपको हो रही है या आप केवल पीड़ा के साक्षी हैं, पीड़ा के दर्शक हैं! जब भूख लगे, तो स्मरणपूर्वक देखें, भूख आपको लगी है या देह को लगी है और आप केवल दर्शक हैं! और जब कोई खुशी आए, तो उसको भी देखें और अनुभव करें कि वह खुशी कहां घटित हुई है!

जीवन के उठते-बैठते, चलते-सोते-जागते जो भी घटनाएं हैं, उन सबमें एक स्मृतिपूर्वक इस बात का विवेक और इस बात की निरंतर चेष्टा देखने की कि घटनाएं कहां घट रही हैं? वे मुझ पर घट रही हैं या मैं केवल देखने वाला हूं?

हमारी आदतें तादात्म्य की घनी हैं। अगर आप एक फिल्म भी देखते हों, एक नाटक देखते हों, तो यह हो सकता है कि आप फिल्म या नाटक देखते हुए रोने लगें। यह हो सकता है कि आप हंसने लगें। यह हो सकता है कि जब प्रकाश जले भवन में, तो आप चोरी से अपने आंसू पोंछ लें कि कोई देख न ले। आप रोए, एक चित्र को देखकर आपने तादात्म्य किया। चित्र के किसी नायक से, किसी पात्र से आपने तादात्म्य कर लिया। उस पर पीड़ा घटी होगी, वह पीड़ा आप तक संक्रमित हो गयी और आप रोने लगे।

मनुष्य के अंतस जीवन में भी शरीर पर जो घटित हो रहा है, चेतना उसे 'मुझ पर हो रहा है', ऐसा मानकर दुखी और पीड़ित है। सारे दुख का एक ही कारण है कि हमारा शरीर से तादात्म्य है। और सारे आनंद का भी एक ही कारण है कि शरीर से तादात्म्य विच्छिन्न हो जाए, हमें यह स्मरण आ जाए कि हम देह नहीं हैं।

तो उसके लिए सम्यक स्मृति, देह की क्रियाओं के प्रति सम्यक स्मृति, राइट अवेयरनेस, देह की क्रियाओं का सम्यक दर्शन, सम्यक निरीक्षण प्रक्रिया है। देह-शून्यता आएगी देह के प्रति सम्यक निरीक्षण से।

यह निरीक्षण करना जरूरी है। जब रात्रि बिस्तर पर सोने लगें, तो यह स्मरणपूर्वक देखना जरूरी है कि मैं नहीं, मेरी देह बिस्तर पर जा रही है। और जब सुबह बिस्तर से उठने लगें, तो स्मृतिपूर्वक यह स्मरण रखना जरूरी है कि मैं नहीं, मेरी देह बिस्तर से उठ रही है। नींद मैंने नहीं ली है, नींद केवल देह ने ली है। और जब भोजन करें, तो जानें कि भोजन केवल देह ने किया है। और जब वस्त्र पहनें, तो जानें कि वस्त्र केवल देह को ढंकते हैं, मुझे नहीं। और जब कोई चोट करे, तो स्मरणपूर्वक आप जान सकेंगे कि चोट देह पर की गयी है, मुझे नहीं। इस भांति सतत बोध को जगाते-जगाते किसी क्षण विस्फोट होता है और तादात्म्य टूट जाता है।

आप जानते हैं, जब आप स्वप्न में होते हैं, तो आपको अपनी देह की स्मृति नहीं रह जाती है। और आप जानते हैं, जब आप गहरी निद्रा में जाते हैं, तो आपको अपनी देह का पता रह जाता है? क्या आपको अपना चेहरा याद रह जाता है?

आप अपने भीतर जितने गहरे जाते हैं, उतने ही अनुपात में देह भूलती चली जाती है। स्वप्न में देह का पता नहीं होता। और प्रगाढ़ निद्रा में, सुषुप्ति में देह का बिलकुल ही पता नहीं होता है। जब वापस होश आना शुरू होता है, क्रमशः देह का तादात्म्य जागता है। किसी दिन सुबह जब नींद खुल जाए, तो एक क्षण अंदर देखना, आप देह हैं? तो आपको धीरे-धीरे दिखायी पड़ेगा स्पष्ट, देह का तादात्म्य जग रहा है, पैदा हो रहा है।

इस देह के तादात्म्य को तोड़ने के लिए एक प्रयोग है, जो अगर महीने में एक-दो बार आप करते रहें, तो देह के तादात्म्य के तोड़ने में सहयोगी होगा। उस प्रयोग को थोड़ा-सा समझ लें।

जिस भांति हम रात्रि का ध्यान कर रहे हैं, उसी भांति सारे शरीर को शिथिल छोड़कर, प्रत्येक चक्र पर सुझाव देकर शरीर को शिथिल छोड़कर, अंधकार करके कमरे में, ध्यान में प्रवेश करें।

जब शरीर शिथिल हो जाए, जब श्वास शिथिल हो जाए और जब चित्त शांत हो जाए, तो एक भावना करें कि आप मर गए हैं, आपकी मृत्यु हो गयी है। और स्मरण करें अपने भीतर कि अगर मैं मर गया हूं, तो मेरे कौन से प्रियजन मेरे आस-पास इकट्ठे हो जाएंगे! उनके चित्रों को अपने आस-पास उठते हुए देखें। वे क्या करेंगे, उनमें कौन रोएगा, कौन चिल्लाएगा, कौन दुखी होगा, उन सबको बहुत स्पष्टता से देखें। वे सब आपको दिखायी पड़ने लगेंगे।

फिर देखें कि मुहल्ले-पड़ोस के और सारे प्रियजन इकट्ठे हो गए और उन्होंने लाश को आपकी उठाकर अब अर्थी पर बांध दिया है। उसे भी देखें। और देखें कि अर्थी भी चली और लोग उसे लेकर चले। और उसे मरघट तक पहुंच जाने दें। और उन्हें उसे चिता पर भी रखने दें।

यह सब देखें। यह पूरा इमेजिनेशन है, यह पूरी कल्पना है। इस पूरी कल्पना को अगर थोड़े दिन प्रयोग करें, तो बहुत स्पष्ट देखेंगे। और फिर देखें, उन्होंने चिता पर आपकी लाश को भी रख दिया। और लपटें उठी हैं और आपकी लाश विलीन हो गयी।

जब यह कल्पना इस जगह पहुंचे कि लाश विलीन हो गयी और धुआं उड़ गया आकाश में और लपटें हवाएं हो गयी हैं और राख पड़ी है, तब एकदम से सजग होकर अपने भीतर देखें कि क्या हो रहा है! उस वक्त आप अचानक पाएंगे, आप देह नहीं हैं। उस वक्त तादात्म्य एकदम टूटा हुआ हो जाएगा।

इस प्रयोग को अनेक बार करने पर जब आप उठ आएंगे प्रयोग करने के बाद भी, चलेंगे, बात करेंगे, और आपको पता लगेगा, आप देह नहीं हैं। इस अवस्था को हमने विदेह कहा है—इस अवस्था को। इस प्रक्रिया के माध्यम से जो जानता है अपने को, वह विदेह हो जाता है।

अगर यह चौबीस घंटे सध जाए और आप चलें, उठें-बैठें, बात करें और आपको स्मरण हो कि आप देह नहीं हैं, तो देह शून्य हो गयी। तो यह देह शून्य हो जाना अदभुत है। यह अदभुत है, इससे अदभुत कोई घटना नहीं है। देह का तादात्म्य टूट जाना सबसे अदभुत है।

देह-शुद्धि, विचार-शुद्धि और भाव-शुद्धि के बाद जब देह की शून्यता का यह प्रयोग करेंगे, तो यह निश्चित सफल हो जाता है। और तब जीवन में बड़े अदभुत परिवर्तन होने शुरू हो जाते हैं। आपकी सारी भूलें और सारे पाप देह से बंधे हुए हैं। आपने जीवन में एक भी भूल और एक भी पाप नहीं किया होगा, जो देह से बंधा हुआ न हो। और अगर आपको स्मरण हो जाए कि आप देह नहीं हैं, तो जीवन से कोई भी विकृति के उठने की संभावना शून्य हो जाएगी।

तब अगर कोई आपको तलवार भोंक दे, तो आप देखेंगे, उसने देह में तलवार भोंक दी और आपको कुछ भी पता नहीं चलेगा कि आपको कुछ हुआ। आप अस्पर्शित रह जाएंगे। उस वक्त आप कमल के पत्ते की तरह पानी में होंगे। उस वक्त, जब देह-शून्यता का बोध होगा, तब आप स्थितप्रज्ञ की भांति जीवन में जीएंगे। तब बाहर के कोई आवर्त और बाहर के कोई तूफान और आंधियां आपको नहीं छू सकेंगी, क्योंकि वे केवल देह को छूती हैं। उनके संघात केवल देह तक होते हैं, उनकी चोटें केवल देह तक पड़ती हैं। लेकिन भूल से हम समझ लेते हैं कि वे हम पर पड़ीं, इसलिए हम दुखी और पीड़ित और सुखी और सब होते हैं।

यह आंतरिक साधना का, केंद्रीय साधना का पहला चरण है। हम देह-शून्यता को साधें। यह सध जाना कठिन नहीं है। जो प्रयास करते हैं, वे निश्चित सफल हो जाते हैं।

दूसरा तत्व आंतरिक साधना का विचार-शून्यता है। जिस भांति मैंने कहा कि सम्यक निरीक्षण से देह के देह-शून्यता घटित होती है, उसी तरह विचार के सम्यक निरीक्षण से विचार-शून्यता घटित होती है। इस आंतरिक साधना का मूल तत्व सम्यक निरीक्षण है, राइट आब्जर्वेशन है। इन तीनों चरणों में—शरीर पर, विचार पर और भाव पर—सम्यक स्मरण और सम्यक निरीक्षण, देखना।

विचार की जो धाराएं हमारे चित्त पर दौड़ती हैं, कभी उनके मात्र निरीक्षक हो जाएं। जैसे कोई नदी के किनारे बैठा हो और नदी की भागती हुई धार को देखे; सिर्फ किनारे बैठा हो और देखे। या जैसे कोई जंगल में बैठा हो, पक्षियों की उड़ती हुई कतार को देखे; सिर्फ बैठा हो और देखे। या कोई वर्षा के आकाश को देखे और बादलों की दौड़ती हुई, भागती पंक्तियों को देखे। वैसे ही अपने मन के आकाश में विचार के दौड़ते हुए मेघों को, विचार के उड़ते हुए पक्षियों को, विचार की बहती हुई नदी को चुपचाप तट पर खड़े होकर देखना है। जैसे हम किनारे पर बैठे हैं और विचार को देख रहे हैं। विचार को उन्मुक्त छोड़ दें, विचार को बहने दें और भागने दें और दौड़ने दें और आप चुप बैठकर देखें। आप कुछ भी न करें। कोई छेड़छाड़ न करें। कोई रुकाव न डालें। कोई दमन न करें। कोई विचार आता हो, तो रोकें न; न आता हो, तो लाने की चेष्टा न करें। आप मात्र निरीक्षक हों।

उस मात्र निरीक्षण में दिखायी पड़ता है, अनुभव होता है, विचार अलग हैं और मैं अलग हूं। क्योंकि बोध होता है कि जो विचारों को देख रहा है, वह विचारों से पृथक होगा, अलग होगा, भिन्न होगा। और जब यह बोध होता है, तो अदभुत शांति घनी होने लगती है। क्योंकि तब कोई चिंता आपकी नहीं है। आप चिंताओं के बीच में हो सकते हैं, चिंता आपकी नहीं है। आप समस्याओं के बीच में हो सकते हैं, समस्या आपकी नहीं है। आप विचारों से घिरे हो सकते हैं, विचार आप नहीं हैं।

और अगर यह खयाल आ जाए कि मैं विचार नहीं हूं, तो विचारों के प्राण टूटने शुरू हो जाते हैं, विचार निर्जीव होने लगते हैं। विचारों की शक्ति इसमें है कि हम यह समझें कि वे हमारे हैं। जब आप किसी से विवाद करने पर उतर जाते हैं, तो आप कहते हैं, 'मेरा विचार!' कोई विचार आपका नहीं है। सब विचार अन्य हैं और भिन्न हैं, आपसे अलग हैं। उनका निरीक्षण।

एक कहानी कहूं, समझ में आए। बुद्ध के पास ऐसा हुआ था। एक राजकुमार दीक्षित हुआ था। पहले दिन ही वह भिक्षा मांगने गया था। उसने, जिस द्वार पर बुद्ध ने भेजा था, भिक्षा मांगी। उसे भिक्षा मिली। उसने भोजन किया, वह भोजन करके वापस लौटा। लेकिन उसने बुद्ध को जाकर कहा, क्षमा करें, वहां मैं दुबारा नहीं जा सकूंगा। बुद्ध ने कहा, 'क्या हुआ?'

उसने कहा कि 'यह हुआ कि जब मैं गया, दो मील का फासला था, रास्ते में मुझे वे भोजन स्मरण आए, जो मुझे प्रीतिकर हैं। और जब मैं उस द्वार पर गया, तो उस श्राविका ने वे ही भोजन बनाए थे। मैं हैरान हुआ। मैंने सोचा, संयोग है। लेकिन फिर यह हुआ कि जब मैं भोजन करने बैठा, तो मेरे मन में यह खयाल आया कि रोज अपने घर था, भोजन के बाद दो क्षण विश्राम करता था। आज कौन विश्राम करने को कहेगा! और जब मैं यह सोचता था, तभी उस श्राविका ने कहा, भंते, अगर भोजन के बाद दो क्षण रुकेंगे और विश्राम करेंगे, तो अनुग्रह होगा, तो कृपा होगी, तो मेरा घर

पवित्र होगा। तो मैं हैरान हुआ था। फिर भी मैंने सोचा कि संयोग होगा कि मेरे मन में खयाल आया और उसने भी कह दिया। फिर मैं लेटा और विश्राम करने को था कि मेरे मन में यह खयाल उठा कि आज न अपनी कोई शय्या है, न कोई साया है। आज दूसरे का छप्पर और दूसरे की दरी पर, दूसरे की चटाई पर लेटा हूं। और तभी उस श्राविका ने पीछे से कहा, भिक्षु, न शय्या आपकी है, न मेरी है। और न साया आपका है, न मेरा है। और तब मैं घबरा गया। अब संयोग बार-बार होने मुश्किल थे। मैंने उस श्राविका को कहा, क्या मेरे विचार तुम तक पहुंच जाते हैं? क्या मेरे भीतर चलने वाली विचारधाराएं तुम्हें परिचित हो जाती हैं? उस श्राविका ने कहा, ध्यान को निरंतर करते-करते अपने विचार शून्य हो गए हैं और अब दूसरों के विचार भी दिखायी पड़ते हैं। तब मैं घबरा गया और मैं भागा हुआ आया हूं। और मैं क्षमा चाहता हूं, कल मैं वहां नहीं जा सकूंगा।'

बुद्ध ने कहा, 'क्यों?' उसने कहा कि 'इसलिए कि...कैसे कहूं, क्षमा कर दें और न कहें वहां जाने को।' लेकिन बुद्ध ने आग्रह किया और उस भिक्षु को बताना पड़ा। उस भिक्षु ने कहा, 'उस सुंदर युवती को देखकर मेरे मन में विकार भी उठे थे, वे भी पढ़ लिए गए होंगे। मैं किस मुंह से वहां जाऊं? कैसे मैं उस द्वार पर खड़ा होऊंगा? अब दुबारा मैं नहीं जा सकता हूं।' बुद्ध ने कहा, 'वहीं जाना होगा। यह तुम्हारी साधना का हिस्सा है। इस भांति तुम्हें विचारों के प्रति जागरण पैदा होगा और विचारों के तुम निरीक्षक बन सकोगे।'

मजबूरी थी, उसे दूसरे दिन फिर जाना पड़ा। लेकिन दूसरे दिन वही आदमी नहीं जा रहा था। पहले दिन वह सोया हुआ गया था रास्ते पर। पता भी न था कि मन में कौन-से विचार चल रहे थे। दूसरे दिन वह सजग गया, क्योंकि अब डर था। वह होशपूर्वक गया। और जब उसके द्वार पर गया, तो क्षणभर ठहर गया सीढ़ियां चढ़ने के पहले। अपने को उसने सचेत कर लिया। उसने भीतर आंख गड़ा ली। बुद्ध ने कहा था, भीतर देखना और कुछ मत करना। इतना ही स्मरण रहे कि अनदेखा कोई विचार न हो, अनदेखा कोई विचार न हो। बिना देखे हुए कोई विचार निकल न जाए, इतना ही स्मरण रखना बस।

वह सीढ़ियां चढ़ा, अपने भीतर देखता हुआ। उसे अपनी सांस भी दिखायी पड़ने लगी। उसे अपने हाथ-पैर का हलन-चलन भी दिखायी पड़ने लगा। उसने भोजन किया, एक कौर भी उठाया, तो उसे दिखायी पड़ा। जैसे कोई और भोजन कर रहा था और वह देखता था।

जब आप दर्शक बनेंगे अपने ही, तो आपके भीतर दो तत्व हो जाएंगे, एक जो क्रियमाण है और एक जो केवल साक्षी है। आपके भीतर दो हिस्से हो जाएंगे, एक जो कर्ता है और एक जो केवल द्रष्टा है।

उस घड़ी उसने भोजन किया। लेकिन भोजन कोई और कर रहा था और देख कोई और रहा था। और हमारा मुल्क कहता है—और सारी दुनिया के जिन लोगों ने जाना है, वे कहते हैं—कि जो देख रहा है, वह आप हैं; और जो कर रहा है, वह आप नहीं हैं।

उसने देखा, वह हैरान हुआ। वह नाचता हुआ वापस लौटा। और उसने बुद्ध को जाकर कहा, 'धन्य है, मुझे कुछ मिल गया। दो अनुभव हुए हैं; एक तो यह अनुभव हुआ कि जब मैं बिलकुल सजग हो जाता था, तो विचार बंद हो जाते थे।' उसने कहा, 'एक अनुभव तो यह हुआ कि जब मैं बिलकुल सजग होकर देखता था भीतर, तो विचार बंद हो जाते थे। दूसरा अनुभव यह

हुआ कि जब विचार बंद हो जाते थे, तब मैंने देखा, कर्ता अलग है और द्रष्टा अलग है।' बुद्ध ने कहा, 'इतना ही सूत्र है। जो इसे साध लेता है, वह सब साध लेता है।'

विचार के द्रष्टा बनना है, विचारक नहीं। स्मरण रहे, विचारक नहीं, विचार के द्रष्टा।

इसलिए हम अपने ऋषियों को द्रष्टा कहते हैं, विचारक नहीं। महावीर विचारक नहीं हैं, बुद्ध विचारक नहीं हैं। ये द्रष्टा हैं। विचारक तो बीमार आदमी है। विचार वे करते हैं, जो जानते नहीं हैं। जो जानते हैं, वे विचार नहीं करते, वे देखते हैं। उन्हें दिखायी पड़ता है, उन्हें दर्शन होता है। और दर्शन की पद्धति अपने भीतर विचार का निरीक्षण है। उठते-बैठते, सोते-जागते, अपने भीतर जो भी विचार की धारा चलती हो, उसे देखें। और किसी भी विचार के साथ तादात्म्य न करें कि इस विचार के साथ मैं एक हो गया। विचार को अलग चलने दें, आप अलग चलें। आपके भीतर दो धाराएं होनी चाहिए।

साधारण आदमी के भीतर एक धारा होती है, मात्र विचार की। साधक के भीतर दो धाराएं होती हैं, विचार की और दर्शन की। साधक के भीतर दो पैरेलल, दो समानांतर धाराएं होती हैं, विचार की और दर्शन की। सामान्य आदमी के भीतर एक धारा होती है, मात्र विचार की। और सिद्ध के भीतर भी एक ही धारा होती है, मात्र दर्शन की। इसे समझ लें।

साधारण आदमी के भीतर एक धारा होती है, विचार की। दर्शन सोया हुआ होता है। साधक के भीतर दो धाराएं होती हैं समानांतर, विचार की और दर्शन की। सिद्ध के भीतर भी एक ही धारा रह जाती है, दर्शन की; विचार मृत हो जाता है।

तो हमें विचार से दर्शन तक पहुंचना है, तो हमें विचार और दर्शन की समानांतर साधना करनी होगी। अगर विचार से दर्शन तक पहुंचना है, तो हमें विचार की और दर्शन की समानांतर साधना करनी होगी। उसको मैं सम्यक निरीक्षण कह रहा हूं, उसको सम्यक स्मृति कह रहा हूं। उसको महावीर ने विवेक कहा है। विचार और विवेक। जो विचार को भी देखता है, वह विवेक है। विचारक मिल जाने तो बहुत आसान हैं। जिनका विवेक जाग्रत हो, वैसे लोग बहुत कठिन हैं।

विवेक को जगाएं। कैसे जगाएंगे, वह मैंने कहा, स्मरणपूर्वक विचार को देखने से। शरीर की क्रियाओं को देखेंगे, शरीर शून्य हो जाएगा। और विचार की दौड़ को देखेंगे, विचार की प्रक्रिया को, थाट प्रोसेस को देखेंगे, तो विचार शून्य हो जाएगा। और अगर भाव का अंतर्निरीक्षण करेंगे, तो भाव शून्य हो जाएगा।

अभी मैंने कहा कि घृणा की जगह प्रेम को आने दें और द्वेष की जगह मैत्री को आने दें भाव-शुद्धि में। अब मैं कहूंगा, इस सत्य को भी जानें कि जो प्रेम कर रहा है, जो घृणा कर रहा है, उसके भी पीछे एक तत्व है, जो केवल जान रहा है; जो न घृणा करता है और न प्रेम करता है। वह केवल साक्षी है। उसने देखा था कि कभी घृणा की गयी, अब वह देख रहा है कि प्रेम किया जा रहा है। लेकिन वह केवल साक्षी है, वह केवल देख रहा है।

जब मैं किसी को घृणा करता हूं, तो क्या मेरे भीतर किसी बिंदु को यह पता नहीं चलता कि मैं घृणा कर रहा हूं? और जब मैं किसी को प्रेम करता हूं, तो क्या मेरे भीतर किसी को यह पता नहीं चलता कि मैं प्रेम कर रहा हूं? जिसको पता चलता है, वह प्रेम से पीछे है, घृणा से पीछे है। वही हमारी आत्मा है, जो शरीर के और विचार के और भाव के, सबके पीछे है।

इसलिए पुराने ग्रंथ उसे कहते हैं, नेति-नेति। न वह देह है, न वह विचार है, न वह भाव है। वह कुछ भी नहीं है। जहां कुछ भी नहीं शेष रह जाता, वहीं केवल वह दर्शक, वह द्रष्टा, वह साक्षी चैतन्य हमारी आत्मा है।

तो भाव की धारा के प्रति भी द्रष्टा बोध रखना है। आखिर में उसको बचा लेना है, जो केवल दर्शन है। जो शुद्ध दर्शन मात्र है, उसे बचा लेना है। वही शुद्ध दर्शन प्रज्ञा है। उसी शुद्ध दर्शन को हमने ज्ञान कहा है। उसी शुद्ध दर्शन को हम आत्मा कहते हैं। योग का और धर्मों का चरम लक्ष्य वही है।

अंतरंग साधना में मूल तत्व है, सम्यक निरीक्षण—देह की क्रियाओं का, विचार की प्रक्रियाओं का, भाव की अंतरंग धाराओं का। इन तीनों पर्तों को जो पार करके साक्षी को पकड़ लेता है, उसे किनारा मिल गया। उसे किनारा क्या, उसे लक्ष्य मिल गया। और जो इन तीन में से किसी से बंधा रहता है, वह किनारे से बंधा हुआ है। उसे अभी लक्ष्य नहीं मिला।

एक कहानी मैंने पढ़ी थी, सुनी थी। एक रात, पूर्णिमा की रात थी—जैसे आज है—और चांद पूरा था और बहुत सुंदर रात थी। और कुछ मित्रों को हुआ कि वे नौका-विहार को निकलें। वे आधी रात गए नौका-विहार को गए। और आनंद मनाने गए थे, तो उन्होंने नाव में प्रवेश के पहले खूब शराब पी। फिर वे नाव में बैठे। फिर उन्होंने पतवारें उठायीं और नाव को उन्होंने चलाना शुरू किया। फिर उन्होंने बहुत नाव को चलाया।

फिर सुबह का वक्त आने लगा और ठंडी हवाएं आ गयीं और उनका नशा उखड़ा और उन्होंने सोचा, 'हम कितने चले आए होंगे! रातभर नाव चलायी है!' और उन्होंने गौर से देखा, वे उसी तट के किनारे खड़े थे, जहां वे रात आए थे। और तब उन्होंने जाना कि वे भूल गए थे। पतवार तो उन्होंने बहुत चलायी थी, लेकिन नाव को नदी के किनारे से छोड़ना भूल गए थे। और जिसने अपनी नाव नदी के किनारे से नहीं छोड़ ली है, वह अनंत परमात्मा के सागर में कितना ही तड़फे, कितना ही चिल्लाए, उसकी कोई गति नहीं होगी।

आपकी चेतना की नाव कहां बंधी है? देह से बंधी है, विचार से बंधी है, भाव से बंधी है। आपकी चेतना की नाव देह से बंधी है, विचार से बंधी है, भाव से बंधी है, यह आपका किनारा है। और नशे में आप कितनी ही पतवार चलाते रहें, एक जन्म, अनंत जन्म। और अनंत जन्मों के बाद भी जब ठंडी हवाएं लगेंगी किसी सत विचार की, किसी सत दर्शन की, किसी प्रकाश किरण का जब धक्का लगेगा और आप जागकर देखेंगे, तो पाएंगे, अनंत जन्मों की पतवार चलाना व्यर्थ चला गया। हम उसी किनारे खड़े हैं, हम वहीं बंधे हैं, जहां हमने शुरू किया था। और तब एक बात दिखायी पड़ेगी, नाव को खोलना भूल गए थे।

नाव को खोलना सीखना जरूरी है। पतवार चलाना बहुत आसान, नाव को खोल लेना बहुत कठिन है। साधारणतया नाव को खोल लेना बहुत आसान होता है और पतवार चलाना थोड़ा कठिन होता है। बाकी जीवन की धारा में नाव को खोल लेना नदी से बहुत कठिन है, पतवार चलाना बहुत सरल है। बल्कि अगर हम यूं कहें—रामकृष्ण ने एक दफा कहा था, 'तुम अपनी नाव तो खोलो, अपने पाल तो खोल दो। और परमात्मा की हवाएं तुम्हें ले जाएंगी, तुम्हें पतवार भी नहीं चलानी होगी।'

यह ठीक ही कहा था। अगर हम नाव ही खोल लें, तो हवाएं बह रही हैं परमात्मा की, और वे हमें ले जाएंगी, और उन दूर-दिगंत के गंतव्यों तक पहुंचा देंगी, जहां पहुंचे बिना कोई आदमी आनंद को उपलब्ध नहीं होता। लेकिन नाव को खोल लेना।

अंतरंग साधना में हम नाव खोलते हैं। उस रात वे मित्र नाव खोल क्यों नहीं सके? उस रात वे नशे में थे, मूर्च्छा में थे। सुबह जब ठंडी हवाएं लगीं और मूर्च्छा गयी, तो उन्होंने पाया कि नाव बंधी है। मैंने कहा, सम्यक निरीक्षण। सम्यक निरीक्षण मूर्च्छा का विरोध है। हम मूर्च्छा में हैं, इसलिए नाव को बांधे हुए हैं शरीर से, विचार से और भाव से। अगर सम्यक निरीक्षण की ठंडी हवाएं लगें और हम सजग हो जाएं, तो नाव को खोल लेना कठिन नहीं है। मूर्च्छा नाव को बांधे हुए है। अमूर्च्छा नाव को छोड़ देगी। अमूर्च्छा का उपाय है सम्यक निरीक्षण, राइट अवेयरनेस, समस्त क्रियाओं की।

अंतरंग साधना एक ही है, सम्यक स्मरण, सम्यक स्मृति, सम्यक विवेक, सम्यक होश, अमूर्च्छा। इसे स्मरण रखें। यह सर्वाधिक महत्वपूर्ण है। और इसका सतत प्रयोग करें। और इसका निरंतर प्रयोग करें।

तीन शुद्धियां, तीन शून्यताएं यदि घटित हो जाएं...। तीन शुद्धियां तीन शून्यता को लाने में सहयोगी हैं। तीन शून्यताएं आ जाएं, तो परिणाम में समाधि उत्पन्न होती है। समाधि द्वार है सत्य का, स्वयं का, परमात्मा का। जो समाधि में जागता है, उसे संसार मिट जाता है।

मिट जाने का अर्थ यह नहीं है कि ये दीवारें मिट जाएंगी और आप मिट जाएंगे। मिट जाने का यह अर्थ, ये दीवारें दीवारें न रह जाएंगी और आप आप न रह जाएंगे। मिट जाने का यह अर्थ, जब पत्ता हिलेगा, तो पत्ता ही नहीं, वह प्राण भी दिखेगा, जो पत्ते को हिलाता है। और जब हवाएं बहेंगी, तो हवाएं ही नहीं दिखेंगी, वे सत्ताएं भी दिखेंगी, जो हवाओं को बहाती हैं। और तब मिट्टी में, कण-कण में भी केवल मृण्मय ही नहीं दिखेगा, चिन्मय के भी दर्शन होंगे। संसार मिट जाएगा इस अर्थों में कि परमात्मा प्रकट हो जाएगा।

परमात्मा संसार का बनाने वाला नहीं है। आज कोई मुझसे पूछता था, किसने बनाया? हम पहाड़ के पास थे वहां घाटियों के और कोई पूछता था, ये घाटियां और ये दरख्त, ये किसने बनाए? यह हम तब तक पूछेंगे कि किसने बनाए, जब तक हम जानते नहीं। और जब हम जानेंगे, तब हम यह न पूछेंगे कि किसने बनाए; हम जानेंगे, यह स्वयं बनाने वाला है। क्रिएटर कोई भी नहीं है, स्रष्टा कोई भी नहीं है। सृष्टि ही स्रष्टा है। जब दर्शन होता है, जब दिखायी पड़ता है, तो यह क्रिएशन ही क्रिएटर हो जाता है। यह जो चारों तरफ विराट जगत है, यही परमात्मा हो जाता है। संसार के विरोध में परमात्मा नहीं मिलता, संसार का बोध विसर्जित होता है और परमात्मा उपलब्ध होता है।

उस समाधि की अवस्था में सत्य का बोध होगा, आवृत सत्य का, जो ढंका है।

और ढंका किससे है?

किसी और से नहीं, हमारी ही मूर्च्छा से ढंका है। सत्य पर पर्दे नहीं हैं, हमारी आंख पर पर्दे हैं। इसलिए जो अपनी आंख के पर्दों को गिरा देगा, वह सत्य को जान लेता है। और आंख के पर्दे कैसे गिराए जाएं, उसकी मैंने चर्चा की है। तीन शुद्धियां और तीन शून्यताएं आंख के पर्दों को गिरा

देंगी। जब आंख बिना पर्दे की होती है, उसको हम समाधि कहते हैं। वह शुद्ध दृष्टि जो बिना पर्दे की होती है, उसको हम समाधि कहते हैं।

समाधि चरम लक्ष्य है धर्मों का—समस्त धर्मों का, समस्त योगों का। यह हमने विचार किया। इस पर चिंतन करेंगे, इस पर मनन करेंगे, इस पर निदिध्यासन करेंगे। इसे सोचेंगे, इसे विचारेंगे, इसे प्राणों में उतारेंगे। जो माली की तरह बीज को बोएगा, वह फिर एक दिन खुश होकर देखेगा कि उसमें फूल खिल गए हैं। और जो श्रम करेगा और खदानों को तोड़ेगा, वह एक दिन पाएगा, हीरे-जवाहरात उपलब्ध हो गए हैं। और जो पानी में डूबेगा और गहराइयों तक जाएगा, वह एक दिन पाएगा कि वह मोतियों को ले आया है।

जिनकी भी आकांक्षा हो और जिनके भी पुरुषार्थ को लगता हो कि कोई चुनौती है, उनके प्राण कंपित होंगे, आंदोलित होंगे और वे अग्रसर होंगे। किसी पहाड़ पर चढ़ना उतनी बड़ी चुनौती नहीं है, स्वयं को जान लेना सबसे बड़ी चुनौती है। और जो ठीक अर्थों में पुरुष हैं, जो ठीक अर्थों में जिनके भीतर कोई भी शक्ति और ऊर्जा है, उनका यह अपमान है कि बिना स्वयं को जाने वे समाप्त हो जाएं।

प्रत्येक के भीतर यह संकल्प भर जाना चाहिए कि मैं सत्य को जानकर रहूंगा, स्वयं को जान कर रहूंगा, समाधि को जानकर रहूंगा। इस संकल्प को साधकर और इन भूमिकाओं को प्रयोग करके आप भी सफल हो सकते हैं, कोई भी सफल हो सकता है। यह बात आप विचार करेंगे।

अब हम रात्रि के ध्यान के लिए बैठेंगे। रात्रि के ध्यान के संबंध में फिर थोड़ा-सा आपको कह दूं। कल मैंने आपको बताया, शरीर में पांच चक्रों की बात कही। उन पांच चक्रों से बंधे हुए अंग हैं। उन चक्रों को यदि हम शिथिल करें और शिथिल होने का भाव करें, तो वे-वे अंग उनके साथ-साथ शिथिल हो जाते हैं।

पहला चक्र है मूलाधार। जननेंद्रिय के निकट मूलाधार की धारणा करेंगे कि मूलाधार चक्र है और उस चक्र को हम शिथिल होने का आदेश देंगे कि मूलाधार, शिथिल हो जाओ। पूरे मन से और पूरी आज्ञा देनी चाहिए कि मूलाधार, शिथिल हो जाओ।

आप सोचेंगे, हमारे कहने से क्या होगा? आप सोचते होंगे, हम कहेंगे, पैर शिथिल हो जाओ, पैर शिथिल कैसे हो जाएंगे! हम कहेंगे कि शरीर जड़ हो जाओ, शरीर जड़ कैसे हो जाएगा!

आप थोड़े सोच-समझ के अगर हों, तो इतना आपको खयाल नहीं आता! जब आप कहते हैं, हाथ रूमाल उठाओ, तो हाथ रूमाल कैसे उठाता है? और जब आप कहते हैं, पैर चलो, तो पैर चलते कैसे हैं? और जब आप कहते हैं कि पैर मत चलो, तो पैर रुक कैसे जाते हैं? यह शरीर का अणु-अणु आपकी आज्ञा मानता है। अगर यह आज्ञा न माने, तो शरीर चल ही नहीं सकता। आप आंखों से कहते हैं, बंद हो जाओ, तो आंखें बंद हो जाती हैं। भीतर विचार होता है कि आंख बंद हो जाए और आंख बंद हो जाती है। क्यों? विचार में और आंख में कोई संबंध नहीं होगा? नहीं तो आप भीतर बैठे सोच ही रहे हैं कि आंख बंद हो जाओ और आंख बंद नहीं हो रही है! और आप सोच रहे हैं कि पैर चलो, और पैर बैठे हुए हैं!

मन जो कहता है, वह तत्क्षण शरीर तक पहुंच जाता है। अगर हमको थोड़ी समझ हो, तो हम शरीर से कुछ भी करवा सकते हैं। यह जो हम करवा रहे हैं, केवल प्राकृतिक है। लेकिन क्या

आपको पता है कि यह भी एकदम प्राकृतिक नहीं है, इसमें भी सुझाव काम कर रहे हैं। क्या आपको पता है, अगर एक आदमी के बच्चे को जानवरों के बीच पाला जाए, तो वह सीधा खड़ा होगा? वैसी घटनाएं घटी हैं।

वहां पीछे लखनऊ के पास जंगलों में एक घटना घटी। एक लड़का पाया गया, जिसे भेड़ियों ने पाला। भेड़ियों का शौक है कि बच्चों को गांव से उठा ले जाना और कभी-कभी भेड़िए उनको पाल भी लेते हैं। ऐसी जमीन पर कई घटनाएं घटी हैं। अभी पीछे चार वर्ष पहले जंगल से एक चौदह-पंद्रह वर्ष का लड़का लाया गया, जो भेड़ियों ने पाला है। छोटे बच्चे को गांव से उठा ले गए और फिर उन्होंने उसको दूध पिलाया और पाल लिया।

वह चौदह वर्ष का लड़का बिलकुल भेड़िया था। वह चार हाथ-पैर से चलता था, सीधा खड़ा नहीं होता था। और वह भेड़ियों की तरह आवाज निकालता था और खूंखार था और खतरनाक था। और आदमी को पा जाए, तो कच्चा खा सकता था। लेकिन वह कोई भाषा नहीं बोलता था।

पंद्रह वर्ष का बच्चा भाषा क्यों नहीं बोलता? और अगर आप उससे कहें कि बोलो, बोलने की कोशिश करो, तो भी क्या करेगा! और पंद्रह वर्ष का बच्चा सीधा खड़ा क्यों नहीं होता? उसे सुझाव नहीं मिले सीधे खड़े होने के, उसे खयाल नहीं मिला सीधा खड़े होने का।

जब आपके घर में एक छोटा बच्चा पैदा होता है, आपको सबको चलते देखकर उसे यह सुझाव मिलता है कि चला जा सकता है। उसे यह खयाल मिलता है कि दो पैर पर सीधा खड़ा हुआ जा सकता है। यह विचार उसको मिल जाता है, यह उसके अंतस-चेतन में प्रविष्ट हो जाता है। और तब वह चलने की हिम्मत करता है और कोशिश करता है। और सब तरफ लोगों को चलते देखता है, तो हिम्मत बढ़ती है और वह धीरे-धीरे चलना शुरू कर देता है। दूसरों को बोलते देखता है, तो उसे खयाल होता है कि बोला जा सकता है। और फिर वह चेष्टा करता है। और उसकी वे ग्रंथियां, जो बोल सकती हैं, सक्रिय हो जाती हैं।

हमारे भीतर बहुत-सी ग्रंथियां हैं, जो सक्रिय नहीं हैं। अभी मनुष्य का पूरा विकास नहीं हुआ है, स्मरण रखें। जो शरीर के विज्ञान को जानते हैं, वे यह कहते हैं कि मनुष्य के मस्तिष्क का बहुत छोटा-सा हिस्सा सक्रिय है। शेष हिस्सा बिलकुल इनएक्टिव पड़ा हुआ है। उसकी कोई क्रिया नहीं है। और वैज्ञानिक असमर्थ हैं यह जानने में कि वह शेष हिस्सा किस काम के लिए है। उसका कोई काम ही नहीं है अभी। आपकी खोपड़ी का बहुत-सा हिस्सा बिलकुल बंद पड़ा हुआ है। योग का कहना है कि वह सारा हिस्सा सक्रिय हो सकता है।

और नीचे उतरें आदमी से, तो जानवर का और भी थोड़ा हिस्सा सक्रिय है, उसका और ज्यादा हिस्सा निष्क्रिय है। और नीचे उतरें, तो जितने नीचे उतरते हैं, उतने ही जानवर जितने नीचे तबके के हैं, उनके मस्तिष्क का उतना ही हिस्सा निष्क्रिय पड़ा हुआ है।

काश, हम महावीर और बुद्ध का दिमाग खोल पाते, तो हम पाते कि उनका सारा हिस्सा सक्रिय है, उसमें निष्क्रिय कुछ भी नहीं है। उनका पूरा मस्तिष्क काम कर रहा है, पूरा। और हमारा छोटा-छोटा टुकड़ा काम कर रहा है।

अब जो शेष काम नहीं कर रहा है, उसके लिए उसे सजग करना होगा, सुझाव देने होंगे,

चेष्टा करनी होगी। योग ने चक्रों के माध्यम से मस्तिष्क के उसी हिस्से को सक्रिय करने के उपाय किए हैं। योग विज्ञान है और एक वक्त आएगा कि दुनिया का सबसे बड़ा विज्ञान योग ही होगा।

यह जो पांच चक्रों की मैंने बात कही, इन पांच चक्रों पर ध्यान को केंद्रित करके सुझाव देने से वे-वे अंग तत्क्षण शिथिल हो जाएंगे। मूलाधार को हम सुझाव देंगे और साथ में भाव करेंगे कि पैर शिथिल हो रहे हैं। पैर शिथिल हो जाएंगे। फिर ऊपर बढ़ेंगे। नाभि के पास स्वाधिष्ठान चक्र को सुझाव देंगे और नाभि के आस-पास का सारा यंत्र-जाल शिथिल हो जाएगा। फिर और ऊपर बढ़ेंगे और हृदय के पास अनाहत को, अनाहत चक्र को सुझाव देंगे, हृदय का सारा संस्थान शिथिल हो जाएगा। फिर और ऊपर बढ़ेंगे और आंखों के बीच आज्ञा चक्र को सुझाव देंगे, तो चेहरे के सारे स्नायु शिथिल हो जाएंगे। और ऊपर बढ़ेंगे और चोटी के पास सहस्रार चक्र को सुझाव देंगे, तो मस्तिष्क की सारी अंतस की, अंदरूनी सारा का सारा यंत्र शिथिल होकर शांत हो जाएगा।

इसको जितनी परिपूर्णता से भाव करेंगे, उतनी परिपूर्णता से यह बात घटित होगी और कुछ दिन निरंतर अभ्यास करने से परिणाम आने शुरू होंगे।

अगर जल्दी परिणाम न आएं, तो घबराना नहीं। अगर बहुत जल्दी कुछ घटित न हो, तो कोई बेचैन होने की बात नहीं है। साधारण-सी चीजें हम सीखते हैं, वर्षों लग जाते हैं; जो आत्मा को सीखने को उत्सुक हो, उसे जन्म भी लग जाएं, तो थोड़ा समय है। तो बहुत संकल्प से, बहुत प्रतीक्षा से और बहुत शांति से प्रयोग करने से परिणाम अवश्यंभावी है।

इन पांच चक्रों को सुझाव देकर शरीर को शिथिल करेंगे। फिर श्वास को शिथिल करने के लिए मैं कहूंगा, तो उसे ढीला छोड़ देंगे। और मैं कहूंगा, श्वास शांत हो रही है, तो भाव करेंगे। फिर अंत में मैं कहूंगा, विचार शून्य हो रहे हैं, मन शून्य हो रहा है।

यह तो प्रयोग होगा ध्यान का। इस ध्यान के पहले दो मिनट भाव करेंगे और दो मिनट भाव करने के पहले संकल्प करेंगे पांच बार।

अब हम रात्रि के ध्यान के लिए बैठेंगे। इस ध्यान में सबको सो जाना है, लेट जाना है, लेटकर ही उसे करना है। इसलिए अपना स्थान बना लें। बैठकर संकल्प करेंगे, भाव करेंगे और फिर लेटेंगे।

समाधि है द्वार

आठवां प्रवचन

मेरे प्रिय आत्मन्, *सत्य क्या है? क्या उसकी प्राप्ति अंशतः संभव है? और यदि नहीं, तो मनुष्य उसकी प्राप्ति के लिए क्या कर सकता है? क्योंकि हरेक मनुष्य संत होना संभव नहीं है। यह पूछा है।*

पहली बात तो यह, संत होना हरेक मनुष्य की संभावना है। संभावना को कोई वास्तविकता में परिणत न करे, यह दूसरी बात है। यह दूसरी बात है कि कोई बीज वृक्ष न बन पाए, लेकिन हर बीज वृक्ष होने के लिए अपने अंतस से निर्णीत है। यानि हर बीज की यह संभावना है, यह पोटेंशियलिटी है कि वह वृक्ष बन सकता है। न बने, यह बिलकुल दूसरी बात है। खाद न मिले और भूमि न मिले, और पानी न मिले और रोशनी न मिले, तो बीज मर जाए यह हो सकता है, लेकिन बीज की संभावना जरूर थी।

संत होना प्रत्येक मनुष्य की संभावना है। इसलिए पहले तो अपने मन से यह खयाल निकाल दें कि संतत्व कुछ लोगों का विशेष अधिकार है। संतत्व कुछ विशेष लोगों का अधिकार नहीं है। और जिन लोगों ने प्रचलित की है यह धारणा, वह केवल अपने अहंकार के परिपोषण के लिए है। क्योंकि इस बात से अहंकार को परिपोषण मिलता है कि अगर मैं कहूं कि संत होना बड़ा दुरूह है और बहुत थोड़े-से लोगों के लिए संभव है। और फिर मैं यह कहूं कि बहुत थोड़े-से लोग ही संत हो सकते हैं। यह कुछ लोगों की अहंता की तृप्ति का मार्ग भर है, अन्यथा संत होना सबकी संभावना है। क्योंकि सत्य को उपलब्ध करने के लिए सबके लिए सुविधा और गुंजाइश है।

मैंने कहा कि यह दूसरी बात है कि आप उपलब्ध न हो सकें। उसके लिए सिर्फ आप ही जिम्मेवार होंगे, आपकी संभावना नहीं जिम्मेवार होगी। हम सारे लोग यहां बैठे हैं। उठकर चलने की हम सबकी शक्ति है, लेकिन हम न चलें और बैठे रहें! शक्तियां तो उन्हें सक्रिय करने से ज्ञात होती हैं; जब तक सक्रिय न करें, ज्ञात नहीं होतीं।

अभी आप यहां बैठे हैं, हमको ज्ञात भी नहीं हो सकता कि आप चल सकते हैं। और आप भी अगर अपने भीतर खोजेंगे, तो चलने की शक्ति कहां मिलेगी आपको! एक बैठा हुआ आदमी अपने भीतर खोजे कि मेरे भीतर चलने की शक्ति कहां है? तो उसे कैसे पता चलेगी! उसे पता भी नहीं चलेगी, वह सोचेगा कि चलने की शक्ति कहां है! बैठा हुआ आदमी कितना ही अपने भीतर तलाशे, उसे कोई स्थान न मिलेगा, जिसको वह कह सके कि यह मेरी चलने की शक्ति है, जब तक कि वह चलकर न देखे। चलकर देखने से पता चलेगा कि चलने की शक्ति है या नहीं और संत बनने की प्रक्रिया से गुजरकर देखना होगा कि वह हमारी संभावना है या नहीं। जो उसे प्रयोग ही नहीं करेंगे, उन्हें जरूर वह संभावना ऐसी प्रतीत होगी कि कुछ लोगों की है।

यह गलत है। तो पहली तो यही बात समझें कि सत्य को पाने के लिए सबका अधिकार है; वह सबका जन्मसिद्ध अधिकार है। उसमें किसी के लिए कोई विशेष अधिकार नहीं है।

दूसरी बात, पूछा है कि सत्य क्या है? और क्या उसे अंशतः पाया जा सकता है?

सत्य को अंशतः नहीं पाया जाता। क्योंकि सत्य अखंड है और उसके टुकड़े नहीं हो सकते हैं। यानि ऐसा नहीं हो सकता है कि किसी आदमी को अभी थोड़ा-सा सत्य मिल गया है, फिर थोड़ा और मिलेगा, फिर थोड़ा और मिलेगा। ऐसा नहीं होता। सत्य तो इकट्ठा ही उपलब्ध होता है। यानि वह क्रम से, ग्रेजुअल नहीं मिलता। वह तो पूरा मिलता है, विस्फोट से मिलता है। लेकिन अगर यह बात मैं कहूंगा कि वह इकट्ठा ही मिलता है, तो बहुत घबराहट मालूम होगी। क्योंकि हम इतने कमजोर लोग, हम उसे इकट्ठा कैसे पा सकेंगे!

एक आदमी छत पर चढ़ने को जाता है। छत तो इकट्ठी ही मिलती है जब वह छत पर पहुंचता है, लेकिन सीढ़ियां वह क्रम से चढ़ लेता है। लेकिन किसी भी सीढ़ी पर वह छत पर नहीं होता है। पहली सीढ़ी पर जब होता है, तब भी छत पर नहीं है; और अंतिम सीढ़ी पर जब होता है, तब भी छत पर नहीं होता। छत के करीब तो होने लगता है, लेकिन छत पर नहीं होता।

सत्य के करीब तो क्रम से हुआ जा सकता है, लेकिन सत्य जब उपलब्ध होता है, तो पूरा उपलब्ध होता है। यानि सत्य की निकटता तो क्रम से मिलती है, लेकिन सत्य की उपलब्धि पूर्णता होती है, वह कभी खंड में नहीं होती, टुकड़ों में नहीं होती। इसे स्मरण रखें।

तो जो मैंने भूमिका कही है साधना की, वे सीढ़ियां हैं, उनसे सत्य नहीं मिलेगा, सत्य की निकटता मिलेगी। और जब अंतिम सीढ़ी पर आकर—जिसको मैंने भाव की शून्यता कहा है—जब भाव की शून्यता को कोई छलांग लगा जाता है, तो वह सत्य को उपलब्ध हो जाता है। तब सत्य पूरा ही मिलता है, इन टोटेलिटी, वह समग्रता में उपलब्ध होता है।

परमात्मा के खंडित अनुभव नहीं होते; परमात्मा का अनुभव अखंड होता है। लेकिन परमात्मा तक पहुंचने का रास्ता जो है, वह बहुत खंडों में विभाजित है। इसे स्मरण रखें। सत्य तक पहुंचने का रास्ता क्रमिक है और खंडों में विभाजित है, लेकिन सत्य विभाजित नहीं है। इसलिए ऐसा न सोचें कि हम कमजोर लोग पूरे सत्य को कैसे पा सकेंगे! अगर वह थोड़ा-थोड़ा मिलता होता, तो शायद हम पा भी लेते!

नहीं, हम भी उसे पा सकेंगे, क्योंकि रास्ता थोड़ा-थोड़ा ही चलना होता है। कोई भी रास्ता इकट्ठा नहीं चला जाता है। कोई भी रास्ता इकट्ठा नहीं चला जाता है, रास्ता थोड़ा-थोड़ा ही चला जाता है। लेकिन मंजिल हमेशा इकट्ठी मिलती है, मंजिल थोड़ी-थोड़ी नहीं मिलती। इसे स्मरण रखेंगे।

और फिर पूछा कि सत्य क्या है?

उसे शब्दों में बताने का कोई उपाय नहीं है। आज तक मनुष्य की वाणी से नहीं कहा जा सका है। और ऐसा नहीं है कि भविष्य में कहा जा सकेगा। ऐसा नहीं है कि पीछे मनुष्य के पास भाषा इतनी समृद्ध न थी कि वह नहीं कह सका और आगे कह सकेगा। कभी नहीं कहा जा सकेगा।

उसका कारण है। मनुष्य की जो भाषा विकसित हुई है, वह उसके लोक-व्यवहार के लिए हुई है। भाषा का जन्म लोक-व्यवहार के लिए हुआ है, भाषा का जन्म सत्य को प्रकट करने के

लिए नहीं हुआ। और जिन लोगों ने भाषा बनायी है, उनमें से शायद ही कोई सत्य को जानता है। इसलिए सत्य के लिए कोई शब्द भी नहीं है। और जिन लोगों ने सत्य को पाया है, उन्होंने भाषा से नहीं पाया, मौन होकर पाया है। यानि उन्हें जब सत्य उपलब्ध हुआ है, तब वे परिपूर्ण मौन थे और वहां कोई शब्द नहीं था। इसलिए बड़ी कठिनाई है, जब वे लौटकर कहना शुरू करते हैं, तो एक स्थान खाली रह जाता है जो कि सत्य का है। उसके लिए कोई शब्द देना संभव नहीं होता। या जब वे शब्द देते हैं, तब शब्द अधूरे पड़ जाते हैं और छोटे पड़ जाते हैं।

और उन्हीं शब्दों पर झगड़े शुरू हो जाते हैं। उन्हीं शब्दों पर! क्योंकि सब शब्द अधूरे रहते हैं, वे सत्य को प्रकट नहीं कर पाते। वे इशारों की तरह हैं। जैसे कोई चांद को अंगुली दिखाए और हम उसकी अंगुली को पकड़ लें कि यही चांद है, तो दिक्कत शुरू हो जाएगी। अंगुली चांद नहीं है, अंगुली केवल इशारा है। और जो इशारे को पकड़ लेगा, वह दिक्कत में पड़ जाएगा।

इशारे को छोड़ना पड़ता है, ताकि वह दिखायी पड़ सके, जिसकी तरफ इशारा है। शब्दों को छोड़ देना होता है, तब सत्य का थोड़ा-सा अनुभव होता है। जो शब्दों को पकड़ लेता है, वह सत्य के अनुभव से वंचित हो जाता है।

इसलिए कोई रास्ता नहीं है कि मैं आपको कहूं कि सत्य क्या है। और अगर कोई कहता हो, तो वह आत्मवंचना में है। अगर कोई कहता हो, तो वह खुद धोखे में है और दूसरों को धोखे में डाल रहा है। सत्य को कहने का कोई उपाय नहीं है। लेकिन हां, सत्य को कैसे पाया जा सकता है, इसे कहने का उपाय है। मेथड तो बताया जा सकता है सत्य को पाने का, उसकी पद्धति तो बतायी जा सकती है, लेकिन सत्य क्या है, यह नहीं बताया जा सकता।

सत्य को जानने की पद्धतियां हैं, सत्य की कोई परिभाषाएं नहीं हैं। सत्य को जानने की पद्धतियां हैं, लेकिन परिभाषाएं नहीं हैं। उस पद्धति की हमने इन तीन दिनों में चर्चा की है। यह जरूर लगेगा कि हम सत्य को बिलकुल छोड़ रहे हैं। सत्य को बहुत दफा कहा, लेकिन कुछ बताया नहीं कि सत्य क्या है।

उसे नहीं बताया जा सकता, उसे जाना जा सकता है। सत्य को बताया नहीं जा सकता है, जाना जा सकता है। उसे आप जानेंगे। पद्धति बतायी जा सकती है। सत्य का अनुभव आपका होगा। सत्य का अनुभव हमेशा वैयक्तिक है। उसका कोई कम्युनिकेशन, कोई संवाद एक-दूसरे को संभव नहीं है।

तो इसलिए यह तो मैं नहीं कहूंगा कि सत्य क्या है। इसलिए नहीं कि उसे रोकना चाहता हूं, बल्कि इसलिए कि उसे कहा नहीं जा सकता है। जब कभी, बहुत पीछे अतीत में एक दफा ऐसा हुआ। उपनिषदों के समय में एक ऋषि से किसी ने जाकर पूछा, 'सत्य क्या है?' उस ऋषि ने बहुत गौर से उस आदमी को देखा। उसने दुबारा पूछा कि 'सत्य क्या है?' उसने तीसरी बार पूछा कि 'सत्य क्या है?' उस ऋषि ने कहा, 'मैं बार-बार कहता हूं, लेकिन तुम समझते नहीं।' वह व्यक्ति बोला, 'आप कैसी बात कर रहे हैं! मैंने तीन बार पूछा, आप तीनों ही बार चुप थे। और आप कहते हैं, मैं बार-बार कहता हूं!' उसने कहा, 'काश, तुम मेरे चुप होने को देख पाते, तो तुम समझते कि सत्य क्या है। काश, तुम मेरे साइलेंस को, मेरे मौन को देख पाते, तो समझते कि सत्य क्या है।'

वही रास्ता है उसे कहने का। जिन्होंने जाना है, वे चुप हो जाते हैं। और जब सत्य की बात की जाती है, तो वे मौन हो जाते हैं।

अगर आप भी मौन हो सकें, तो उसे जान सकते हैं। अगर आप मौन न हों, तो उसे नहीं जान सकते हैं। सत्य को आप जान सकते हैं, लेकिन जना नहीं सकते। तो इसलिए मैं नहीं कहूंगा कि सत्य क्या है, क्योंकि नहीं कहा जा सकता है।

फिर पूछा है कि जन्म-जन्मांतरों से कर्मों के फलस्वरूप ही मनुष्य का कर्म-जीवन बंधा हुआ है। तो फिर इस जन्म में मनुष्य के अधिकार में क्या है? पूछा है कि अतीत के जीवन और अतीत के कर्म और अतीत में किए हुए जो भी जीवन के संस्कार हैं, यदि हम उनसे ही परिचालित होते हैं, तो अब हम क्या कर सकते हैं?

यह बहुत ही ठीक पूछा है। अगर यह बात सच हो कि मनुष्य बिलकुल अतीत के कर्मों से बंधा है, तो उसके हाथ में वर्तमान में करने को क्या रह जाएगा? और अगर यह सच हो कि मनुष्य अतीत के कर्मों से बिलकुल नहीं बंधा है, तो करने का फायदा क्या रह जाएगा? क्योंकि अगर अतीत के कर्मों से नहीं बंधा है, तो अभी जो करेगा, कल उनसे बंधा नहीं रह जाएगा। तो अगर आज शुभ करेगा, तो कल उसे शुभ के मिलने की संभावना नहीं होनी चाहिए। अगर अतीत के कर्मों से बंधा हो पूरी तरह, तो करने में कोई अर्थ नहीं होगा। क्योंकि कर ही नहीं सकता कुछ, पूरी तरह बंधा है। और अगर पूरी तरह स्वतंत्र हो, तो करने में कोई अर्थ नहीं होगा। क्योंकि वह कर लेगा और कल उससे मुक्त हो जाएगा, उसके साथ उसका किया हुआ नहीं होगा। इसलिए मनुष्य न तो पूरी तरह बंधा हुआ है और न पूरी तरह मुक्त है। उसका एक पैर बंधा है और एक खुला है।

एक दफा हजरत अली से किसी ने पूछा, ठीक यही बात पूछी। हजरत अली से किसी ने पूछा कि 'मनुष्य स्वतंत्र है या परतंत्र है अपने कर्मों में?' अली ने कहा, 'अपना एक पैर ऊपर उठाओ!' अली ने कहा, अपना एक पैर ऊपर उठाओ। वह आदमी स्वतंत्र था, बायां उठाए या दायां उठाए। उसने अपना बायां पैर ऊपर उठाया। अली ने कहा, 'अब दूसरा भी उठा लो।' वह बोला, 'आप पागल हैं! दूसरा अब नहीं उठा सकता हूं!' अली ने कहा, 'क्यों?' उसने कहा, 'एक उठाने को स्वतंत्र था।' अली ने कहा, 'ऐसा ही मनुष्य का जीवन है। उसमें हमेशा दो पैर हैं आपके पास, और एक उठाने को आप हमेशा स्वतंत्र हैं, एक हमेशा बंधा हुआ है।'

इसलिए संभावना है कि जो बंधा है उसे मुक्त कर सकें उसके द्वारा जो कि अभी उठने को स्वतंत्र है। और यह भी संभावना है कि उसे भी बांध सकें उसके द्वारा जो कि बंधा है।

अतीत में आपने जो किया है, वह आपने किया है। आप स्वतंत्र थे करने को; आपने किया है। आपका एक हिस्सा जड़ हो गया है और परतंत्र हो गया है। लेकिन आपका एक हिस्सा अभी भी स्वतंत्र है, उसके विपरीत करने को आप मुक्त हैं। उसके विपरीत करके आप उसको खंडित कर सकते हैं। उससे भिन्न को करके आप उसे विनष्ट कर सकते हैं। उससे श्रेष्ठ को करके आप उसको विसर्जित कर सकते हैं। मनुष्य के हाथ में है कि वह अतीत-संस्कारों को भी धो डाले।

आपने कल तक क्रोध किया था, तो क्रोध करने को आप स्वतंत्र थे। निश्चित ही, जो

आदमी बीस वर्षों से रोज क्रोध करता रहा है, वह क्रोध से बंध जाएगा। बंध जाने का मतलब यह है कि एक आदमी, जिसने बीस साल से क्रोध किया है निरंतर, वह एक दिन सुबह सोकर उठता है और अपने बिस्तर के पास अपनी चप्पलें नहीं पाता, एक यह आदमी है; और एक वह आदमी है जिसने बीस सालों से क्रोध नहीं किया, वह भी सुबह उठता है और बिस्तर के पास अपनी चप्पलें नहीं पाता; किस में इस बात से क्रोध के पैदा होने की संभावना अधिक है?

उस आदमी में, जिसने बीस साल से क्रोध किया, क्रोध पैदा होगा। इस अर्थों में वह बंधा है, क्योंकि बीस साल की आदत तत्क्षण उसमें क्रोध पैदा कर देगी कि जो उसने चाहा था, वह नहीं हुआ। इस अर्थों में वह बंधा है कि बीस साल का एक संस्कार उसे आज भी वैसे ही काम करने को प्रेरित करेगा कि करो, जो तुमने निरंतर किया है। लेकिन क्या वह इतना बंधा है कि क्रोधित न हो, यह उसकी संभावना नहीं है?

इतना कोई कभी नहीं बंधा है। अगर वह इसी वक्त सचेत हो जाए, तो रुक सकता है। और क्रोध को न आने दे, यह उसकी संभावना है। आए हुए क्रोध को परिणत कर ले, यह उसकी संभावना है। और अगर वह यह करता है, तो बीस साल की आदत थोड़ी दिक्कत तो देगी, लेकिन पूरी तरह नहीं रोक सकती है। क्योंकि जिसने आदत बनायी थी, अगर वह खिलाफ चला गया है, तो वह तोड़ने के लिए स्वतंत्र है। दस-पांच दफे के प्रयोग करके वह उससे मुक्त हो सकता है।

कर्म बांधते हैं, लेकिन बांध ही नहीं लेते। कर्म जकड़ते हैं, लेकिन जकड़ ही नहीं लेते। उनकी जंजीरें हैं, लेकिन सब जंजीरें टूट जाती हैं। ऐसी कोई जंजीर नहीं है, जो न टूटे। और जो न टूटे, उसको जंजीर भी नहीं कह सकेंगे। जंजीर बांधती है, लेकिन सब जंजीरें खुलने की क्षमता रखती हैं। अगर ऐसी कोई जंजीर हो, जो फिर खुल ही न सके, तो उसको जंजीर भी नहीं कह सकिएगा। जंजीर वही है, जो बांध भी सके और खोल भी सके। कर्म बंधन है, इसी अर्थों में, कि निर्बंधन भी हो सकता है। और हमारी चेतना हमेशा स्वतंत्र है। हमने जो कदम उठाए हैं, हम जिस रास्ते पर चलकर आए हैं, उस पर लौटने को हम हमेशा स्वतंत्र हैं।

तो अतीत आपको बांधे हुए है, लेकिन भविष्य आपका मुक्त है। एक पैर बंधा है और एक खुला है। अतीत का एक पैर बंधा हुआ है, भविष्य का एक पैर खुला हुआ है। आप चाहें, तो इस भविष्य के पैर को भी उसी दिशा में उठा सकते हैं, जिसमें आपने अतीत के पैर को बांधा है। आप बंधते चले जाएंगे। आप चाहें, तो इस भविष्य के पैर को अतीत की दिशा से विपरीत उठा सकते हैं। आप खुलते चले जाएंगे। यह आपके हाथ में है। उस स्थिति को हम मोक्ष कहते हैं, जहां दोनों पैर खुल जाएं। और उस स्थिति को हम परिपूर्ण निम्नतम नर्क कहेंगे, जहां दोनों पैर बंध जाएं।

इस वजह से, अतीत से घबराने की जरूरत नहीं है, न पिछले जन्मों से घबराने की जरूरत है। जिसने वे कदम उठाए थे, वह अब भी कदम उठाने को स्वतंत्र है।

और पूछा है, साक्षी होकर कौन विचार करता है?

जब आप साक्षी होते हैं, तो विचार नहीं होता। विचार आपने किया कि आप साक्षी नहीं रह जाएंगे। मैं एक बगीचे में खड़ा हूं और एक फूल का साक्षी हो जाऊं, तो मैं फूल को देखूंगा।

सिर्फ देखूंगा, तो साक्षी हूं। और अगर मैंने सोचना शुरू किया, तो फिर मैं साक्षी नहीं हूं। जिस घड़ी मैं सोचूंगा, उस घड़ी फूल मेरी आंख से हट जाएगा। सोचने का पर्दा बीच में आ जाएगा। जब मैं एक फूल को देखकर कहूंगा, फूल सुंदर है, तो जिस घड़ी मेरा मन कह रहा है, फूल सुंदर है, उस वक्त फूल देख नहीं रहा हूं मैं। क्योंकि मन दो काम एक साथ नहीं करता है। एक झीना-सा पर्दा बीच में आ जाएगा। और अगर मैं सोचने लगा कि 'इस फूल को मैंने पहले भी देखा है और यह फूल परिचित है', तो फूल मेरी आंख से ओझल हो गया है। अब मैं भ्रम में हूं कि मैं देख रहा हूं।

अपने एक मित्र को, दूर से आए हुए, मैं एक बार नदी पर नौका-विहार के लिए ले गया था। वे बहुत दूर के देशों से लौटे थे। उन्होंने बहुत नदियां और बहुत झीलें देखी थीं। वे सब उनके खयालों से भरे हुए थे। जब मैं पूरे चांद की रात में उनको नौका पर ले गया, तो वे स्विटजरलैंड की झीलों की बातें करते रहे और कश्मीर की झीलों की बातें करते रहे। जब हम घंटेभर बाद वापस लौटे, तो उन्होंने रास्ते में मुझसे कहा कि 'जहां आप ले गए थे, वह जगह बड़ी रम्य थी।'

मैंने कहा, 'आप बिलकुल झूठ बोलते हैं। उसको आपने देखा भी नहीं। क्योंकि मैंने पूरे वक्त अनुभव किया कि आप स्विटजरलैंड में हो सकते हैं, कश्मीर में हो सकते हैं, जिस नाव में हम बैठे थे, वहां आप नहीं थे।'

'और तब मैं आपसे अब यह भी कहना चाहता हूं,' मैंने उनको निवेदन किया कि 'जब आप स्विटजरलैंड में रहे होंगे, तो आप कहीं और रहे होंगे। और जब आप कश्मीर में रहे होंगे, तो आप उस झील पर न रहे होंगे, जिसकी आप बातें कर रहे हैं।' तो मैंने उनसे कहा कि 'न केवल मैं यह कहता हूं कि जिस झील पर मैं ले गया था, उसको आपने नहीं देखा। मैं आपको यह कहता हूं, आपने कोई झील नहीं देखी है।'

आपके खयाल के पर्दे आपको साक्षी नहीं होने देते। आपका विचार आपको द्रष्टा नहीं होने देता। जब हम विचार को छोड़ते हैं, जब विचार को हम अलग करते हैं, तब हम साक्षी होते हैं। विचार की निर्जरा से साक्षी हुआ जाता है।

तो जब मैं कह रहा हूं, हम साक्षी हो रहे हैं, तो पूछा जाए कि कौन विचार कर रहा है?

नहीं, कोई विचार नहीं कर रहा है, मात्र साक्षी रह गया। और वह मात्र साक्षी जो है हमारा, वही हमारी अंतरात्मा है। अगर आप परिपूर्ण साक्षी की स्थिति में रह जाएं कि कोई विचार की तरंग नहीं उठती है, कोई विचार की लहर नहीं उठती है, तो आप अपने में प्रवेश करेंगे। वैसे ही जैसे किसी सागर पर कोई लहर न उठती हो, कोई लहर न उठती हो, कोई कंपन न आता हो, तो उसकी सतह शांत हो जाए और हम उसकी सतह में झांकने में समर्थ हो जाएं।

विचार तरंग है और विचार बीमारी है और विचार एक उत्तेजना है। विचार की उत्तेजना को खोकर हम साक्षी को उपलब्ध होते हैं। तो जब हम साक्षी होते हैं, तब विचार कोई भी नहीं करता है। अगर हम विचार करते हैं, तब हम साक्षी नहीं रह जाते। विचार और साक्षी में विरोध है।

इसलिए हमने पूरा प्रयास किया इस ध्यान की पद्धति को समझने में, हम असल में विचार छोड़ने का प्रयोग किए हैं। और जो हम प्रयोग कर रहे हैं, उसमें हम विचार को क्षीण करके छोड़ रहे हैं। ताकि वह स्थिति रह जाए, जब विचार तो नहीं हैं और विचारक है। यानि विचारक से मेरा

मतलब, जो विचार करता था, वह तो मौजूद है, लेकिन विचार नहीं कर रहा है। जब वह विचा नहीं करेगा, तो उसमें दर्शन होगा। यह समझ लें।

विचार और दर्शन विपरीत बातें हैं। इसलिए मैंने पीछे कहा कि केवल अंधे लोग विचा करते हैं, जिनकी आंखें हैं, वे विचार नहीं करते हैं। समझें, अगर मेरे पास आंखें नहीं हैं औ मुझे इस मकान से बाहर निकलना है, तो मैं विचार करूंगा कि दरवाजा कहां है! अगर मेरे पास आंखें नहीं हैं और मुझे इस भवन से बाहर निकलना है, तो मैं विचार करूंगा कि दरवाजा कहां है! और अगर मेरे पास आंखें हैं, तो क्या मैं विचार करूंगा? मैं देखूंगा और निकल जाऊंगा। यानि सवाल यह है कि अगर मेरे पास आंखें हैं, तो मैं देखूंगा और निकल जाऊंगा। मैं विचार क्यों करूंगा?

जिनके पास जितनी आंखें कम हैं, उतने वे ज्यादा विचार करते हैं। दुनिया उनको विचारक कहती है। और हम उनको अंधा कहेंगे। और जिनके पास जितनी ज्यादा आंखें हैं, वे उतना कम विचार करते हैं।

महावीर और बुद्ध विचारक नहीं थे। मैं सुनता हूं, बड़े-बड़े समझदार लोग भी उनको कहते हैं कि महान विचारक थे। यह बिलकुल झूठी बात है। वे बिलकुल भी विचारक नहीं थे, क्योंकि वे अंधे नहीं थे। हम उनको अपने मुल्क में द्रष्टा कहते हैं।

इसलिए हम अपने मुल्क में, हम अपने मुल्क में इस पद्धति का जो शास्त्र है, उसको दर्शन कहते हैं। दर्शन का मतलब, देखना। हम उसको फिलासफी नहीं कहते। फिलासफी और दर्शन पर्यायवाची शब्द नहीं हैं। सामान्यतया फिलासफी से हम दर्शन का अर्थ कर लेते हैं, वह गलत है। भारत के दर्शन को 'इंडियन फिलासफी' कहना बिलकुल गलत है। वह फिलासफी है ही नहीं। फिलासफी का मतलब है, चिंतन, विचार, मनन। और दर्शन का मतलब है, चिंतन, विचार, मनन सबका छोड़ देना।

पश्चिम में विचारक हुए हैं, पश्चिम की फिलासफी है। उन्होंने विचार किया है कि सत्य क्या है? वे इसका विचार करते हैं। हमारे मुल्क में हम इसका विचार नहीं करते कि सत्य क्या है। हम इसका विचार करते हैं कि सत्य का दर्शन कैसे हो सकता है? यानि हम इस बात का विचार करते हैं कि आंखें कैसे खुलें? इसलिए हमारी पूरी प्रक्रिया आंख खोलने की है। हमारी पूरी प्रक्रिया चक्षु खोलने की है।

जहां विचार होता है, वहां तर्क विकसित होता है। और जहां दर्शन होता है, वहां योग विकसित होता है। विचार का अनुबंध, संबंध तर्क से है। और दर्शन का अनुबंध और संबंध योग से है।

पूरब में कोई तर्क विकसित नहीं हुआ। लाजिक को हमने कोई प्रेम नहीं किया है। हमने उसको खेल समझा है, बच्चों का खेल समझा है। हमने कुछ और बात खोजी, हमने दर्शन खोजा और दर्शन के लिए योग को। योग पद्धति है, जिससे आपकी आंख खुलेगी और आप देखेंगे। उस देखने के लिए साक्षी का प्रयोग है। जैसे-जैसे आप साक्षी होंगे, विचार क्षीण होगा, और एक घड़ी आएगी निर्विचार की—विचारहीनता की नहीं कह रहा हूं—निर्विचार की।

विचारहीन और निर्विचार में बहुत भेद है। विचारहीन विचारक से नीचे है और निर्विचार

विचारक के बहुत ऊपर है। निर्विचार का अर्थ है, उसके चित्त में तरंगें नहीं हैं और चित्त शांत है। और देखने की क्षमता उस शांति में पैदा होती है। और विचारहीन का मतलब है कि उसे सूझता ही नहीं कि क्या करे।

तो मैं विचारहीन होने को नहीं, निर्विचार होने को कह रहा हूं। विचारहीन वह है, जिसको सूझता नहीं। निर्विचार वह है, जिसको सिर्फ सूझता भर है; जिसे दिखायी पड़ता है। तो साक्षी आपको ज्ञान की तरफ ले जाएगा, स्वयं की आत्मा की तरफ ले जाएगा।

यह जो हमने प्रयोग श्वास के या ध्यान के, साक्षी को जगाने के लिए किए हैं, यह मात्र इसलिए, ताकि किसी भी भांति हम उस क्षण का अनुभव कर सकें, जब हम तो होते हैं और विचार नहीं होता है। अगर एक क्षण को भी वह निर्मल क्षण उपलब्ध हो जाए, जब हम तो हैं और विचार नहीं हैं, तो आप जीवन में किसी बड़ी अदभुत संपत्ति को उपलब्ध हो जाएंगे।

उस तरफ चलें और उसके लिए चेष्टा करें और अपनी समग्र शक्ति को जोड़कर उस घड़ी की आकांक्षा करें, जब चेतना तो होगी, लेकिन विचार नहीं होगा।

जब चेतना विचार-शून्य होती है, तब सत्य का दर्शन होता है। और जब चेतना विचार से भरी होती है और दबी होती है, तब सत्य का दर्शन नहीं होता। जैसे आकाश मेघाच्छन्न हो, तो सूरज छिप जाता है, ऐसे जब चित्त विचारों से आच्छन्न होता है, तो स्वयं की सत्ता छिप जाती है। और सूरज को देखना हो, तो मेघों को वितरित और विसर्जित कर देना होगा और उनको हटा देना होगा, ताकि सूरज झांक सके। वैसे ही विचारों को हटा देना होगा, ताकि स्वयं की सत्ता की प्रतीति और अनुभव हो सके।

सुबह जब मैं भवन से निकलता था, तो किसी ने मुझसे पूछा कि 'क्या इस समय में केवल-ज्ञान संभव है?' मैंने उनसे कहा, 'संभव है।' वे प्रश्न पूछे हैं कि 'अगर केवल-ज्ञान इस समय संभव है, तो क्या मैं बता सकता हूं कि वे कौन-सा प्रश्न मुझ से पूछना चाहते हैं?'

अगर वे केवल-ज्ञान का अर्थ यह समझे हों कि दूसरा क्या प्रश्न पूछना चाहता है, यह बता दिया जाए, तो वे बड़ी गलती में हैं, वे किसी मदारी से भी धोखा खा जाएंगे। वे सड़क पर किसी दो पैसे में खेल दिखाने वाले से भी धोखा खा जाएंगे। यह तो दो पैसे का खेल दिखाने वाला बता सकता है कि आपके मन के भीतर क्या है। और अगर कभी कोई केवल-ज्ञानी भी इसके लिए राजी हो जाए, तो वह केवल-ज्ञानी नहीं होगा।

केवल-ज्ञान का यह मतलब नहीं है कि आपके मन में क्या चल रहा है, उसको बता दिया जाए। आप केवल-ज्ञान का अर्थ ही नहीं समझे। केवल-ज्ञान का अर्थ है चेतना की वह स्थिति, जहां कोई ज्ञेय नहीं रह जाता, जहां कोई ज्ञाता नहीं रह जाता, मात्र ज्ञान की शक्ति भर रह जाती है। केवल-ज्ञान शब्द से ही वह प्रगट है, जहां केवल ज्ञान मात्र रह जाता है।

अभी जब भी हम कुछ जानते हैं, तो जानने में तीन चीजें होती हैं—जानने वाला होता है, वह ज्ञाता होता है; जिसको जानते हैं, वह होता है, वह ज्ञेय होता है; और इन दोनों के बीच जो संबंध होता है, वह ज्ञान होता है। तो ज्ञान जो है, ज्ञाता और ज्ञेय से दबा रहता है, उनसे बंधा रहता है। केवल-ज्ञान का अर्थ है कि ज्ञेय विलीन हो जाए, आब्जेक्ट विलीन हो जाए। और अगर ज्ञेय विलीन हो जाएगा, तो फिर ज्ञाता कहां रहेगा! वह तो ज्ञेय से बंधा हुआ था। जब ज्ञेय विलीन हो

जाएगा, तो ज्ञाता विलीन हो जाएगा। तब क्या शेष रह जाएगा? तब मात्र ज्ञान शेष रह जाएगा। उस ज्ञान की घड़ी में मुक्ति का बोध होता है और स्वतंत्रता का बोध होता है।

तो केवल-ज्ञान का अर्थ है, शुद्ध ज्ञान को अनुभव कर लेना। जिसको मैंने समाधि कहा है, वह शुद्ध ज्ञान का अनुभव है। यह अलग-अलग संप्रदायों के अलग-अगल सत्य हैं। जिसे पतंजलि ने समाधि कहा है, उसे जैनों ने केवल-ज्ञान कहा है, उसे बुद्ध ने प्रज्ञा कहा है।

केवल-ज्ञान का मतलब यह नहीं है कि आपके सिर में क्या चल रहा है, उसे बता दें। वह तो बहुत आसान-सी बात है। वह तो साधारण-सी टेलीपैथी है, वह तो थाट-रीडिंग है, उसका केवल-ज्ञान से कोई मतलब नहीं है। और अगर आप उत्सुक ही हों जानने को कि आपके दिमाग में क्या चल रहा है, तो मैं आपको रास्ता बता सकता हूं कि आपके बगल के आदमी के दिमाग में क्या चल रहा है, उसे आप जान सकते हैं। मैं तो नहीं बताऊंगा कि आपके दिमाग में क्या चल रहा है, लेकिन मैं आपको रास्ता बता सकता हूं कि आप जान सकें कि दूसरे के दिमाग में क्या चल रहा है, वह ज्यादा आसान होगा।

मैंने आपको पीछे जो अभी संकल्प का प्रयोग कहा कि सारी श्वास को बाहर फेंक दें और एक क्षण रुक जाएं, श्वास न लें। आप घर लौटकर दो-चार दिन किसी छोटे बच्चे पर प्रयोग कर लेंगे, तो आपको समझ में आ जाएगा। अपनी सारी श्वास बाहर फेंक दें; उस बच्चे को सामने बिठा लें; और जब श्वास भीतर न रह जाए, तब पूरे जोर से संकल्प करें और यह आंख बंद करके देखने की कोशिश करें कि इसके दिमाग में क्या चल रहा है। और उस बच्चे को कह दें कि कोई छोटी चीज तुम सोचना, कोई फूल का नाम सोचना। उसको बताएं न, उससे कह दें, कोई फूल का नाम सोचना। और आंख बंद करके और श्वास को बाहर फेंककर आप यह संकल्प प्रगाढ़ करें कि इसके दिमाग में क्या चल रहा है।

आप दो-तीन दिन में जानना शुरू कर देंगे। और अगर आपने एक शब्द भी जान लिया, तो फिर कोई फर्क नहीं पड़ता, फिर वाक्य जाने जा सकते हैं। वह लंबी प्रक्रिया है। लेकिन इससे यह मत समझ लेना कि आप केवल-ज्ञानी हो गए! इससे केवल-ज्ञान का कोई मतलब नहीं है। यह मन-पर्याय-ज्ञान है, दूसरे के मन में क्या चल रहा है, उसे पढ़ लेना। और इसके लिए धार्मिक होने की भी कोई जरूरत नहीं है और साधु होने की भी कोई जरूरत नहीं है।

पश्चिम में काफी जोर से काम चला हुआ है। वहां ढेर साइकिक सोसाइटीज बनी हुई हैं, जो टेलीपैथी पर और थाट-रीडिंग पर काम कर रही हैं। और वैज्ञानिक रूप से सब नियम बनाए जा रहे हैं। सौ-पचास वर्षों में हर डाक्टर उसका प्रयोग करेगा, हर शिक्षक उसका प्रयोग करेगा। हर दुकानदार उसका प्रयोग कर सकेगा कि ग्राहक क्या पसंद करेगा, इसको जान सकेगा। और उस सबका शोषण में उपयोग होगा। और वह केवल-ज्ञान बिलकुल नहीं है, वह केवल एक टेक्नीक है। वह टेक्नीक अभी अधिक लोगों को ज्ञात नहीं है, इसलिए आपको ऐसा मालूम होता है। थोड़ा प्रयोग करेंगे, तो आप हैरान हो जाएंगे, कुछ समझ में आ सकता है। पर वह केवल-ज्ञान नहीं है। केवल-ज्ञान बड़ी दूर की बात है।

केवल-ज्ञान का तो मतलब है, शुद्ध ज्ञान की चरम स्थिति को अनुभव कर लेना। उस अवस्था में अमृत का, और जिसे मैंने सच्चिदानंद कहा, उसका बोध होता है।

और एक मित्र ने पूछा है, समाधि के सिवाय क्या परमात्मा का मिलन संभव है?

नहीं संभव है। समाधि तो केवल द्वार है। जैसे कोई कहे कि क्या बिना द्वार के इस मकान के अंदर आना संभव है? तो हम क्या कहेंगे? हम कहेंगे, नहीं संभव है। और अगर वह कहीं से दीवार तोड़कर भी आ जाए, तो हम कहेंगे, वह द्वार हो गया। तो द्वार क्या है? अगर हम कहें कि इस मकान में द्वार से आने के सिवाय कोई रास्ता नहीं है और वह किसी दीवार को तोड़कर अंदर आ जाए, तो हम कहेंगे, वह रास्ता हो गया, वह द्वार हो गया। लेकिन इस मकान में बिना द्वार के आना संभव नहीं है। किसी भी भांति आएं, द्वार से आएंगे। समझदार होंगे, तो सीधे चले आएंगे। नासमझ होंगे, कहीं दीवार तोड़ेंगे।

समाधि के बिना कोई रास्ता नहीं है। समाधि तो द्वार है परमात्मा के प्रति, सत्य के प्रति। और बिना द्वार के मैं नहीं समझता कि कैसे जाएंगे! बिना द्वार के कभी कोई कहीं नहीं गया है।

इसे स्मरण रखें, ऐसा न सोचें कि बिना समाधि के भी संभव हो जाएगा। मन हमारा ऐसा होता है कि और भी कोई सस्ता रास्ता हो। यानि मतलब यह कि ऐसा रास्ता हो, जिसमें चलना ही न पड़े। लेकिन सब रास्तों पर चलना होता है। चलने का मतलब ही है, तब वे रास्ते होते हैं। लेकिन हम चाहते हैं, ऐसा द्वार हो, जिसमें प्रवेश ही न करना पड़े और पहुंच जाएं। ऐसा कोई द्वार नहीं होता, जिसमें प्रवेश बिना किए आप पहुंच जाएं।

पर हमारे मन की कमजोरियां हैं बहुत। और हमारे मन की कमजोरियां ये हैं कि हम कुछ भी नहीं करना चाहते और कुछ पाना चाहते हैं। विशेषतया परमात्मा के संबंध में तो हमारी धारणा यह ही है कि अगर वह बिना किए मिल जाए, तो विचारणीय है। बल्कि हो सकता है कि अगर कोई आपको बिना किए भी देने को राजी हो जाए, तो भी आप विचार करें कि लेना या नहीं लेना!

एक बार ऐसा हुआ, वहां श्रीलंका में एक साधु था। वह रोज मोक्ष की और निर्वाण की और समाधि की बातें करता। कुछ लोग उसे वर्षों से सुनते थे। एक आदमी ने एक दिन खड़े होकर पूछा कि 'मैं यह पूछना चाहता हूं, आपको इतने लोग इतने दिन से सुनते हैं, इनमें से किसका निर्वाण हुआ और किसकी समाधि हुई?' उस साधु ने कहा, 'तुम्हारा विचार है, तो आज ही समाधि हो जाए। राजी हो? अगर तुम राजी हो, तो आज यह मेरा सच है कि तुम्हें समाधि लगवा दूंगा।' वह आदमी बोला, 'आज!' उसने कहा, 'थोड़ा विचार करें, किसी...। आज ही?' उसने कहा, 'थोड़ा विचार करें। मैं फिर आकर आपको बताऊं।'

और आपसे भी कोई कहे कि मैं आज ही इसी वक्त आपको परमात्मा से मिला सकता हूं, तो मैं नहीं समझता कि आपका दिल एकदम से कहेगा, हां। आपका दिल बहुत सोच-विचार करने लगेगा। मैं सच आपसे कह रहा हूं, आपका दिल बहुत सोच-विचार करने लगेगा कि मिलना या नहीं मिलना! मुफ्त में भी परमात्मा मिले, तो भी हम विचार करेंगे! तो कीमत देकर तो लेने में विचार करना बहुत स्वाभाविक है। मन यही होता है कि मुफ्त में मिल जाए।

हम मुफ्त में उस चीज को पाना चाहते हैं, जिसका हमारे मन में कोई मूल्य नहीं है। यानि हम निर्मूल्य उसे पाना चाहते हैं, जिसका हमारे मन में कोई मूल्य नहीं है। मूल्य से हम उसे पाना चाहते हैं, जिसका हमारे मन में मूल्य है।

अगर परमात्मा के प्रति थोड़ा भी खयाल पैदा होगा, तो आप पाएंगे कि आप अपना सब देने

को राजी हैं। अपना सब देने को राजी हैं और सब देकर भी अगर उसकी एक झलक मिलती है, तो लेने को राजी हो जाएंगे।

यह जो पूछा है कि 'समाधि के बिना हो सकता है?' नहीं हो सकता है। श्रम के बिना नहीं हो सकता है। अध्यवसाय के बिना नहीं हो सकता है। आपके पूरे संकल्प और साधना के बिना नहीं हो सकता है।

लेकिन इस तरह के जो कमजोर लोग हैं, वे कमजोर लोग कुछ समझदार लोगों को शोषण का मौका देते हैं। सारी दुनिया में एक तरह का रिलीजस एक्सप्लायटेशन चलता है, एक तरह का धार्मिक शोषण चलता है। चूंकि आप बिना कुछ किए पाना चाहते हैं, इसलिए लोग खड़े हो जाते हैं, जो कहते हैं, हमारी कृपा से मिल जाएगा। हमें पूजो, हमारे पैर पड़ो, हमारा नाम स्मरण करो, हम पर श्रद्धा रखो, मिल जाएगा। और जो कमजोर लोग हैं, वे इस वजह से उनकी श्रद्धा करते हैं और पैर छूते हैं और जीवन गंवाते हैं।

कुछ भी नहीं मिलेगा, यह सिर्फ एक शोषण है। यह सिर्फ एक शोषण है। कोई गुरु परमात्मा नहीं दे सकता। परमात्मा तक जाने का मार्ग दे सकता है, लेकिन मार्ग पर खुद चलना होता है। कोई गुरु आपके लिए नहीं चल सकता है। इस दुनिया में कोई आदमी किसी दूसरे के लिए नहीं चल सकता है। अपने पैर ही चलाते हैं। अपने पैरों पर ही चलना होता है। और अगर कोई कहता हो, और ऐसा कहने वाले अनेक हैं, जो कहते हैं, 'हम एक ही बात आपसे मांगते हैं कि हम पर श्रद्धा करो, और शेष सब हम कर देंगे।' वे आपका शोषण कर रहे हैं। और आप चूंकि कमजोर हैं, आप शोषण का मौका देते हैं।

दुनिया में जितने धार्मिक पाखंड चलते हैं, उसका कारण पाखंडी कम हैं, आपकी कमजोरियां ज्यादा हैं। अगर आप कमजोर न हों, तो दुनिया में कोई धार्मिक पाखंड खड़ा नहीं होगा। क्योंकि अगर कोई आदमी थोड़ा भी पुरुषार्थवान है, अगर थोड़ा भी उसे अपने जीवन का गौरव और गरिमा है, और कोई उससे कहेगा कि मैं अपनी कृपा से तुमको परमात्मा दिलाए देता हूं। वह कहेगा, क्षमा करें; इससे बड़ा मेरा और क्या अपमान हो सकता है! यानि वह कहेगा, क्षमा करें; इससे बड़ा मेरा और क्या अपमान हो सकता है कि परमात्मा मैं आपकी कृपा से पाऊं!

और जो दूसरे की कृपा से मिलेगा, क्या वह दूसरे की नाराजगी से छीन नहीं लिया जा सकता है? क्या जो दूसरे की कृपा से मिलेगा, वह दूसरे की नाराजगी से छीना नहीं जा सकता? जो कृपा से मिलता है, वह कृपा के हटने से छिन भी सकता है। वह सिर्फ धोखा होगा, जो परमात्मा मिले और छीन लिया जाए और जिसे कोई दूसरा दे सके।

कोई दुनिया में किसी दूसरे को सत्य और परमात्मा नहीं दे सकता है। अपने ही श्रम से और अपनी ही साधना से उसे पाना होता है। इसलिए क्षणभर को भी, रत्तीभर को भी मन में कभी यह खयाल न देना, यह कमजोरी घातक साबित होती है। और इस कमजोरी की वजह से आप तो टूटते हैं, आप पाखंड को, धोखों को, झूठी गुरुडमों को फैलने का मौका देते हैं। वे असत्य हैं, उनका कोई मूल्य नहीं है। और वे घातक हैं और विषाक्त हैं।

एक प्रश्न है कि अहंकार की शक्ति को किस में परिणत किया जाए?

मैंने पीछे आपको बताया कि अगर क्रोध की शक्ति पैदा हो, तो उसे हम समपरिवर्तित कर सकते हैं सृजनात्मक रूप से। मैंने आपको यह भी बताया कि अगर सेक्स की शक्ति है, तो वह भी समपरिवर्तित की जा सकती है। अहंकार उस अर्थों में शक्ति नहीं है, जिस अर्थों में क्रोध, सेक्स, लोभ इत्यादि शक्तियां हैं। अहंकार उस अर्थों में शक्ति नहीं है।

क्रोध कभी पैदा होता है, सेक्स का भाव भी कभी प्रबल होता है, लोभ भी कभी चेतना को पकड़ता है। अहंकार कभी नहीं, जब तक समाधि उत्पन्न न हो, सदा आपके साथ होता है। वह शक्ति नहीं है, वह आपकी स्थिति है। समझें इस फर्क को।

अहंकार शक्ति नहीं है, वह आपकी स्थिति है। वह कभी पैदा नहीं होता, वह है आपके साथ। वह आपके सब कामों के पीछे खड़ा हुआ है। वह आपकी स्थिति है। उसके कारण बहुत-सी चीजें पैदा होती हैं, लेकिन वह पैदा नहीं होता।

अहंकार के कारण क्रोध पैदा हो सकता है। अगर आप अहंकारी हैं, तो आप ज्यादा क्रोधी होंगे। अगर आप अहंकारी हैं, तो आप ज्यादा यश-लोलुप होंगे, लोभी होंगे, पद-लोलुप होंगे। अगर आप अहंकारी हैं, तो ये सारी बातें आपमें पैदा होंगी। अहंकार के कारण ये शक्तियां पैदा होंगी आपके भीतर, लेकिन अहंकार आपके चित्त की एक स्थिति है। और जब तक अज्ञान है, तब तक अहंकार होता है। और जब ज्ञान आता है, तो अहंकार विलीन हो जाता है और उसकी जगह आत्मा का दर्शन होता है।

अहंकार आत्मा को घेरे हुए एक आच्छन्न पर्दा है। आत्मा को घेरे हुए अहंकार एक पर्दा है। वह शक्ति नहीं है, अज्ञान है। उसके द्वारा बहुत-सी शक्तियां पैदा होती हैं--- उस अज्ञान के द्वारा। और अगर उनका हम विनाशात्मक उपयोग करें, तो अहंकार की स्थिति और मजबूत होती चली जाती है। और अगर उन पैदा हुई शक्तियों का हम सृजनात्मक और क्रिएटिव उपयोग करें, तो अहंकार की शक्ति क्षीण होती चली जाती है; अहंकार की स्थिति क्षीण होती चली जाती है। अगर सारी पैदा की हुई शक्तियों का सृजनात्मक उपयोग हो, तो एक दिन अहंकार विलीन हो जाता है। और जब अहंकार का धुआं विलीन हो जाता है, तो नीचे पता चलता है, आत्मा की लौ है।

अहंकार का धुआं घेरे हुए है आत्मा की लौ को। जब निर्धूम होता है चित्त, सारा धुआं अहंकार का दूर होता है, जब 'मैं' भाव की सारी पर्तें दूर हो जाती हैं, जब यह स्मरण भी नहीं आता है कि 'मैं भी हूं', तब गहराई में उपलब्धि होती है।

रामकृष्ण कहा करते थे कि एक बार ऐसा हुआ, एक नमक का पुतला समुद्र के किनारे एक मेले में गया। एक मेला लगा और एक नमक का पुतला मेले को देखने समुद्र के किनारे गया। और समुद्र के किनारे उसने देखा, बड़ा अथाह सागर है। कोई रास्ते में पूछने लगा, 'कितना गहरा होगा?' उस पुतले ने कहा कि 'मैं अभी खोजकर आता हूं।' और वह नमक का पुतला पानी में कूद पड़ा। और बहुत दिन बीते और बहुत वर्ष बीते, वह पुतला अब तक वापस नहीं लौटा है। उसने कहा था, मैं अभी खोजकर आता हूं, लेकिन वह नमक का पुतला था और सागर में कूदते ही नमक पिघल गया और विलीन हो गया और वह सागर की तलहटी को नहीं पा सका।

वह जो 'मैं' खोजने निकला था परमात्मा को या सागर की गहराई को, वह खोजने में ही विलीन हो जाता है। वह केवल नमक का पुतला है, वह कोई शक्ति नहीं है।

तो अगर आप परमात्मा को खोजने निकले हैं, तो जब आप खोजने निकलते हैं, तब यही खयाल होता है कि मैं परमात्मा को खोजने निकल रहा हूं। लेकिन जब जैसे-जैसे आप प्रवेश करते हैं, पाते हैं, परमात्मा तो नहीं मिल रहा है, 'मैं' विलीन होता चला जा रहा है। एक घड़ी आती है, जब 'मैं' बिलकुल शून्य होता है, तब आप पाते हैं कि परमात्मा मिल गया है।

इसका मतलब यह हुआ कि 'मैं' को कभी परमात्मा का मिलन नहीं होगा। जब 'मैं' नहीं होगा, तब परमात्मा मिलेगा। और जब तक 'मैं' होगा, तब तक परमात्मा नहीं मिलेगा।

इसलिए कबीर ने कहा है, 'प्रेम गली अति सांकरी, तामें दो न समाय। प्रेम की गली बहुत संकरी है, उसमें दो नहीं बन सकते। या तो तुम बन सकते हो या परमात्मा बन सकता है। और जब तक तुम हो, तब तक परमात्मा नहीं बन सकता। और जहां तुम विलीन हो गए, तब परमात्मा है।

यह जो हमारा अहंकार है, यह केवल हमारा अज्ञान है। इस अज्ञान के कारण हमारे जीवन की बहुत-सी शक्तियों का दुरुपयोग होता है। अगर हम उनका सदुपयोग करें, तो अहंकार को पोषण नहीं मिलेगा और अहंकार धीरे-धीरे क्षीण हो जाएगा।

तो जिसको मैंने जीवन-शुद्धि के लिए तीन प्रयोग कहे हैं, अगर वे तीन प्रयोग चलें— शरीर-शुद्धि का, विचार-शुद्धि का और भाव-शुद्धि का—तो उन तीनों प्रयोगों को करते-करते पता चलेगा, अहंकार विलीन हो गया। क्रोध विलीन नहीं होगा इस अर्थों में, अहंकार विलीन हो जाएगा। क्रोध की शक्ति नए रूपों में मौजूद रहेगी। अहंकार की कोई शक्ति मौजूद नहीं रह जाएगी। जब अहंकार विलीन होगा, तो कुछ पीछे, रेसिडयू जिसको कहें, पीछे कुछ बचा हुआ कुछ भी नहीं रहेगा। क्रोध या सेक्स विलीन नहीं होते इस अर्थों में, ट्रांसफार्म होते हैं। दूसरी शक्ल में वे मौजूद रहेंगे। क्रोध की शक्ति कायम रहेगी। दूसरा प्रयोग करती रहेगी। हो सकता है, करुणा बन जाए, लेकिन शक्ति वही रहेगी।

और इस जगत में जो बहुत क्रोधी हैं, अगर उनकी शक्ति परिवर्तित हो, तो उतनी ही करुणा से भर सकते हैं, क्योंकि शक्ति नया रूप ले लेगी। शक्ति नष्ट नहीं होती, नए रूप ले लेती है। जैसा मैंने कहा कि जो बहुत कामुक हैं, बहुत सेक्सुअल हैं, वे ही लोग ब्रह्मचर्य को उपलब्ध हो जाते हैं। क्योंकि वह जो सेक्स की उनकी शक्ति है, वही समपरिवर्तित होकर उनके लिए ब्रह्मचर्य बन जाती है।

लेकिन अहंकार जब विलीन होता है, तो किसी में परिणत नहीं होता। क्योंकि वह केवल अज्ञान था। उसकी परिणति का कोई सवाल नहीं, वह केवल भ्रम था। जैसे अंधेरे में किसी ने रस्सी को सांप समझा हो। और जब पास जाकर देखे कि रस्सी है, सांप नहीं है, और हम पूछें कि सांप का क्या हुआ? तो हम कहेंगे, सांप का कुछ भी नहीं हुआ, क्योंकि सांप था ही नहीं। उसके परिवर्तन का कोई सवाल नहीं है। वैसे ही अहंकार आत्मा को भ्रांत रूप से समझने का परिणाम है। वह आत्मा की भ्रांति है, आत्मा का इलूजरी, भ्रामक दर्शन है। जैसे रस्सी में सांप दिख जाए, ऐसा आत्मा में अहंकार दिख रहा है। जब हम आत्मा के करीब पहुंचेंगे, तो हम पाएंगे, अहंकार तो नहीं है। वह किसी चीज में परिणत नहीं होगा। परिणति का कोई सवाल ही नहीं था, वह था ही नहीं। वह केवल भ्रम था और दिखायी पड़ता था।

अहंकार अज्ञान है, शक्ति नहीं है। लेकिन अज्ञान अगर हो, तो शक्तियों का दुरुपयोग करवा देता है। क्योंकि अज्ञान में क्या होगा? अज्ञान शक्तियों का दुरुपयोग करवा सकता है।

तो यह स्मरण रखें, अहंकार का कोई परिवर्तन नहीं होगा, न कोई परिणति होगी। अहंकार बस विलीन हो जाएगा। वह उस अर्थ में शक्ति नहीं है।

एक प्रश्न और अंतिम रूप से। आत्मा को परमात्मा में विलीन होने की क्या आवश्यकता है, पूछा है। पूछा है, आत्मा को परमात्मा में विलीन होने की क्या आवश्यकता है?

अच्छा होता, पूछा होता, आत्मा को आनंद में विलीन होने की क्या आवश्यकता है? अच्छा होता, पूछा होता, आत्मा को स्वस्थ होने की क्या आवश्यकता है? अच्छा होता, पूछा होता, आत्मा को अंधकार के बाहर प्रकाश में जाने की क्या आवश्यकता है?

आत्मा को परमात्मा में विलीन होने की आवश्यकता इतनी ही है कि जीवन दुख और वेदना से तृप्त नहीं होता है। यानि किसी भी स्थिति में जीवन दुख को स्वीकार नहीं कर पाता है और आनंद का आकांक्षी होता है।

परमात्मा से अलग होकर जीवन दुख है। परमात्मा में होकर वह आनंद हो जाता है। प्रश्न परमात्मा का नहीं, प्रश्न आपके भीतर दुख से आनंद में उठने का है। आपके भीतर, अंधकार से आलोक में उठने का है। और अगर आपको कोई आवश्यकता प्रतीत नहीं होती, तो बिलकुल दुख में निश्चिंत रह सकते हैं।

लेकिन कोई दुख में निश्चिंत नहीं रह सकता। दुख स्वरूपतः अपने से दूर हटाता है और आनंद स्वरूपतः अपने प्रति खींचता है। दुख हटाता है, आनंद खींचता है। संसार दुख है, परमात्मा आनंद है। परमात्मा से मिलन की आवश्यकता कोई धार्मिक आवश्यकता नहीं है। परमात्मा से मिलन की आवश्यकता स्वरूपगत आवश्यकता है।

इसलिए दुनिया में यह हो सकता है कि कोई परमात्मा को इनकार करता हो, लेकिन आनंद को कोई इनकार नहीं करेगा। इसलिए मैं यह कहना शुरू किया हूं कि जगत में कोई भी नास्तिक नहीं है। नास्तिक केवल वही हो सकता है, जो आनंद को अस्वीकार करता हो। जगत में प्रत्येक व्यक्ति आस्तिक है। इस अर्थों में आस्तिक है कि प्रत्येक आनंद का प्यासा है।

दो तरह के आस्तिक हैं, एक सांसारिक आस्तिक, एक आध्यात्मिक आस्तिक। एक, जिनकी आस्था संसार में है कि इसके द्वारा आनंद मिलेगा। एक, जिनकी आस्था इस बात में है कि आध्यात्मिक जीवन के विकास से आनंद मिलेगा। जिनको आप नास्तिक कहते हैं, वे संसार के प्रति आस्तिक हैं। पर उनकी तलाश भी आनंद की है। वे भी आनंद को खोज रहे हैं। और आज नहीं कल, उन्हें जब दिखायी पड़ेगा कि संसार में कोई आनंद नहीं है, तो सिवाय परमात्मा के प्रति उत्सुक होने के कोई रास्ता नहीं रह जाएगा।

आपकी खोज आनंद की है। परमात्मा की खोज किसी की भी नहीं है। आपकी खोज आनंद की है। आनंद को ही हम परमात्मा कहते हैं। पूर्ण आनंद की स्थिति को हम परमात्मा कहते हैं। आप जिस घड़ी पूर्ण आनंद की स्थिति में होंगे, उस घड़ी परमात्मा हैं। यानि मतलब यह कि जिस घड़ी आपकी कोई आवश्यकता शेष न रह जाएगी, उस घड़ी आप परमात्मा हैं। पूर्ण आनंद का

मतलब, जब कोई आवश्यकता शेष नहीं है। अगर कोई शेष है, तो दुख शेष रहेगा। जब आपकी कोई आवश्यकता शेष नहीं है, तब आप पूर्ण आनंद में हैं और तभी आप परमात्मा में हैं।

पूछा है कि परमात्मा में होने की आवश्यकता क्या है?

इसको मैं ऐसा कहूं, आवश्यकताएं हैं, इसलिए परमात्मा में होने की आवश्यकता है। जिस दिन कोई आवश्यकता नहीं रह जाएगी, उस दिन परमात्मा में होने की कोई जरूरत नहीं रह जाएगी, आप परमात्मा हो जाएंगे। हर आदमी आवश्यकताओं से मुक्त होना चाहता है। तो अगर ऐसी स्वतंत्रता की घड़ी चाहता है, जहां कोई आवश्यकता का बंधन न हो, जहां वह हो, अखंड हो और पूर्ण हो और उसके पार पाने को कुछ शेष न रह जाए, कुछ हटाने को, छोड़ने को शेष न रह जाए, वैसी अखंड और पूर्ण स्थिति परमात्मा है।

परमात्मा से मतलब नहीं है कि कहीं कोई ऊपर बैठे हुए हैं सज्जन, और उनके आपको दर्शन होंगे, और वे आप पर कृपा करेंगे। और आप उनके चरणों में बैठेंगे और जाकर वहां स्वर्ग में मजे करेंगे। ऐसा कोई परमात्मा कहीं नहीं है। और अगर ऐसे परमात्मा की तलाश में हों, तो भ्रम में हैं। ऐसा परमात्मा कभी नहीं मिलेगा। आज तक किसी को नहीं मिला है।

परमात्मा चित्त की अंतिम आनंद की अवस्था है। परमात्मा कोई व्यक्ति नहीं है, अनुभूति है। यानि परमात्मा का साक्षात नहीं होता। साक्षात इस अर्थों में नहीं होता कि एनकाउंटर हो जाए; कि आप गए और मुठभेड़ हो गयी उनसे! वे आपके सामने खड़े हैं और आप उनको देख रहे हैं, निहार रहे हैं।

ये सब कल्पनाएं हैं, जो आप निहार रहे हैं। जब सारी कल्पनाएं चित्त छोड़ देता है और सारे विचार छोड़ देता है, तब वह अचानक उसे उदघाटन होता है कि इस सारे विश्व अखंड का, इस पूरे जगत का, ब्रह्मांड का, वह एक जीवित हिस्सा मात्र है। उसका स्पंदन इस सारे जगत के स्पंदन से एक हो जाता है। उसकी श्वास इस सारे जगत से एक हो जाती है। उसके प्राण इस सारे जगत के साथ आंदोलित होने लगते हैं। उनमें कोई भेद, कोई सीमा नहीं रह जाती।

उस घड़ी वह जानता है, 'अहं ब्रह्मास्मि।' उस घड़ी वह जानता है कि जिसे मैंने 'मैं' करके जाना था, वह तो सारे ब्रह्मांड का अनिवार्य हिस्सा है। 'मैं ब्रह्मांड हूं', उस अनुभूति को हम परमात्मा कहते हैं।

ये आपके प्रश्न पूरे हुए। उसके बाद थोड़े समय के लिए, जो लोग उत्सुक हैं दो-चार मिनट अकेले में मिलने को, वे अकेले में मिल लें। उन्हें कुछ जो अकेले में पूछना हो, वे अकेले में पूछ लें।

आमंत्रण—
एक कदम चलने का

नौवां प्रवचन

मेरे प्रिय आत्मन्, इन तीन दिवसों में बहुत प्रेम की, और बहुत शांति की, आनंद की वर्षा हमारे हृदयों में रही। और मैं तो उन पक्षियों में से हूं, जिनका कोई नीड़ नहीं होता। और मुझे आपने अपने हृदयों में जगह दी, मेरे विचारों को और मेरे हृदय से निकले हुए उदगारों को आपने चाहा, उन्हें मौन से सुना, उनको समझने की कोशिश की और उनके प्रति बहुत प्रेम प्रकट किया, उस सबके लिए मैं अनुगृहीत हूं। आपकी आंखों में, आपकी खुशी में, और आपकी खुशी में आ गए आंसुओं में मुझे जो दिखायी पड़ा, उसके लिए भी अनुगृहीत हूं।

मैं बहुत आनंदित हुआ, इस बात से आनंदित हुआ कि आपके भीतर आनंद के लिए एक प्यास जगाने में सफल हो जाऊं। इससे आनंदित हुआ कि आपको असंतुष्ट करने में सफल हो जाऊं। यही जीवन में दिखायी पड़ता है कि यही काम होगा कि जो चुपचाप हैं और संतुष्ट हैं, उन्हें मैं असंतुष्ट कर दूं। और जो चुपचाप चल रहे हैं, उन्हें जगा दूं और उनसे कहूं कि जो जीवन है, वह जीवन नहीं है। और जिसे वे जीवन समझे हुए हैं, वह धोखा है और मृत्यु है। जिस जीवन की परिसमाप्ति मृत्यु पर हो जाए, उसे जीवन नहीं मानना है। जो जीवन और विराट जीवन में ले जाए, वही सच्चा होता है।

तो इन तीन दिनों में हमने सच्चे जीवन को जीने की, उस तरफ आंखें उठाने की कोशिश की है। अगर संकल्प हमारा प्रगाढ़ होगा और हमारी आकांक्षा गहरी होगी, तो यह असंभव नहीं है कि जिस प्यास से हम संतृप्त हुए हैं, उसकी परितृप्ति तक हम न पहुंच जाएं।

आज के दिन इस आखिरी रात में, विदा की रात में कुछ थोड़ी-सी बातें और आपको कहूं। पहली बात तो यह कि यदि परमात्मा को पाने का खयाल आपके भीतर एक लपट बन गया हो, तो उस खयाल को जल्दी कार्य में लगा देना। जो शुभ को करने में देर करता है, वह चूक जाता है। और जो अशुभ को करने में जल्दी करता है, वह भी चूक जाता है। शुभ को करने में जो देर करता है, वह चूक जाता है। और अशुभ को करने में जो जल्दी करता है, वह चूक जाता है।

जीवन का सूत्र यही है कि अशुभ को करते समय रुक जाओ और देर करो, और शुभ को करते समय देर मत करना और रुक मत जाना।

अगर कोई शुभ विचार खयाल में आ जाए, तो उसे तत्क्षण शुरू कर देना उपयोगी है। क्योंकि कल का कोई भरोसा नहीं है। आने वाले क्षण का कोई भरोसा नहीं है। हम होंगे या नहीं होंगे, नहीं कहा जा सकता। इसके पहले कि मृत्यु हमें पकड़ ले, हमें निर्णायक रूप से यह सिद्ध कर देना है कि हम इस योग्य नहीं थे कि मृत्यु ही हमारा भाग्य हो। इसके पूर्व कि मृत्यु हमें पकड़ ले, हमें यह

सिद्ध कर देना है कि हम इस योग्य नहीं थे कि मृत्यु ही हमारा भाग्य हो। मृत्यु से ऊपर का कुछ पाने की क्षमता हमने विकसित की थी, यह मृत्यु के आने तक तय कर लेना है। और वह मृत्यु कभी भी आ सकती है, वह किसी भी क्षण आ सकती है। अभी बोल रहा हूं और इसी क्षण आ सकती है। तो मुझे उसके लिए सदा तैयार होने की जरूरत है। प्रतिक्षण मुझे तैयार होने की जरूरत है।

तो कल पर न टालना। अगर कोई बात ठीक प्रतीत हुई हो, तो उसे आज से शुरू कर देना जरूरी है। कल रात मैं वहां कहता था, झील पर हम बैठे थे और कल रात मैंने वहां कहा कि तिब्बत में एक साधु हुआ। उससे कोई व्यक्ति मिलने गया था, और सत्य के संबंध में पूछने गया था। वहां तिब्बत में रिवाज था कि साधु की तीन परिक्रमाएं करो और फिर उसके पैर छुओ और फिर जिज्ञासा करो। वह युवक गया, उसने न तो परिक्रमा की और न पैर छुए। उसने जाते से ही पूछा कि 'मेरी कोई जिज्ञासा है, उत्तर दें।' उस साधु ने कहा, 'पहले जो औपचारिक नियम है, उसे तो पूरा करो!' वह युवक बोला कि 'तीन तो क्या, मैं तीन हजार चक्कर लगाऊं। लेकिन अगर तीन ही चक्करों में मेरे प्राण निकल गए और सत्य को मैं न जान पाया, तो जिम्मा किसका होगा? मेरा या आपका? इसलिए पहले मेरी जिज्ञासा पूरी कर दें, फिर मैं चक्कर पूरे कर दूंगा।' उसने कहा कि 'क्या पता कि मैं तीन चक्कर लगाऊं और समाप्त हो जाऊं!'

तो सबसे बड़ा महत्वपूर्ण बोध मृत्यु का बोध है साधक को। उसे प्रतिक्षण ज्ञात होना चाहिए कि कोई भी क्षण मौत हो सकती है। आज सांझ मैं सोऊंगा, हो सकता है, यह आखिरी सांझ हो और सुबह हम न उठें। तो मुझे आज रात सोते समय इस भांति सोना चाहिए कि मैंने अपने जीवन का सारा हिसाब निपटा लिया है और अब मैं निश्चिंत सो रहा हूं। अगर मौत आएगी, तो उसका स्वागत है।

तो कल पर किसी श्रेष्ठ बात को मत टाल देना। और अश्रेष्ठ बात को जितना बन सके, उतना टालना। हो सकता है, मौत बीच में आ जाए, और उस अश्रेष्ठ को करने से हम बच जाएं। अगर कोई बुराई करने का मन हो, उसे जितना बने उतना टाल देना। मौत को बहुत फासला नहीं है। अगर कोई आदमी कुछ बुराइयों को दस-बीस साल टालने भर में सफल हो जाए, तो जीवन परमात्मा हो सकता है। मौत का बहुत लंबा फासला नहीं है। थोड़े-से वर्ष अगर बुराइयां टालने में कोई सफल हो जाए, तो जीवन शुद्ध हो सकता है। और मौत का कोई फासला नहीं है, जो शुभ को ठहराए रखेगा देर तक, उसके जीवन में कुछ उपलब्ध न होगा।

इसलिए शुभ को करने में जितनी शीघ्रता हो, उसका स्मरण दिलाना चाहता हूं। और अगर कोई बात शुभ मालूम हुई हो, तो उसे शुरू ही कर देना। यह मत सोचना कि कल करेंगे। जो आदमी सोचता है, कल करेंगे, वह करना नहीं चाहता है। जो आदमी सोचता है, कल करेंगे, वह करना नहीं चाहता है। 'कल करना' टालने का एक उपाय है। अगर न करना हो, तो उसका भी स्पष्ट बोध होना चाहिए कि मुझे नहीं करना है। वह अलग बात है। लेकिन कल पर टालना खतरनाक है। जो कल पर टालता है, वह अक्सर हमेशा के लिए टाल देता है। जो कल पर छोड़ता है, वह अक्सर हमेशा के लिए छोड़ देता है।

यदि कोई बात जीवन में ठीक लगती हो, तो जिस क्षण ठीक लगे, वही क्षण उसे करने का क्षण भी है। उसे उसी क्षण प्रारंभ कर देना है।

तो इस बात को स्मरण रखेंगे कि शुभ को करने में शीघ्रता और अशुभ को करने में रुक जाना। और यह भी स्मरण रखेंगे कि शुभ को साधने के, सत्य को साधने के जो सूत्र मैंने कहे हैं, वे सूत्र कोई बौद्धिक सिद्धांत की बातें नहीं थे। यानि मुझे कोई रस नहीं है कि मैं कोई सिद्धांत आपको समझाऊं। कोई एकेडेमिक रस मेरे मन में नहीं है। वे मैंने इसलिए कहे हैं कि अगर आप करने को राजी हो जाएं, अगर आप उन सूत्रों को करने को राजी हो जाएं, तो वे सूत्र आपके लिए कुछ करेंगे।

अगर आप उनको करने को राजी हुए, तो वे सूत्र आपके लिए कुछ करेंगे। और अगर आपने उनका उपयोग किया, तो वे सूत्र आपको परिवर्तित कर देंगे। वे सूत्र बहुत जीवित हैं। वे जीवित अग्नि की तरह हैं। अगर थोड़ा ही उसे जगाया, तो आप नए व्यक्ति का अपने भीतर जन्म अनुभव कर सकते हैं।

एक जन्म हमें मां-बाप से मिलता है। वह कोई जन्म नहीं है। वह एक और नयी मृत्यु का आगमन है। वह एक और चक्कर है, जिसमें अंत में मृत्यु आएगी। वह कोई जन्म नहीं है, वह केवल एक और नए शरीर का धारण है। एक और भी जन्म है, जो मां-बाप से नहीं मिलता, जो साधना से मिलता है, वही वास्तविक जन्म है। उसी को पाकर व्यक्ति द्विज होता है, दुबारा जन्म पाता है। वह जन्म प्रत्येक को स्वयं देना होता है, अपने को देना होता है।

तो तब तक शांति और चैन अनुभव न करें, जब तक कि आप अपने भीतर दूसरे जन्म को उपलब्ध न हो जाएं। तब तक आपके भीतर कोई भी शक्ति व्यर्थ न पड़ी रहे। सारी शक्तियों को इकट्ठा कर लें और संलग्न हो जाएं।

तो जो थोड़े-से सूत्र मैंने कहे हैं, अगर श्रमपूर्वक और संकल्पपूर्वक उन पर काम किया, तो आप बहुत जल्दी पाएंगे कि आपके भीतर एक नए व्यक्ति का जन्म हो रहा है, एक बिलकुल अभिनव व्यक्ति का जन्म। और जिस मात्रा में आपके भीतर नए व्यक्ति का जन्म होगा, उसी मात्रा में यह दुनिया नयी हो जाती है, दूसरी हो जाती है।

बहुत आनंद है इस जगत में, और बहुत आलोक है, और बहुत सौंदर्य है। काश, हमारे पास देखने की आंखें हों और ग्रहण करने वाला हृदय हो। तो वह ग्रहण करने वाला हृदय और देखने वाली आंख पैदा हो सकती है। उसके लिए ही तीन दिन बहुत-सी बातें आपसे कहा हूं।

एक अर्थ में वे बातें, बहुत-सी नहीं भी हैं; थोड़ी ही हैं। दो ही बातें कहा हूं, जीवन शुद्ध हो और चित्त शून्य हो। दो ही बातें कहा हूं, जीवन शुद्ध हो और चित्त शून्य हो। एक ही बात कहा हूं यूं तो, चित्त शून्य हो। जीवन की शुद्धि उसकी भूमिका मात्र है।

चित्त शून्य हो, तो उस शून्य से वह आंख मिलती है, जो जगत में छिपे रहस्य को खोल देती है। और तब पत्तों में पत्ते नहीं दिखते, बल्कि पत्तों का जो प्राण है, उसका दर्शन होने लगता है। और सागर की लहरों में लहरें नहीं दिखतीं, बल्कि लहरों को जो कंपाता है, उसके दर्शन होने लगते हैं। और मनुष्यों में तब देहें नहीं दिखतीं, बल्कि देहों के भीतर जो प्राण स्पंदित है, उसका अनुभव होने लगता है। और तब कैसे आश्चर्य का और कैसे चमत्कार का अनुभव होता है, उसे कहने का कोई उपाय नहीं है।

उस रहस्य के लिए आमंत्रित किया है और आह्वान किया है। और उस रहस्य तक पहुंचने के

छोटे-से सूत्र आपको कहे हैं। वे सूत्र सनातन हैं। वे सूत्र मेरे या किसी और के नहीं हैं। वे सूत्र सनातन हैं। और जब से मनुष्य है और जब से मनुष्य में दिव्य की जिज्ञासा है, तब से सक्रिय हैं। उन सूत्रों का किसी धर्म से कोई वास्ता नहीं है, किसी ग्रंथ से कोई वास्ता नहीं है, वे शाश्वत हैं। और जब कोई ग्रंथ न थे और कोई धर्म न थे, तब भी वे थे। और अगर कल सारे धर्मग्रंथ नष्ट हो जाएं और सारे मंदिर-मस्जिद गिर जाएं, तब भी वे होंगे।

धर्म शाश्वत है; संप्रदाय बनते हैं और मिट जाते हैं। धर्म शाश्वत है; शास्त्र बनते हैं और मिट जाते हैं। धर्म शाश्वत है; तीर्थंकर और पैगंबर पैदा होते हैं और विलीन हो जाते हैं।

यह हो सकता है, एक वक्त आए कि हम भूल जाएं कि कभी कृष्ण हुए, महावीर हुए, क्राइस्ट हुए, बुद्ध हुए। लेकिन धर्म नष्ट नहीं होगा। धर्म तब तक नष्ट नहीं होगा, जब तक मनुष्य के भीतर आनंद की प्यास और जिज्ञासा है, जब तक मनुष्य दुख से ऊपर उठना चाहता है।

यदि आप दुखी हैं, यदि आपको बोध होता है कि दुख है, तो उस दुख को झेलते मत चले जाइए, उस दुख को सहते मत चले जाइए। उस दुख के विरोध में खड़े होइए और उस दुख को विसर्जित करने का उपाय करिए।

साधारण मनुष्य दुख को पाकर जो काम करता है वह, और साधक जो काम करता है वह, दोनों में बहुत थोड़ा-सा भेद है। जब साधारण व्यक्ति के सामने दुख खड़ा होता है, तो वह दुख को भुलाने का उपाय करता है। और जब साधक के सामने दुख खड़ा होता है, तो वह दुख को मिटाने का उपाय करता है।

दुनिया में दो ही तरह के लोग हैं। एक वे लोग, जो दुख को भुलाने का उपाय कर रहे हैं। और एक वे लोग, जो दुख को मिटाने का उपाय कर रहे हैं। परमात्मा करे, आप पहली पंक्ति में न रहें और दूसरी पंक्ति में आ जाएं।

दुख को भुलाने का उपाय एक तरह की मूर्च्छा है। आप चौबीस घंटे दुख को भुलाने का उपाय कर रहे हैं। आप लोगों से बातें कर रहे हैं, या संगीत सुन रहे हैं, या शराब पी रहे हैं, या ताश खेल रहे हैं, या जुए में लगे हुए हैं, या किसी और उपद्रव में लगे हुए हैं, जहां कि अपने को भूल जाएं, ताकि आपको स्मरण न आए कि भीतर बहुत दुख है।

हम चौबीस घंटे अपने को भुलाने के उपाय में लगे हुए हैं। हम नहीं चाहते कि दुख दिखाई पड़े। अगर हमें दुख दिखाई पड़ेगा, तो हम घबरा जाएंगे। तो हम दुख को भुलाने के और विलीन करने के उपाय में लगे हुए हैं। दुख भुलाने से मिटता नहीं है। दुख भुलाने से मिटता नहीं है, कोई घाव छिपा लेने से मिटता नहीं है। और अच्छे कपड़ों से ढांक लेने से कोई अंतर नहीं पड़ता है, वरन अच्छे कपड़ों से ढांक लेने से और घातक और विषाक्त हो जाता है।

तो घावों को छिपाएं न। उन्हें उघाड़ लें और अपने दुख का साक्षात करें। और उसे भुलाएं मत, उसे उघाड़ें और जानें और उसे मिटाने के उपाय में संलग्न हों। वे ही लोग जीवन के रहस्य को जान पाएंगे, जो दुख को मिटाने में लगते हैं, दुख को भुलाने में नहीं।

और मैंने कहा, दो ही तरह के लोग हैं। उन लोगों को मैं धार्मिक कहता हूं, जो दुख को मिटाने का उपाय खोज रहे हैं। और उन लोगों को अधार्मिक कहता हूं, जो दुख को भुलाने का उपाय खोज रहे हैं। आप स्मरण करें कि आप क्या कर रहे हैं? दुख को भुलाने का उपाय खोज

रहे हैं? क्या आप सोचते हैं, अगर आपके सारे उपाय छीन लिए जाएं, तो आप बहुत दुखी नहीं हो जाएंगे?

एक राजा को ऐसा एक बार हुआ। उसके एक वजीर ने, उसके एक मंत्री ने उसको कहा कि 'अगर किसी आदमी को हम बिलकुल अकेला बंद कर दें, तो वह तीन महीने में पागल हो जाएगा।' राजा ने कहा, 'कैसे हो जाएगा? हम उसे अच्छे खाने की व्यवस्था देंगे, अच्छे वस्त्र देंगे, फिर भी?' उस वजीर ने कहा, 'वह हो जाएगा। क्यों? क्योंकि उस अकेलेपन में अपने दुख को न भुला सकेगा।' राजा ने कहा, 'हम देखेंगे। और गांव में जो सबसे स्वस्थ आदमी हो और सबसे युवा और सबसे प्रसन्न, उसको पकड़ लिया जाए।'

गांव में एक युवक था, जिसके सौंदर्य की, जिसके स्वास्थ्य की चर्चा थी। उस युवक को पकड़ लिया गया और उसे एक कोठरी में बंद कर दिया गया। उसे सारी सुख-सुविधा दी गई, अच्छा भोजन, अच्छे वस्त्र, लेकिन उसे समय को भुलाने का कोई उपाय नहीं दिया गया। वह खाली दीवारें और कमरा! और पहरे पर जो आदमी था, वह भी ऐसा रखा कि उसकी भाषा न समझे। उसे रोटी पहुंचा दी जाती। भोजन पहुंचा दिया जाता। पानी पहुंचा दिया जाता। और वह बंद था।

एक-दो दिन वह बहुत चिल्लाया कि मुझे क्यों बंद किया गया है? उसने बहुत हाथ-पैर फटकारे। एक-दो दिन उसने खाना भी नहीं खाया। लेकिन धीरे-धीरे खाना भी खाने लगा और उसने चिल्लाना भी बंद कर दिया। पांच-सात दिन के बाद देखा गया कि वह आदमी बैठा हुआ अकेले अपने से ही बातें कर रहा है।

वजीर ने उस बादशाह को खिड़की से दिखलाया, 'देखते हैं, अब वह भुलाने का अंतिम उपाय कर रहा है, अपने से ही बातें कर रहा है!'

जब कोई नहीं होता आपके पास, तो आप अपने से ही बातें करने लगते हैं। और जैसे-जैसे लोग वृद्ध होने लगते हैं, वे बहुत अपने से बातें करने लगते हैं। युवा होते हैं, तब तक तो उनके होंठ भी बंद होते हैं। जब वे वृद्ध होने लगते हैं, तो उनके होंठ भी फड़कने लगते हैं। वे अपने से बातें करते हैं। रास्ते पर चलते हुए लोग आपने देखे होंगे। वे क्या कर रहे हैं? वे अपने को भुलाने का उपाय कर रहे हैं।

तीन माह तक वह युवक बंद था। तीन महीने के बाद जब उसे निकाला गया; वह पागल हो चुका था। पागल का मतलब क्या है? पागल का मतलब है, उसने अपने को भुलाने के लिए एक बिलकुल काल्पनिक दुनिया खड़ी कर ली थी। मित्र थे, दुश्मन थे, उनसे लड़ता था, बातें करता था। पागल का मतलब क्या है? असली दुनिया उपलब्ध न थी वहां, किससे लड़े, किससे बोले, किसके साथ बातें करे, तो उसने एक काल्पनिक दुनिया खड़ी कर ली थी। अब उसे इस दुनिया से कोई मतलब न था। अब उसकी अपनी एक दुनिया थी, उसमें वह अपने को भूल गया।

वह युवक पागल हो गया। आपमें से कोई भी पागल हो जाएगा। अगर आपको सुबह से दुकान पर और काम पर न जाना पड़े; और सुबह से उठकर लोगों से लड़ना-झगड़ना न पड़े; और सुबह से उठकर आपको व्यर्थ की बकवास में पलायन न मिले और व्यर्थ के कामों में आप अपने को न उलझा पाएं; अगर चौबीस घंटे आपको उलझाव न हो और आप खाली छोड़ दिए जाएं,

आप पागल हो जाएंगे। क्योंकि उलझाव की वजह से, जो दुख आपके भीतर है, वह आपको दिखाई नहीं पड़ता। अगर वह पूरा दुख दिखाई पड़ेगा, तो आप आत्मघात कर लेंगे और या फिर आप उपाय खोज लेंगे काल्पनिक पागल हो जाने के, जिसमें अपने दुख को भूल जाएं।

धार्मिक व्यक्ति वह है, जिसे अगर बिलकुल अकेला छोड़ दिया जाए, बिलकुल अकेला, तो भी उसे कोई दुख नहीं होगा; वह कोई उपाय नहीं खोजेगा।

जर्मनी में एक साधु था, इकहार्ट। वह एक दिन वन में गया हुआ था और एक दरख्त के नीचे अकेले में बैठा हुआ था। उसके कुछ मित्र भी वन-विहार को गए थे। उन्होंने देखा, इकहार्ट अकेला है। वे उसके पास गए और उन्होंने उससे कहा कि 'मित्र! हमने देखा तुम अकेले बैठे हो, सोचा चलो तुम्हें कंपनी दें, तुम्हें साथ दें।'

इकहार्ट ने उनकी तरफ देखा और कहा कि 'मित्रो! इतनी देर तक मैं परमात्मा के साथ था। तुमने आकर मुझे अकेला कर दिया।' इकहार्ट ने कहा, 'इतनी देर मैं परमात्मा के साथ था, क्योंकि अपने साथ था। तुमने आकर मुझे अकेला कर दिया।' अदभुत उसने बात कही।

हम उसके विपरीत हैं। हम चौबीस घंटे किसी के साथ हैं कि कहीं अपना साथ न हो जाए। हम चौबीस घंटे किसी न किसी के साथ हैं कि कहीं अपना साथ न हो जाए। अपने से हम डरे हुए हैं। इस जगत में सब लोग अपने से डरे हुए हैं। यह अपने से डरा हुआ होना खतरनाक है।

मैंने जो सूत्र कहे, वे आपको अपने से परिचित कराएंगे और अपने भय को मिटाएंगे। और आप उस स्थिति में खड़े होंगे कि अगर आप इस जमीन पर बिलकुल अकेले हों, बिलकुल अकेले कि इस जमीन पर कोई भी न हो, तो भी आप उतने ही आनंद में होंगे, जितने कि तब, जब कि यह जमीन भरी हुई है। आप अकेले में उतने ही आनंद में होंगे, जितने कि तब, जब कि आप भीड़ में हैं। वही आदमी केवल मृत्यु से नहीं डरेगा, जिसने अकेले होने का आनंद लिया है। क्योंकि मृत्यु अकेला कर देती है; और क्या करती है! आप मृत्यु से इतने डरते हैं, उसका कुल कारण इतना है कि आप तो थे ही नहीं, भीड़ थी। और मौत भीड़ छीन लेगी, सारे संबंध छीन लेगी और आप अकेले हो जाएंगे। अकेलापन भय देता है।

इन तीन दिनों में हमने जो ध्यान की बात की है, वह मूलतः बिलकुल अकेले में, टोटल लोनलीनेस में जाने के प्रयोग हैं, एकदम अकेले में अपने भीतर जाने के प्रयोग हैं। उस केंद्र पर जाना है, जहां आप ही हो और कोई भी नहीं है।

और वह केंद्र अदभुत है। उस केंद्र को जो अनुभव कर लेता है, वह अनुभव करता है उन गहराइयों को जो समुद्र के नीचे होती हैं। हम केवल समुद्र की लहरों पर तैर रहे हैं। और हमें पता नहीं कि इन लहरों के नीचे अनंत गहराइयां छिपी हुई हैं, जहां कभी कोई लहर नहीं गई, जहां कभी किसी लहर ने कोई प्रवेश नहीं किया है।

अपने ही भीतर बहुत गहराइयां हैं। अकेलेपन में, जितने आप दूसरे लोगों से दूर होकर अकेले में चलेंगे, अपने में चलेंगे, दूसरों को छोड़ेंगे और स्वयं में चलेंगे, उतनी ही ज्यादा गहराई में, उतनी ही ज्यादा गहराई में आप पहुंचेंगे। और यह बड़ा रहस्य है कि आपके भीतर आप जितनी गहराई में पहुंचेंगे, आपका बाहर जीवन उतनी ही ऊंचाई को उपलब्ध हो जाएगा।

यह गणित का नियम है। यह जीवन के गणित का नियम है, आप अपने भीतर जितनी गहराई

पा लेंगे, उतने ही आपके जीवन में बाहर ऊंचाई उपलब्ध हो जाएगी। जो अपने भीतर जितना कम गहरा होगा, वह बाहर उतना ही नीचा होगा। जो अपने भीतर बिलकुल गहरा नहीं होगा, बाहर उसकी कोई ऊंचाई नहीं होगी। हम उनको महापुरुष कहते हैं, हम उनको महापुरुष कहते हैं, जिनके भीतर गहराई होती है और उस गहराई के परिमाण में उनके बाहर ऊंचाई हो जाती है।

तो अगर जीवन में ऊंचाई चाहिए, तो स्वयं में गहराई चाहनी होगी। स्वयं में गहराई का उपाय समाधि है। समाधि अंतिम गहराई है। उस समाधि के लिए कैसे हम चरण रखें और कैसे अपने को साधें और सम्हालें और कैसे वे बीज बोएं, जो कि परमात्मा के फूलों में परिणत हो सकते हैं, उनकी बहुत थोड़ी-सी बातें आपसे कही हैं। पर यदि उन थोड़ी-सी बातों में से भी कुछ आपकी स्मृति को पकड़ लें और कोई बीज आपके हृदय की भूमि में पड़ जाए, तो कोई कारण नहीं है कि उसमें अंकुर न आ जाएं और आप एक नए जीवन को अनुभव न कर सकें।

जिस जीवन को आप जीते रहे हैं, उसे वैसा ही जीए जाने की आकांक्षा को छोड़ दें। उसमें कोई अर्थ नहीं है। उसमें कुछ नए को जगह दें, कुछ नवीन को जगह दें। जैसे आप जीते रहे हैं, अगर वैसे ही जीते जाएंगे, तो सिवाय मृत्यु के और कोई परिणाम नहीं होगा।

यह आकांक्षा और यह अतृप्ति पैदा हो सके, उसके सिवाय और मेरा कोई मन नहीं है। साधारणतः लोग कहते हैं, धर्म संतोष है। और मैं कहता हूं, धार्मिक लोग बड़े असंतुष्ट लोग होते हैं। समस्त जीवन से उनके मन में असंतोष होता है और तभी वे धर्म की तरफ उत्सुक होते हैं।

तो मैं आपको संतोष करने को नहीं कहता हूं। नहीं कहता हूं कि आप संतोष करें। मैं आपसे कहूंगा कि असंतुष्ट हो जाएं, परिपूर्ण आत्मा से असंतुष्ट हो जाएं, आपके प्राण और मन का कण-कण असंतुष्ट हो जाए। असंतुष्ट हो जाए दिव्य के लिए, असंतुष्ट हो जाए सत्य के लिए। उस असंतोष की अग्नि में आपका नया जन्म होगा।

इस नए जन्म के लिए एक क्षण भी न खोएं। और इस नए जन्म के लिए समय का कोई व्यवधान न डालें। और इस नए जन्म के लिए यह भी स्मरण रखें...।

कल कोई मुझसे पूछता था कि क्या इस तरह की साधना करके हमें संसार से दूर चला जाना होगा? क्या हमें संन्यासी हो जाना होगा? क्या हम यह शून्य साधेंगे, तो हमारे संसार का क्या होगा? हमारे परिवार का क्या होगा?

इस संबंध में भी जरूरी है कि इस अंतिम दिन मैं आपसे कुछ कहूं। मैं आपको यह कहूं कि धर्म परिवार का और संसार का विरोधी नहीं है। धर्म परिवार और संसार का विरोधी नहीं है। और यह जो बात हमारे दिमाग में पैदा हो गई है पिछले वर्षों में, पिछली सदियों में, उसने हमें और हमारे धर्म को बहुत नुकसान पहुंचाया है।

धर्म संसार का विरोधी नहीं है। धर्म परिवार का विरोधी नहीं है। धर्म का संबंध सब छोड़कर भाग जाने से नहीं है। धर्म तो आत्मिक परिवर्तन है। परिस्थिति से उसका कोई वास्ता नहीं है; मनःस्थिति से उसका वास्ता है। वह मन को बदलने की बात है, परिस्थिति को बदलने की बात नहीं है। आप अपने को बदलें।

बाहर जो दुनिया है, उसे छोड़कर भागने से थोड़े ही कोई बदलता है। अगर मैं घृणा से भरा हुआ हूं, तो मैं जंगल में जाकर क्या करूंगा? मैं वहां भी घृणा से भरा रहूंगा। अगर मैं अहंकार से

भरा हुआ हूं, तो मैं पर्वतों पर जाकर क्या करूंगा? मैं वहां भी अहंकार से भरा रहूंगा। एक खतरा हो सकता है। समाज में था, भीड़ में था, तो अहंकार का रोज-रोज पता चल जाता था। हिमालय की ठंडक में, पहाड़ पर बैठकर, वहां लोग मौजूद न होंगे, अहंकार का पता न चलेगा। अहंकार का पता न चलना एक बात है और अहंकार का मिट जाना बिलकुल दूसरी बात है।

एक साधु के संबंध में मैंने सुना है, वे तीस वर्ष तक हिमालय पर थे। और उन्हें ऐसा प्रतीत हुआ उन तीस वर्षों में कि वे परिपूर्ण शांत हो गए हैं; अहंकार विलीन हो गया है। फिर उनके कुछ शिष्यों ने एक बार उनसे कहा कि 'नीचे मेला है और आप मेले में चलें।'

वे नीचे मेले में आए। और जब वे भीड़ में मेले की प्रविष्ट हुए और किसी अनजान आदमी का पैर उनके पैर पर पड़ गया, तो उन्हें तत्क्षण पता चला कि उनका अहंकार और क्रोध वापस जाग गया है। वे तो हैरान हुए। तीस साल हिमालय जिसे न दिखा सका, एक आदमी के पैर पर पैर रखने से उसके दर्शन हो गए!

तो भागने से कोई भेद नहीं पड़ता है। भागना नहीं है, बदलना है। तो भागने को सूत्र न समझें जीवन का, बदलने को सूत्र समझें। धर्म जब से भागने पर निर्भर हो गया है, तभी से धर्म निष्प्राण हो गया है। जब धर्म वापस बदलने पर निर्भर होगा, तब उसमें फिर पुनः प्राण आएंगे।

इसको स्मरण रखें, आपको अपने को बदलना है, अपनी जगह को नहीं बदलना है। जगह को बदलने का कोई मतलब नहीं है। जगह को बदलने में धोखा है, क्योंकि जगह को बदलने से यह हो सकता है कि आपको कुछ बातें पता न चलें। नए वातावरण में, शांत वातावरण में आपको धोखा हो कि आप शांत हो गए हैं।

जो शांति प्रतिकूल परिस्थितियों में न टिके, वह कोई शांति नहीं है। इसलिए जो समझदार हैं, वे प्रतिकूल परिस्थितियों में ही शांति को साधते हैं। क्योंकि जो प्रतिकूल में साध लेते हैं, अनुकूल में तो उसे हमेशा उपलब्ध कर ही लेते हैं।

इसलिए जीवन से भागने की बात नहीं है। जीवन को परीक्षा समझें। और इसे स्मरण रखें कि आपके आस-पास जो लोग हैं, वे सब सहयोगी हैं। वह आदमी भी आपका सहयोगी है, जो सुबह आपको गाली दे जाए। उसने एक मौका दिया है आपको। चाहें तो अपने भीतर प्रेम को साध सकते हैं। वह आदमी आपका सहयोगी है, जो आप पर क्रोध को प्रकट करे। वह आदमी आपका सहयोगी है, जो आपकी निंदा कर जाए। वह आदमी आपका सहयोगी है, जो आप पर कीचड़ उछालता हो। वह आदमी भी आपका सहयोगी है, जो आपके रास्ते पर कांटे बिछा दे। क्योंकि वह भी एक मौका है और परीक्षा है। और चाहें और उसे पार हो जाएं, तो आपके मन में उसके प्रति इतना ऋण होगा, जिसका हिसाब नहीं है। साधु जो नहीं सिखा सकते हैं इस जगत में, शत्रु सिखा सकते हैं।

मैं पुनः कहूं, साधु जो नहीं सिखा सकते हैं इस जगत में, शत्रु सिखा सकते हैं। अगर आप सजग हैं और सीखने की समझ है, तो आप जिंदगी के हर पत्थर को सीढ़ी बना सकते हैं। और नहीं तो नासमझ, सीढ़ियों को भी पत्थर समझ लेते हैं और उनसे ही रुक जाते हैं। अन्यथा हर पत्थर सीढ़ी हो सकता है, अगर समझ हो। अगर समझ हो, तो हर पत्थर सीढ़ी हो सकता है।

इसे थोड़ा विचार करें। आपको अपने घर में, परिवार में जो-जो बातें पत्थर मालूम होती हों

कि इनकी वजह से मैं शांत नहीं हो पाता, उन्हीं को साधना का केंद्र बनाएं और देखें कि वे ही आपको शांत होने में सहयोगी हो जाएंगी। कौन-सी बात आपको नहीं बनाती? परिवार में क्या अड़चन है? कौन-सी बात आपको रोकती है? जो बात आपको रोकती हो, जरा विचार करें, क्या कोई रास्ता उसे सीढ़ी बनाने का हो सकता है? बराबर रास्ते हो सकते हैं। और अगर विचार करेंगे और विवेक करेंगे, तो रास्ता दिखाई पड़ेगा।

कौन-सा कारण है, जो आपको कहता है कि परिवार छोड़ें, तब आप शांत होंगे और सत्य को उपलब्ध होंगे? कोई भी वास्तविक कारण नहीं है। अपने जीवन को, अपने चित्त को ठीक से समझें और अपने आस-पास की पूरी परिस्थितियों का उपयोग करें।

हम क्या करते हैं! परिस्थितियों का उपयोग नहीं करते, बल्कि परिस्थितियां ही हमारा उपयोग कर लेती हैं। हम पूरे जीवन इसलिए घाटे में रह जाते हैं कि हम परिस्थितियों का उपयोग नहीं करते, परिस्थितियां हमारा उपयोग कर लेती हैं। और हम घाटे में इसलिए रह जाते हैं कि हम केवल प्रतिकर्म करते रहते हैं, रिएक्शंस करते रहते हैं, हम कोई कर्म कभी नहीं करते।

आपने मुझे गाली दी, तो मैं तत्क्षण उससे वजनी गाली आपको देकर रहूंगा। आपने मुझे एक गाली दी, मैं उससे वजनी गाली या दो गालियां आपको दूंगा। और मैं यह न सोचूंगा कि यह मैंने केवल एक प्रतिकर्म किया, एक रिएक्शन किया। एक गाली दी गई थी, मैंने दो लौटा दी हैं। यह कोई कर्म नहीं है।

आप अगर अपने चौबीस घंटे के जीवन को देखें, तो आप पाएंगे, उसमें सब प्रतिकर्म हो रहे हैं। कोई कुछ कर रहा है, आप उसके उत्तर में कुछ कर रहे हैं। मैं आपसे पूछूं, आप ऐसा भी कुछ कर रहे हैं क्या जो किसी का उत्तर नहीं है? कोई काम आप ऐसा भी कर रहे हैं क्या जो किसी का उत्तर नहीं है? जो किसी का उत्तर न हो, जो किसी के कारण रिएक्शन में पैदा न हुआ हो, जो प्रतिक्रिया न हो, वह कर्म है। और वह कर्म ही साधना है।

इसको जरा विचार करेंगे, तो आप देखेंगे कि आप चौबीस घंटे प्रतिकर्म कर रहे हैं। दूसरे कुछ कर रहे हैं, उनके उत्तर में आप कुछ कर रहे हैं। आपने कुछ किया है अभी तक, जो सिर्फ आपने किया हो? जो आपसे पैदा हुआ और आपसे आया हो? उसे थोड़ा देखें। और उसे साधें, तो ठीक परिवार में और घर में और संसार के बीच संन्यास फलित हो जाए।

संसार का विरोध संन्यास नहीं है, संसार की शुद्धि संन्यास है। अगर संसार में आप शुद्ध होते चले जाएं, एक दिन आप पाएंगे कि आप संन्यासी हो गए हैं। संन्यासी होना कोई वेश-परिवर्तन नहीं है कि हमने कपड़े बदल लिए और हम संन्यासी हो गए। संन्यास तो पूरे अंतस का परिवर्तन है, एक विकास है। संन्यास एक ग्रोथ है। बड़े आहिस्ता, बहुत आहिस्ता एक विकास है।

अगर कोई व्यक्ति ठीक से अपने जीवन का उपयोग करे, जैसी भी परिस्थितियां हों, उनका उपयोग करे, तो क्रमिक रूप से धीरे-धीरे पाएगा, उसके भीतर संन्यासी का जन्म हो रहा है। वृत्तियों पर विचार करने की और वृत्तियों को शुद्ध और शून्य करने की बात है।

देखें अपने भीतर, आपकी कौन-सी वृत्तियां हैं, जो आपको संसारी बनाए हुए हैं? स्मरण रखें, कोई दूसरे लोग आपको संसारी नहीं बनाए हुए हैं। मैं जिस घर में हूं, उस घर में मेरे पिता मुझे संसारी नहीं बनाए हुए हैं। मेरे पिता मुझे कैसे बनाएंगे? मेरा पिता के प्रति जो मोह होगा, वह

बना सकता है। आप जिस घर में हैं, आपकी पत्नी आपको संसारी कैसे बनाएगी? पत्नी के प्रति आपके जो भाव होंगे, वे आपको संसारी बनाए हुए हैं।

पत्नी को छोड़कर भागने से क्या होगा? वे भाव तो आपके साथ चले जाएंगे। कोई भावों को छोड़कर नहीं भाग सकता कहीं। अगर भावों को छोड़कर हम भाग सकते, दुनिया बड़ी आसान हो जाती। आप भागते हैं; जैसे छाया आपके पीछे जाती है, वैसे आपके सारे भाव आपके साथ चले जाते हैं। वे दूसरी जगह नया आरोपण कर लेंगे और आप दूसरी जगह नयी गृहस्थी बना लेंगे।

बड़े से बड़े संन्यासी बड़ी-बड़ी गृहस्थियां बना लेते हैं। उनकी गृहस्थियां बन जाती हैं, और उनके मोह पैदा हो जाते हैं, और उनकी आसक्तियां बन जाती हैं, और उनके सुख-दुख हो जाते हैं। क्योंकि वे उन भावों को साथ ले आए थे, वे नयी जगह खड़े हो जाएंगे। इससे कोई भेद नहीं पड़ता! आदमी बदल जाएंगे, चीजें वही रहेंगी।

तो मैं आपको यह नहीं कहता कि आप चीजों को छोड़कर भाग जाएं। मैं आपको कहता हूं, आप भावों को छोड़ दें। चीजें जहां हैं, वे वहीं होंगी; भाव बीच से गिर जाएंगे और आप मुक्त हो जाएंगे।

जापान में एक राजा हुआ। उस राजा के गांव के बाहर ही एक संन्यासी बहुत दिन तक रहता था। वह एक झाड़ के नीचे पड़ा रहता। अदभुत संन्यासी था। बड़ी उसकी गौरव-गरिमा थी। बड़ी उसकी ज्योति थी। बड़ा उसका प्रकाश था। बड़ी उसके जीवन में सुगंध थी। वह राजा भी उस आकर्षण से खिंचा हुआ धीरे-धीरे उसके पास पहुंचा। उसने उसे अनेक दिन वहां पड़े देखा। अनेक बार उसके चरणों में जाकर बैठा। उसका प्रभाव उस पर घना होता गया। और एक दिन उसने उससे कहा, 'क्या अच्छा न हो कि इस झाड़ को छोड़ दें और मेरे साथ महल में चलें!' उस संन्यासी ने कहा, 'जैसा मन, चाहें वहीं चल सकते हैं।'

राजा थोड़ा हैरान हुआ। इतने दिन के आदर को थोड़ा धक्का लगा। उसने सोचा था, संन्यासी कहेगा, 'महल! हम संन्यासी, हम महल में क्या करेंगे!' संन्यासी की बंधी भाषा यही है। अगर संन्यास सीखा हुआ हो, तो यही उत्तर आएगा कि हम संन्यासी, हमको महल से क्या मतलब! हम लात मार चुके। लेकिन उस संन्यासी ने कहा, 'जैसा मन, वहीं चल सकते हैं।'

राजा को धक्का लगा। सोचा, संन्यासी कैसे हैं! लेकिन खुद आमंत्रण दिया था, इसलिए वापस भी न ले सके। संन्यासी को ले जाना पड़ा। संन्यासी गया। राजा ने उसके लिए सारी व्यवस्था की, अपने ही जैसी। संन्यासी मौज से उसमें रहने भी लगा। उसके लिए बड़े तख्त बिछाए गए, उन पर वह सोया। बड़े कालीन बिछाए गए, उन पर वह चला। बड़े सुस्वादु भोजन दिए गए, उनको उसने किया। राजा का तो संदेह संदेह न रहा, निश्चित हो गया। राजा को लगा, यह कैसा संन्यासी है! एक बार भी इसने न कहा कि इन गद्दों पर हम न सो सकेंगे; हम तो फट्टों पर ही सोते हैं। एक बार भी इसने न कहा कि इतनी ऊंची चीजें हम न खा सकेंगे; हम तो रूखा-सूखा खाते हैं। राजा को बड़ा मुश्किल पड़ने लगा उसका रहना।

दो-चार-दस दिन ही बीते कि उसने उससे कहा कि 'क्षमा करें, मन में मेरे एक संदेह होता है।' उस संन्यासी ने कहा, 'अब क्या होता है, वह उसी दिन हो गया था।' उस संन्यासी ने कहा,

'अब क्या होता है, वह उसी दिन हो गया था। फिर भी कहें, क्या संदेह है?' राजा ने कहा, 'संदेह यह होता है कि आप कैसे संन्यासी हैं? और मुझ संसारी में और आप संन्यासी में फर्क क्या है?'

उस संन्यासी ने कहा, 'अगर फर्क देखना है, तो मेरे साथ गांव के बाहर चलें।'

राजा ने कहा, 'मैं तो जानना ही चाहता हूं। संदेह से मन बड़ा व्यथित है, मेरी नींद तक खराब हो गई है। आप झाड़ के नीचे थे, तो अच्छा था, मेरे मन में आदर था। और आप यहां महल में हैं, तो मेरा तो आदर चला गया।'

वह संन्यासी राजा को लेकर गांव के बाहर गया। जब नदी पार हुई, जो कि सीमा थी गांव की, वे उस तरफ हुए, तो उस राजा ने कहा, 'अब बोलें।' उस संन्यासी ने कहा, 'और थोड़ा आगे चलें।' धूप बढ़ने लगी। दोपहर हो गई। सूरज ऊपर आ गया। उस राजा ने कहा, 'अब तो बता दें! अब तो बहुत आगे निकल आए।' संन्यासी ने कहा, 'यही बताना है कि अब हम पीछे लौटने को नहीं, आगे ही जाते हैं। तुम साथ चलते हो?' उस राजा ने कहा, 'मैं कैसे जा सकता हूं! पीछे मेरा परिवार है, मेरी पत्नी है, मेरा राज्य है!' संन्यासी ने कहा, 'अगर फर्क दिखे, तो देख लेना। हम आगे जाते हैं और पीछे हमारा कुछ भी नहीं है। और जब हम उस तुम्हारे महल में थे, तब भी हम तुम्हारे महल में थे, लेकिन तुम्हारा महल हमारे भीतर नहीं था। हम तुम्हारे महल के भीतर थे, लेकिन तुम्हारा महल हमारे भीतर नहीं था। इसलिए हम अब जाते हैं।'

उस राजा ने पैर पकड़ लिए। उसका भ्रम टूटा। उसका संदेह मिटा। उसने कहा, 'क्षमा करें, मुझे बहुत पश्चात्ताप होगा जीवनभर, लौट चलें।' संन्यासी ने कहा, 'अब भी लौट चलूं, लेकिन संदेह फिर आ जाएगा।' उस संन्यासी ने कहा, 'हमको क्या है, इधर न गए, इधर लौट चले। फिर लौट चलूं, लेकिन तुम्हारा संदेह फिर लौट आएगा। तुम पर कृपा करके अब मैं सीधा ही जाता हूं।' उसने जो वचन कहा, स्मरणीय है। उसने कहा, 'तुम पर कृपा करके अब मैं सीधा ही जाता हूं। मेरी करुणा कहती है कि अब मुझे सीधा जाने दें।'

और मैं आपको स्मरण दिलाता हूं कि महावीर के नग्न होने में उनके नग्न होने का आग्रह कम है, आप पर करुणा ज्यादा है। और संन्यासी का जंगल में पड़े रहने में, जो सच में संन्यासी है, उसका जंगल से मोह कम है, आप पर करुणा ज्यादा है। और नग्न द्वार-द्वार भिक्षा मांगने में भिक्षा मांगने का आग्रह कम है, आप पर करुणा ज्यादा है। अन्यथा वह बिना भिक्षा मांगे आपके घर भी ले सकता है। और बाहर सड़क पर पड़े रहने की बजाय महल में भी सो सकता है। संन्यासी को कोई भेद नहीं पड़ता है। हां, झूठे संन्यासी को पड़ता होगा।

संन्यासी को कोई भेद नहीं पड़ता है। भेद इसलिए नहीं पड़ता है कि उसके चित्त में कुछ प्रविष्ट नहीं होता है। चीजें अपनी जगह हैं, महल की दीवारें अपनी जगह हैं, गद्दियां जिन पर हम बैठे हैं, वे अपनी जगह हैं। वे अगर मेरे चित्त में प्रवेश न करें, तो मैं उनसे अछूता हूं और दूर हूं।

तो आप जहां हैं, उसे छोड़ने को मैं नहीं कहता हूं। आप जो हैं, उसको बदलने को कहता हूं। आप जहां हैं, वहां से भागने को नहीं कहता हूं। कमजोर भागते होंगे, आपको तो मैं बदलने को कहता हूं। और बदलना असली बात है।

सजग हों अपनी चित्त-स्थिति के प्रति और उसे बदलने में लग जाएं। कोई एक बिंदु पकड़ लें और उसे बदलने में लग जाएं। बूंद-बूंद करके, बूंद-बूंद करके सागर भर सकता है। बूंद-बूंद

चलकर परमात्मा उपलब्ध हो सकता है। एक-एक बूंद चलें, ज्यादा चलने को नहीं कहता। एक-एक बूंद चलें। और बूंद-बूंद चलकर परमात्मा उपलब्ध हो सकता है। बहुत मत सोचें कि मेरी सामर्थ्य ज्यादा नहीं है, मैं कैसे पहुंचूंगा!

कोई मुझसे कहता था, कमजोर हैं हम, सामर्थ्य हमारी कम है, हम कैसे पहुंचेंगे?

कितने ही कमजोर हों, एक कदम चलने योग्य सबकी सामर्थ्य है। और क्या मैं आपको पूछूं कि बड़े से बड़े समर्थ भी एक कदम से ज्यादा कभी एक बार में चले हैं? बड़े से बड़े समर्थ भी एक कदम से ज्यादा एक बार में कभी नहीं चले हैं। और एक कदम चलने योग्य सामर्थ्य सबकी है और सदा है।

तो एक कदम चलें। और फिर एक कदम चलें। और फिर एक कदम चलें। एक ही कदम चलना है सदा। पर एक ही कदम जो चलता चला जाता है, वह अनंत फासले पूरे कर लेता है। और जो यह सोचकर कि 'एक कदम चलने वाले हम कहां पहुंचेंगे' रुक जाता है, वह कहीं भी नहीं पहुंच पाता है।

तो उस एक कदम चलने के लिए मैं आमंत्रण देता हूं। और इन दिनों इतने प्रेम से मेरी बातों को सुना है, इतनी शांति से उनको सुना है, उससे कितने आनंद को, कितने अनुग्रह को मैंने अनुभव किया है। बहुत अनुगृहीत हुआ हूं। हृदय में जो जगह दी है, उससे बहुत अनुगृहीत हुआ हूं। उसके लिए बहुत-बहुत, उसके लिए बहुत-बहुत धन्यवाद और मेरे प्रेम को स्वीकार करें।

अब हम आज के अंतिम ध्यान के प्रयोग के लिए बैठेंगे। और उसके बाद विदा होंगे। इस आशा से विदा करता हूं कि जब हम दुबारा मिलेंगे, तो मैं पाऊंगा, आपकी शांति बढ़ी है और आपका आनंद बढ़ा है। और मैं पाऊंगा कि जिस कदम को उठाने के लिए मैंने कहा था, वह आपने उठाया है। और मैं पाऊंगा कि कुछ अमृत की बूंदें आपके करीब आयी हैं और आप कुछ अमृत के करीब पहुंचे हैं।

परमात्मा करे, एक कदम, कम से कम एक कदम उठाने की सामर्थ्य आपको दे। शेष कदम उसके बाद अपने आप उठ जाते हैं।

रात्रि के ध्यान के बाद हम चुपचाप चलेंगे, सुबह शायद मैं आपको नहीं मिल सकूंगा, पांच बजे चला जाऊंगा। इसलिए मेरी अंतिम विदा इसे मान लें। और हर एक व्यक्ति अपने भीतर बैठे हुए परमात्मा के लिए मेरे प्रणाम स्वीकार कर ले। मेरे प्रणाम स्वीकार करें!